当代金融文学

精选

散文卷

主编 —— 阎雪君

湖南大学出版社

图书在版编目（CIP）数据

当代金融文学精选.散文卷/阎雪君主编.—长沙：
湖南大学出版社，2019.11
ISBN 978-7-5667-1815-0

Ⅰ.①当… Ⅱ.①阎… Ⅲ.①中国文学－当代文学－
作品综合集 ②散文集－中国－当代 Ⅳ.① I217.1

中国版本图书馆 CIP 数据核字（2019）第 264037 号

当代金融文学精选·散文卷

DANGDAI JINRONG WENXUE JINGXUAN·SANWEN JUAN

主　　编：阎雪君
责任编辑：全　健　饶红霞　郭　蔚　李　婷
责任校对：尚楠欣　周文娟
装帧设计：秦　丽
出版发行：湖南大学出版社　　　　　责任印制：陈　燕
社　　址：湖南·长沙·岳麓山　　　　邮　　编：410082
电　　话：0731-88822559（发行部）88820008（编辑室）88821006（出版部）
传　　真：0731-88649312（发行部）88822264（总编室）
电子邮箱：presszb@hnu.cn
网　　址：http://www.hnupress.com
印　　装：长沙鸿发印务实业有限公司
开　　本：710mm×1000mm　16 开　　印张：301.75　　　字数：4481 千字
版　　次：2019 年 11 月第 1 版　　印次：2019 年 11 月第 1 次印刷
书　　号：ISBN 978-7-5667-1815-0
定　　价：1980.00 元（全 12 册）

故事感动历史 文学照亮人生

——记载和讴歌壮丽的中国金融事业

中国金融文学艺术界联合会主席 梅志翔

　　古人云："盖文章，经国之大业，不朽之盛事。""文章千古事，得失寸心知。""江山留后世，文章著千秋。"由此可见，文章是经国济民的大事，是记录时代的大事，是讴歌时代的大事。

　　文脉与国脉相同，文运与国运相连。2019 年是中华人民共和国成立七十周年，七十年风雨沧桑，七十载山河巨变。七十个春秋，发生了多少震撼人心的故事，承载了多少金融人的热血情感。在过去的七十年中，中国金融事业伴随着新中国的成长不断地发展和壮大，取得了举世瞩目的成就。这些成就的取得不仅得益于新中国的好国情、好形势，更得益于数以千万计的金融职工筚路蓝缕、开拓创新，继往开来、一往无前的无私奉献。

　　新中国的金融事业无论在理论领域，还是实践领域，取得的成就都是翻天覆地、亘古未有的，中国金融人在专业领域创造了一个又一个奇迹，我们用几十年的时间追赶上西方人上百年甚至几百年金融发展的步伐。金融发展过程中涌现出了很多可歌可泣的故事，这些故事都是由千千万万顶天立地、敢作敢为的中国金融人用行动书写出来的锦绣篇章。中国金融已经成为支撑和推动经济发展的核心动力和促进时代繁荣的重要表征，为金融文学的创作提供了源源不绝的营养，金

1

融文学像中国金融事业一样，是一片值得深耕的沃土，是一个内含价值极高的宝藏。

文章合为时而著。文学就应该为时代鼓与呼，金融文学就应记录和讴歌壮丽的中国金融事业。可长期以来，由于种种原因，中国金融文学创作未能与中国的金融事业取得同步的发展，金融文学作品创作落后于金融事业发展，在全国林林总总的文学橱窗和文艺殿堂里，金融文学常常缺席，在文学领域难闻金融之声，在文章海洋难觅金融浪花，在文化磁场里难以感知到金融文化的力量。2011年11月，在中国金融工会的大力支持下，中国金融作家协会正式成立；2013年5月，中国金融作家协会光荣地成为中国作家协会的团体会员。这是中国金融文学史上的一件大事和盛事，因为它不仅实现了金融作家组织的"零"的突破，而且让全体金融作家找到了心灵慰藉的"家"，它让所有金融作家找到了归属感和荣誉感。此后，金融文学创作不再是"不务正业"的闲事，而是可以为之终生奋斗的正事。过去许多金融作家在涉足文学创作上，"温温恭人，如集于木。惴惴小心，如临于谷。战战兢兢，如履薄冰"。如今在文学的康庄大道上，金融作家不用再羞羞答答地迈着碎步，而是可以昂首阔步地勇往直前。在中国金融工会、中国金融文联、中国作家协会的关怀指导下，七年间，中国金融作家协会延伸机构已经达到23家，其中先后成立省（自治区、直辖市、计划单列市）金融作家协会13家、总行（会司）作家协会10家。截至2018年底，中国金融作家协会已发展会员942人（其中，中国作家协会会员76人）。中国金融作家协会从无到有、从小到大、由弱到强，让写作变成了与金融工作一样充满阳光的事业。

执一支笔，写万千事。是啊，文学就这样不经意嵌入了金融人的生活，像春雨滋润着金融人，让金融人感恩生命的厚爱，让金融人的每一天、每一刻都充满激情、蓬勃向上；像疾风提示着金融人，生活和工作是坚守，也是搏击。文学之美让金融人心生愉悦，让日子有奔头，生活有笑声，奔跑有动力；文学之美让金融人涨满风帆，努力创造和实现自我价值、社会价值。值得肯定的是，一大批以金融人物为塑造对象的文学作品，都具有鲜明的时代特色，催人奋进。金融生活中无数可歌可泣的故事，不仅反映了金融系统广大员工投身改革、勇于奉献的精神，而且传播金融理念、倡导金融精神，展现了金融现实生活与人文关怀，成为千万金融员工启发心灵的精神力量。

在互联网金融时代，中国金融作家协会充分认识到平台对于会员发展的巨大推动和促进作用。金融作家协会是全体金融作家的"创作之家"，长期致力于为金融作家搭台子，为全体金融作家提供广阔的施展空间，为全体会员搭建了三大平台：《中国金融文学》杂志、《金融作家》公众号和中国金融作家网（内部）。《中国金融文学》杂志为季刊，设置了中篇小说、短篇小说、散文、诗歌、诗词、金融报告文学、金融作家随笔、金融作家艺术家、金融作家作品评析、金融文坛风景线、史海沉钩、学习与借鉴、金融文学剧本等18个栏目，每期发行3.2万册，年刊登作品数量近300篇（首）近100万字。目前，《中国金融文学》杂志不仅成为中国作家协会直属的行业作协重要会刊，为作家们提供施展才华的舞台，也是弘扬时代精神、传播金融文化和连接全国金融员工的重要文学桥梁，成为金融系统内外大众喜爱的读物。《金融作家》公众号，年发表300多位金融作家400多篇优秀作品。为了搭建多形式、多渠道的平台，中国金融作家协会还协同《中国金融》《金融时报》《金融博览》《中国金融文化》《银行家》《金融文坛》《金融文化》等报刊，为金融系统作家文学爱好者提供了更加广阔的文学舞台。

自中国金融作家协会成立以来，以"中国金融文学奖"为支撑点，着力创建金融文学品牌。自2011年至今已经成功举办了三届中国金融文学奖的评选，累计有200余部（首）作品获奖。中国作家协会领导及著名作家、评论家李敬泽、阎晶明、李一鸣、彭学明、梁鸿鹰、邱华栋、孙德全、何振邦、冯德华等人担任终审评委，体现了获奖质量和评奖的权威性。中国金融文学奖评奖活动范围广、层次高、影响大，评奖后正式发文通报全国金融系统，新华社、《人民日报》《光明日报》《文艺报》《金融时报》等多家媒体都进行了宣传报道，在全国引起了较大反响。

"千淘万漉虽辛苦，吹尽狂沙始到金。"这些文学成就充分证明广大金融作家具备了胸怀国家、胸怀金融的视野，金融扶贫、绿色金融的理念已经扎根于他们的作品中。如反映农村金融扶贫的《天是爹来地是娘》，带领乡亲脱贫致富的电影《毛丰美》，讴歌金融体制改革的长篇小说《新银行行长》《贷款》《高溪镇》《催收》，反映金融服务实体经济的《银圈子》《希望银行》

《海天佛国的中行人》《驼背银行》，反映促进多层次资本市场健康发展的《资本的血》《中国金融风云》，健全金融监管体系的《一眼看穿金钱骗术》，记录金融历史的《大汉钱潮》，等等。创作题材涉及金融改革发展的方方面面，创作类别也涵盖了长篇小说、中篇小说、短篇小说、散文、诗歌、评论、影视剧本、报告文学等。一部部作品记录的是金融事业的一个个生动场面，一串串诗行呈现的是金融人的一幅幅鲜活画卷。这是中国金融事业的春天，更是中国金融文学的春天。

成绩的取得主要归功于三个方面：一是经过新中国七十年的大发展，中国金融事业取得了令世界瞩目的成绩，它为文学创作积蓄了肥沃的土壤；二是中国金融作家协会励精图治、奋发有为，以快马加鞭的节奏为会员创作提供了绝佳的环境，为金融作家创作提供了一流的服务；三是中国金融战线上涌现了一批有思想、有情怀、有理想、有能力的作家，他们快乐地奋战在金融第一线，幸福地记录着身边优秀的人、精彩的事。这三个方面因素凝聚了"天时地利人和"的精华，而精华的基石还是中国金融事业的波澜壮阔和发展壮大。

如何让金融文学为中国文学大家庭发光发热，并成为指引全体金融文学人前行的光亮，这是中国金融作家协会重点研究的课题。经中国金融文联批准，中国金融作家协会与湖南大学出版社通力合作，决定由中国金融作家协会征集、选编，湖南大学出版社出版《当代金融文学精选》一套，系统地展现新中国成立七十周年以来，中国金融题材小说、散文、诗歌、报告文学、剧本、文学评论等创作成果，弥补当代中国文学丛林金融文学丛书的空白和缺憾，以推举和激励优秀金融文学艺术工作者，繁荣中国金融文学事业，为新中国成立七十周年献上一份金融人的文学厚礼。

《当代金融文学精选》堪称鸿篇巨制。本套丛书以讴歌金融人的精神为己任，根据文学自身的规律和金融文学的特征，秉承"金融人写金融事"为主要特征的文学理念，确定基本框架，精心策划，精心遴选，精心编排。为了确保作品的质量，中国金融作家协会成立了以中国金融文联领导、专家和杂志编辑为编委的作品编辑委员会。按专业特长分工，从金融机构和作家申报的作品中，经过长达数月的辛勤工作，最终组稿成12卷本的中国当代金融文学精选丛书一套：长篇小说4卷、中篇小说1卷、短篇小说2卷、散文

1卷、诗歌1卷、报告文学1卷、影视戏剧文学1卷、文学理论与评论1卷。选取了长篇小说23篇，中篇小说15篇，短篇小说45篇，散文45篇，诗歌近400首，报告文学31篇，影视戏剧文学10篇，文学理论与评论37篇。硕果累累，气势恢宏。

这些入选作品是新中国成立以来，尤其是改革开放四十年来壮丽的金融事业发展记录，更是中国金融事业取得巨大成就的见证。中国金融作家协会在中国金融文联和中国作家协会的正确领导和大力支持下，以记录和讴歌壮丽的中国金融事业为使命，带领全体作家深入学习贯彻习近平总书记有关文艺和金融工作重要讲话精神，以深化金融作家组织建设为基础，以宣传介绍金融行业先进的人物和事迹为重心，以鼓励和扶持金融作家创作优秀作品为己任，以推广金融作协和金融作家的影响力为追求，以文学的名义用精品力作为中国的金融事业鼓与呼。

从"养在深闺无人识"到"万人瞩目任端详"，《当代金融文学精选》能在这么一个值得纪念的年份出版，这是全体金融作家的幸事，更是金融文学的幸事！广大金融作家适应行业需要，兼顾写作的实用性、文体的多样性、参与的广泛性，初步形成中国金融文学的特色，那就是"写人叙事，不拘文体。信札公文，亦可荟萃。百花竞放，满园春色。开锦绣文章之先，为中国金融存史"。作为一名金融作家，最荣耀的不过是将自己最精彩的作品奉献给国家、社会和人民，让自己的作品与祖国同寿，与天地齐辉。这是一名金融作家对新时代最好的表达，也是一名金融工作者最无上的光荣。祝贺所有入选丛书的金融作家，也衷心感谢那些为金融文学默默奉献的金融作家和广大的金融工作者！

寄语金融文坛好，明年春色倍还人！

是为序。

2019 年 9 月 7 日

北京金融街

目录
Contents

说蝉

■ 刘春声

入伏了，窗外蝉鸣四起……

早晨，在院儿里的树下，捡到一枚完整的蝉蜕，捧在手心朝向晨曦，它像剔透的琥珀，六只小脚蜷着，仿佛在沉思。其实，脱壳而去的它，早已栖身在高高的树上，一鸣惊人了。

蝉，雅名谓之蜩，又称"知了"，北京人俗呼"唧鸟儿"，仅百里之隔的天津则呼为"唧嘹儿"，都取其在夏、秋时节鸣叫，声音响亮的缘故。

小时候，常和同伴到动物园后身儿的高粱河去粘唧鸟儿，那里树密人稀。粘唧鸟儿的粘子是用自行车气门芯的胶管儿或者猴皮筋儿熬的，太稀了不行，会流淌；太稠也不行，易干。然后抹到细竹竿的顶端，做好这些准备工作，就要开始行动了。首先要确定目标，蝉很机警，稍有异动就会飞走。所以，发现目标后，先要记准它的位置，然后以树干为掩护，蹑手蹑脚地接近，等到了树干下，它还没有发现，就成功一半了。这时，屏住呼吸轻轻探出头，看到它翘起的翅膀即可，再将竹竿儿慢慢儿地伸到它的翅膀处一点，那唧鸟儿被惊动后猛然飞起，两个翅膀一扑棱，就被粘在一起掉落在地上。多数的时候，因为竹竿不小心碰了树枝或者树叶，蝉就被惊飞了，瞬时从空中洒下几滴水珠落在脸上，都说那是蝉的尿，很让人丧气。其实那是它的口器从树干抽出来时带出的汁水。这个玩法是几十年前男孩子的乐趣之一。还有捉蜻蜓，那办法更绝，一讲就跑题儿了，按下不表。

蝉由于常居高枝，古人误以为它是靠餐风饮露为生，又因它体态娇美，声音连续悠扬，于是人们发挥想象，创造出诸如"蝉韵""蝉清""蝉露""蝉冠""蝉鬓""蝉娟""蝉媛""蝉嫣""蝉联"等优美的词语。总之，人们是喜欢蝉的。

诗人也喜欢以蝉入句，我小时候读《唐诗三百首》，最先背下来的就是骆宾王的《在狱咏蝉》：

> 西陆蝉声唱，南冠客思深。那堪玄鬓影，来对白头吟。
>
> 露重飞难进，风多响易沉。无人信高洁，谁为表予心。

骆宾王是"初唐四杰"之一。后因触怒武则天被诬下狱。在狱中，他写下了这首著名的咏蝉抒怀之作。借蝉喻己，抒发心怀高洁而不被人相信，满腹心事却无处表白的怅恨之情。

画家中画蝉最棒的是齐白石老人，他笔下的蝉活灵活现，呼之欲出。特别是透明的蝉翼，让你简直不敢相信这是出自人的手笔。看画的人常常不由自主地屏住呼吸，好像生怕把那小小的虫儿惊走。

蝉入纹饰古已有之。商周等早期的青铜器常常装饰蝉纹，分有足无足数种，通常饰于食器、饮器及礼器上，蝉形体小，很适合以二方连续图样表现。青铜器的铸造者钟情于蝉，是不是取其饮食清洁并具有蜕变其形、死而复生的寓意呢？

还有玉琀，玉琀又称"含玉"，是含于亡人口中的葬玉，做成蝉的样子，流行于汉。这种葬俗是希望亡人"蝉蜕"复生，灵魂延续。值得一提的是，玉琀的砣制，最能体现汉代的"汉八刀"工艺。线条简练，粗犷有力，寥寥数刀，形具即止，故有"汉八刀"之美誉，这种表现手法正是中国造型艺术崇尚写意的经典。

我也喜欢蝉，在军中时，曾拜驻地制砚师傅学习刻砚，在师傅指导下曾仿刻过掌心大小的紫石蝉形砚一方，虽然石材不名贵，手艺也不高，但毕竟出自己手，所以珍藏至今。

以蝉入名的人更多了，古时东汉有美女貂蝉，国色天香，有倾国倾城之貌。到底有多美呢，传说貂蝉降生人世，一连三年桃花、杏花一开即凋；貂蝉拜月，月里嫦娥自愧不如，匆匆隐入云中。王允欲除董卓，设计将貂蝉明献董卓，暗许吕布，最后董卓和吕布因貂蝉反目成仇，吕布终于将董卓除掉。

《三侠五义》里有个故事，主角是位少女，叫柳金蝉，和书生颜查散相好，后双双被恶人迫害而死，包拯明察秋毫，下地府，探阴山，终于查明案情，严惩主犯和帮凶，柳、颜还阳，喜结百年之好。有一出京戏就叫《探阴山》，是铜锤花脸的看家戏，饰演包拯的都是名角，其中，裴盛戎唱得最好。

当代人中以蝉入名的也有许多，名气大的要数老一辈女中音歌唱家罗天蝉，现在五十岁往上的人可能都记得她，她的歌声音质纯净清亮，音域宽广流畅，高亢华丽，有着一种少有的艺术魅力，被誉为有"根"之歌，有"心"之曲。难道是巧合，名字中的"蝉"让她天生就有一副好嗓子？

古往今来，人们喜欢蝉，将各种美好附加在这小小的鸣虫身上，把它视为吉祥之物，而把对蝉的赞美发挥到极致的要算晋代的陆机了，他在《寒蝉赋序》中写到蝉有六德："夫头上有缕，则其文也；含气饮露，则其清也；黍稷不食，则其廉也；处不巢居，则其俭也；应候守时，则其信也；加以冠冕，则其容也。君子则其操，可以事君，可以立身，岂非至德之虫哉！"

陆平原对蝉的这一番评价，简言之就是彬、清、廉、俭、信、仪。以物喻人，一个君子具备这些操守，才可做事，方能立身。

（原载《北京青年报》2016年8月5日）

作者简介

刘春声，中国作家协会会员、中国长城文化研究会副会长、《中国钱币大辞典》编纂委员会委员、主编。鲁迅文学院作家研习班学员，著有长篇小说《天雨》、鉴赏文集《中国古代镂空花钱鉴赏》、曲艺文集《情满吕梁山》、散文集《探花集》，发表文学作品、杂文、学术论文等百余万字。现供职于中国民生银行总行。

乡村集市

■ 若荷

集市，起源于史前时期，用以商品的聚集交易。交易的商品，也不过是些饱腹之物，还有猎获之后剩余的兽皮、兽骨之类，抑或是植物叶、茎做成的衣裳。那时的集市，不过是一种简单的物物交换场所，完全是出于生活的需求，后来发展到宗教节庆、纪念集会等，附带民间娱乐活动。商品的交易，预示着人类文明的进步。北宋画家张择端，可能是将集市绘入画中的第一人，他把北宋汴梁街头的古朴房屋、各色人物，云集的商船与小桥倒影，悉数画入世人皆知的《清明上河图》，故此画卷也成为众多存世精品中的国宝级文物之一。这幅画，既有村镇集市的展现，亦有乡间民俗的记录，是最早亦最全面体现城镇民间生活场景的巨幅画轴，画面上的建筑真实生动，人物栩栩如生。

不过，真正的集市，还是以商品交易为主，在一些经济不很发达而交通运输又较困难的地区，仍保留定期的集市式商品交易，交易的商品一般为日常易耗用品和当地土特产品等等，以便服务于集市附近的乡村居民，比如我们北方的乡村。北方的乡村，多坐落于高低不平的山洼。道路崎岖，村庄零落，在紧靠公路的一些高低不平的地段里，既没有人去盖上房屋，也没有人种上庄稼、树木，就这样空空地闲置着。坑洼不平的地面，已被踩踏得十分结实，一看就是经了无数岁月和人迹共同夯实过的样子。

在这里，能够看到一些用石板石块搭成的石凳石台，参差不齐地摆成几排，像要召开一个与之有关的会议，只是大多时候，它们面对的都是沉寂的时光。这些石凳石台也不像我们曾经用过的工艺石器，被人工打磨得顺滑照人，而是就地取材用当地的石板石块交错垒起，达到能够坐在上面喝茶聊天，能够将货物摆在上面供人挑选的目的而已。但它们仍然不失为乡村里的石凳、石桌。它们保持着山里石材的原貌，没有任何人工雕琢的痕迹，在这里，它们不需要像艺术品一样需要被打磨得那么精巧、细致。

这些哑默的石凳石桌，待在这个空地上很久了，每过几天，便约定俗成地有来自四面八方的人向它汇集，有的担着新鲜的蔬菜，有的拖着装满果实的板车，有的用三轮车载来各种花色的布匹。石桌上摆上青红的蔬菜，半空中拉起悬挂布匹的绳索，最大的空地上扯上了帆布大棚，里面挂出大大小小的成品服装，简陋的木制柜台上摆满了枕巾、沙发罩、童衫童鞋之类，而这些汇集而来的人们，则成了石凳石桌暂时的主人……

空阔的露天场地上逐渐热闹起来，让它热闹的原因，不光是南来北往的车流、人群，还有家畜的哞咩，商品的色彩，高声吆喝的叫卖，锣鼓喧天的戏曲唱段与喝彩——这就是乡村的集市。这里的集市，一直保持着五天一集，每个乡镇集市的日期又相互各异，也不知何时开始的，不知何时约定的，乡俗村志里也少有集市的记载，总之一直延续至今，存在于每个村庄的角落，存在于每个村民的记忆里。它的存在，也许已经有几百年了，从这个乡村的人们聚集为一个乡村开始。

与城市相比，乡村常常是寂寞的，寂寞久了，便向往那些没有来由的热闹，而集市，就是衍生这种热闹的地方，是热闹的所在，它像一个标点，坐落在乡村的一角，安静，而又充满了神秘，仿佛潜存着一股强大的活力，只需一个声音稍稍搅动，就能喧响出集体的笑声，喧响出一种生命的能量。不需要谁去为它细致入微地描摹、赞美，自有朴实、古老、合理的存在，寻常的烟火，才是岁月最真实的轮廓。

乡村离不开集市，无论是道路的遥远还是地域的偏僻，能够最大程度解决这一矛盾的就是乡村集市。与城里的超市不同的是，这里的商品不奢华，但生活用品丰富，价格合理，少有水分和暴利，买卖交易亦更加自由、随意。在乡村，人们把集市看得很重。在乡村里居住，如果没有超市可以，但是倘若没有集市，这个乡村就显得冷清，孤僻，不尽人意。失去了人与人、村与村之间的消息沟通，这个乡村才真的成了一个闭塞的乡村。

在某些程度上，集市就好比是乡村的血管，而农贸产品就是集市输入输出的血液，新鲜的农副产品需要从这里输送出去，以弥补城市里农副产品的不足，城里的电动车、孩子们的电动玩具，先进的农用机具，时尚的各年龄段的服装，也要这样从城市里运输进来，走向山区这一个个偏僻的村壤里。集市是属于山区的乡村的，它能够延续到现在，无论是现在还是将来，一定有它存在的价值。

农家的生活是离不开集市的，他们把务农所得的商品拿到集市出售，就能换来整整一年的收入。勤劳持家的农村主妇离不开集市，她们需要到集市上为小孩做一件肚兜，为老人扯一件衣裳，为自己买一支发夹。小孩子是喜欢集市的，他们可以在大人的引领下，到集市上挑选心仪已久的玩具、零食。老年人喜欢集市，他们可以在这里与同龄人聊天，背上一个布袋起个大早走向集市，这一天就是属于他们的了。他们可以一起聊上一个上午，渴了买碗水喝，饿了到小饭摊喝上一碗豆腐脑接着再聊，谈谈儿婚女嫁，说说当年的收成。

住在附近的人家，挎一筐捆扎整齐的青菜从家里出来，就可赶到集市上摆卖，这都是自产自销的好蔬菜，没有污染，没有太多的病虫害，有的就是青翠喜人的样貌。这几捆新鲜可人的青菜，或许就能换来几斤新鲜的鸡蛋，而那些养鸡的人家，攒上几十个鸡蛋用包袱拎到集上兜售，卖鸡蛋的几块钱就能换上几斤馒头几把挂面，或给孩子称几斤南方出产的水果。

沂蒙山区有一种旱烟，叫坦埠绺子，又名"柳叶尖"，以烟叶酷似柳叶而得名，晒干后像柳叶一样捋在一起，手一揉就碎了，碎成了土黄的烟末。我从记事时，这烟就在当地经销了，一年四季的集市上，都能看到有人在那里摆卖。他们只在地上铺一块防潮布，上面整齐地码着带了一截烟杆加工扎束的成品，深得老年人青睐。据说这烟叶，数百年前就以其油分足、色泽紫红、吸味醇正、香味浓郁、灰白火亮、易燃味足等特点，名扬大江南北。二十世纪五六十年代，在沂蒙山区工作过的人们，对它的记忆至今犹新。我的那些父辈们，就与这种烟的香、辣、浓成分一样，熏陶出沂蒙山人的纯朴与豪迈，侠骨与柔情。不论是当地的故人，还是远在他乡的异客，只要听说坦埠绺子，便生出挥之不去的情愫。

我曾那么喜欢集市，还在孩提时候，只要有时间，集市上就会出现我和玩伴的身影。我们把去集市叫做"赶大集"。逢集市当天的早晨，天刚蒙蒙亮，东方初现鱼肚白，一座铁匠炉便在距离集市稍远的角落里支起，随着风箱的推拉，不一会儿，一炉熊熊的火焰燃起，一双有力的左右手举起铁钳，往冒着热气的炉火之中嵌进一块并不规则的铁器，拉起风箱把它烧红烧软，叮叮当当的打铁声便响起来了。在我的记忆里，那叮叮当当的声音，就是一个集市的序曲。辛劳一年的农人带着他们的农具，要在这里进行一次庄严的煅打、淬火或者是修补。

在乡下居住时，母亲每隔几天是必赶一趟大集的，她购买的东西不是太多，但从来没有空手过。庸常的日子里，一个简单的菜篮里是少不了青绿蔬菜的，黄瓜、芹菜之类在当时还比较稀罕。我记得一种扁圆形的"蟠桃水萝卜"就让我大开眼界，更别说百吃不厌的山桃、棠梨了，偶尔有樱桃可买但价钱很贵。过年吃团子是江南许多地方的风俗，北方人过年大都是吃水饺和米饭，把大米和小米合在一起用水淘净，放入一口大锅内加水温火煮熟，等大年除夕之后全家人再享用，叫做"二米粥"或"隔年饭"。

虽然不做团子饭，但北方人家的孩子们过年，逢年过节的时候，集市上也会有人卖一种"花鸡团子"，也是用大米做成，只不过是经过了机器的高温膨胀，用熬化了的糖稀粘连在一起，揉成鸭蛋大小的团子，最外面粘上用颜料染过的米粒，红的粘成花朵，绿的粘成叶片。集市上，卖"花鸡团子"的都是些老人，其次是走村串巷的货郎。他们手摇拨浪鼓，担着个挑子，一头是一摞无盖的屉盒，一头是一只枣红脱漆的木箱，箱子上面架一副木头架子，架上挂着用线穿好的"花鸡团子"。打开木箱的盖，也是一层一层的屉盒，一层陈列着"花鸡团子"的零部件，随时可以穿上一串挂在箱子的架上，一层堆放着婆婆媳妇们喜欢的针头线脑。"花鸡团子"

买了来，不舍得吃，用一根秫秸挑着，秫秸一端压上一只重重的碗，一端悬挂在八仙桌角的旁边。

过年的时候，母亲还买几朵绢花，插在春节粉刷出来的一面墙壁上，除夕一到，这面墙壁便成了新年的绢花和历年证书的展台，每个人的成绩和荣誉在这里都得到展示，是激励我们奋发上进的荣誉墙。小人书，年画也是必不可少的，但它们必须在新华书店里才能买到，因此每年大集的那几天，新华书店也是人山人海。我十七八岁参加工作，冬天，在城里上班，新年之前去新华书店闲逛，进去不久差点被挤出来。好不容易挨近柜台，喜欢的年画早已销售一空。只好买些印帧美观的明信片，用厚厚的胶纸印制，一套为十张，每张上面以浮雕的形式压印着不同形态的花与猫，这些精美的明信片我一直收藏到现在。

听老人们说，旧时的集市上不光有商品交易，每逢农历节庆时集市还会组织庙会，请民间戏班子在集市上扎台唱戏，比如上元节，中元节等。这时的集会往往一期就是好几天，白天赶集、听戏，晚上就看花灯，《红楼梦》里就有上元佳节霍启抱着英莲出去赏灯丢失的情节。在这些节日的集市中，上元节的集市算是最大的集会了。一般腊月节只有集市，没有庙会，集市上除了蔬菜，还出售烟酒糖茶、烟花爆竹等节日用品，到处杀猪宰羊，着红挂绿，好不热闹。人们纷纷筹备年货，集市上的人骤然增多，大年未至，已然显现出了浓厚的节日氛围。

二十世纪八十年代，集市曾经是年轻人的天下，摊前摊后，到处可见朝气蓬勃的年轻人，不甘寂寞的他们或徒步或骑着自行车去赶集。走在熟悉的田间小路上，兴奋的情绪染红他们的脸颊。平常的日子，他们除受家人之托带土特产在这里进行买卖，每逢佳节，还喜欢在这里凑凑热闹，满怀希望地在熙攘的人海里寻找一个来自异性的眼神，以便激起他们青春的火花。那时的年轻人虽学历低但读的书并不少，胸怀抱负，图书馆像现在的电视和网络一样让他们着迷，一些文学、时尚类杂志也都引领着他们心灵的方向，从城市到乡村，二十多岁的他们对未来充满了美好的憧憬和理想。

而现在，随着外出打工人员的增多，年轻力壮的人都到外地打工去了，乡村集市上已经很少看到他们的身影，人来人往的人群中，大多是些中老年人，他们在集市上做一些简单的买卖，更多的商品，则来自从城里赶到乡村集市上的小贩。旧时虽有"千里不贩青"之说，但他们仍然有人能从很远的地方贩来鱼肉、蔬菜，水果更是不远千里，经过包装之后从南方各种产地运来。在经过了一路风霜的奔波，若干天后，那水果摆在车上依然新鲜。不知用的什么方式保鲜。"千里不贩青"意为路途遥远，贩来的蔬菜运不到目的地就会烂掉，但在交通运输发达的今天，千里的水果百里的蔬菜运到北方的山区，已属寻常小事。

　　每次去集市赶集，面对那些流动的人群，我都流露出讨好的表情，生怕他们对集市失去了应有的兴趣，幸好从年老到年少者，他们对于集市的热情丝毫不减，这令人心安。对于一部分远离城市的山村来说，那里的人们若是离开了集市，不仅是刚刚成熟的菜蔬、粮食和水果难以出售，那些渴望热闹却留守在家的羸弱老人和孩子，也会因为集市的消失而深感时光的漫长和寂寥。集市能将沉寂的空气砸出响声，也能将凋敝的村庄掀出欢笑。

　　集市是人类生活的重要部分，历朝历代的史书上都有关于集市的记载。书上说，"集"的含义本身就有"人与物相聚会"之意，也有些地方，把"集"叫做"墟"。所以古人也把集市称作"墟市""集墟"。只是随着乡村人口的减少，集市日渐稀落，前来赶集的人也越来越少。网购一度降低了超市的购买力，超市是否也能替代乡村集市的交易？网购可以足不出户，一个快递就把货物送进家门，动动手指，翻翻网页，浪费不了多少时间。超市里的蔬菜外观整齐，新鲜干净，收纳方便，只是偶尔担心、思虑它们的来源。

　　每到外地，只要离乡镇近些，我都会打听集市的时间，一有机会就去集市听听市声——各地小商小贩的吆喝，因为口音的不同，所以很有特点。去年夏天我去安徽的来安，那里有个长山村，我们出差的几天里恰好有一个集，便专程去看了看。集不大，几十个摊点，但是人气高涨，前来赶集的人来自四里八乡，不大的集市上，你言我语，热火朝天。简略问了一下，几乎每个摊点都过交易。就是时间短促，清晨六点上人，十一点钟就各自散了。长山是有名的山东村，那里的住户百分之九十是从山东迁徙而去的旧时的移民，他们说着一口熟悉的家乡话，有着同样的乡情和乡音。客居异乡的他们，至今大都能说出老家祖上及亲戚的名姓和住址。

在这小小的集市上，大张旗鼓占了很大面积的，是卖山东煎饼的摊位，然后是成堆的西瓜、脆瓜，蔬菜摊位并不多，因当地人家都种着，买的不多，所以就不太上市。有一种菜我吃着很好，记得叫红苋菜，朋友说是紫甘蓝，在山东没吃过。有几个小摊上摆着小龙虾，红色的躯体，弓着脊背，挥舞着巨钳，张牙舞爪地向同类左攻右击。卖鸡蛋的和手编提篮的摊位排在一起，余窃以为非常地合适，如若想买鸡蛋可是空着手，没带盛放的工具，那么那一只只大小不等手工编织的提篮，可不就是很好的家什？

听母亲说，她的邻居，那些六七十岁的阿姨每集都要去赶，那么喜欢赶集，也不知为了什么。我就说，还不是为了便宜。我知道许多城里人，或像我这样的主妇，每当驱车路过集市，都要顺带买几把青菜，不光图便宜，还要图吃起来放心，不像某些塑料大棚里的蔬菜，上了过量的农药和化肥，对人体有害。许多年赶集的经验，让我知道了集市越小，卖菜的人越朴实。他们的菜，大都为了自己食用方便，种多得多，种少得少，出现剩余，这才拿到集市出售，换个零钱，不为营利。

我有一些朋友和文友，每次回家，都选在家乡的集市那天，一是回家帮着做些农活，二是顺便赶一趟大集，于是那一路的所见所闻，便被拿回来当作了话题。我听了也觉欣慰，仿佛与我有关似的。我承认，我是一个深有故乡情结的人，对于远离故乡的游子来说，面对渐行渐远的村庄，很难不会生出愈聚愈浓的乡愁。他们对故乡的唯一期望，就是能够从故乡热闹的集市上，拣拾起童年零落的记忆，感受家乡熟悉的气息，尽管这故乡，可能是个贫困、凋敝而又缺乏诗意的僻壤。

（原载《黄河文学》2015 年 6 期，《散文选刊》2015 年 9 期选载）

作者简介

若荷，本名宋尚明，女，中国作家协会会员、中国金融作家协会理事。作品散见《中华散文》《散文选刊》《散文（海外版）》《散文百家》《名作欣赏》《少年文艺》《山西文学》《青年作家》《雪莲》《黄河文学》《山东文学》

《时代文学》等国内外报刊。作品入选《中国散文年选》《中国精短美文精选》《中国散文精致读本》《中国散文经典》等选本。著有《悠悠茶香》《像一片叶子一样成长》《高天上的流云》《善良如嘉木》《月色中的栀子花香》等多部散文集。获"沂蒙文艺奖""齐鲁散文奖""齐鲁文学最佳散文作品奖""中国金融文学奖""中国包公散文奖""冰心散文奖"等奖项。现供职于山东省蒙阴县农村商业银行。

乡愁绘本·泗

■陈绍龙

一落笔，葳蕤的烟气便弥散开来。点点滴滴，泅润在故乡这张素笺上，从恣意浸渍的痕迹里显现出来的，都是乡愁的影子。

一

晨起，对镜梳妆，瞧见两边分开的一丝不苟的头发，不觉莞尔。你是无论如何也不知道缘由的。

脚踩门框，膝抵门楣，手拉门栓，"咔——咔咔"，然后是"叽——"的一声，接着，整个秋李郢是"叽"声一片。户枢动，门臼声出，打开门，一如踩离合、挂挡、发动车响，从这一连串组合的动作中你会发现，每一个日子都叫村民们熟练地驾驭。方向盘硕圆，引擎绯红，启动，上路。

这部上了路的汽车就没有熄火的时候。

黎明即起，洒扫庭除。《朱子家训》也是秋李郢人治家过日子的描红本。横平竖直，钩挑点划，纵是点肥撇瘦，或是捺斜提歪，却也不走大字。我首先听到的声响却是这般地细碎，或者柔软。洒扫庭除用的是鸡毛掸子。

掸桌、凳、椅、柜，掸放在家堂厨柜上的老照片。轻描淡写，多数只是这么一描划，有点象征的意味，室内室外，心里心外，便觉得敞亮了许多。其实，我听到最多的是扫帚的声音，是扫帚与地面的窃窃私语。

院不大。门前始，分两边向外扫去。一来，一去，地上写满密密的"人"字。说也奇怪，布满"人"的小院即刻干净了许多；有时，也觉得有点滑稽，甚或可笑，那小扫帚枝条扫过的地面，像是叫梳子梳过的"小分头"，纹路清晰可辨，中间，还有分发的一路白痕。小院一下子变得油头粉面、油光可鉴起来。好些年，每每晨起梳头，还会因着这一莫名的联想，自得其乐。

我这样乱想。这缘由哪有人知。

有院墙的自然是院子，没有院墙的多，门外，比着院子的大小，扎几道篱笆，栽几行冬青或是蔷薇。绿叶是墙，花香也是墙。

哇，下雨啦！

也有说下雪啦的。我妈是我们家天气预报的首席播报员，她早起。几乎在门臼"叽"的瞬间，我妈就报当天的天气了，铁准。门臼的"叽"声像是电台上整点报时的那声"最后一响"。她这么大声说是给自己听的，也是给家里人听的。有时，我睡着了，或是我妈"播报"的声音小，我没听清楚，屋里，我会扯着嗓子喊："妈，外面下雨了没有？"

"妈，外面下雨了没有？"

我妈懒得理我。她要去打开鸡圈的门。一院鸡，"咯、咯、咯"地围着讨食。我妈便到土瓮里舀半瓢玉米或是稻子，撒在地上。鸡们"咯、咯、咯"地低头啄食，一会儿的功夫，地上的鸡食便叫鸡吃完了。鸡呢，还围着我妈，"咯、咯、咯"地撒娇。我妈不会再舍得去舀半瓢粮食的，将瓢翻过来，敲两下，一方面看瓢里是不是还黏着一两粒粮食，一方面也像在告诉鸡，没了吧，散了吧！其时，我妈顺手将手里的竹竿向鸡舞过去；鸡也识相的很，竹竿还没落下，一个个便展开翅膀，近乎贴着地面，外出自个儿觅食去了。

猪在哼哼。我妈在转身去舀鸡食的当儿，她已把猪食舀在猪槽里了。猪也像是掐准了时间似的，朝猪圈门不停地用嘴拱。几根竖起的木橛，叫拱得圆光溜滑的。等到我妈把鸡和猪们伺候好，她会没好声地嚎我：屁股叫太阳晒蔫了才好！

我像是我妈养的另一只鸡，或是另一头猪。

千篇一律的扫帚声响毕竟单调，我妈的"下雨"声也让我兴奋，反复地唤我妈给我穿衣服起床，喜悦之情难以按捺。檐下等雨，雨中捉泥鳅，自然都是乐事，或者，就站在檐下，拿一竹枝，去把雨地上一个个水泡挑破。一地水泡。不出半个时辰，衣湿，鞋湿，笑声湿，整个身子，一如整个小院，都成了落汤鸡，哪还有"小分头"的影子。

二

一片雨烟。秋李郢很静。

雨滋养水稻、麦，雨让秋李郢这株宿根生的庄稼，浸润在朦胧、神秘的氛围里。

弧形的小瓦，巴掌大，排成的瓦棱隆起一条条的脊。凹槽里是又一路斜躺下的小瓦；四下珠溅的雨在瓦棱上欢跳，形成一层薄烟。褐色的小瓦因着雨烟的洗濯，有了黛青的色彩，或是沾了粉白的意蕴；瓦棱上的瓦棱草业已结籽，或是开花，壮实粗矮，雨的浸润并没有让它们多有惊慌，只是在雨中不停地抖动；你只是对着这檐雨发呆。这檐雨没有因为你的关注而有半点停留或是不舍，它们会顺着瓦棱，或是躺着的另一行的凹槽，一点点地，滴落下来。地上，有一排滴雨石。为防雨水伤墙，屋四周会铺有滴水坡，坡上码有滴雨石。石上，很有规则地排满了蜂窝般大大小小光滑圆润的洞孔。水滴石穿，这些都是雨的力量。

这排滴水坡是村里少有不泥泞的地方。我们会赤着脚在滴水坡上跑来跑去。妈妈在雨日里纳鞋底，或者补衣服。地上放张席子，妈妈席地而坐。或许觉得我们这样跑来跑去热闹，或许觉得老是坐在席子上也乏，妈妈也会站起。其时，妈妈并不老。我看过妈妈在雨日里穿着绣花鞋在滴水坡上走路的身影。妈妈漂亮的身影叫烟雨浸湿。那帧身影真的很美。那双绣花鞋后来我几乎就没有再看到妈妈穿过。那双绣花鞋叫妈妈埋在了箱底。箱底还有鞋样，还有为绣花鞋绣花用的花样。鞋样和花样都是用纸剪的。

红油纸伞斜靠在墙边，散发出的新的桐油的味道还没有完全散尽。雨珠从伞骨上滑下来。这个丁香一样的女孩只在雨巷里，在雨巷里倚望，或者彳亍。

这是秋家的老宅。秋李郢少有瓦屋。我住进的这座老宅村里人说是我父亲下象棋赢来的！这幢瓦房是秋大家的。秋大喜欢下棋，我父亲也喜欢下棋。秋李郢这两棋迷各人带一副象棋，走哪下哪。为下棋，打过平伙，赌过香烟，脸上贴过纸条。见面，互损：臭棋篓子！谁都不服谁。因为下棋赌房子这是整个秋李郢人没想到的。总之，我们家住进了秋家的老宅。

烟雨之中，这段往事几乎让我的整个童年都没有平复下来，也让秋李郢人跟着好奇。这样的好奇总觉得有点诡异，一如笼罩在瓦棱上的那层雨烟。

雨在下。

雨年年在下。

雨烟散开，这段往事让我的整个成年也没有平复。父亲对着瓦棱草发呆，嘀咕。我在父亲的嘀咕声中拼凑出了这样一个事实：秋大的父亲过去是秋李郢的大地主。秋大继承了这幢老宅。秋大住在往日的房子里，想"复辟"，过大地主的梦想生活。"文化大革命"时期每周秋大都要在村头跪着"反省"。秋大受不了这份罪。村上没有人敢接手这幢房子。我父亲说他不怕。换房子的时候父亲又悄悄塞给了秋大一笔钱。

这是雨里的故事。这个故事浸有雨。

有雨的时候，我喜欢依在那所老房子的门前，听雨点点滴滴地嘀咕。

三

"呵——"

这里是向晚的小院。

西天，那硕红的眸子把云染红，秋李郢安静下来。天空中掠过的羽痕浸满亮光，一晃，便通体着色。这么稳稳地站着。所有的光亮向一个方向倾斜，飘，或是涌动。如果用延时摄像机拍摄下来一定会很有趣。此时的眸子倒像是一个吸口，羽翼擦天而过，周遭有"哗哗哗"的声响，这个吸口像是高铁或是飞机上的马桶，你只是这么一摁。一摁。一摁而已。天空渐次变得干净起来。浑然一色，天鹅绒般的幕布便四下开启。

当然，这只是诗人般的想象。想象很乱。想象有时候不一定干净，或是不一定漂亮。我站在小院的时候根本就没坐过飞机，那会儿，也没有高铁。穿越而已。再说了，随着夜色的降临，纵是天幕上有一叶飞机，能逃掉那只硕大的吸口？

其实，根本就没有什么延时摄像机，都是慢动作。炊烟慢条斯理地向上攀升，走不了几步，便也无力，瘫软下来。烟气贴着地面，飘飘欲仙。下山的水牛更是慢性子。一步三摇，前蹄落地，后蹄抬起，四蹄腾挪间还不时地把脖子仰起，"哞"地一扬角，拉开嗓子，向着西天的那只眸子就是这么一吼。一茎茎的山路是牛踩出来的，又让它近乎踩断。细听，有叽哩咕噜的碎响，牛在尿尿。这一点也不影响牛的走路、"哞"叫。大S，小S，丝丝相连，一泡牛尿，能绕秋李郢三圈儿。秋李郢自然不大，水牛呢，水吧，牛吧。

没有院墙。院墙隔风。隔阳光，隔亮。竹栅，有晾在竹栅上的梅干菜，还有梅干菜散发出来的干香。透气的院子敞亮，透气的院子鲜活、茁壮。

呵气，呵气。我得借着这一天的最后一抹亮光把台灯的灯罩擦干净。

呵——

呵——

禾纸也叫草纸。这是乡间劣质的纸。黄，叫人心生恐惧，有人家"老人"了，裁成巴掌大的方块，当纸钱，烧。同时，也会留一叠不裁的纸，覆在"老人"惨白的脸上。草纸也是擦灯罩不错的材料。软，却也因为纸质疏松，在罩壁上会留下些许绒状的纸屑，显得灯罩不干净。我这样不停地呵气也是想让灯罩里有些湿气，让这些绒状的纸屑粘在纸上。点灯，一晚熏烤，灯罩颈上会留下顽劣的烟渍。擦这些烟渍时要用力。灯罩是易碎品，这力道把控让我们小孩子很为难。我曾不止一次因为擦灯罩用力过猛而罩碎手破。"手履薄玻"，小心的很。呵气之后，烟渍遇着水气，便少了脾气，乖，好擦多了。罩壁上要是仍有斑渍，我还会向污处吐点口水。

呵气。左手扶罩端，右手堵罩口，端口贴着嘴，将整个鼻孔都罩了进去，我是没法看到我的嘴鼻处会有一圈红色的凹痕的；炊烟，羽痕，彩云，我会把灯罩罩在我的一只眼上，另一只眼闭上，罩中窥景，装模作样，做着战场上指挥官手拿望远镜察看敌情的假动作。我更没办法看到罩口在我眼圈上留下的另一圈红色的凹痕。

我还没有看到下湖人回家的身影。下地劳作，说着"下湖"。"湖"好，有湿气。田地也是另一片江湖。已有炊烟的影子，有牛的"哞"叫。下湖人很快就会回来的。父亲很快也会回来的。他那基因一样刻在我听觉里的脚步声，熟稔之外，甚或让我有几分恐惧。更多的时候，是他搁镰刀的声音，往墙角放锄头的声音。我要分辨这样的声音的分贝。我根本不会转身去看父亲的脸色，我只是试图从声音里揣摩父亲的心情。我甚或以为父亲与我是天生的一对冤家。比如，他常会拿过灯罩，借着亮光，看灯罩颈上有无烟渍，以此来判定我做事是不是认真。

"三岁看大！哼！"

"七岁看老！哼！"

"哼！"

能小小的"嗯"一声，也算是对我最好的褒奖了。现在想想，父亲常常都会用这样"错误"性的逻辑对我进行评判。他的判断和推论我是不敢反驳的。纵是我将灯罩擦得很是干净，在他递给我的时候，不也还是从鼻孔里"哼"一声的么。严父慈母。总是这样。父亲的严苛和无理，或许，便是很多做父亲们的道理。

四

"呱——"

"咕——哇！"

坐在那首古诗里听蛙，染了一身稻花香儿。

身居闹村，蛙最欢。押着水韵，打着节拍。连成片，密不透风，像满天的星。晚风吹，夜风吹，整个夜色像是一张摇曳的荷，清香弥漫，星，月，还有这扯上扯下连绵不断的蛙鸣，便是那叶上晶莹透亮的露，或是水滴。近处，响的，清晰可辨，更多的是迷蒙一片，像雾。这些低声部的和弦，成了乡村的底色。

犬吠，只是这底色上缀着的花。狗叫，让人警醒。人们能在狗叫的节律里，分辨徐缓，分辨自己的注意力是不是要"出警"。少有小偷小摸打秋李郢人的主意，打村庄的主意。一狗叫，众狗叫，成团，和鸣，发出嘶咬的声音，有狠意，有敌意，小偷哪还不闻风丧胆。胆敢造次，一锣响，众锣鸣，火把映天，就是呼叫声和呐喊声，也能把你吓个半死！夜不闭户常有，纵是外出，闭户，他们也会把钥匙放在门楣的横梁上，伸手可及，家家如是。花非花，雾非雾，都是景。

鸡鸣不会起哄，鸡德好。《韩诗外传》说它有"文、武、勇、仁、信""五德"。鸡鸣是乡间旋律的小节线，或是乐章的换板。小时候看《半夜鸡叫》，周扒皮为让长工多干活，半夜扯着嗓子学鸡鸣，引鸡叫。鸡上当了，信以为真。这多少影响鸡的"信"德。后来看过一篇文章，有人对《周扒皮》进行质疑。想想就明白了，《周扒皮》只是一部文学作品。其实，半夜的时候我们也常到鸡窝边，逮住大公鸡，拔鸡毛。选鸡腚上方半寸处，那里的鸡毛最漂亮，长，色彩艳。我们把拔下的鸡毛夹在书里。冬天的时候，送给米丫钉毽子，并央求她，给我也做一只毽子。夜起，想到周扒皮脑袋上会叫鸡啄得满是疙瘩，也会心有余悸。一毽飞舞，一羽飞舞，两人对踢，我踢给你，你踢给我。好几年我都会想着去给米丫送鸡毛的事，觉得自己长大了。后来听李谷一唱《洁白的羽毛传深情》，虽说这只是写体育的歌，我却会莫名的脸上臊热。

更多的时候，我们会在蛙鸣声中做两件事。一件事是去捉蝈蝈，备一笼。笼是高粱秸做的，拳头大小，四方形，边上有一寸许小门。蝈蝈叫，"嘓嘓"，它喜欢伏在南瓜叶上。蹑手蹑脚，寻声而去，此时，你是看不到它确切的位置的，只能靠听。手捷手快，"唧——"，收入笼中。我们把装有蝈蝈的笼子吊檐下。有时，檐口下吊有三四只笼子。蛙鸣，鸡鸣，蝈蝈鸣，方觉，乡间一点也不寂寥。另一件事是徒手捉黄鳝，蛙欢黄鳝出。它喜欢夜间觅食。手电照到它，秧田里的黄鳝纹丝不动。你只消伸出中指，作弯钩状，其余四指弯曲收拢，迅即从腰部将黄鳝"锁住"。就在我们手入水的当儿，往往会从秧田里几乎同时跳过几只青蛙。刚刚还在忘情歌唱的蛙，受了惊扰，蛙鸣便戛然而止。这会让人矫情，乡间的小夜曲里，与人何干。

前些日，我在厦门休假，逗Q。鸡怎么叫，"喔——"，还一仰脖子，极具表演性。想想，今年是鸡年，电视上说鸡的事多。他常看电视。我们笑。狗怎么叫，"汪——"，估计我们没笑，"汪——汪"，又连叫两声。小区狗多，这题不难。那——，一旁的爱人似乎要为他出道难题，老虎怎么叫。"唬——"，为增加威严性，Q还把嘴咧开。Q去过动物园，动物园有老虎。青蛙呢。我只是随口一说，估计这难不住Q。哪知，Q咧开的嘴就没有合上，僵住了。"青——"显然，Q对自己的回答不自信。声音渐小，似乎是把原先咧开的嘴闭上，也像是泄气的气球的放气声。这题他不会，是他蒙的。他干吗不蒙"蛙"呢。厦门少有蛙，城市没有蛙鸣。Q刚满两周，是我的外孙孙。

青蛙的叫声是"青"——我的亲。

五

入土三分。乡村，雨有根。

雨，谷雨，谷之雨。雨为庄稼而生。秋李郢是一株庄稼，秋李郢是宿根生的庄稼。人是百年生的庄稼，稻是一年生的庄稼，炊烟呢，炊烟是一日生的庄稼。

大漠孤烟直。秋李郢的炊烟也直。秋李郢在山脚下，向南是山，向东是山，向北也是山。三面环山，形似簸箕，蓄水，为把山雨留住，秋李郢人在山下筑了一个拦水坝，取名簸箕弯。烟直。山为炊烟挡风，炊烟不为风扰。只是，秋李郢的炊烟不是孤烟，炊烟成排，成串，成片，炊烟很茂盛。我以为，山里的雾，天上的云，都是那些没有散去的炊烟。

一片葱绿。一个坑，又一个坑，仿佛在这一群的小坑里，种上一缕阳光，或是一滴露，炊烟便发芽了，迅速上窜，结穗，飘香；汲取稻草的味道，麦秸的味道，干牛粪的味道，散发出的菜粥的味道，干烘饼的味道，婆婆菜的味道，妈妈的味道，家的味道。燕就在这炊烟间飞来飞去，绕烟三匝，有枝可依。还有麻雀，喜鹊，斑鸠。它们都是这些烟间不经意洒落的墨点。这些墨点在炊烟间洇润开来，生动，空灵。秋李郢的早晨是一幅画，一幅水墨，或是一幅油画。

草垛，也叫草堆。金黄是它们唯一的色调。金黄的色彩点缀在秋李郢，点缀在乡间，乡村很安静，乡村很温暖，乡村的日子里便有了绵绵的炊烟。草垛是炊烟的根。

为积聚起这只草垛，差不多我要用整个冬天的时间：拾草。田埂上没有更多的草，稻草、麦秸喂不饱一年的炊烟。我便去拾叫风吹落的树枝，去拾秋后的树叶。马尾松叶细如马尾，香，着火带油，火苗好看。只是这马尾如针，捡拾一筐马尾松叶，我的臂膀、手上会叫这些"针"扎出密密麻麻的血点；玉米收割是刀砍的，根在地，多有揶揄。玉米的根我们叫它"玉米疙瘩"。玉米疙瘩比马尾松叶有分量，熬火，只是拾它不易。扒开泥土，再把冻成铁疙瘩的泥土在地上或是锹柄上猛砸。常常因为用力过猛，或是玉米疙瘩上的冻泥过于结实，把锹柄砸折，或者，虎口处叫震出血口。我还拾过槐树叶、榆树叶等各式树叶。我奶奶带我到洪泽湖边拾过茅草根。冬后，叫犁铧翻过的黑油油的地上泛有白亮亮的光点，地上布满了蛤类的尸骸，还有一茎茎的茅草根。"三年困难时期"，我是不理解，那些拾来的蓄有汁水的、有淡甜滋味的茅草根没有堆放在草垛上，而是放在了土瓮里，放在了米瓮里。我二叔他们在洪泽湖结冰的时候，还冒险去湖里砍过野芦苇和水中的臭莆。秋李郢人对洪泽湖的野芦苇和臭莆心有敬畏。因为，湖上，总会有人落冰。湖水呜咽，芦花白头，湖风哀号。隔岸，苇成絮，莆如风，冰是一把刀，刈苇，刈莆，飘动的水草是躺着的炊烟，去喂养洪泽湖里的鱼、虾，等待湖水泛青，期盼一芽绿色。

这让我想起"小耙子"来。"小耙子"是拾草的专业农具，竹柄，竹齿，竹栏。竹栏就是固定竹齿的纬，齿叫火烧过弯曲而成。刚买回来的小耙子每根齿的弯节处都会留有火烤过的糊斑。竹小耙子便宜，其短处是竹易折，用不了几次，便豁牙，有齿断。铁齿好，结实，齿扇状，像揸开的手指。不过，这些手指都是弯曲的。拾草的时候，带上小耙子叫搂草。秋李郢有一句俗语，叫"搂草打兔子，一工带两件"。一箭双雕，顺带互利。兔子野地里多，搂草的时候是常能见到兔子的。只是现在再去搂草，怕也难得见到兔子了。现在还有人搂草？有几次我到乡间"农家乐"吃饭，路过集市，多有逡巡，就没看过有人卖小耙子的。

湖水碧绿。湖水荡漾。家乡人叫洪泽湖"大湖"。渐大，才明白，大湖和海一样，是码放在地上的草垛。那些山里的雾，天上的云，与炊烟无关，它们是水的一些枝蔓，雨，才是它们的根。

六

雨有根，雨也类庄稼，生根，发芽，长大。小雨，长大了呢，叫大雨么。小孩子有乱七八糟的想法。

千格篾窗，木棂，木棂上贴一层篾。篾上编有菱形或方格形的图案。窗子简单，近乎寒酸。我看到的窗外只是屋檐。窗紧挨着檐口。檐茅如睫，檐窗如目。茅房矮。秋李郢人住的多是茅房。这么矮的茅房里似乎没有多少高远的想法。我每一个日子里，醒来的第一件事便是：面向小窗。

一瞥而已。

晴，雾，阴，这没什么区别。茅屋依旧暗。地上的湿气重，屋子阴冷里有一丝丝发霉的味道。这样的时候总会有水滴挂在檐口。这些小水滴都依附在茅草的尖上，有阳光照耀，像一串闪烁的珍珠，光闪闪的好看；有时，它们会散缀在巴掌大小的蜘蛛网上，蛛网罩在窗角，或是檐下；或许是体力不支，或许是茅草上积有更多的水、雾、汽，凝聚成了又一滴水，这滴水对前面的小水滴有推搡，一滴水，便从茅尖上滴落；抑或，所有的小水滴们，也都想向窗内，向我，一瞥。

小雨，茅草上的小水滴会成串，大雨，水成帘。雨帘一拉，这会，你是无论如何都看不到窗外更多东西的了。电闪雷鸣，有惊悚大片上映似的，雨倒下来，光压过来。浮云倒影移窗隙，落木回飙动屋山，王安石笔下的窗景没那么野。风劲，这叶窗只是这么牢牢地贴在墙上，怕被狂风吹走似的。外面大响，柳树乖，能弯能屈，迎合风的模样。槐树、椿树佯装刚直，反而更惨，枝损叶落，甚或折断。"卷我屋上三重茅"，风怒号，在夏天，也在秋天。这会，我已拉过被子，复又钻进被窝。

窗外更多是有阳光照射。阳光穿过窗棂，手帕大小的"布"，从墙上始，一路下滑；有时，只是一个光斑。光斑，从一个窗角，移到另一个窗角。"竹摇清影罩幽窗，两两时禽噪夕阳"，落在窗台上的多是麻雀。麻雀们几乎整天就站在窗前，在窗前叽叽喳喳，把那团光斑，跳跃成两团带响的QQ。

"独卧南窗榻，翛然五六旬"，独卧也对，悠然也对，五六旬也算是吧。我没有王安石说的那么老，只是五六岁的样子。"北窗枕上春风暖，漫读毗耶数卷书"，我也不是像王安石那样窗下读书，我是赖床，对窗发呆。

"复见窗户明"，"已讶衾枕冷"，这为我赖床提供了充分的理由。我妈说，夜雪是偷下的，悄无声息。我会央求我妈把我的棉裤拿到火盆上烤。烤过的棉裤暖和了，在我妈给我穿衣服的时候，我还是会站在床沿边，嘴里嘶嘶啦啦地喘气，上下牙磕碰，抖出响声，极力渲染寒冷的气氛，在床沿边跳成另一团带响的Q。嘶嘶啦啦喘气用的是嘴，在我烤过的棉裤一抻开的时候，有一股热烘烘的骚味猛地溢出，难闻死了。其时，我这样着急地起来也是有原因的，檐下，挂满了近尺长的"冻铃铛"。雨水顺着茅檐向下滴，流着流着便叫茅檐给留住了，积聚着，形成锥形的冻铃铛，倒挂在屋檐下，过窗，近地。我们摘下它，放嘴里咬得脆响，嘶嘶啦啦的，当冰棒吃，我妈不许我们去摘冻铃铛，说吃它不干净。有一年，雪化，冬天过后，我们家茅檐变成了秃檐，齐整整的没有檐草。檐草附着在冻铃铛上，都叫我悉数拔光。我妈站在屋前骂。我却是有点自得，跑远远地笑。倒像是"对面为盗贼"，也不是想欺我妈老无力，我妈还能怎么着，唇焦口燥，叹叹息把头摇。

如今，我妈真的已老，故乡业已远逝。只是那扇木棂篾窗还时时幻化在我的眼前，让我一瞥。我看到了，在窗子里面，有一个小孩，在向外张望。

窗前的那个小孩，是故乡的小孩。

谁不是故乡的小孩！

七

什么花都好看。

一阵噼噼啪啪的鞭炮响，是秋李郢夜幕下成串盛开的花。浓浓的药香味让小村迷醉。看新娘子着实让小村乐了。我们只是跟着起哄，钻在人群里看热闹。闹洞房自然是看点。新娘进门就难。第一道门有人把守，用一条长凳子拦着，闹喜人多是三五壮年，牢坐不动。有人把烟叼在嘴上，还有人将食指和中指伸出来，做夹烟动作，把两根手指放在嘴上，佯装吸烟。新娘子明白了，要点火，讨喜烟。这点火也不是一次就能点好的，无奈之下，新娘子只好取了火柴，帮闹喜人点烟。火柴放在烟上，新娘子毕竟慌乱，手有哆嗦，一下子很难把火柴点到烟头上，多数时候，那闹喜人就是不吸，任凭火在烟上烧，烟没着。每次看电视新闻，查酒驾，要驾驶员去吹酒精检测仪。喝酒人自知喝酒，哪敢吹，故意做假动作，就是没有气。再点。又一根燃着的火柴燃起，复又放在那支烟上，闹喜人呢，只是笑，显然，他拿捏得够可以了，翘起的二郎腿还抖呀抖的，这就更难对着火了。如是者三。这会，有人出来拉弯子了，毕竟挡着正门影响出入，媒人或是治客便会悄悄递上烟来，一人两支，好事成双，还要将一支烟插放在那个空手指间。面子足，闹喜者也多会给这个面子，这会新娘子再去点烟，也多会配合，猛吸，纵是新娘子手有哆嗦，闹喜人也拿将烟嘴凑过去，点上烟匆匆散去。

　　不过，这样如此反复刁难新娘子也有风险，遇着烈性子也有人吃过亏。金桂结婚那天，秋大根本已讨了一包烟的，坐着不走，治客复又悄悄将一盒"丰收"香烟塞在他兜里。秋大根喜酒喝大了，让金桂点烟，以歪就歪，头向金桂怀里蹭。金桂本已经气得够呛，早耐不住性子，看秋大根又要向她怀里倒来，她将手上燃着的火柴没头没脑地向秋大根的烟上伸过去，手还不停地在秋大根的嘴边转几下，像是人吸过烟之后，把烟蒂狠狠地在烟缸里摁几下一样。这一摁，秋大根"嗷嗷"直叫，燃着的火柴把秋大根嘴角边上的胡子都烧了一撮，边上，至今还留有绿豆粒大的斑痕。

　　过了正门还有二门，二门就是洞房的门。花样也不多，多是讨喜烟喜糖。守在洞房门前的多是村上的妇女，讨几块糖后也多是挤进洞房，想看看新娘子的模样。门开，治客的便差人把嫁妆搬进屋来。这些嫁妆多是挑着来的。我看过，大件是箱子、被子，常见的日用品有煤油台灯，热水瓶，镜奁，台灯的灯罩里、镜奁的上面都放上一长条红纸。再细看，处处花开，这样的红纸条每件嫁妆里都有。

　　"大件！"

"拿大件喽！"

其实，并没有多少的嫁妆，各人也把东西拿齐整，或许是觉着这些许的嫁妆有点寒酸，或是简简单单就这么拎着回了显冷清，治客的这么猛猛的一嗓子，复又使这喜庆的气氛浓烈了许多。

我搁心里想过，大件，是多大的物件呢。

其实，在闹新娘子的人守着洞房门的时候我们多也外出寻找那嫁妆挑子了。防线已破，二门失守已成定局。我们知道，在嫁妆的被子夹层里有小糖块子，镜奁里也有，塑料脚盆里也有，在金桶里还有叫红墨水染红的花生，还有油炸的油果。

金桶红色，也有紫红色的，像鼓。鼓中门有一腰箍，铁制，上方有一拎手。你想象不出，这金桶只是马桶。

新马桶多是禾木做的，簇新，质轻，味香，加之里面总会有好些油果，得马桶者得喜王，闹新娘子谁能争抢到马桶，对于我们小孩子来说，那是很得意的事情。秋老根曾经两次坐拥过这样的喜王，那只举在他头上簇新的马桶，近乎成了桂冠。喜事后一连好几天，我们都还会去讨秋老根的油果吃。

岁月严酷，簇新的马桶在新娘子的手上每天拎来拎去，渐次变色，露出了木头本来的面目。

一家人要是共用这只马桶会有多么不便，甚或尴尬。金桂不这样想。这有什么，吃喝拉撒，一样。金桂公公住西头房，金桂住东头房，金桂公公腿脚不便。偏偏金桂是马大哈，常常把马桶放不到固定的位置，这让夜起的公公不便，找急了便"金桂金桂"地唤。金桂如实相告。"哗哗哗"，金桶夜不消停，夜夜欢歌，你睡得着？那天金桂知道秋大根又想消遣自己，想拿爬灰的事消遣取乐自己。金桂哪里是什么饶人菩萨，手里的秧把"嗖"地就向秋大根砸了过去，要不是秋大根躲闪得快，正中面颊。再看金桂的手并没缩回，直指秋大根的脸。金桂伸出的手，成了一根不屈燃着的另一根火柴。

新娘，新娘，新的娘，一朵花儿开，始盛之时，芬芳馥郁。

直至前些日我下乡出礼，才知道"大件"是马桶。

一丁点的自噱，一丁点的隐晦，再加一丁点的自嘲，我只能告诉你的是，在秋李郢，什么花都很美。

八

当夜色越来越暗的时候，耳朵便明亮起来。

"小——三——喳——！"

"来——弟——喳——！"

唤归声声。妈妈在叫。有的站在村头，有的站在自家的院里。这样的声音能穿越整个村子。

我们多半在乡场上玩，做捞羊、丢荷包、藏猫猫之类的游戏。乡场像一块磁铁，充满磁力，晚饭后，我们便不自觉地叫吸了过去。乡场平坦，地上草堆柔软，像地毯。月如水，星如露，蝈蝈鸣，众儿嬉。其实，我看过金桂她们大人也到乡场上玩的，躲在草堆根，说话。说什么呢。不捞羊，不丢荷包，也不藏猫猫。这有什么意思。他们这样两两地说话好像让我觉得发闷，也替他们着急。一天，我悄无声息地绕过草堆，看到金桂跟秋老五倚在草堆边。月暗，待我试图走近看个真切，哪知，金桂耳尖，猛地一个激灵，迅猛转身，分开，他俩几乎同时冲我吼：

"看什么看——毛孩蛋子！"

毛孩蛋子有小的意思。我那时也只是七八岁的样子，自然小。他俩这一吼，我又蒙了，还是没明白，两个人只是倚在草堆上说话有什么意思。不看就不看，有什么看头。我撒腿就跑，跟着秋公社他们玩，继续捞羊，或者丢荷包。

"小——三——喳——！"我们应。我又不是小三，不是叫我的，不是叫我回家的，多少有点自得。我们也只是这样胡乱地应着。要是有路人过，分辨出叫声的，也会寻着一群的孩子问：有小三子么？如有，路人自会急急地吩咐，小三子你还不回，你妈叫你呢，小心她撵来用捶衣棒砸你的腿！

"父母呼，应忽缓"，叫你回，你腿脚就要快，好像秋李郢的大人们个个都读过《弟子规》似的。

要是"小——三——喳"的声音还在响，这会让村上的好些人跟着着急。

"小——三——喳——！"

"小——三——喳——！"

发出这样声音的不是小三的妈妈，是村民。有一回，秋老根在乡场上躲猫猫，藏在稻草堆里，为防被人发现，用稻草将自己埋了起来。由于埋的深，他听不到外面人的呼唤，加之自己疯了半夜，累，竟在稻草堆里睡着了。秋老根他娘在村口嗓子喊出了烟。一人喊，多人喊，众人喊。这让秋老根他娘急坏了。最后是近乎全村出动，一人手里拎着一盏马灯，找秋老根。直至后半夜，人们才在草堆里找到秋老根。秋老根的耳朵近乎叫他妈拎断。

秋老根，

懒洋洋，

耳垂挂有二寸长……

这是有典故的呵。二寸长显然有夸张，秋老根的耳朵叫他妈拧过，那是一点不假。秋老根却说，我妈只是发狠，说是要把我耳朵拧断，哪能？她哪里是拧，是摸。每每说到这，我们又笑，呵呵，还摸呢。

我们又一路"耳垂挂有二寸长……"各自散去。

那天上网，有人说，这句"你妈喊你回家吃饭喽"无厘头的话在网上很火。无厘头，没有头脑的，没缘由地。好些人纳闷，不明白。我对"无厘头"倒觉得"无厘头"了。妈妈的唤归声，哪天在我们心里息过？

浑浑噩噩如一梦，传来慈母唤儿声。声声似有千钧重，声声铭记在心中。我对这样的句子感到有点沉重。三九天，好大风，风中有个白头翁。七旬老父虽年迈，依旧为儿去担心。读完《诗词三百首》里的《平遥》这首诗，你还会觉得"你妈喊你回家"会"无厘头"吗？

夜醒，我常幻窗外有声，总有一番分辨，略一平复，不禁有所思。故乡村头母亲唤儿的场景让我难忘，这是故乡的呼唤，是家的呼唤，乡愁的呼唤。

我们，都是故乡的小孩。

（原载《雨花》2017 年第 10 期）

作者简介

　　陈绍龙，男，1961 年生，中国作家协会会员，中国金融作家协会理事，江苏省金融作家协会副主席。著有诗集《失眠的星空》、散文集《稻里稻外》等 6 部。现供职于中国农业银行江苏省盱眙县支行。

左手磨坊右手巴扎

■ 任茂谷

　　盖孜河从帕米尔高原流下来，一条水渠穿过库那巴扎村。水渠流到村中心，村小学，幼儿园，村委会。中间增加了一个大鱼塘，镜子似的水面照着人们的心，像水里的鱼一样欢动。

　　农业银行新疆维吾尔自治区分行的干部，来到库那巴扎村，看望"结亲周活动"认下的亲戚。他们来到鱼塘边，看到老桑树下，熟透的桑椹落了一层。住在旁边的人家听到说话声，出门看了看，转身拿来一块大被单。男人脚蹬树干摇树枝，女人招呼人们抻开被单接桑椹。水泡泡的白桑椹、紫桑椹，雨点一样落下来，粘蜜蜜兜了一大包。人们大把抓着吃，甜得舌头转不动。拧开他家菜园里的自来水，冲洗沾满双手的黏液。咂摸着嘴唇，鼻子吸入面粉和烤肉的香味。目光飞过整齐的菜园，看到左手一座新磨坊，右手一座新巴扎。两种香味从不同的方向飘过来。

磨坊

　　水磨坊的墙皮一块一块往下掉，外面的土一个劲地往里刮，磨面的人迟迟不来。祖农·茹则，成了磨坊孤独的守候人。里面太空寂，他在房子后面冲磨的水渠边，看映在水里的自己，捋着全白的胡须，回想从前。

小时候，跟着爸爸看爷爷磨面。爷爷不在了，和爸爸一起磨面，爸爸不在了，自己成为主人，一家三代承包村里的磨坊。那时候，路上都是厚厚的土，一脚踩进半条腿。人们带着一身土，赶着毛驴车来磨面，他披着一身面，忙个不停。所有的人，包括毛驴，身上不是面粉就是土，眉毛同样抖着粉尘。一年四季，从早到晚，水磨坊是村里最热闹的地方。

这些年，到乡政府塔什米力克的路修好了，村里也修出了像老婆子年轻时的辫子一样黑黑的柏油路。毛驴车越来越少，很多人骑电动车，有人开上小汽车。人们开始吃机器磨的面。来磨坊的人一天比一天少，房子眼看要塌了。

祖农伤感：一百五十年的水磨坊，要在自己手上倒掉吗？

村里来了自治区农业银行的"访惠聚"工作队，要帮大家脱贫致富。祖农不知道，乌鲁木齐来的干部，能给村里做些啥。

天气暖和起来。工作队总领队，比县委书记还大的大干部，光腿光脚，踩着泥土来到磨坊。祖农惊讶，这个人除了戴一副眼镜，皮肤黑黑的，长得结结实实，和村里人真是没有什么两样。他叫白雪原，会讲维吾尔语，给自己起了个维吾尔语名字：阿克·阿里木。工作队的其他人也都起了"双语"名字。村里人都说这个工作队亲切得很。阿里木领队问了他很多事情，说要建一座新磨坊，把好的东西留住。以后村里的地，要种不上农药化肥的小麦、玉米和豆子，要把水冲石头磨磨出的面，大价钱卖到城里去。新磨坊建好了还让他承包。

天哪！这样的好事情，会是真的吗？

从这一天起，阿里木领队忙完别的事，就研究建磨坊。他研究维吾尔民间建筑有十年了，找到了四千多张从过去到现在的房子图。

苞谷刚长一拃高，他拿出自己设计的图纸。请来村里的老人，有手艺的工匠，一起开会。让提意见，出主意。人们七嘴八舌，说新磨坊要像三百年前的样子，又是现在的样子。事情定下来，大概要花三十多万元，全部由他想办法。祖农想，这样的大干部，做这样高级的事情，花这么多的钱，给我的面子，比爸爸的爸爸的爸爸，加在一起想要的面子还要大。他晚上睡不着，白天到处找着想干些啥。脚后跟有个兔子往上跳，走路轻快得像回到年轻时。

图纸上的新磨坊，里外三道门，外面是木砖雕花大门，里面一道月亮门，一道小弧形门，是三个不同时期维吾尔族风格的门。七个窗户是不同的样子。房子里面外面立十根雕花立柱，上面要刻徽子花纹、鱼鳞纹、麦穗纹……很多很少能见到的好看的花纹。这些花纹有维吾尔民族的，其他民族的，还有外国的。房子建成后，里外两间功能不同。里间放三台水磨磨面；外间布置挂毯、地毯、民俗物品，是个微型博物馆。大家心里都喜欢得不行。

7月1日是个好日子。天蓝成了海，清清的，亮亮的。早晨在村委会升起国旗，磨坊建设正式开工。好些年不再接活的老木匠艾拉吉·艾撒来了。村里的铁匠、木匠、瓦匠、泥匠、漆匠都来了。八十五岁的约麦尔·奥斯曼和他一辈子离不开的好朋友阿卜力孜·托合提也来了。两个白胡子老人，自己干不动了，要当义务监督员，看着年轻人把活干好。这么好的磨坊，一点儿指甲盖大的毛病也不能有。

新磨坊选址在村里河渠的中段，鱼塘的左手。地基下好，周围成了一片大工地。

那棵活了一百年，绿荫能遮一群羊的老桑树下，拉来电线，架起一台大电锯。很多人把家里的树杆子拿来，不用登记。做贡献，不要钱。电锯整天刺刺啦啦响不停。那堆树杆子，在刺刺啦啦的响声里，变成一摞一摞新木板。黄灿灿的锯末积成一座山，苞谷面一样散发出浓浓的香味。新鲜木料的味道，让村里人的鼻子竖起来，比闻到抓肉饭的香味还兴奋。没事的时候就跑来，围成一圈看热闹。

一排白杨树下，几个人用普通红砖，磨成宽度厚度角度一模一样的菱形小块。磨好的成品，拿在手里，光滑得像一块羊油。这些小砖块要在墙面上，弧形门上，严丝合缝，拼成自然生长的美丽图案。开始的时候，磨砖的人压根儿不敢想，自己和泥巴种苞谷的手，磨出的砖块，能拼出乌鲁木齐国际大巴扎那样高级的墙。红色粉末飞到脸上，汗水冲出小河沟，手再一抹成了画。他们露出白白的牙齿，开心地笑，说对方的脸是吃剩下的"五麻食"

（注：南疆农村的一种糊状食物）。

艾拉吉·艾撒是真正的木匠老师傅，徒弟遍布塔什米力克乡，一般人不敢开他的玩笑。过去多少年，他做的家具耐用又好看，都是抢手货。请他上门做活，主家会觉得很有面子，上宾对待。现在的年轻人，结婚都买那些新式不耐用的东西，他也上了年纪，早就封手不干了。这一次，工作队要给村里重建磨坊，他闲不住了。比年轻时结婚建新房还激动，不等去请，自己找上门，要拿出一辈子练就的好手艺，亲手制作最核心，最精巧的水轮。水轮形似车轮，放在河渠中，传送水流的力量，转动石磨。作叶片的木板要特别结实，只能手工砍削，精确拼装，不能有一根头发丝的马虎。别人做不了，能做他也不放心。在他眼里，水磨坊是这个村子最值得留住的东西。他在树荫下干活，旁边雕木柱的，做门窗的，不时过来请教。村里的男男女女，放学后的小学生，小娃娃，经常过来围着看。那些尊敬的目光，放电一样给他长劲。心里高兴，手里干着活，嘴里不时唱几句木卡姆（注：维吾尔族的一种传统歌）歌曲。

库那巴扎村从来没有这样热闹。过去村里谁家盖新房子，嫁女儿，娶媳妇，也就热闹几天。今年天天都有新鲜事。整个夏天，人们在磨坊工地，干活，逗乐。工作队时不时给做一顿羊肉抓饭。日子过得香喷喷，油旺旺。

祖农·茹则的心轻飘飘地飞着收不住。红红的太阳下，老桑树上的嫩枝条，唱着歌儿，跳着舞儿，撒着欢儿，一天就长一大截。真是奇怪，树木花草年年长，过去咋就看不出它们的快乐呢？想想自己的两个巴郎子（儿子的意思），做了不好的事情，咋就大白天眼睛拉雾不管好呢？他到村里转一圈，家家门口铺水泥，贴瓷砖，养鸡鸽，喂牛羊，栽花种菜，搞庭院经济。整个村子在穿新衣裳，最漂亮的还是自己的新磨坊。

农业银行的干部和村里人结对子，"民族团结一家亲"。亲戚嘛，常来常往常走动。一回生，二回熟，三回就成亲弟兄。亲戚们每次来，看过各自的亲戚，都要来看新磨坊。房子没有建好，祖农举起个刚做好的窗户框，把自己框成大照片。所有的亲戚拿出手机对着他拍，别人一介绍，都知道了他是磨坊的承包人。男的女的都和他合了影。他在心里偷偷笑：哎！你们全村人家的亲戚，嗨麦斯（注：维语"全部"的意思）和我亲。

10月1日国庆节，水磨要开始磨面了。

工作队干部抽空捡石头，一夏天修成通到新磨坊的路。两边竖起白天收太阳，晚上放光明的太阳能大路灯。祖农·茹则踩着路，一步一步往前走，如同去揭红盖头。抬头再看新磨坊，方方的房子亮亮的窗，大门拼出六层花。四根木柱一抱粗，上下雕着十种花。赤橙黄绿青蓝紫，天上彩虹到人间。他天天在现场，看着磨坊一点点地变化。今天再看，比青梅竹马的姑娘变成新娘还漂亮。由不得伸出左手，拍到脑门上，喊出一声：天哪！

截走的渠水改回来，三台石磨前面，是一块透明的大玻璃。祖农站在玻璃上，看着下面的渠水，把三只水轮转成白白的水花，石磨轻快地唱起歌，三只进谷的木斗跳起不知停歇的麦西莱甫（注：维吾尔族的传统民间舞蹈）。

白苞谷进去磨白面，黄苞谷进去磨黄面。祖农·茹则像城里的医生，穿着白大褂，重新做起磨坊的主人。把磨出的面粉，装进工作队特制的袋子里。两公斤一小袋，不多也不少，袋子上印着自己的照片。看着自己的样子，像电视里的大明星。渠水一直流，石磨一直转，面粉不停地流出来，卖出去。祖农忙不过来，打工的老三小巴郎辞了外面的活，回来和他一起干。他看到玻璃下面，清清的水里有一幅画：儿子的儿子，儿子的孙子，一百年，两百年，在这磨坊里体面工作的样子。他为脑子里想出"工作"两个字暗暗得意。自己现在这个样子，和正式工作有啥不一样？盖孜河水不会干，地里的庄稼年年长，有阿里木领队这样的好人帮着，好日子怎么会停下来？

村里的人路过磨坊，都会投去亲热的目光。那些修建过磨坊的人，还要多一分亲近，像看自己的巴郎子。人们有事没事，都会跟着自己的脚，来到磨坊。看里面摆放的祖祖辈辈用过的好东西，大玻璃下面转动的水轮，水一样不停地流出去的面粉。小娃娃就爱往这里跑，永远带着新鲜劲。他们长大后，无论走到什么地方，心里自然会装着水磨坊。

阿里木领队说，这是一座博物馆。村里人说，里面放着他们的心。

巴扎

麦海提·马木提说，小时候的事情，像村边的苦豆子草，牢牢地长在心里。

越拔越长，越长越高。沤成的肥料上到瓜地里，结出的甜瓜比蜜甜。七八岁时，他跟着大人在亲戚家的婚礼上吃羊肉抓饭。抓饭吃过多少次，之前的全忘了，这一次却在心里扎了根，记得真真的。

亲戚家的院子里，妈妈和女人们切羊肉、胡萝卜和皮芽子（洋葱）。爸爸和男人们搬来半个大油桶做成的铁炉子，架上能装十只羊的大铁锅，烧起杏树木头红火苗。清油烧热了，羊肉煎香了，胡萝卜皮芽子放进去，淘好的大米放进去。红红的火苗轰轰轰地烧，白白的香气滋滋滋地冒。他站在火炉旁，看到红火苗和白香气里有一群活蹦乱跳的小精灵。小脸烤得烫烫的，咽下很多口水后，锅盖打开了。一把洗干净的大铁锹，在锅里上下翻。羊肉大米胡萝卜，被浓浓的香味均匀地拢在一起，好吃又好看。他痴迷羊肉大米胡萝卜变成抓饭的奇妙过程，从此迷上做饭。用红火苗和白香气里的小精灵，把粮食、蔬菜、牛羊肉，变成薄皮包子、拉条子，好多好吃的东西。长大后，他成了喀什饭馆里的学徒工，成了做饭的大师傅。一直干到50岁，还在别人家的饭馆打工，每月工资两千多。经常梦见自己是老板，醒来依然是个大师傅。

去年夏天，麦海提回来给自家的苞谷地浇水。干完活，到修磨坊的工地看热闹。前些年愁成苦瓜的祖农·茹则哥，乐出一脸核桃花。远远地和他打招呼："哎，麦海提，你回来可是太好了，看看今天的好天气，肯定会有好事情。"

他抬头看看天，真是少有的晴朗。

麦海提晚上去村委大院的农民夜校学国语，也和乡亲众人见个面。学习开始前，阿里木领队讲了一件事。他说村里正在修磨坊，过些天还要建巴扎。咱们村的名字，"库那巴扎"，就是"老巴扎"的意思。过去就是老巴扎，现在要重新建起来。他说村里不少人在外面开饭馆，做生意。鱼塘右手那片破破烂烂的大院子，就在去阿克陶县的公路边，正好建巴扎。先修一排门面房，让有手艺的人免费使用当老板。咱们建棚圈，搞养殖，种蔬菜，养了几千只鸡、鸭、鹅，产的蛋，长的肉，都要变成钱。巴扎建成后，星期一到星期六，对应全村6个小队。每天安排一个小队的贫困户免费进场经营，每户一晚上赚50到100元，一年52周，户均收入几千元，就能达到脱贫目标。第一期开起来，还要建第二期，第三期。全部建成后，会有很多门面房，能做很多生意。南疆的巴扎，是农贸市场大集市，商品流通的活水渠。阿里木领队说，巴扎是个神奇的好地方，能变出财富，变出快乐，改变生活。他说正在四处找资金，大家也要做准备，只要有本事，就来当老板。让塔什米力克乡上的人，阿克陶县那边巴仁乡人，都来咱村赶巴扎。

麦海提的心里一阵哆嗦，觉得这些话是专门说给他听的。散会回到家，心跳得怎么也按不住。肚子里有一只小羊在吃草，拱他的心，舔他的肺，痒得他一夜睡不着。可是，不但，而且，所以……他想了这个想那个。又在想，建巴扎要花很多钱，阿里木领队说正在四处找资金。资金又不是河坝里的石头，想找就能找得上？

他像热馕烤在馕坑里，翻来翻去一整夜。第二天去找工作队。说他小时候吃抓饭的事情，说他在喀什饭馆里当大师傅的事情。说他懂得红火苗里的小精灵，白香气里的小精灵，能让它们变成好看又好吃的羊肉抓饭，薄皮包子。他说得眼睛流出水，绕着眼眶往外涌。工作队明白他的话，知道他有做饭的好手艺。让他把心放在肚子里，巴扎一定能建成，免费给他一间开饭馆。

麦海提还是喀什饭馆里的大师傅，心里却想着不一样的事，盘算着老板怎么当。有空就往村里跑，看巴扎建成到什么样。

磨坊开始磨面时，巴扎的7间房子也建起了。祖农哥穿着白大褂，守着三台水磨，神气得像城里的医生。他看得心里又痒痒。心里想，等巴扎的场地清理好，自己的饭馆开起来，也和祖农哥一个样。

2018年元旦，巴扎开始试营业。7间房子7家店，裁缝服装店，电子商务店，啤酒烧烤店，百货小超市，拉面店，还有麦海提的抓饭包子店。20个蓝色货柜一长排，都给村里人免费用。特色小吃，日常用品，儿童玩具，一下子有了很多东西很多人。为建这个新巴扎，阿里木领队个人捐款15万，其他队员每人捐款2万元。受他们的感召，朋友、同学、企业家，捐资达到80万。新巴扎要有新管理，工作队组织成立库那巴扎村"新希望农民合作社"，28家商户第一批入了会。

又一个春天来临，库那巴扎村正式成为星期三巴扎，在方圆近几十里，有了市场的地位。南疆人生活离不开巴扎，人们到巴扎做买卖，见熟人，品美食，通信息。每个巴扎都有固定的巴扎日。每到星期三，库那巴扎就是固定的交易市场。到了这一天，物流人流像河里的水，自然会流到这里来。

巴扎连着地里的生长，卖得是村里人的智慧和手艺。麻花、饮料、窝儿馕、凉粉、曲曲、面肺子，烤鸡、烤蛋、烤羊肉，吃的东西就有几十种。自家产的东西，吃着放心，一点儿不比喀什饭馆里的差。巴扎的烟火和香味，吸引着本村人，外村人，来来往往过路的人。农民夜校结束后，几百人来到巴扎上，吃烧烤，喝啤酒，跳一阵麦西莱甫再回家。

麦海提的抓饭包子店，一天收入七八百。正式开张三个月，现金攒了18000元。今天"六一儿童节"，他拿出10张沾有抓饭香味的红票子，给小学捐款1000元。回头转到水磨坊，笑眯眯地看望祖农哥，说今天的天气真好啊！

亲戚

还有一个星期就过新年了。麦麦提敏·约麦尔得到消息，农业银行与他家结为帮扶亲戚的干部，要来家里住一周，同吃同住同劳动。亲戚已经来过好几次，每次送吃的用的很多东西，每次都问家里有什么困难，大小都要帮助一些。他在外面跑大货车，真是太不巧得很，几次他都不在家，至今没有见上面。这次要住整整七天，他又高兴，又着急。人家是乌鲁木齐的大干部，住咱家里习惯吗？咱家做的饭，也不知道爱吃不爱吃？他和妻子阿依谢姆古丽白天说，夜里说，说来说去一件事，就是一定要把亲戚招待好。全家卫生大扫除，最好的一间房子腾出来，刷了一遍新涂料，贴上几张漂亮画。新被子，新褥子。全部准备好，院子外面转一圈，两只公鸡和一群母鸡扑扑楞楞正骚情。先吃哪一只呢？他心里想着鸡，满意地看着自家的新厕所，全村没有第二座。靠着后院的围墙，几根柱子立起来，一个台子修上去，下面的开口对着后面的玉米地。踏着台阶走上去，上面盖了小亭子，拉上电线，安着电灯，墙边新放了一筒白白的卷筒纸。

我们一行十几人第四次来到库那巴扎村。我和老张、老李结一组，一同住在亲戚家。老张在南疆生活了很多年，当过几个地方的行长，懂维吾尔语。老李生长在在北疆的阿勒泰，也当过行长，熟悉哈萨克族乡亲的生活习惯。如此一来，我们这个组合很容易与亲戚沟通，每天都生发出许多趣事。

没有挑也没有选，因为顺路，三人先到了我的亲戚麦麦提敏·约麦尔家。刚到大门口，家里的人听到动静迎出来。麦麦提敏比我矮半个头。头戴深咖色坎土幔帽，敞怀穿件灰蓝色薄棉袄，里面是套头保暖衣，腆着大肚子，大鼻头，厚嘴唇，络腮胡子大圆脸，灰中带黄的大眼睛。他伸出两只粗胳膊，直接给我个大拥抱。

第一次见面，怎么就一下子认出了我？麦麦提敏右手拍着我的肩，左手握住我的手，急切地说："哎呀！亲人你来啦！太好得很了！太好得很了！"接着补充一句："照片里面见过你。"

他的语言行动，透着一股见多识广的精明。一声"亲人"，勾得我心里腾起一阵热气，乎乎往外冒。进了家门，穿过门廊，走进特意为我们准备的房子。墙壁刷得白白的，火炉烧得旺旺的，油纸画上的人物笑得一脸喜庆。铺着地毯的炕上，又铺了一圈长条绣花棉垫。一家人忙着铺餐布，摆放装满干果点心的小盘子。我说别着急，慢慢来，今天就住你家里。他一下放心了，高兴地说："真的吗？这就太好得很了！"

人心知人心，眼睛看，鼻子闻，耳朵听，说话与吃饭，还是嘴巴最管用，能品出实实在在的味道。语言是交流的桥，吃饭是通心的路。我们三人商定，结亲生活从做饭开始，我们带了大米清油羊肉，各样蔬菜，到了谁的亲戚家，由谁主厨做饭。把城市的饮食带到乡村，在乡村感受生活的原味。第一顿饭在我的亲戚家，自然由我操刀。

麦麦提敏大声宣告："亲人，你们放心，随便什么都可以吃。我在乌鲁木齐的乌拉泊当了六年炮兵，我的家嘛，哎来呗来讲究的事情没有。"

我们很快发现，"哎来呗来"是他的口头禅，好话坏话都能用。他说有一次在喀什吃烤鸽子，老板给烤了一只小鸡。他说，哎，你少哎来呗来。老板赶紧捂住嘴，不让说话。钱不要了。他把我带到后院，指着两只公鸡说："亲人，你挑一只，晚上吃大盘鸡。"

一只大红公鸡昂首挺胸很傲气，一只黑毛公鸡动作敏捷很善斗，领着一群叽叽咕咕的花母鸡。我说，公鸡母鸡关系这样好，吃一只，所有的鸡都不愿意。今天不吃大盘鸡。

他一听就急了，声音大得像吵架。"哎！亲人，公鸡没有不愿意，母鸡没有不愿意，它们哎来呗来的事情没有，我嘛，哎来呗来的事情也没有。"

哎来呗来好一阵，争来争去，我不让他宰公鸡，他非宰不可。逼着我使出一个杀手锏，比年龄。拿出各自的身份证，我是哥哥，他是弟弟，弟弟要听哥哥的话。老张老李走出来，当然站在我一边，都不同意宰公鸡。

院墙边有个铁丝笼，里面关一只灰兔子。"刚刚前几天，我从亲戚家里抓来，专门等你们（来吃）。"他像公鸡一样伸长脖子急着说。我们只好同意牺牲这只兔子。

兔肉有腥气，又是"百味肉"，和什么肉一起做就随什么肉的味。宰好的野兔和我们带来的羊肉，切成小块混在一起，是今晚的"硬菜"。

麦麦提敏一家三代七口人。他和阿依谢姆古丽两口子，大儿子一家三口人，21岁的女儿美合日妮莎，14岁的小儿子喀迪尔江，加我们一共十人。两间房子烧着旺旺的炉火，所有的锅碗瓢盆铺排开。这个时候，语言不是问题，口味不是问题，同一个屋子里，所有的不同融合在一起。我是掌勺总指挥，老张老李洗菜切菜打下手。习惯操持家务的阿依谢姆古丽和儿媳女儿，只管和面找东西。上初中的喀迪尔江，用手机把我做菜的过程录下，要留给妈妈姐姐看。麦麦提敏当翻译，哎来呗来的话特别多，跑前跑后挺忙乎。

这样的温度，这样的人气，热得我脱掉外衣脱毛衣，上身只穿短T恤，挥汗如雨。拿出闲置多年的老手艺，出手就是"肉烫铁"。右臂一挥，一不小心刺啦一声烙上了烧红的铁皮烟筒，一片透亮的燎泡，在一屋子人的惊呼声中蹿起来。

铁炉里的煤烧得通红，火力轰轰轰地往上顶，相比城市里用的煤气炉子，这简直就是小太阳。这样的火候，只要手脚足够麻利，炒菜烧肉真是过瘾。大铁锅里的清油冒烟了，一大勺白砂糖放进去，铁勺缓缓搅动，深棕色泡沫层层涌起。泡沫刚刚消散，剁成小块，混在一起的羊肉兔子肉倒进去，浓浓的白气，滋滋啦啦，升腾而起，充满了整个房间。热气氤氲着每个人的鼻孔，穿越心与心的距离，所有人都感受着相同的温度。不一会儿，鲜肉变成棕红色。加入葱姜蒜青辣椒，虽然没有八角花椒酱油，红烧羊肉兔子肉也成功了。麦麦提敏一家人的眼睛都亮了，做了几十年饭的阿依谢姆古丽一脸惊奇。

"噢哟，这个就是红烧肉吗？我当兵的时候，只知道红烧肉就是那个肉（他暗指猪肉）。"麦麦提敏说出了自己的疑惑，又自说自答："哎呀，我知道了，牛肉、羊肉、兔子肉，哎来呗来嗨麦斯（全部之意）的肉，都能（做）红烧肉。"

他的话惹得大家一阵大笑。老张解释，红烧只是做肉的一种方法，特点就是好吃得很。一家人看着锅里滋滋冒气的肉，显然都在想象着吃到嘴里的味道。

铁锅里的红烧肉加足调料，添水端到另一间房子的炉子上煨着。另一口铁锅坐上火炉，我继续挥汗如雨。西红柿炒土鸡蛋、羊肉炒芹菜、酸辣土豆丝、素炒大白菜。四样大盘菜出锅，红黄绿白，中间一盆油光闪闪的红烧肉，围成一幅诱人的美味图案。

南疆农村，人们习惯吃大锅菜。主食多，蔬菜少，久吃容易发胖。驻村扶贫工作队帮助每家每户搞庭院经济，引导人们改变生活习惯，改善消费结构，是一条主要路径。结亲来的人，有意多炒蔬菜，调动村里人的胃口，教给他们不同的烹饪方法。一点一滴，感染生活的底片，融入更多的色彩和滋味，提升生活质量。这样的初衷，让我闲置退化的手艺，有了超常发挥。今天的几盘菜，色香味，刀功火候，摆在桌上了，品相真的上档次。尽管右臂的水泡胀成一串水晶珠子，火烧火燎地疼痛，却难以掩盖我的兴致和得意。

乡村的夜晚，墨色深沉。原本相距遥远的人，围坐在一盘土炕上。美食润滑舌头，软化肠胃。知心的话儿畅通无阻，与柔和的灯光，浓浓的香味，在空气中自由流动。

第二天早晨，离开麦麦提敏家，看到路边有家卖煤的，顺便买了200公斤，让老板直接送他家去。我们照例准备了大米清油蔬菜羊肉，来到老张的亲戚阿比罕家。

阿比罕四十多岁，个不高，头发是新理的板寸，脸刮得青光发亮。他在门口等候多时，一见面，拉住老张的手，眼里闪着泪花，不知道如何开口。

幸好老张会维吾尔语，很快打破了僵局。

老张一进大门，就像来过好多次，看牲口棚圈，问地亩产量，收入开支。不愧是在基层工作多年的老行长，熟门熟路，边走边问，基本情况便了然于心。和多数人家一样，阿比罕家只有两亩地，养了一头牛三只羊，他和大儿子艾克热木在外面打工。妻子海里且姆古丽给村小学食堂做过饭，手脚利落，讲话总用排比句，一看就是家里的主事人。其他三个孩子都是学霸，大女儿美日邦古丽去年考上珠海的内地新疆高中班，老张寄去 1000 元，每逢开学放假，他都在乌鲁木齐接送，给了孩子很多鼓励。这次来又给她买了衣服用品一大堆。

阿比罕两口子把心拿出来，要感谢老张。院子收拾得干净整齐，房子里新刷的墙上，也贴了一圈油光纸的新年画。十几个透亮的高脚玻璃小盘，盛满杏仁、巴旦木、核桃、葡萄干、香蕉、苹果、小桔子……干果鲜果，摆了满满一炕桌。精致的不锈钢茶壶冒着热气，旁边放着一大盘子冰糖。

老张盘腿坐在炕上，喝了一碗冰糖茶水，注意力就转向孩子们的学习。检查小女儿麦思图茹木的作业和考试卷，看到两个 100 分，眼神慈爱得像一头护犊子的老牛。二儿子阿不都需库从乡中学放学回来，他又开始新一轮的查看询问。做饭了，他当仁不让当主厨，一上手，还真有几把刷子。做饭手艺好，做事有办法。老张和阿不都需库打赌，下次来看学习成绩。进步了奖励，退步了罚款。现在给你 200 元押金，赢了归你不要了，输了必须倒给伯伯400 元。一只大手，一只小手，小拇指拉钩，手腕翻转，大拇指的指肚相抵在一起。动作娴熟默契，一看就是经常玩的游戏。儿子把钱收下，阿比罕两口子也不好推托。老张为我们解决相同的问题，做了个简单易行的示范。

饭菜刚上桌，麦麦提敏一身寒气裹进来。他说开车到帕米尔高原的山脚下，刮起 11 级大风，不能走。心里想着亲人，搭车回来了。刚进门，冻得一脸煞白。一杯热糖茶下肚，话就多起来。他开大车走的路多，每条路上捡几句，开口就说不完，尽是一些俏皮话。他说自己嘛，除了毛病，什么病也没有。夹一筷子西红柿炒鸡蛋，说这两个东西嘛，天生般配，是两个结婚的好东西。说来说去，自己发愁的事，昨晚没有说出口，今天在阿比罕家里说出来了。他说给公司开车，运费按吨公里结，跑一趟山上赚好几千，自己只拿 250 元。现在公司想改制，旧车作价 13 万元，个人出 5 万，欠 8 万用运费抵补。不是建档立卡贫困户，不能享受扶贫贷款，个人贷款没有抵押物。他拉住我的手，声音很低地说："亲人，我想贷款，咋办呢？"我心里一紧，才知道这个爱面子的兄弟，日子过得并不轻松。

　　……

　　七天一眨眼。我们要走了。前一天下午，美合日妮莎发微信，说晚上要给我礼物。我回她，千万别买东西，你的成长就是最好的礼物。

　　晚上睡觉前，全家人一起拿来一面锦旗，上面写着："民族团结一家亲，手拉手，心连心。"我们愣住了，不知如何表达当时的心情。锦旗上写着我的名字，其实是麦麦提敏一家，甚至是全村人，对农业银行的一片心意。

　　最后一天凌晨，村里的鸡还没有叫，亲戚家的烟囱里都冒起炊烟，家家都在为亲人送行。我感觉天亮得比往日慢，有意掩饰我们眼睛里流出的泪水。阿依谢姆古丽给我打包了五个大馕，既是礼物，也是路上的盘缠。

　　夏天再来村里，工作队和我一起与他们两口子商量。劝麦麦提敏，年龄大了，不宜再开大货车，风里雨里不安全。村里新建的巴扎一天比一天热闹，还守着一条大公路。外面的人跟着路来，什么生意都好做，很多人做生意赚了钱。阿依谢姆古丽会养花，这里的人们都爱花，工作队支持他们在后院建养花大棚。她是花主人，花听她的话，就当花棚的老板。麦麦提敏嘴巴哎来呗来会说话，在花棚干活，还在巴扎当卖花老板。风险小，辛苦少，种花卖花发花财，过漂漂亮亮的好生活。

　　初夏时节，麦子初黄，杏子未熟。农事不忙天气好，正是巴扎红火的时候。亲戚家没有多少农活要帮忙，把蔬菜蛋禽多多变现才是正事。巴扎便成了每天午后的活动中心。现在的巴扎，水泥硬化的场地，搭起高大宽敞的遮阳棚，彩色招牌一派喜色。

　　我们临走的前一夜，巴扎迎来一场婚礼。贫困户奥布力喀斯木的儿子艾力江，牵着新娘努尔斯曼古丽的手，就在巴扎的夜市上，开始味道十足的新生活。婚礼不能没有麦西莱甫，所有的人都跳起来。工作队外号"伯爵"的队员，和他的包户，78 岁的艾尼排罕一起跳舞。老太太住在村委会旁边，每天路过都会见到，给她一个糖果，她会笑着与你拥抱。"伯爵"以绅士的礼节请了她，她吃了我送的一个葫芦包子，流着口水就跳开了。在她的基因里，跳舞和吃饭一个样。"伯爵"原地不动，只伸出手臂，微笑着，看着她，做着跳舞动作，像久别的儿子看母亲，或者凝视心中的情人。老太太跳得有些疯，像情窦初开的少女。他们跳，周围的人们停下来，齐声鼓掌。她跳跳跳，伯爵始终微笑，直到她有些趔趄。他们停下来，他给她一个拥抱。

艾尼排罕说，她小时候的巴扎，就是土路上有很多人。不像现在的巴扎这样好，每夜都能来跳舞。巴扎的灯光，在乡村的夜晚，异常明亮。伴着音乐与人声的嘈杂，远远望去，显出一种吸走黑暗的神奇。人由不得就要走进去。巴扎能变出很多东西，把人变得开朗。除了财富，变出更多的是快乐。巴扎上有没有爱情不知道，但能产生真情。人们喝酒，长谈，能沟通很多心里的事情。

这片灯光，照亮村子的生长。让夜里的梦，有了方向。

（原载《西部》2018年第6期，《散文选刊》2019年3月上半月转载）

作者简介

任茂谷，男，中国作家协会会员，中国金融作家协会理事，鲁迅文学院第32期高研班学员。在《人民文学》《人民日报》《文艺报》《散文选刊》《西部》《山西文学》等发表文学作品近两百万字。著有散文集《回乡十日》《牵着心海的湖岸线》《心在横渡》、中短篇小说《河狸》《牛市深套》《鞋子丢了》《杏王村》等。现供职于中国农业银行新疆维吾尔自治区分行。

**鸟
事**

■
梅
赞

　　离开乡村后，就一直住在城里，且有多半时间都是住在校园中。校园里，长着一排排的水杉树，长着一株株的香樟树，行道树是街上已少见的法国梧桐，遮天蔽日，几无一丝缝隙。我住的三楼，有树枝竟伸到阳台上来。闹中取静，正合吾意。尤其是清晨，总被一只只的灰喜鹊吵醒睡梦。刚开始，确实是一件恼人的事，特别是周末，好不容易逮着想睡个懒觉，却被这不谙世事的鸟儿搅黄了。总有一群灰喜鹊，凌晨四五点钟就来到了林子里，叽叽喳喳个不停。吵得人心烦意乱，于是，索性披上衣衫，站在阳台上，点一支烟，静静地观看这些吵人瞌睡的小精灵们。只见二三只在林间追逐颉颃，好似一场比赛；只见三五只，歇在枝桠上，像是海阔天空侃大山，你一句我一句，争先恐后；只见五六只昂颈向天，像是歌唱，又像是长啸不辍，或婉转，或逶迤，绵长不绝。看着看着，眼睛不禁发热，这不也像是人类一样么？不也是一幅祥和图么？久而久之，竟习惯了这早晨的喧闹，而且形成了她唱她的，我睡我的，两不相扰，平安无事的氛围。

　　后来搬离了学校，住进了郊外的盘龙湾，因为是新建的小区，树又都不大，不高，没有成林，就再也没有看见那些灰喜鹊了，取而代之的是一些麻雀和不知名的小鸟，早上也没有那些叽叽喳喳的热闹了。安静是安静了，却也显得格外的阒寂，反而不太习惯，有时，还怅然若失似的。于是，就经常站在宽大的露台上，面对着还不成林的小区，思绪天马行空，不禁飞到了小时候的鄂南乡村。

鸟窝

那是二十世纪七十年代，疯狂的革命中，父亲被县革委会以"隐瞒成分，混入党内"的罪名开除党籍、开除公职，遣送回江北老家劳动改造，母亲便在城关的学校里待不下去了，带着我和姐姐被赶到了大市中学。刚去时，没有小朋友和我说话，满墙都是批判父亲的大字报。那些白纸上的黑字，像山一样压在心头。生活是灰暗的，一抹亮色也没有，没有盼头，没有寄托，像无头的苍蝇，不知向何处飞翔。

好在不久，便有一个小伙伴新初不嫌弃我，不仅愿意和我玩，而且，因为同年，我们还结了老庚。新初家离大市中学只隔了粮店和医院，没事时，我经常去他家玩，他的父母亲也是非常好的人。尤其是他父亲当着六队的队长，对我们一家很是关照，那便是困厄时的一缕阳光，温暖着我们的心。只要家里杀年猪，他都会请我们一家去打打牙祭。去新初家时要过一条机耕路，机耕路边有一座乱坟茔，坟茔前有一棵古老的枫树。枫树长得十分高大，总怕有二十几米，粗壮的躯干两人合抱都抱不拢，树干的中间部分还有一个硕大的洞。他们说洞里有蛇，有一年打雷，把洞里的蛇打死了一条，说还有一条，但没有人看到过。这是我们很害怕的，走路都离那棵枫树远远的。但树顶上有一只鸟窝，经常能看见鸟儿从那个窝里飞进飞出，那却又是令我们非常兴奋的事，曾引起我们的无数幻想，都想上去一显身手。因为我们征服过很多的鸟树，却谁也不敢爬这棵枫树。原因不仅仅是因为它高，更重要的是因为树下的坟，出过鬼的，还是掏鸟窝时出的事。

事情的缘由是这样的，隔壁队里的泡哥，年纪和我们相仿，天不怕地不怕，想让我们队的小伙伴们臣服他。那我们可不干，如果硬要我们称他为王，可以，但条件只有一个，那就是他必须爬上这棵枫树，把那一窝鸟给我们捉出来，才算数。有点孙悟空钻水帘洞，能进能出，称美猴王的味道。泡哥说，一言为定。说着就打起赤脚，勒起树就爬。他爬得还真快，像猴子一般，我内心都有点佩服他了。他的手已伸向鸟窝，就在我们都以为他要成功了，我们也愿意称他为王时，突然，我们都看见了一道红光就像是从枫树下的坟茔里闪出的，向上直接的闪着泡哥的手，只见泡哥的手像触电一样，缩了回去。我们惊吓得不得了，生怕泡哥从树上掉了下来。而且诡异的是，泡哥的手从鸟窝缩回来后，红光就闪不见了。泡哥以为是一个偶然因素，在没有触电感觉后，又将手伸向鸟窝，手刚一接触到鸟窝的树枝，倏地，一道红光又从坟里直线闪上了树梢，随着红光与泡哥的手接触，泡哥尖叫的声音都变了形。泡哥的手不得不又缩了回来，好在他抓住了树干，否则他会掉下来，那就没命了。他再也不敢造次了。

　　我记得他滑下来的时候，脸蜡白，手通红。走的时候很是痛苦，听说他回去后生了一场重病，在我离开大市时，都没有复原，当然就再也不敢到我们队里来称王了。自此之后，也就没有人敢上这棵枫树了。这个故事，一直传了很久，方圆几里地都知晓。没有人能解释得清楚，因而，迷信的说法就甚器尘上。所以，对于树上是什么鸟，我们就不得而知。这样也好，队里的小伙伴们后来也不敢去其他地方掏鸟窝了，客观上促进了我们那一带的鸟类保护。

八哥

　　虽然我们不再掏鸟窝了，但对捉鸟仍然痴迷。我们那地方，八哥很多，人称八哥会说话，还说只要捉到它，把它的舌头剪成圆形，它就会说话了。对此，我们充满了遐想，也非常渴望能捉到一只八哥。我们见到八哥时，它们总喜欢成群结队，水牛在草地吃草时，它们就会歇在牛背上，当农人在犁田时，他们跟在犁过的田沟上飞。可我们一走近，它们"扑"的一声，就飞走了；有时看见它们成排地站在屋脊上，像在开班会，聒噪声不绝如缕。它们的毛色是乌黑色的，只有翅膀处有一白色，术语说是翅斑，飞翔起来，那白色尤其明显，再就是它的喙是白色的，与它的毛色相比，反差很是强烈。

但想捉住一只八哥着实不容易。只有在下雪的天气，我们才有可能近距离地察看八哥。

那时的天气，要比现在冷很多，过了十一，就恨不得穿卫生衣和卫生裤了。到了放寒假，那就真正的会滴水成冰。一场雪下来，整个校园就被雪笼罩得严丝合缝，不透一点罅隙。雪后的原野山林，一片岑寂，却是我们的乐园。虽然，我们穿着棉衣棉裤笨得跑都跑不动，但那种欢喜却是不可言状的。我们踩着高跷，在山林里钻，碰着树了，一树的雪花就倾盖而下，笑声便回荡在整个雪中的山林里。要问我们为什么往山林里钻，比的就是谁踩高跷的技术高。我们还拎着小火笼，在校园的走廊里，将小火笼旋转正反360度，火苗在笑，硬是不会泼出来。但最让我们神往和高兴的是，无限可能近地观察八哥或捉八哥。

校园的厨房顶上的那一片，由于天天烧火，瓦上没有一丁点积雪，露出黑黑的瓦片来，而八哥就成群地站在那些瓦片上，黑乎乎的，翅膀上的那点白在雪的世界里，几乎聊胜于无。一只，两只，三只……它们鸣唱着，说笑着，全然没有感觉这是一片白雪皑皑的世界。我们一干小伙伴们眼睛盯着它们看，距离已经很近了，可以清晰地看见它们的毛发和长长的脚爪。不知谁说，要是能抓到一只就好了。把它的舌头剪圆，就能说话多好玩。新初说，那我们去抓只八哥吧！我兴奋地说，真的？怎么抓？新初很老到地说，跟着我走。我们几个小伙伴就跟着新初来到了学校的仓库，那里有平时劳动的工具。新初让我们拿了扫帚，拿了一只大簸箕和一团棉线。我们不思其解，问新初，新初说，跟着我就是了。

然后，新初领着我们到了操场中央，用扫帚把雪扫净，堆在一边，很快就露出了一块红土地来，只见新初找来一根木棍，将簸箕支了起来，木棍与地面成90度，然后，用棉线系住木棍，把线伸展开，像地雷战的拉线一样长，又从厨房里弄来一些碎米和饭粒，洒在簸箕下。这些都弄完后，我们随新初躲到走廊的柱子后面，急切盼望着八哥能入彀来。等着等着，八哥们站在瓦房上，根本就没有飞过来的意思，而且压根就没朝操场上看过。我们都有点急，问新初能行不。新初说，准行。看到新初信心满满，我们也很兴奋。大概过了半个多小时，终于有一只八哥飞过来了，它警惕地侦察了周围的环境，发现安全后，它钻进了簸箕里。我们嚷道，新初，快拉。可能是我们的声音太大，新初一哆嗦，棉线拉断了，而支起簸箕的棍子根本就没拉动，八哥听到响声太大，就顾不上饥肠响如鼓了，窜出了簸箕，逃之夭夭。我们的捉鸟行动失败了。后来又试了几次，都没成功，最接近的一次是簸箕将八哥罩住了，可惜簸箕太小，八哥的野性很足，还没等我们扑上来，它竟顶翻了簸箕，成功逃脱了。

后来，八哥就不上我们的套了。于是，捉只八哥，剪圆它的舌头，让它说话的愿望就一直没有实现。而新初捉八哥的方法，后来居然在读鲁迅的文章时读到了。

乌鸦

在众多的鸟事中，乌鸦就很有的一说。乌鸦在我们那一带也特别多，它"呱呱"的叫声特别让人瘆得慌。我们那里的人都把乌鸦称作老鸹，是种凶鸟的代名词。附近有一个大队就叫老鸹村，大家嫌它不好听，就读成老康村。对它的不待见，略见一斑。而且更邪乎的说法是，只要听得老鸹在什么地方叫，那地方就一定会死人。所以，我们最怕老鸹叫，即使听到了老鸹叫，也当作没听到一样，或者安慰自己，老鸹那是在别处叫呢，要死人也是死别处的人。看来掩耳盗铃的心态，国人从小都有。

我对此说法实在是有些好奇，难道老鸹叫就真的要死人吗？这个念头一直萦绕在我的脑壳里。而且，我也不止一次听到过老鸹叫，比如说在饶家那座石山里砍柴时，老鸹的叫声就近在耳旁。听到老鸹的叫声时，我确实是有一点紧张，汗毛都竖起来了，手上砍柴的刀都有点在抖。我会死吗？还是一同砍柴的伙伴们中的哪一个？或者是饶家的哪一个？这个问题盘桓在我脑壳里数日。到后来，我们中的任何一个，并没有死呀，访问了饶家，那些日子里，也没有死一个人呀。对此说法，我确实开始有些怀疑，但也不敢全怀疑，只是半疑。那就是说还有半信。

现在，我就来说说半信之事。和新初结老庚后，就经常到新初家里去戏，尤其是新初家堂屋和门厅之间有一口不大不小的天井，更是我们最爱光顾的地方。那天井的沟里喂养着一只老龟，多少年了，新初也说不清楚，反正很有些年头。新初喂吃的时候，那老龟就会出来，小孩子对动物都有一种天然的喜爱，总是吵着新初用摸的小鱼小虾把老龟钓出来。有一次，我们在天井边吵吵闹闹，一个苍老的声音像游丝一样飘了过来：细伢崽，把声音搞细点。我们被吓了一跳，哪来的声音？是哪个？新初忙给我们说，那是他的娭（当地话：奶奶），她就住在天井旁边的一绺弄子里。我好奇地撩开那个弄子的门帘，只见门帘后的那弄子里刚好摆了一张床，那床是用两条凳加一幅床板搭起来的，如果像今天标准的 1 米 8 或 2 米的床是绝对放不进那绺弄子的。那绺弄没有门，只用一块布做的帘子与外面隔开着。帘子长期下垂着，至少我认识新初后，或者我每次去新初家里时，从没撩开过。而且，新初的娭一直病在床上，据新初说，他的娭中风瘫痪后就再也没有离开过那个弄子，吃喝拉撒全在那张床上。后来，我随新初去给他的娭送吃的时，进过那个弄子待了会，弄子里一股怪味呛得我连打了几个喷嚏，但我憋着，没有马上出来，因为父母教过我，要尊敬老人，何况她还是新初的娭呢！我亲热地喊了声：娭。新初的娭从床上侧过身来，一张布满纵横沟壑的脸，不亚于山上开出来的梯田，出现在我的眼前。她笑着，那梯田就更打皱了，挤成了一堆，眼睛比一条缝都还细。但我没有被吓怕，我外婆的脸就和她差不多，反而生出一份亲切来。小孩子家家的，也不可能和新初的娭说很多，没一会儿，我们就出来了。再到新初家去时，我也会到弄子里去看看新初的娭，并喊声：娭，你老还好吧！新初的娭总是笑着回答我：你来了！还好呢。

　　忽然有一天，在上学的路上，新初和我说，他的娭可能不行了。我问：什么是不行了？他说，就是要"老"了？什么是"老"了？"老"就是死了。听后，我吓得喘不过气，是真的？新初他严肃地点点头。我还从没有感受过一个我熟悉的人，或亲近的人面临死亡。我的心是紧张的，也有一些难受。但是我的心里，又暗暗地想印证什么，那就是，我看老鸹会不会在新初家那里叫。因而，那段时间，我跑新初家更勤些。也去看过新初的娭，也会去喊她。"娭"蜷缩在床上，只有一张脸露在被子外面。气息已经不怎么流畅，似有似无，已然说不出话来，偶尔睁开眼睛，她也不能认出我是谁了。

我的眼泪不由自主地瀑出来，不忍再看她了，她恐怕三四十斤的体重都没有。人临死的状态太可怕了。

更为可怕的事发生了，我刚出新初娭的那个弄子，到了天井，忽然听到了一声老鸹叫，"呱呱"，我以为我听恍惚了，拍了拍自己的脑袋，又一声"呱呱"就像在耳边，原来真是老鸹的叫声。我紧张得大气都不敢出一声。猛抬头，发现老鸹就在天井的上空，先是一只，后又来了一只，再来了一只，再后来，就不知来了多少只，新初的堂兄弟们都从隔壁过来了，附近人家的人也来了，有的人在赶老鸹，可老鸹怎么也赶不走。接着，就从新初家的弄子里传来了悲切的哭声，新初的娭，真的是在一片老鸹的叫声和新初妈妈、婶婶们的哭声中渐渐没有了呼吸，新初的娭老（当地方言，即死）了。我虽然没有见证新初的娭老去的那一瞬，但第一次近距离地知悉一个人死去了，告别了人世，这是我第一次知道了死是什么概念。尤其恐怖的是，老鸹真的叫了，新初的娭是真的在老鸹的"呱呱"声中老去的。我原来的半信就这么坐实了，而且对此深信不疑。

记得当新初的娭入殓后，一个黑漆漆的木头（当地方言：棺材）就摆在了堂屋的灵堂上，和尚道士的经开始念起来了，一群群老鸹才渐渐散去。那一幕，我印象深刻，一直到现在，我都没有忘记。

白鹭

乌鸦是黑的，而白鹭则是洁白的。我们不喜欢乌鸦，而都喜欢白鹭。白鹭那一身洁白的羽毛，白得亮人眼睛。在靠近河边的密林中，它们是一群群地歇在上边的，把整个树都歇白了。

每当春上开犁时，一群群白鹭总喜欢在牛犁出一沟沟田地时，追着犁开的田，在水里啄着泥鳅、蚂蟥什么的。当牛停下来，咀嚼反刍时，白鹭就歇在牛背上。那粗壮的牛背，就成了白鹭的停机坪。那牛背上的白鹭，扬着长长的喙，睁着警惕的眼睛，左顾右盼的，真像嬉戏的少年。白鹭不仅有着美丽的羽毛，还有矫健的身姿，尤其是飞行起来，翅膀扇动，上下翻飞，那个轻盈劲儿，很是羡慕了我们村子里的小伙伴们，每个人都渴望能像它们那样飞翔。

转眼，山里的花就开了。突然，一场大雨倾盆而下，雷声阵阵、电光闪烁，天好像破了一般，大市河的水刹那间，就涨得把一处踏水桥淹没了，把另一处木桥冲得无影无踪。河里尽是从上游冲下来的鸡呀、猪呀，还有柜子、桌子等，看来上游的人家遭灾不小。河水汹涌着，横冲直撞，不顾一切地向下游奔，很快就漫过了堤坝。我们戴着竹笠，披着蓑衣，打着赤脚，小心翼翼地走在泥泞的山路和田塍上，稍有不慎，就会滑倒在泥泞中，身上一身的黄泥巴。那样的时候，我们就特别怀念晴天。

就在我们这样彳亍在山路上时，不知谁喊了一声，看，白鹭。真的，一只，两只，三只……不止五六只，就从我们头顶飞过。我们抬头望着雨幕下的天空，一行行白鹭不畏风雨，勇敢地飞翔。同学方明见了，若有所思，随后深沉地说，难怪天下这大的雨！我问，天下这大的雨，难道与白鹭有什么关联？方明白了我一眼，还是你聪明。听了方明的话，我可是丈二和尚摸不着头脑。大家也感到方明话中有话，便都簇拥到方明身边，让他快点道出玄机来。看到大家急切的眼光，方明不敢再摆味了，指着天上渐飞渐远的白鹭说，一白晴（当地方言：qiang），二白雨，三白四白涨大水，五白六白淹屋脊（当地方言：jia），七白八白……见方明吞吞吐吐，我们都有点急了：七白八白怎么了？方明吐了吐舌头，说，也不晓得了。我们有点扫兴，但对方明说的前面几句还是蛮感兴趣的。让他解释这几句话的意思，他便对我们说，一只白鹭时，必是晴天，二只白鹭时，必定是雨天，三只四只白鹭时，天就要落大雨，河里涨水，五只六只白鹭时，河里涨的水可淹没屋梁，那七只八只白鹭时，可能白茫茫一片，荒无人烟。听方明这样说，我就接着说，那不就是七白八白一派白？方明说，就是这个道理。大家听了后，七嘴八舌，围着方明问：为什么，有什么讲究吗？方明说：我也不知道为什么？但老辈们都是这样说的。

于是，我对白鹭就有了一种与天气秘而不宣的情缘。每当看见一只白鹭在田间觅食时，我就知道是响晴的天，心情也是格外愉悦；如果看到两只白鹭飞过时，我的心里就有一丝要下雨的感觉；如果看到三四只白鹭时，心里一惊，要下大雨了；五只六只，七只八只呢？反而有一种听天由命的感觉，不那么担心和害怕了。后来，也没有去考证到底是不是那回事，也没有在每个雨天，去数有几只白鹭。但方明念的这个关于白鹭的顺口溜却长久地记在了我的心底，四十多年过去了，就好似昨天说的。

燕子

内弟不幸罹患肝癌恶疾英年早逝，开祭的头一夜，家人陪到后半夜就都去睡了，唯我和小龚两人守灵。寅夜，五月的鄂南还有丝丝寒意，加上内弟的灵柩，一具黑漆漆的"木头"就在身旁，那阴森的冷就很有些逼人。说一点怕也没有那是假话，但我和小龚都没说出来，只是，那一夜，我和小龚都在不停地说话，一个话题结束后，快没话时，我们又扯起另一个话题，硬是没把话断掉。连盹都不敢打，有时实在是撑不住了，也只是头向下挖几下。当天明，熹微的晨光从门缝漏进来时，我们才感到漫漫长夜真是难熬。站起来，伸个懒腰，猛然看见堂屋檐下竟然有一窝燕子，平日里回家来就怎么没发现呢？几只燕子的头正攒动着，发出"唧唧"的声音。当岳母把门打开时，燕子便争先恐后地从窝里飞了出去。那飞行的姿态就像一把剪刀，衔泥剪雨，微风斜飞。岳母显然对这几只燕子了然于心，不禁轻叹，都说燕子在家筑巢，是这家人的福分，怎么摊上我，却如此呢？我知道，岳母是在说什么，那种丧子之痛是没有什么语言可抚平的。我们只有看着燕子飞出去的身影发呆。

燕子，在我们那一带是寻常之鸟，田边地角，都能看到它们觅食的艰辛，也能看到它们闲暇时，整齐地歇在电线上，像排列整齐的"1234567"音符。尤其一首"小燕子，穿花衣，年年春天来这里……"更是家喻户晓。据度娘介绍，燕子，学名家燕，是雀形目燕科74种鸟类的统称。形小、翅尖窄，凹尾短喙，足弱小，羽毛不算太多，羽衣单色，或带有金属光泽的蓝或绿色。既然燕子是家燕，那么，每一个春回大地，桃红柳绿时，它就像准时的亲戚，会飞回去年的旧巢，繁育后代。而那些有旧巢的人家，门也是不遮拦的，任凭燕子随时回来。所谓"为迎新燕入，不下旧帘遮"。

小时候，因为我们家一直住在学校的宿舍里，那是一种没有堂屋的低矮的平房，连燕子也看不中，就总看不到燕子在我们家筑巢，而新初家，年年就会有燕子来筑巢。每每这样的时候，我总爱往新初家跑。有一年，新初家整修房屋，不慎将燕窝弄坏了，一家人很是担心燕子不回来了。没想到，第二年开春，又有燕子双双飞回来。可它们一进屋，看见窝损坏了，便立马飞了出去。我们想，它会不会一去不复还了呢？正在我们疑惑时，只见两只燕子衔着泥、碎树枝等，一前一后，一趟一趟地飞进飞出，很快，就把旧巢修复如新。看到它们修好了新巢，我们终于放下心来，燕子是不会飞走的。没过多久，一窝小燕子，大概有三四只吧，就出生了。两只燕子，尤其是燕妈妈更忙碌了，每一次飞回，都会叼些昆虫回来，每一次，嗷嗷待哺的雏燕，都会把嘴张得大大的，那喙是嫩黄的，都向上举着似的，燕妈妈就把昆虫塞进那些张得大大的嘴里，一只一只又一只。日复一日，真是"母瘦雏渐肥"，一个月后，雏燕就长大了，燕妈妈和它们呢喃不止，仿佛是教它们言语，并舔着它们的尾毛，就像是刷着它们的毛衣。完成这些准备工作后，就带着它们试飞，一次，两次，三次，终于，终于，雏燕可以单飞了。然后，雏燕们就会去选择新的百姓家，筑巢，繁育，生生不息。

燕子是益鸟，是捕捉害虫的高手。因而，我们再顽皮，但也没有人去捣燕子窝，去掏燕子。如果有谁去做了这些事情，那一定是会被妈妈打和骂的。天长日久，燕子，就好像是我们家庭的一员，它愿意与人亲近，人也很愿意接纳它们，并把它们在家里筑巢繁育后代当作是一种福报。所以，几千年来，燕子和人类都能和谐相处，并有不少动人的诗词歌赋将之歌诵。

当又一个寒冬来临时，燕子就要飞到更南的地方去过冬了。看着它们携妇将雏地从旧巢飞走时，我们总会依依不舍，总盼着冬天快快地过去，在下一个阳春，又能早点看到燕子飞回的丽影。

进城后，就再也没有看见过燕子，在钢筋水泥的城市森林里，是根本就看不到燕子的旧巢的，有些年，几乎活生生地把这些精灵们忘掉了。这次，还是因为内弟早逝而回到鄂南老宅，才又看到了这睽离已久的燕子，不禁有一种久违的亲切。只是今年春恨来，微雨燕双飞，君却上道山，悲哉悲哉，何日彩云归呢？

喜鹊

刚进城时，到处是破旧的水泥房子，逼窄的街巷，绿树少，植被也少，基本上看不到鸟类，如果能看到一只鸟，孩子们会欢呼雀跃的。后来，旧城改造，小区建设，虽然将来的里弄、弄堂可能会慢慢消失，但小区将越来越多，而且每个小区都建得像花园一样。现在城里的环境真是比以前好多了。树多了起来，植被也多了起来，鸟，人类的朋友又开始回来了，它们将会越来越多地栖息在城市里。同学刘群、同事邹忠、朋友邓翔，还有一些朋友都是拍摄鸟的高手，经常能在微信里，看到他们拍摄鸟的杰作。而我，还是喜欢用眼睛来观鸟。

去年，因工作需要，我调到远城区郗城工作，经常往返于市区和郗城之间，竟发现鸟特别喜欢在高速公路上闲庭信步。

那是一个清晨，我从武昌出发，过阳逻大桥，入武汉外环线，转入武英高速公路，这是一条新开的高速路，车流量较少，总看见不少的鸟儿成群结队地在路上。偶尔有车过时，它们"呼"地飞了起来，仿佛将这高速路当成了它们的起飞跑道；也有不少的鸟儿站在高速路两边的扶栏上，一排排的，黑压压的一片，蔚为壮观。这些鸟儿都不是什么名贵鸟，全是乡野间的大路货，麻雀、白鹭、斑鸠等。也许它们是在田野里觅食太累了，来这宽阔的路上休闲；也许它们是在乡村的田塍上待得无聊了，来这现代化的路上参观参观。眼前这些小精灵们，多自由自在啊，我开车路过时，总担心它们被撞着，心里暗暗地说，小家伙们，快离开这危险区，不要在道路上嬉戏。但他们哪听得见我的担心？总是在车来临的一瞬，"嗖"地飞走了。让我虚惊一场。

走到倒水河时，看见一只黑白分明的喜鹊正威武地走在高速路上，突然发现它的姿势是那么好看，它的头部、颈部、胸部、背部、腰部均黑黑的，只有肩羽、上下腹部是洁白的。飞行起来，那背部的白色羽区会形成一个 V 字形，特征特别明显。我最爱它们的滑翔，那张开的羽翼，平展而不扇动，真是太酷了。而且，在我们那一带，喜鹊发出的"喳喳喳"的声音，是吉祥的象征。记得父亲被遣送回老家劳动改造后，我们每听着喜鹊的叫声时，就盼着父亲能回来和我们团聚。有一年雪天，说父亲要回鄂南，我一连几天都在公路旁眺望，每一辆过往的车辆，都投过我热切的目光。因为雪，迟滞了父亲的行程，直到雪开始融化，一只喜鹊在校园的树上"喳喳喳"地叫个不停，难道父亲该到了吗？果不然，一辆车在我的身旁戛然停下，走出一个中年男人，哦，真是我的父亲。我欢喜地扑上去，头上的喜鹊仍在不停地"喳喳喳"。我会心地看看喜鹊，它还真是一只喜鸟啊。从此，我就更喜欢这种喜鸟了。

今天的这只喜鹊两脚落地，走起来，雄纠纠，气昂昂的，好像能听得见它踏在地上铿锵的脚步声，它又像是得胜回朝的将军，挺直了身子，骄傲地让人们检阅。它有时也会埋头在水泥路上啄几下，那水泥地上有什么可啄的呢？可能就是一种本能的习惯动作罢了。我把车速降下来，生怕碰到了它，可我后面来了一辆车，忽然"嗖"地超了过去，我看见那只鸟飞了起来，却来不及躲闪了，只见它重重地撞在了那车的玻璃上，"砰"的一声响，鸟就不见了身影，那辆肇事车像一溜烟一样，云淡风轻。我却把车慢下来，想寻那鸟的踪迹，却什么也没有找到，看来，那撞击力不轻，鸟要么是粘在那车的玻璃上，要么已然是血肉横飞，再要么是撞到了对面的车道上。但不管怎样，反正这只鸟是殁了，而且我是眼睁睁地看着的，不免心戚戚然。

到单位后，没车位了，我只好把车停在一棵樟树下，等下班时，发现车上除了樟树籽外，还有一些鸟的排泄物，摇摇头，用清水洗掉，还能做什么呢？不过，鸟多起来，终究是一件好事。

（原载《长江丛刊》2018年第6期，获2018年长江丛刊散文奖）

作者简介

梅赞，男，湖北汉阳人，中国金融作家协会会员，湖北省作家协会会员，曾在《诗刊》《长江文艺》《芒种》《湖北日报》《长江日报》等发表诗歌、散文、小说。出版诗集《为你而歌》、散文集《远去的凉亭》。现供职于中国工商银行湖北省分行。

高三和他的女人

■ 祁海涛

　　路西荒着的一片耕地，到底要种什么呢？

　　这家夫妻四十出头，过去种了十亩山葡萄园，正是旺果期，今年春天刨掉了。青春期的山葡萄，遭遇万劫不复的噩运，尽管我心里清楚个中缘由——不动迁，不值钱，乃果农无奈之举，但咋看上去，仍为这对夫妻几年的辛苦和眼前的惨烈惊恐不安。

　　五年前的春天与今年的春天别无二致。岁月静好，春风和煦。可是五年前那个春天到处弥漫着庄园要动迁的气息。乐耕园的周遭如火如荼砍李树、栽山葡萄的场面，至今记忆犹新。连我这个"并不谋利"的旁观者，也被撺掇着清理了一畦菜田，挖了两沟山葡萄。原因只一个，动迁风声紧了，动迁脚步近了——通往省城的公路北侧，远离市区的住宅楼已建至二期，常买鸡饲料的一家店铺，亦拆扒占用了，郭饲料几次满面春风地眯起眼睛对我说："动迁给了六十万，外加两栋楼房！"最诱人的是，他总是忘不了后补上那一句："你们路南也快了，我听说三年内全动盖楼！你还留那破李子干啥，赶快栽葡萄吧，要不然到时候人家都得那么多动迁款，你不后悔啊？"于是我和妻子商量，迟疑着毁了一条菜地，栽了两垄山葡萄，但李树一棵没伐。不为谋利的思想使然，乐耕园成了几百户李园中，少有的几块未被"干掉"的另类之一。

西面这户邻居，也是"砍李易葡"世俗中的一员。暴利面前，芸芸众生，几人能无动于衷呢？从众心里和发家致富的良好愿望，分田到户三十多年，农民在大集体的捆绑下放开手脚，一直在古老的土地上做着各种致富发家的实验，从未停息。而这次突然传来的致富机遇，其实一开始就有一双看不见的手，把市郊这片珍贵的耕地和耕地上的主人一步步推向了深渊。

那么推手究竟是谁呢？我们至今无法判定。但有一个基本脉络尚可以厘清。当时城市扩张的脚步与日急促，南市郊动迁欲建新城，制订了一个补偿方案，按单位面积计算，葡萄要比李子补偿费高出许多。这个文件我看到了，并兴致勃勃地介绍给邻居。我上班拿着薪俸，可淡然不利，对于农民，土地可是他们的命根子啊！

原本新开垦的生活净土，小荷才露尖尖角，会不会梦断城郊，梦断姹紫嫣红的春天，我担心也害怕也忧虑。

可隶属于农垦系统管辖的地界，与政府动迁暗连着一种怎样的互动关系呢？我的迷茫也是百姓的盲从。前有车后有辙，农垦动迁也少给不了多少吧，干吧！纠结、阵痛之后，东施效颦，"哗"的一声，一哄而上，流着泪，淌着汗，果农中的五分之四，将农垦多年前统一规建的庄园——这个助力他们发家致富的蓝图，在暖融融的春天里，棵棵枝枝地亲手毁掉了。桃花源一样茂密的李园，顷刻夷为平地，然后吵闹着抢光山葡萄苗，重新栽上。新的发家致富梦拉开了序幕。当时如火如荼的惨烈景象，把我冷静的心搅乱了，也孕育了长篇小说《李子红了》。

人们把这个惊天动地的壮举，归功于市场的功绩——那一双似是而非的看不见的手，一双利益最大化魔力无穷的手。果民浮上浮下的，恣意畅游。

路西的这一家四十出头的夫妻，也涌入了这股洪流。怕抢黄金被落下似的，他们不知疲倦地砍李子，挖沟，施肥，栽葡萄，灌水，立水泥桩子，拉铁丝线，秋埋春起，像千万农家一样，编织着美丽的致富梦。有时，男人出去打零工，有着姣好身材的女人，穿得花花绿绿，遮阳帽下蒙着粉色纱巾，一个人在家门前这片生梦的葡萄园里风雨劳作。偶尔，也能看到打工的男人，回家团聚时，早晚帮把手。男人不愿说话，但善于凝望——有时我开车拉着妻子出了乐耕园的胡同，拐上水泥路去上班，倒车镜里，几乎每次都能望见面色黝黑的男人停下手里的活，木然如大地里的水泥桩子一样，盯着轿车的背影，目光久久不愿移开。下班赴园，由于总是在他的园头向左拐进乐耕园的胡同，他一定认得我是他的一个邻居。每次在倒车镜里看到他凝望的样子，我都猜想，这位农民兄弟在想什么呢？一辆普普通通的轿车会这么使他好奇？

我知道没那么简单。但又说不清楚复杂在哪里。我们生活在一片田地里，但并非一个世界。

我几次产生与他搭讪的冲动，但终未果。我是一个十分愿意和邻居们谈谈他们生活境况的探秘者，为的是更好履行一名写作者深入生活的职责。但前提是对方愿意。为此我跟乐耕园周围的很多邻居相处甚好，我的很多写作素材，都来自于我的"做人要主动"原则。但在这个男人凝滞的眼神里，我几次感觉到他只想在背后偷偷凝望，不愿与一个陌生人当面交流。因为我每次走近时，他都扭头干活去了。

本来走近了，又远了。既熟悉，又陌生。我不知道到底是一种什么原因使他对城里人产生了隔阂，并且显露出了那么一点点自卑的情结——我能捕捉到他的这一点点，是因为我也曾经是农民，心灵深处，总是有那么一点隐秘的自卑。还好，我把这一点可贵的自卑化作了超越的一种理由，而他呢？

他的女人从不愿凝望。他的女人从来不随便停下手里的活，扯风望景，从来都是一心笃定地劳作，劳作。以致做了几年邻居，我都不识庐山真面目——有着姣好身材的她，一定还有着姣好的面容吧？男人都喜欢这样猜测背影苗条的女人，转身之间貌若桃花而非容嬷嬷现身。这缘于尊重异性的一颗善心，男人的爱美之心。如此这般，每次路过，我都向妻子夸奖几句：这女人真能干，葡萄田伺候得干干净净！然后还常忘不了补上一句：这样撅头挖腚地干，迟迟不得动迁的葡萄园，亏了她啦！

再后来，她男人的身影在那片洒满汗水和泪水的葡萄园里消失了。邻居说，你说的是高三吧，他去市里一个建筑工地打工了，听说是干上缆车往高层扛料的活，挣得多，但也危险，那活儿没点胆量和体力干不了！他们家的孩子念高中了，花销越来越大，不冒险上高咋整？

我像被什么东西刺了一下，心底顿升酸楚。是啊，包括在外打工的叔叔、兄弟，哪个农民工不是背井离乡，冒着风险，供孩子读书，维持生计？打破城乡壁垒，编织城乡一体化的蓝图里，当下农民恰好立在了历史性的节点上。他们今日的大波大折，有朝一日终会换来城乡的大同。他们的功绩也许会被历史牢记，也许会被滚滚的发展洪流所淹没，但今天的改变确使他们纠结、痛苦、跌撞和承受。可没有改变，哪会有未来呢？不知不觉中，当今栉风沐雨的农民兄弟，都成了历史英雄，无论是出去闯荡的壮年，还是在故乡守望的妇残童叟。

一天，我和妻子开车上班，高三的女人摆手搭车。聊天得知，她去市里一家服装商店应聘服务员了。我说出去干点比种葡萄强。她说可不是咋地，真耗不起了，费工费事不挣钱，这山葡萄坑死人啦！她说这番话时，露出了不整齐的牙齿，但丝毫不影响她淳朴的天然之美。将高三的女人顺路送到公交车站点，看着往日泥土里的农妇穿着焕然时尚，但追赶公交车的背影依然像在田里驱赶鸡鸭一样泼辣，我的胸膛里陡然亮起了一盏明灯……

夫妇外出打工，干净的葡萄园，撂荒了。每次路过，见往日水灵的山葡萄东倒西歪，杂草丛生，我心里都"咯噔"一下。去年冬天，往年埋入土底安然入睡的葡萄，迎风傲雪，枯黄瑟瑟，使人有一种说不清楚的凄凉之感。

五年的动迁梦，终成泡影。被山葡萄折磨得没着没落的果农们，又被逼迫着开始改变了。

今年开春，很多果农又把山葡萄刨掉了，改回来重新栽上了李子。五年的时光，去兮来兮，果农像跳舞一样原地打转。是谁使他们成了舞台上的一群小丑？继续坚持的人家，把葡萄从土里起出来，灌水、绑好，几天，黑黢黢的葡萄枝，就生发出新芽，十天半月，便满园绿莹莹一片了。望着眼前的景象，你会由衷地感慨，大自然神奇极了。但大自然只管风调雨顺，哪管丰产丰收？妻子怜惜着说：咋整，明知道赔钱，也不能扔了这些可爱的生命不管呢！一句话，使我听到了勤劳、朴实、珍爱土地的果农，集体倒出的一丝无奈。

高三家一冬没埋的山葡萄，迟迟未发新叶，在宽大的葡萄沟上苟延残喘，使人顿生凄凉之感。一天下班赴园，见高三葡萄园有五六个人在忙忙活活，路边停着一辆偌大的卡车，抬水泥桩子的，抠葡萄的，暖融融的春阳下，人声嘈杂。几只喜鹊，"嘎嘎"飞上路边的山丁树，远远地注视着遭遇不测的家园。

显然，高三家的葡萄园也毁掉了。

妻子问毁了种什么，我说不知道，反正不能荒着。过了一些日子，正是家家户户栽秧子的关键时期，我见高三的媳妇一个人拿把铁锹，戴着鸭舌帽，围着那条粉红色的头巾在围堵破旧的篱笆墙。我对妻子预测说，看样子是要栽茄子辣椒什么的。栽秧子的高潮过了，高家仍没有动静。再路过，我心有些发慌，保不齐要撂荒吧？电视上说如今农村出现了弃耕的现象！

我固执地想不可能。高三女人这么能干，土地怎能白白地撂荒呢？说不准要种饭豆，这个还要过几天洒籽。

到了种饭豆的季节，高三家的地仍然纹丝未动。我对妻子说，不是种饭豆，十有八九种秋白菜，这么大一片地，能产几万斤！妻子不语，很明显，她不置可否了。

两场雨过后，李林日渐荒芜了。我学果农——我这个业余农人就靠模仿果农过日子，趁早晚荫凉，业余进入了紧张的除草之中，还雇后院的王看屋帮忙。六月下旬，桑葚黑了，樱桃红了，客人们来园品尝避暑，都夸奖果园伺候得干净。我谦虚着说，往年还行，今年干不过来了，都是那几垄山葡萄闹的，要不是把南半截山葡萄刨掉了，更麻烦！

而高三家的地仍然荒芜。一天路过，见园子突然冒出来一群大鹅，我心头一喜，这个怎么没猜到，原来高家是想利用这片草地，圈养一园大鹅！

今晨，小雨初霁，我去买早餐，车过高家葡萄园，我被眼前的美景惊住了：嚯！往日杂草丛生，凄凉的荒地，一垄一垄的沟沿上，开满了粉色的，紫色的牵牛花，淡雅，温馨，灿烂亦高贵。一群雪白的大鹅，在其间觅食青草，嘎嘎嬉戏。我进屋兴奋地对梳头的夫人说：你没看到，那真是一片美妙的世界！

（原载《北方文学》2017 年第 12 期）

作者简介

　　祁海涛，笔名白夜，中国金融作家协会理事，黑龙江金融作家协会主席，《中国金融文学》编辑。著有散文集《庄园日记》、诗词集《李园杂咏》、长篇小说《李子红了》，合称"乐耕园三部曲"，其中《李子红了》获第三届中国金融文学奖。现供职于中国农业发展银行黑龙江省齐齐哈尔市分行。

辽西六题

■ 牟丕志

火炕

在辽西农村，家家户户都有火炕。按照农人的说法，火炕是有佛性的，它是农人的主心骨。农村的房子一般是坐北朝南，火炕一般紧靠南窗而建，看上去像一个长方形的平台。这样设计，既有利于采光，又便于通风。坐在炕上，很容易看到外面的风景。农家院内都有各种各样的树，梨树、李子树、枣树、杏树、山楂树、核桃树等。栽这些树不仅是为了收获果实，更重要的是作为一种风景来欣赏，有叶有花的时候，那是挂在院中的一幅天然的风景画呀。在一年的大部分时光中，农人都可以坐在炕上漫不经心地欣赏窗外绿色的景致，他们对绿色具有一种独特的感悟力，他们从树叶的颜色感知季节的变化。即便在冬天，脱去了绿色衣装的树仍很有趣，那精干的树枝展示着简洁、优美的线条，树枝上常有鸟类歇脚、欢唱、嬉戏、打架，寂静的院落便有了生机。而火炕就是观赏这一切的最好的看台。

火炕是农人的床，这床大而宽敞，它是土地的热手掌，是用来温暖农人的。火炕上面铺有芦席，光洁干净，并带有淡淡的清香。芦席有芦苇做的，但大多是用高粱秸秆削成的篾子做的。高粱是庄稼，把庄稼的骨架放在身子底下，农人感到最为亲切，最为可靠了。火炕的暖是沁人骨髓的。坐在火炕上，那绵绵的热力从尾巴骨直通向头顶，使你浑身通泰，热血充盈。农人干活十分劳累，而睡火炕是最好的解乏的办法了，所以农人世世代代离不开火炕。我们可以这样理解，火炕是农人的加油站，白天农人下地干活，而晚上在火炕上获得新的能量。

火炕是恒热的，这与它的构造有关。火炕是用土坯建造的，土坯分大坯小坯，小坯用来建炕体中的网络型烟道，大坯用来铺就炕体的表面。大坯有巴掌厚，这样可以充分地吸收热量，同时，土坯具有散热慢的特点。晚上农人通过灶台一次将炕烧热，这样，一宿不会变凉。农人便可以舒舒服服地睡大觉了。第二天起床，精神饱满，浑身上下都是劲。给火炕提供热量的有两个火眼。一个是安在厨房中的灶台，另一个是安在炕腰间的火炉。农人的灶台很大，上面安放一个大锅，无论是做饭还是做菜，均在大锅里完成。大锅底下是灶膛，灶膛里面是生火的地方，可以烧柴，也可以烧煤。灶台一侧有风箱，人用力拉动风箱，那灶膛里的火便呼呼地燃起来，充满整个灶膛，有时，火舌从灶膛中蹿出，在空中打卷。而锅上热气腾腾，烟气与蒸气交织在一起，又浓又烈，人气十足。这时，火炕便慢慢地热了起来，它热得慢，但却久久不会变凉。

我是在农村火炕上长大的，火炕已留在我的记忆深处。现在我住在城里，在我心目中，再高级的床也无法与农村火炕相比。我父亲是银行职员，半工半农，我母亲是一个地地道道的农人。她虽为女性，却是盘炕能手，以至村里很多人都找母亲去盘炕。按照农村的说法，盘炕的人，如果性格直爽，那么盘的炕就通畅不憋烟，如果这个人性格不直爽，那么盘的炕就有问题，烧起火来憋烟，烟从灶台向外蹿，那样可就惨了。呛人不说，火炕干烧不热。这只是一种说法。母亲说，盘炕最关键的是如何设计炕体内的烟道。烟道要盘成迷宫状，既要使烟道通畅，保证烟火顺利行走，不至于逆行，蹿到屋子里，又要使烟火均匀地分布在炕体内，要做到这一点实在是一件不容易的事。然而母亲却能做到得心应手。我曾问母亲这里到底有没有秘诀，母亲说：靠的是感觉，一时很难说清楚。

每当大雪纷飞的日子，农人便在火炕上放上一个木桌，炒一两个下酒的小菜，烫上一杯白酒，慢慢地品。那是农人最为快乐的时刻，这种单纯的快乐是令人陶醉的。酒热炕更热，酒暖炕更暖。有的人家炕上放一只火盆，红红的炭火，热力四射，烟气氤氲。此时，一盅白酒下肚，回肠荡气，浑身通泰，不久便飘飘欲仙了。贫贱也好，富贵也罢，全不放在眼中，一切都被抛到了九霄云外，只静静地享受着眼下这真实的幸福，快乐是发自内心的，没有一点虚假的东西。面红耳赤之际，看窗外飘飘摇摇的雪花，小院诗意正浓。随手打开窗子，让那白色的精灵飞到炕上，化作一股清香。农人似乎醉了，是神醉、心醉、情醉。此刻，正盘算着春天的事情，有花一般的梦想。外面树清瘦、简洁、光洁，线条清晰，无牵无挂，是最真实的。树让清风尽情地梳理，发出阵阵鸣响。树在思考，农人也在思考。我爷爷是老庄稼人，十几岁开始务农，八十多岁还在干农活。他爱好不多，在我的记忆中，他最喜欢的是在火炕上饮酒。他在炕上放一个小方桌，用那传统的锡壶，在很大的一个缸子里冲满热水，然后把酒壶放进去。一会儿，锡壶中便溢出酒香，浓浓的、烈烈的，在屋中飘荡散开，整个屋子全是酒的香气。我那时还是少年，我很愿意为爷爷斟酒，爷爷喝得高兴了，便给我讲故事，全是关于农村的神鬼故事，狐狸、黄鼠狼、野兔、蛇都是通人气的，都是精灵，而且神通广大，心地善良。

辽西火炕有一个用途就是用来烘干粮食。在秋季，农人收获了大量的粮食，在大炕的一边，围上一个大席子，便成了一个简易的粮仓。把新收获的玉米、高粱、大豆等放在当中，很快就会干爽。在火炕上烘粮有一个好处，那就是随时可以嗅到新粮食的香气，按照农人的说法，新粮食的香气可以驱赶浊气，可解百病。粮食是日月的精华，没有比粮食更为可靠的中药了。母亲常对我说：新粮食可解瘟灾，没病可防病。

辽西火炕不仅温暖了人的肌肤，还温暖了人的精神。辽西人豪爽忠义，为人厚道，这大概与火炕分不开。生活方式会决定人的性格。辽西人离不开火炕，火炕是辽西人生活方式的缩影。没有火炕就没有辽西人。辽西人热情似火，是火炕给了辽西人那种燃烧的激情，每一天都是激情燃烧的日子。我相信这是火炕潜移默化的结果，是火炕烧出来的风情。不过火炕又给了辽西人另一面，过分地陶醉于热炕头，以至于过于执迷。有一些人缺少南方人那种闯世界的精神。农人说热土难离,也许人对土地的感情往往很难用理论来解释清楚。

火炕是辽西人的摇篮。在很长的历史中,火炕是辽西人最理想的产床,火炕的温暖可以减轻生产给女人带来的疼痛。在女人生产之际,接生的人不是医生,而是接生婆。我就是在辽西火炕上出生的,据母亲讲,接我出生的人是一位姓王的老太太,她不懂医术,却在接生这方面经验丰富。母亲说,人在火炕上出生,一出世就与地气相连,长大了会变得强壮。我一出生便享受了火炕给予的温暖,火炕是我人生的胎记,成为我生命的一部分,它已楔入我的灵魂。火炕给我的身心深深地刻上了辽西人的记号。

春天的样子

春天在辽西大地上从容优雅地倘徉着,撒落万种风情。我们感受到春天有节奏且温暖的呼吸。生命中所有的谋划都不动声色,一切都如期而至,大地变得鲜亮、生动和灿烂。阳光、山峦、田野、雨、风、沟壑、古塔、树林、花草、村庄、民房、农具、羊群等,松散地排列、混合在一起,复杂多姿而充满变幻。

在我们看来,把它们有机地结合在一起该有多么困难。但是,春天有这样的能力。眼下所有的一切都不再孤立,它们相互耳语、相互抚摸、相互倾听、相互渗透,达成默契,充满着和谐。春天是最优秀的设计师,它使万物皆有自己的颜色:鹅黄、鲜红、绛紫、深绿、藏青、棕褐、天蓝、雪白、炭黑……它们交相辉映,浑然一体。我们不禁感慨春天的造化之神奇和超绝能量。其实,不止这些。还有时光、梦想、爱情、诗歌、音乐、绿色、温馨、美酒、欲望等,加快了生长、交流和编织。于是,我们觉得自己年轻,生命和意志迅疾地膨胀起来、张扬起来。

辽西拥有众多的丘陵。辽西大地就像一片大海,丘陵就是大海中涌起的波涛。一串串地名为辽西地形、地貌写下了生动的注释:木头城子、七道岭、梁图沟、黑牛营子、水泉、西五家、松岭门、红石砬、馒头营子、沟门子、杨树湾、三道河子、佛爷洞……这些地方,大多散落在丘陵的褶皱里,凸凹起伏，若隐若现。春天在这些地方，总是留下更多的目光和热情。春天驻足在山山沟沟、坡坡坎坎、坑坑洼洼的深处，忘乎所以。我们终于明白，这里为什么拥有更加充足、更加饱满的春光了。乍看一座山门，似乎没有什么特别。可是，当你从山门进入山里的时候，可能会大吃一惊。那一望无际的桃花、杏花、梨花，还有数不清的不知名的野花和树木丛林，香气袭人，小桥、流水、人家，炊烟袅袅。村庄很小，三三两两的民房，还有朴实的村民，朴实的笑脸，朴实的话语。蜜蜂、蝴蝶、麻雀在花丛中翩翩起舞，牛羊摇着尾巴悠闲地啃吃着花草。这些，可能你都没有事先想到。"好一个世外桃源"便从你的口中滑脱而出。在辽西，这样的地方有许多，比如，劈山沟、槐树洞、鸽子洞、凤凰山、大黑山。

雨是春天的魂，没有雨的春天是不可想象的。在辽西，干旱已成了春天最大的敌人。在辽西，世世代代的农人都祈求老天的大恩大德，那就是下雨。若没有雨，春天常被干旱折磨得面黄肌瘦、无精打采、痛苦不堪。只有雨才会化为春天的血液，让春天变得强壮和美丽。没有雨，天就像是一个老太太，皮肤干燥且丑陋。终于有一场透雨从天而降，接着又一场，空气清新如琼浆。大地上一切都热闹起来了，一幅写意的春耕图活脱脱地展示出来：农人、牛、马、车、犁、田垄、种子、肥料、孩子、欢笑、汗水、希望、梦想……我们隐隐约约看到，小麦、玉米、高粱、谷子、大豆、棉花、油菜蓬蓬勃勃生长的样子，以及农人在秋天收获的样子。

我在辽西的一个叫南营子的村庄感受着春天的一切。春天来了，远远望去，一个个村庄渐次消失了。不是村庄走丢了，而是村庄被掩藏在林木丛里。树是村庄的重要组成部分，在村庄周围以及家家户户的房前屋后，都长着高高低低、密密麻麻的树木，冬天树木光秃秃的，并不引人注目。在春天，这些树木像变魔术似的，将村庄藏在自己的袖子里。春天里的老屋变得兴致勃勃，所有的窗子都打开了，春天可以从窗子自由出入，阳光、绿色、香味、温度、声响、快乐，温柔地传递和流动，一直渗到你的心田。火炕吸足了春天的热力，变得十分妥帖。餐桌上，是春天的影子：小葱、韭菜、菠菜、黄瓜、豆角、白菜，青气氤氲。我端详着院子里的核桃树如何张开巴掌大的叶子，看黄豆粒般大的核桃如何变成鸡蛋般大的绿家伙。

燕子飞入堂屋忙忙碌碌衔泥建巢，麻雀在树上叽叽喳喳谈论着儿女故事，鸽子在房顶上打打闹闹。当夜幕降临，我躺在老屋的火炕上，迟迟不能入睡。我感受到了春天的温热和亲切，我感觉到春天渗透到我的皮肤中的进度。

　　不知你是否知道在春天里挖野是多么的有趣，其意义多么的非比寻常。野菜是春天给人们的第一个祝福，一场春雨过后，山坡上，遍地都是野菜：苣荬菜、苦麻子、苦碟子、婆婆丁、马齿苋、猫爪子……一只筐加一把挖菜刀，这是收获野菜的全部工具。有时，为了收获更多的野菜，可以再带上一条大口袋。山坡地是野菜集中生长的地方，挖完一片地，还有另一片地，你今天挖过了，过几天它又长了出来，越挖越长，你是永远挖不完的。野菜遍地都是，密密麻麻，连绵不绝。你挖着挖着，当你一转身，忽然发现刚挖过的野菜忽又冒了出来，你说怪不怪。这是你眼花了，因为野菜实在是太多了，已经使你眼花缭乱了。如今回想起来，在春天的田野里挖野菜，也许比作一百首诗更具有诗意，那种自由的感觉、收获的感觉、脚踏实地的感觉，真是难得的。当你的生活离它远去的时候，才觉得它的弥足珍贵，而且不能再来。

　　时间在大地上飞翔，春天的景致像电影里的画面，总是飞快地切换，如同魔术大师的手段一般。使人真正感到时间匆忙的样子。一夜春风，一片一片的鲜花开了，一片一片的林子绿了。不经意间，花刚刚落下，一转身的工夫，果实已长出了一串串，枝头已经下沉了许多，不经意间已经碰了你的脸。庄稼、树木、杂草疯长起来，大地很快被切割成了大大小小的方型、条型、三角形等绿色板块，板块的颜色在变：浅黄、浅绿、深绿、墨绿。一切植物都能够在春天里找到自己恰当的位置，并用强大的事实证明，每一种生命都是不能随意蔑视和忽略的。一切来得都太快了，让我们感到猝不及防。春天总是轻而易举穿越我们的想象力。

　　美好的事物总是含有某种无端的寂灭，这种悲剧让它更加令人难以割舍。某年的春天里，我二姑门前的桃花刚刚开放，七十九岁的二姑走了。此后多年以来，我一看到盛开的桃花，就想起那善良和蔼的小脚二姑，想起二姑吃苦的一生，日子艰难的一生，想起她对春天的留恋，还有她对我的一个个好处和疼爱。春天里，田野里再也见不到二姑的忙碌的身影了，她的肉体和灵魂归于田野。某年春天里，我的文友谢子安走了。他留下了散文集《雨走青纱》，这是对辽西这块土地一个不小的贡献。在他的散文中，有一句叫做"春天是太阳孵出的小鸡"。他写过很多的好句子，但我特别喜欢这一句。读他的作品也是对他的一种怀念吧。

在春天的夜晚里，我常常无端地兴奋和失眠。一个爱乡又爱文字的人，被春天的乡村同化和感染。春天以它巨大的能量，弥漫我的记忆，使我的思绪异常汹涌。如此温馨的夜晚，该是多么好的发挥想象力、编织梦想的时光。我把自己的野心和期盼无穷地放大、放大，我变得忘乎所以、激情高涨。我试图走进春天的每一个角落，看每一种不同的事物，听每一种不同的声音。身体有限而心灵无限，人不能约束自己的心灵。即使许许多多的想法不能实现，但我们仍然需要梦想。梦想是生命的养分。

我曾有一个愿望，就是到辽西家乡的老屋里，整整住上一个春天。读书、写作、耕种和走动。不要怕劳动，劳动让我们幸福和快乐。不要停止写作，写作让我们更具有审美的眼光。我要在老屋前面的园子里种下十几种作物，看它们破土而出，看它们生长、开花、结果，领略春天的创造力，感悟生命的神奇和伟大，以此来拯救我萎缩和枯竭的想象力和创造力，唤起我对土地的向往和爱心。也可以久久地坐在小时候自己用过的书桌前，漫不经心地猜想着外面的一切山峦如何静静地行走，田野如何均匀地呼吸，庄稼如何地窃窃私语，家畜们如何谈论着爱情。也以可想象着一个叫"农业文明"的事物的起源和走向，想象人与春天到底是什么关系，任思维的耕犁慢慢地划向岁月深处，去领略世界的无涯与多姿。

皱褶里的村庄

在辽西丘陵的皱褶里，村庄自由、旺盛地生长着，像一颗颗成熟的瓜果。辽西的村庄很容易让人联想起朴素的野草，生命力顽强，且无孔不入，随遇而安。它们散落在丘陵的各个角落，千姿百态，各具风情。不同地形地貌，演绎和造化了不同的村庄，成千上万的村庄演绎着一种生动的奇观。有的村庄生长在沟里，比如大杖子、住家沟、小南沟、窝棚头沟、蒿松沟等；

有的村庄生长在山的脚下，比如南营子、满达营子、十家子、牟台子等；有的村庄生长在平坦一点的地方，比如大平房、木头城子、十家子、西营子、台级等；还有的村庄生长在土崖下，生长在山坳里，生长在沿路一带，生长在沿河一带，等等。其大大小小截然不同，其组成单位相差极大：三两户，五六户，七八户，十几户，几十户，上百户，几百户。如同农人收获的果实，有小小的芝麻粒，也有大大的西瓜，难以整齐划一。我们无法准确地说清辽西到底有多少种村庄，它早已超出的我想象力和分辨力。为村庄分类，只是人为的行为和想象。

村庄，仿佛是一切事物的故乡。走入村庄，许许多多美好的事物与我们同在：山水、清风、树木、田野、老屋、炊烟、村民、农具、庄稼、水果、牲口、牛哞、蛙鸣、鸡叫、爱情。在这里，我们可以不费吹灰之力就会发现那惊心动魄的美，可以找到传统和本真的东西，找到人类的文明起源。村庄不是一个简单住所和人群，它还包括了历史、科学、宗教、哲学、文化等方方面面的内容。村庄里的人统称为农民，但不都是种田人，农民早已分化为多种：木匠、瓦匠、石匠、力工、车夫、司机、牧羊人、猪倌、菜农、厨师、粮贩、屠夫、司仪、商人、老师、吹鼓手……这使村庄的内涵更加丰富。村庄是一个完备的系统，五脏俱全，我们关注它某一个方面的时候，另外的部分会表示疑义。因而，言说村庄是困难的。如同它庞大的群体，我们往往找不到一个妥当的入口。当我们言说它的时候，真正的村庄正在哑然失笑。

南营子，一个普普通通的村庄，这是我的生命的根。这个村庄生养了我，它已化作我生命的一部分。不论我走到哪里，我生命中的村庄会紧紧伴随着我，它给我以灵魂深处的检点和呵护。我深深地爱恋着这里的村庄，爱恋着这里的一百多户人家，爱恋着它的一草一木和每一个白天和夜晚。村庄的房子有老式砖石房子，这种房子的主要原料是石头、砖、木头，连接这些原料的是黄泥和石灰，我家的老房就是这种。还有新式的钢筋混凝土的平房，建筑时加入了钢筋和水泥。贯穿村庄东西有一条"街道"，大约一公里，南北两侧两排密密麻麻的民房。民房周围便是一望无际的田野。村庄中央有一所学校，是中华人民共和国成立后由一座纪姓地主家的大院改造而成的，给村庄增添了不少的灵气和书香。一百户人家民风纯朴，就像一个大家庭，彼此交流和照顾，当然有时也有摩擦和龃龉。但这并不影响浓浓的乡情。在这个村庄，我熟悉所有的农户的主人，知道他们的脾气秉性和爱好，知道他们的优点缺点，甚至知道他们中许多人的隐私。我与所有同龄的或年纪相仿的孩子都曾是亲密的小伙伴。这都是因为村庄的缘故。因为村庄是透明的、开放的、自由的，每一家的大门都是打开的，大家拥有坦诚和率真，并不需要过多遮掩和伪饰。串门时不需要预约，甚至不需要敲门，我们大大咧咧，无拘无束，直来直去。有了红白喜事，大事小情，大家都像亲属一样走动，礼钱不多，但热闹非凡，真情浓厚。这一点，与城里有天壤之别。在城里，每一户人家都把邻居当成盗贼，当成提防的对象，打过一百个、一千个照面，依然是陌生人。在城里一个楼口往往住着十几户人家，你问大家，是否相互了解和认识，是否知道对方的名字，是否相互来往？城市的进步难道是鸡犬之声相闻、老死不相往来？

我住在村庄里，身体感到十分的踏实和妥帖。我变得异常的兴奋和富有灵感，我的血液里似乎流淌着村庄的密码和信息，村庄在我血液和生命里流淌，村庄融入我的灵魂的深处。老屋如友，备感亲切。此时，屋中的一切都变得格外清晰、明亮而鲜活：火炕、躺箱、立柜、旧相片、水缸、年画、神龛、老式书桌。它们总是与我一同醒来，我感觉到它们的兴奋的呼吸和心跳，我的身体充盈着久违的一种幸福的快感。窗外，核桃树张开巴掌叶子，鸡蛋大的青核桃在微风中轻轻地晃动，那棵山楂树红得正旺，树上像一团火。园子里的各种蔬菜疯长着，各有各的长处。长豆角果实长长的，密密的，轻轻地摇摆着，让人联想起美女的长发。要读懂一个村庄，确实不是一件很容易的事情，它包含的生命深处的东西，很难用语言来表达。村庄是一个巨大的谜，也许永远也解不开。

季节总是用它那巨大无比的手，把村庄涂抹上不同的色彩：浅绿、深绿、浓绿、浅黄、深黄、金黄、雪白。不同色彩的村庄有不同的美，所谓各有所长，各有千秋。但是，相对而言我更喜欢秋天和冬天的村庄。因为，这两个季节的村庄具有审美的风格，而其颜色是两个极端，更能体现村庄的本质。

秋天的村庄是最富有色彩的村庄，丰厚收获使村庄变得沉甸甸的。村庄被黄叶浓浓的树木包裹、隐藏，远远望去，若隐若现，恍恍惚惚。走进村庄，五光十色的果实给你以强烈的视觉冲击：红艳艳的高粱像一片火在燃烧，白花花的棉花像望不到边的羊群，还有黄黄的苞谷露出灿烂的笑，青青的核桃垂向地面。那些都是货真价实、散发着香味的颜色，没有半点虚假和伪饰，看起来养眼、怡神。我们见过的许多颜色都是人为地造出的，比如城市五颜六色的楼房、广告和彩带、彩球之类，发出的是伪饰的光芒，看起来十分刺眼。秋天农人是忙碌的，一大早，大家都匆匆地赶往田间。一眼望去，田野里到处是收获庄稼的农人，他们挥汗如雨。到了晚上，大家接二连三地赶回来，于是村庄渐渐嘈杂起来、热闹起来。至于疲劳，丢给热热乎乎的火炕就是了。在村庄，院子里、房子顶上、粮仓里装满了粮食。收获使村庄变得浑厚扎实且神采飞扬。秋天的村庄空间看上去有些挤，也许这是农人所盼望的。

冬天的村庄变得瘦削、精干，去掉许多雕饰和枝蔓。村庄看起来清晰明了，炊烟袅袅，人影晃动。树上的叶子全部落光了，可它们的灵魂还在枝上，呈现着一种透明的颜色，呈现出一种透明之美。树上的麻雀格外精神，看上去是一个个可爱的黑点，我们很容易清点出它们的个数。北风呼啸，大雪如期而到，村庄变成了黑白两色，像落笔简约的国画，环境纯粹了许多，心灵也就跟着纯粹了许多。大雪过后，好多人家院子里堆起了各式各样的雪人，雪人五花八门，这是农民自创的人体雕塑，虽然不够精细和艺术，却暗含了农民的许许多多理想和追求。冬天显然是农民自由选择的日子：一部分农人进城找活干，一部农人开始了漫长的猫冬生活。冬天外面冰天雪地，可屋里春意融融，这是农民交往、交流的大好时光。每一个季节都是十分有用的，在春、夏、秋，农民比较忙，大家也疏于来往，看似人情有些淡了。到了冬天，人们便利用空闲的机会，增多交往，升温人情。村庄里人好串门，你到我家看看，我到你家串串，有事无事都无妨，反正大家手中没有什么活计，于是家长里短以及各式各样的故事广为流传。其实，这也是一种生活的需要。更为重要的是，在冬天里，一个叫春节的节日给村庄带来了丰富的节目和数不尽的快乐：蒸年糕、杀年猪、做豆腐、贴年画、贴春联、放爆竹、请灶王、拜财神、祭祖先、拜年、打麻将、办酒席、扭秧歌、放花灯。在进入腊月到正月十五的一个半月之中，农人都在过节，集中来释放激情和欢乐。这种欢乐来自农民对土地的热爱、对生活的热爱。

我不知道村庄到底暗藏着多少秘密和故事。走进一个村庄，我们到底会遇到什么。一个耄耋老人，坐在门口的石头上，口里叼着一杆老式长杆烟袋，平静安详，像一尊雕像。他可能是这个村庄的代表符号。你问他，似乎知道这个村庄的一切，肚子里就装着一个村庄的历史。我们还可能听到许多古老的故事，这故事我们从来都没有听过，是那样的动人。我们可以得知，某某是农民儿子而成为一座城市的父母官，某某由农民变成企业家而家藏万贯。可是，事实上许多村庄并不是只发生具有诗意的故事。村庄有富足和幸福，也有贫穷和不幸。或许，我们刚巧遇到因为有病而医不起的农妇，喝了农药来解脱自己的生命；或许，我们发现，有的农民子女考上大学却没有钱供学生上学，所有的亲朋好友都借遍了，可是还是没有筹到足够的学费，他们心急如焚；或许，一户人家受到伤害却打不起官司，感到迷茫和无助。我常想，如果能找一家喜欢的村庄，租下一所老房子，住下。在这里，花上一年乃至更长的时间，与村庄交流，与农人交流，来探寻村庄的真正内涵，是一件多么有价值的事情呀。

村庄像饱经风雨的历史长卷，总是从容地为文明写下最有力的注脚。它告诉我们，我们每一个人无一不是从村庄走出，我们每一个人都打着村庄的印记。村庄是我们的根和本色。也许，我们所看到的村庄与城市比起来显得简陋、朴素，我们越来越多的人喜欢城市，我们把城市当做天堂。然而，村庄决不会对城市俯首称臣。村庄会说，城市的根在村庄，或者说城市是村庄的变种，是另一种村庄。现代文明试图篡改我们的常识，把远离新鲜空气，远离花草树木，远离田野风光叫做进步。君不见，城市多了钢筋水泥、华屋高堂、滚滚车流，多了雍容华贵、灯红酒绿、声色犬马，却少了树木花草、清新空气，少了天然纯朴、健康本色。城市已与它的根距离得越来越远，变得坚硬、迷离和荒唐。在几百年或者几千年之后，是村庄走向城市，还是城市走向村庄？

（原载《金融作家》2010年第6期，获2010年全国散文论坛一等奖。）

作者简介

　　牟丕志，生于辽宁省朝阳县，毕业于中国人民大学，文学学士，中国作家协会会员，中国金融作家协会副主席，中国农业银行作家协会主席，辽宁省金融作家协会常务副主席兼秘书长。著有长篇小说《机关中的机关》，杂文随笔集《世象小品》《人间话本》《一个人的官场》等。有作品入选《中国年度最佳杂文》《中国年度杂文精选》等文学年选本。获冰心文学奖、全国散文论坛奖、中国金融文学奖、中国金融报告文学奖、金骆驼奖等奖项。现供职于中国农业银行辽宁省分行。

春天，红旗渠畔遇杨贵

■ 郭扬华

当一行白鹭在漳河的上空飞翔的时候，红旗渠的春天就从梦里醒来了。

她一睁开眼，就看到花儿开了，树芽冒出来了，红旗渠的水在哗啦啦地流，那么明亮，那么妩媚，就像俄罗斯歌曲所唱的：正当梨花开遍了天涯，河上漂着柔曼的轻纱……红旗渠的春天，一枝梨花带雨开，如同她苦难与辉煌的历史。

"人间最美四月天"的时候，我们站在红旗渠的分水源，看着奔涌的水流渐去渐远。一时间，我百感交集。林县（现改为林州市）缺水的历史早已过去了，那段治水的峥嵘岁月也落幕了，她的主人公也淡出了人们的视线，作为一个曾经的水利工作者和多年的农村金融工作者，我用双脚去丈量红旗渠，用双眼去亲吻红旗渠，张开双臂去拥抱红旗渠的梦想却一直没实现。今天，因为红旗渠扩建申请农业发展银行水利贷款，我们有了实地考察的机会。我抚摸着红旗渠的分水闸阀，灵魂在冰凉的触感中得到了安顿，更意外的是，我邂逅了她的缔造者杨贵。

一

从一个水利工程，延展成一个旅游景观、一个地标、一张价值万金的名片、一种文化的符号、一面永不褪色的旗帜，红旗渠是中华人民共和国的唯一，是共产党人的骄傲。

穿过古色古香的牌坊，绕过浮雕和碑林，我们来到了红旗渠纪念厅。我仔细看着那一件件珍贵的实物，一个个真实的场景，一幅幅感人的画面……如闻其声、如临其境。一个个可敬可佩的英雄人物和感人至深的故事，强烈地撞击着我的心，伴随她们我走入那段尘封已久的历史隧道，追忆激情燃烧的峥嵘岁月，重温改天换地的红旗渠精神……

造物主是不公平的，对地处太行山深处的林州而言，自然的赐予有着过分的吝啬。历史上的林州是个土薄石厚、水源奇缺的贫困山区，"水缺贵如油，十年九不收，豪门逼租债，穷人日夜愁"就是旧林州缺水致旱、因旱成灾的真实写照。"太行山上水贵油，谁知人间几多愁。三尺白绫无情剑，屈斩芳龄少妇头。"这首诗向我们道出了这样一则悲惨的故事：民国初年除夕，桑耳庄老长工桑林茂五更起到离村七里多的黄涯泉，想趁早挑一担水回家过年。可是挑水的人太多，桑老汉一直排队到天黑才接满一担水。刚过门的儿媳心疼公爹，摸黑出门迎接老汉。儿媳刚接过担子没走几步，被石头绊倒，一担水洒个精光。儿媳又气又愧，回家悬梁自尽。满腔悲愤的桑林茂埋葬了儿媳，大年初一领着儿子离家逃荒，自此再没回过村。区区一担水，竟能将一个年轻鲜活的生命葬送了！听到这里，我的心在震颤、滴血。

而这悲剧只是千千万万林州人悲剧的缩影。

往事越千年，林州人民干旱缺水的苦难生活从未改变。千百年沧桑历史雄辩地告诉我们：从来没有救世主，一切只能靠自己。

灾难面前，是苦熬还是苦干？苦熬，林州人民已经苦熬了几百年；苦干，那就要在一无所有的艰苦条件下，赤手空拳地开拓新局面！经过艰难抉择，林州人民最终义无反顾地选择了苦干，同时也走出了一条自力更生开渠引水的新路子。

有关红旗渠的故事，痛苦、漫长而又悲壮。

"天下事或激或逼而成者，居其半。"这句古话无疑是说给红旗渠的。厄运固然能够摧残和毁灭弱者的肉体和灵魂，但也可能如同火山喷涌一般，激发出强者的巨大潜能，成为他们创造人生辉煌的催化剂。

那是一个饥饿的年代，极端困难没有吓倒林县人民，对幸福的渴望激励着他们凭着羸弱的身躯和坚硬亘古的太行群山展开了殊死的抗争。没有专业的技术人员，林县人自己上！没有专业的工程设备，林县人自己上！没有专业的施工队员，林县人自己上！没有石灰自己烧，没有水泥自己制，没有炸药自己造，不会技术干中学……住工棚、住窑洞、住石崖、住石洞。大家还苦中作乐，风趣地说："蓝天白云做絮被，大土绿草做绒毡，高山为我站岗哨，漳河流水催我眠。"在"神工铺"，在"鹰嘴岩"，在"青年洞"，在苍莽太行的崇山峻岭间到处都飘舞着血色的红旗。不论春夏秋冬，哪管寒来暑往，没有任何重型机械的林州人硬是用自己的双手和绳索、钢钎在绝壁上凿出了一条奔流着血泪的水渠。

红旗渠是一本大书，我无力完全读懂。但望着一只只被磨秃了的钢钎，仿佛听到了当年民工开山凿石的叮当锤声；抚摸着当年民工推过的小车，眼前就会浮现出当年数万干部群众自带干粮、工具，卷起被褥，推着车，高举红旗迈向工地的画面。这情景，是那么熟悉，那么亲切，一下子唤醒了潜在我心底的水利情结。那是二十世纪七十年代中期，高中毕业回家务农的我忙完秋收冬播，就豪情万丈地奔往水利工地，修水渠、筑堤坝、办战报；工地上人流如潮、彩旗招展，高音喇叭里不停地播送表扬稿、挑战书和革命现代京剧。那场面真让人亢奋啊。后来我又幸运地被安排到水利部门，从事水电技术工作。三十多年前，恢复高考我填志愿时，一口气报了两个与水有关的专业，一个是农田水利，一个是水电站自动化。但让我魂牵梦绕苦苦等来的竟是医学院的录取通知书。收到通知书的那一刻我愣住了，我知道，自己献身水利事业的梦想破灭了……。

随着参观的人流往前走，一张发黄的照片吸引了我的目光：悬崖间有个年轻的姑娘，扶着两根钢钎，另外两个姑娘挥动着大锤，正猛砸钢钎。她们正在坚硬的岩石上打眼。旁边的山崖上用白石灰写着："一颗红心两只手，自力更生样样有。"是呀，贫穷落后算什么，一穷二白算什么，只要有决心，有信心，依靠自己的双手，埋头苦干，什么样的奇迹都可以创造……

我盯着老照片上两省往来的信件，陷入了深思之中。

红旗渠建设开始，叫"引漳入林工程"。那时，在天上无水蓄、地下无水汲的情况下，唯一的出路就是走出县境，引漳河水入林县。跨省引水困难无疑是很大的。更何况，没有水利部居间协调，没有国务院行政推动，要想启动这样一个大型项目几乎是不可能的。但是在当年，正如老照片上所显示的那样，仅仅只是简单得不能再简单的几封信函，就顺利地敲定了这样一个牵涉面广、影响深远的"引漳入林工程"。从某种意义上讲，红旗渠不仅是林县人的红旗渠，同时也是山西人的红旗渠。

究竟是一种什么样的协作精神，是一种什么样的大局观念，使得居于上游的山西人心甘情愿、毫无保留地支持这项事不关己的水利工程？我一遍又一遍地仔细研读老照片上那措辞简洁、内容平实的信件内容，感慨万端。

十年奋战，愚公移山。林县人民共削平了 1250 座山头，架起了 211 个渡槽，凿通了 211 个隧洞，修建了 12408 座各种建筑物……硬是在崇山峻岭中凿出了一条三千多里的"人造天河"。如果把十年挖砌的 1818 万立方米土石筑成宽 2 米、高 3 米的墙，可以纵贯中华南北，把广州和哈尔滨连接起来。红旗渠分明是中国的"万里水城"啊。

走出展厅，我们来到分水岭水闸，闸门上方郭沫若先生题写的"红旗渠"三个大字在灿烂的阳光下熠熠生辉，格外引人注目。闸门内奔泻出两股激流，向西南方向流去的是红旗渠一干渠，二干渠沿山坡东南方向，三干渠在分水岭双孔隧入口处，距分水闸 500 米，向东奔去。

二

忽然，身后一阵躁动。有人惊呼："杨书记！杨书记！杨贵书记来了。"我回头一看，不远处，一位老者被人们簇拥着，他手拄拐杖面对摄像机，正接受记者采访。我不是爱热闹的人，也情不自禁地凑上前说："杨书记，您是我们心中的大英雄！"他握着我的手，不停地说："惭愧，不敢当。"

这位我青年时的偶像，魁梧的身板依然挺拔笔直，银发如霜，现出了岁月的沧桑。他的精神气质仍然有着当年的尊严和威仪，和我想象的一样。他凝视流动的渠水，他在看那尘封的故事么？

1954 年，26 岁的豫北汉子杨贵被省委派到林县当县委书记，直到 1973 年，周恩来亲自点名调他去公安部工作为止，他在这个太行山深处的山区县工作了 19 年。也正是在这期间，林县人修凿了轰动一时的红旗渠。如今已过了耄耋之年的杨贵定居在北京。提起当年的往事，老人仍唏嘘不已，他回忆说，修筑红旗渠时正赶上三年困难时期，后来又遇到"文革"，"在修渠的十年时间里，我们是如临深渊、如履薄冰，那真是胆战心惊啊！"

缺水的问题如同悬在林县人头上的一把刀。于是，天降大任于斯人，年轻的县委书记杨贵被推上历史舞台。杨贵到林县后，深入各个乡村展开调查研究。林县人民缺水的痛苦深深地刺痛了他的心。他意识到，中华人民共和国成立后，林县人民在政治上翻了身，迫切要求在经济上再来个翻身。现在，水、路、病"三座大山"压在林县人民身上，水又是第一个也是最大的障碍。

杨贵在县党代会上发出了"重新安排林县河山"的号召。"重新安排林县河山"是一份宣言书，"重新安排林县河山"是一个动员令，"重新安排林县河山"又是一幅美丽的画卷。善于动员群众，组织群众，把群众中蕴藏的巨大创造力发挥出来，是杨贵在建设红旗渠和其他水利工程中的实践经验。在建渠过程中，党员领导干部始终奋战在第一线。整个工地白天人山人海，红旗飘扬，夜里灯光万盏，炮声震天。

挖山泉、打水井、修水库、建水渠，这些兴修水利的活动是他们改变命运的序曲。从 1955 年起，他们相继修建了抗日渠、天桥渠、英雄渠和 3 个中型水库。杨贵认为，林县缺水的问题就可以基本上解决了。

无可奈何的是，天公对林县过于苛刻。1959 年，一场大旱，泉干库竭河断流渠无水，让这些水利设施形同虚设，全县又陷入了干渴的危机之中。

面对残酷的现实，杨贵认为干旱是影响林县人民生活和生产的主要问题。要彻底解决林县缺水的问题，还得找新的水源。

因此，修建红旗渠是人民的要求，也是大自然的要求，是历史发展的必然。多年后，在谈起修建红旗渠的动议时，杨贵仍感慨地说："应该感谢 1959 年那场大旱，它使我们从陶醉中清醒过来。严酷的现实，不仅考验了林县的水利设施，而且也逼着县委不得不重新考虑解决林县缺水的办法。"

1959 年 6 月，林县派出 3 个调查组顺着漳河、淇河和淅河溯流而上，寻找新的水源。杨贵亲率一个组沿着陡峭的山路溯漳河西行，当进入与林县接壤的山西省平顺县地界时，峡谷中传来湍急的流水声。杨贵万万没有想到，漳河水在如此干旱的枯水季节竟有如此丰富的水源。他兴奋得舍不得走，当晚就住在老农家里，认真了解了漳河水源的情况，掌握了第一手水文资料。

回忆当年，杨贵仍然抑制不住激动。他说，当时，县里的"引漳入林"请示，经上级基本同意后，他们就马上通过地区专署和省委与山西省协商，请求对方给予支持。杨贵趁春节打电话向山西省委第一书记陶鲁笳拜年时，请求陶书记在百忙中帮助协调。就在那个春节的正月初五，山西省委有关领导专题研究并同意了林县从山西境内引漳河水入林县的问题。

杨贵现在评价山西省委当时能那么迅速地决策同意引漳入林，绝对是因为有党正确的领导，是因为有社会主义制度的优越性，是山西省委有全国一盘棋的好思想。

"引漳入林"上马的时候，时间的指针指向的是公元 1960 年 2 月；到公元 1969 年 6 月红旗渠工程全面完工时，用了整整十年的时间。这十年的光阴，在人类历史的长河中不过是短暂的一瞬；但对于林州而言，却是血与汗交织的悲壮十年，也是改变命运、创造辉煌的十年，更是谱写惊天地、泣鬼神之"红旗渠故事"的十年。

当时正值国家三年困难时期，以杨贵为首的林县县委一班人面临着资金缺乏，物资、粮食紧张和险恶施工条件等重重困难，面临着来自四面八方的压力、误解、指责，甚至丢官罢职的严峻考验。不少人说，在这崇山峻岭中修渠，简直是异想天开。有人甚至对杨贵说：这个渠要是通不了水，你可就成了千古罪人。杨贵没有退缩，他给自己准备了一个刻有"千古罪人"四个大字的石碑，以"我不下地狱谁下地狱"的大无畏气概，带领挖山开渠不止。

羊无头不走，鸟无头不飞。如果没有杨贵的振臂一呼，林县广大干部群众改变命运的干劲和热情还不会这么早被唤醒，后来建成"人工天河"的奇迹也许不会发生。我们承认，历史是人民群众创造的；但我们也应承认，在历史转折的关键时期，个别英雄人物的确起着重要的引领作用。在建设红旗渠的过程中，杨贵和县委一班人不但迎难而上，负重前行，做出了一个又一个改变林县历史的重大决策，而且"干"字当头，身先士卒，在工地与民工同吃同住同劳动，同克时艰，真正同群众风雨同舟，血肉相连。难能可贵的是，县委一班人带领林县人修渠10年，动用了大量的资金和物资，但从没有发生过一宗请客送礼、挥霍浪费的情况，也没有一个干部贪污挪用一丝一毫的钱粮物资。

是啊，无私才能无畏，才能为了人民群众的利益挺身而出，敢作敢为，才能领着林县人民谱写出改变命运的伟大乐章。

20世纪60年代，是一个张扬理想主义的年代，统一的理想使人变得无比的单纯，农民兄弟尤其如此。一声令下，万众响应。车辚辚，马萧萧，近4万修渠大军从15个公社的山庄村落中奔涌出来。他们自带干粮、行李，赶着牛车、马车，推着小推车，拉着粮食、炊具和锹、镢、铁锤、钢钎，浩浩荡荡地开向了修渠第一线，拉开了"千军万马战太行"的序幕。

建设大军一到前线，便打响了"引漳入林"最重要最艰难最壮烈的战役——开凿70.6公里长的引水总干渠。总干渠工程全部在太行崇山峻岭的半山腰上。太行山的石头几乎都是石英岩，坚硬异常。但石头再硬也没有林州人的骨头硬，他们凭着钢铁般的意志，凭着钢筋铁骨的一双双手，不分冬寒夏暑，披星戴月，奋战在太行山上。这里不是战场胜似战场，开山的炮声惊天动地，乱石腾空，硝烟滚滚。

人生无常，如水在河，岸宽则波平，岸窄则流激。1965年4月，林县人经过5年艰苦奋斗，凿通了最艰险的红旗渠总干渠。随后杨贵又带领大伙用了1年时间，修筑了3条干渠，正当他准备一鼓作气建设配套工程时，"文革"开始了。乱离岁月里，一些造反派诬蔑红旗渠是"黑渠""死人渠"，杨贵也被打成"走资派"，撤职罢官，长期遭受批斗毒打。1969年7月，历经10年的红旗渠工程全面竣工。省里军管负责人又在林县组织批杨贵，说"红旗渠是唯生产力论的活标本"，"杨贵穿新鞋，走老路"。这些人还攻击，"杨贵修了一条小小的红旗渠有什么了不起？红旗渠对外惊天动地很凶，对内灰心丧气很空"。周恩来知道后，立即要河南省委常委、省军区党委常委和杨贵来北京。他拉着杨贵的手质问那个军区负责人：你为什么反红旗渠？为什么整杨贵同志？

"政声人去后"。杨贵的名字永远地刻在了红旗渠上，永远地刻在了林县老百姓心里。人是要有精神的。"只要领导一心为人民，就能赢得万众一条心。"这是杨贵的格言，很朴实、很简单，却是真理。以杨贵为代表的林县县委一班人之所以能够凝聚人心，带领千军万马改造山河，就是因为他们始终不忘我们党全心全意为人民服务的宗旨，始终坚持一切为了人民、一切依靠人民，与群众同吃同住同劳动，建立起了党群干群之间的血肉联系，感动了全县人民，从而才敢"摸大自然的脾气"，"重新安排林县河山"，干出一番惊天动地的伟业；才能抛开个人得失，赢得"人后政声"。

中原是中华民族的发祥地，河南历来英雄辈出。看到杨贵，我忽然想起了郁达夫先生的一段话："没有伟大的人物出现的民族，是世界上最可怜的生物之群；有了伟大的人物，而不知拥护、爱戴、崇仰的国家，是没有希望的奴隶之邦。"

三

告别杨贵，我们沿渠而行。

红日悬于大山，渐渐撕去山腰白雾，宛若一幅泼墨山水。我们沿渠而行。幽静深邃，堪称"太行一绝"的一线天，横跨两山之间的步云桥，叹为观止的绝壁栈道尽收眼底。站在高山之巅，放眼望去，那蜿蜒百里修筑在悬崖峭壁上，静静偎在太行山怀抱里的红旗渠，你无法不感叹：此景只应天上有，恰似银河落九天。

青年洞是红旗渠的一道风景，是俯瞰灌区的一个好去处，更是红旗渠精神之灵魂。

青年洞默默地穿越在风景如画的太行山腰，飘荡于云崖之间，山渠交融，蔚为壮观。如此近距离领略它的雄伟、神奇，心灵不能不受到震撼和净化……当我站在那条悬挂在巍巍太行悬崖峭壁上的"人造天河"面前时，耳畔激荡起了电影《红旗渠》主题歌的旋律："劈开太行山，漳河穿山来，林县人民多壮志，势把山河重安排……"摸摸长有岁月青苔的大石渠，凝视着青年洞口上方李先念主席的题词"山碑"。碑就是山，山就是碑，"山碑"二字，分明是在告诉后来者，红旗渠就是一座山，一座林县人民兴修水利造福人民的巍峨高山；红旗渠也是碑，它是水利的丰碑，更是中华民族自强不息的精神丰碑。

青年洞是红旗渠总干渠的咽喉工程。它从地势险恶、石质坚硬的太行山腰穿过，是总干渠最长的隧洞。为早日将漳河水引入林县，林县挑选了300名青年组成突击队，日夜苦战。当时每人每天只有六两粮，为了填饱肚子，民工就上山挖野菜，下漳河捞河草充饥。施工之初，坚硬的石英岩一锤打下去一个白点，十数根钢钎打不成一个炮眼，施工作业的青年人面对艰难困境，先后创造了连环炮、瓦缸窑炮、三角炮、抬炮、立炮等新的爆破技术，不断提高施工进度。经过一年零五个月的浴血奋战，终于打通了隧洞。为表彰青年们的业绩，遂将此洞命名为"青年洞"，由郭沫若亲笔题写了洞名。

"中国自古就有埋头苦干的人，有拼命硬干的人，有舍身求法的人，有为民请命的人，他们是中国的脊梁。"鲁迅先生这几句悲壮的话使我想起修建红旗渠流血流汗的英雄们。林县人既是埋头苦干的人，更是敢干硬干的人。他们的血性，他们的勇敢，他们的不屈不挠，巍巍太行山作证，滔滔漳河水作证！

神工铺位于虎口崖下，是当年修渠民工住过的崖。由于当时修渠民工多，漳河沿岸村庄又少，修渠民工没有住房，就住宿山崖。崖壁上留下了他们豪迈的誓言："崖当房，石当床，虎口崖下度时光，我为后代创大业，不修成大渠不还乡"。

在红旗渠的英雄群体里，有一个不怕死的排险英雄任羊成。虎口崖崖势险恶，高耸入云。修建红旗渠时，山崖上时有被炮震松散的石头掉下来砸伤民工。为了减少伤亡事故的发生，"排险队"队长任羊成带着他的伙伴们，像腾飞于苍穹的雄鹰，在崖上荡秋千，飞荡进虎口，除险石，人们称"虎口拔牙"。任羊成是林县任村镇古城村人，出生后家里断炊母亲就没有奶水喂他。不久，母亲又因贫病离他而去，他是靠着吃羊奶长大的，故取名"羊成"。凌空除险，就是用绳索捆住腰，手持长杆抓钩，身上背着铁锤、钢钎等工具，飞崖下堑，凌空作业，排除险石。它起源于当地山民为了谋生，不惜冒着生命危险采集中草药的一种方法。除险者的生命就系在那根粗绳上，既艰苦又危险。任羊成和他的除险队队员们置生死于度外，每天在悬崖边飞来荡去，排除险石，为建渠大军开路。一次，任羊成正在下崖除险，上边掉下一块石头，迎面砸在他的嘴上，顿时血流满面，三颗门牙被打在了嘴里。但他轻伤不下火线，直到完成任务。第二天，他戴上口罩，背着大绳，带着工具又攀上了山崖。人们见他为了修渠不顾生死，便编了两句顺口溜送给他："除险队长任羊成，阎王殿里报了名。"把生命交给阎王爷的任羊成，有几次真差点到阎王爷那去报到了。一次，任羊成所系的下堑绳忽然脱落，他从几十米高的峭壁上掉了下去。所有看到险情的人都惊呆了，以为任羊成这次必死无疑，甚至连个囫囵尸首都落不下。出人意料的是，任羊成又一次从悬崖下一片荆棘中站了起来……看到这里，我的心久久不能平静：有这样大智大勇、艰苦奋斗的精神，还有什么艰难险阻不能克服呢？

在那段艰苦的岁月中，修红旗渠的妇女们，也像男人一样睡在露天的山崖下，冬天要顶着像刀子一样的山风，夏天又受着火烤一样的曝晒，她们就这样度过了自己的青春。红旗渠"铁姑娘突击队"队长李改云说，"不把水引到林县来，我就不回来，我非要跟水一块回来。"李改云确实做到了，然而她也为此付出了一条腿终身残疾的代价。

1960年的2月18日上午，在红旗渠渠首的工地上，李改云正在劳动，不经意一抬头，突然发现前面崖壁上有碎石滚落，这时，山崖下几十个民工正在紧张施工。惊慌中，李改云急忙大喊："山快要塌了，赶紧跑啊！"喊声中，大家顾不上一切，撒腿就跑。奔跑之中，她把一个吓懵了的姑娘猛一推，随着一声巨响，山石塌了下来，姑娘得救了，李改云却不见了踪影。等大家把她从碎石里刨出来时，她已经昏迷了。大家急忙把她送到工地临时医院抢救。李改云的右腿被砸断了，膝盖以下已经没有一块完整的皮肤。省委得知消息后，立即派来直升飞机，专程接她到郑州治疗。通过医治，性命保住了，右腿却落下终身残疾。

林县人民在改造山河的斗争中万众一心，发挥出冲天干劲和伟大的历史主体作用。涌现出一批又一批像"水利专家"路银，神炮手常银虎，"凿洞能手"王师存，工程技术骨干吴祖太，"铁姑娘队长"韩用娣、郭秋英等人物，造就出整整一代无私奉献、团结协作的社会主义劳动者。

据记载，在红旗渠工程建设中，共有81名干部和民工献出了生命，其中年龄最大的60岁，最小的只有17岁。他们都义无反顾地把热血洒在了太行山，把生命献给了红旗渠。

勤劳而坚韧的林县人与天斗，永不言败。站在河南与山西的交界处的漳河边，那是当年发生全渠线最大塌方的现场。那次塌方来得十分突然，一块房子大小的山岩蓦地崩落四散，炮弹一样向山坡下密集的人群砸去，声音就像是天边滚来的闷雷。等烟尘散去，女人和孩子默默地跑来捡拾起亲人散乱在碎石中间的肢体，没有哭泣，连丝毫的呜咽都听不到，四周一片静谧。第二天，身披重孝的女人和孩子又来了，他们含着泪咬着牙继续在这里劈山凿石。

我望着对面的山坡，碎石累累中是无数盛开的花朵，血色的花瓣、红色的茎枝，当地人都叫它"血凝花"。

四

红旗渠始于悲壮，终于辉煌。以一县之力，勒着裤腰带，凭着简陋的原始工具，积十年之功，成千秋伟业，被誉为"当代万里长城""世界第八大奇迹"。壮哉！伟哉！

红旗渠是物质的，又是精神的。

饱经风霜雪雨后的红旗渠，以其强悍的生命力紧紧缠绕在太行山腰，与大山融在了一起。从此，雄浑的太行悬崖绝壁上有了一道温柔的水脉，她与坚硬的岩石依恋契合，演奏着刚柔并济的和谐乐章；从此，这道水脉汩汩流进林州大地后，一分为二，二分为四……干、支、斗、毛，细细润浸，节节延伸，形成一个覆盖全市大地的生命水网；从此，当代中国有了一个不朽的名词——红旗渠精神；从此，苦难深重的林州摆脱了千百年旱渴的折磨，在红旗渠生命之水、幸福之水的浇灌下，走向滋润，走向富裕。

渠水清如许，一直在幽幽奔流。红旗渠精神已经像血液一样，流淌在了几代林州人的心中。林州人借助改革开放的东风，紧扣时代的发展主旋律，唱响了"上太行、战太行、出太行、富太行、美太行"的创业之歌，将这座山城建成了一个具有时代气息，充满生命活力的现代化城市。

红旗渠是辛楚的，又是欣慰的。它的建设史，就是杨贵和林县人民流血流汗的奋斗史。

历史的烟云，有时弥漫在灯光昏暗的黄昏，有时飘浮在阳光灿烂的黎明。要看清真相，只有拭去尘封在时光上面的尘埃，才能分辨真伪。

杨贵为人民干了好事，人民没有忘记他。"文革"期间，杨贵被打成"走资派"，被罢官免职，遭受迫害。林县群众暗中保护他，往他兜里塞鸡蛋、怀里揣烙饼……后来，在周恩来总理的亲切关怀下，杨贵才获得"解放"，并被调到北京工作。

1973年，杨贵在党的十大上当选为中央候补委员，周恩来又提名杨贵到公安部工作。在公安部，杨贵又被卷入到他更难以把握的政治漩涡中。最后，深受"四人帮"迫害的杨贵被说成是"'四人帮'的人"，长期接受马拉松式的审查。直到2006年3月，中央才批准了他部长级待遇的申请。

20世纪90年代，杨贵两次回林州，都受到群众潮涌般的欢迎。2004年6月，杨贵应邀参加新落成的红旗渠纪念馆开馆仪式，人们冒雨赶来看望杨贵，排起了长队，就是来见个面，跟他握握手；有人怕他着凉，还给他带来了衣服；离杨贵住处约五六里的陈改莲则非要拉杨贵到她家吃饭，说杨贵"文革"挨斗在她家没吃好饭，几十年来她一直心有不安。河南省委一位负责同志的讲话表达了林州、河南乃至全国人民的心声：红旗渠是中华民族的历史丰碑，古有都江堰，今有红旗渠！古有李冰，今有杨贵！李长春同志感慨地说：我们每一个领导干部都要像杨贵同志那样，保持与人民群众的血肉联系，离开岗位多年还依然受群众拥护和爱戴……

著名记者穆青在一篇回忆录里说，1965年底就打算到林县采访报道红旗渠。只因为周原说到焦裕禄和豫东灾区的情况，就先去了兰考。1966年

2月，他们采写的《县委书记的榜样——焦裕禄》发表后，他与新华社老记者华山跑遍了红旗渠的整个工程，一起采访了杨贵、马有金等县委领导和红旗渠特等劳模路银、任羊成、常根虎、王师存、李改云等，遗憾的是，正当他们准备深入采写杨贵与红旗渠时，国内形势突然变化，他不得不匆匆赶回北京，接着就爆发了"文化大革命"，他们宣传杨贵与红旗渠的计划也不得不中止。这件事无论对他还是对华山，在心灵上一直是个遗憾。

我在想，假如穆青按原计划采访宣传红旗渠，杨贵和红旗渠会产生怎样的轰动效应呢？会不会是"县委书记的标杆"呢？很难讲！至少他们后来的路不会那么坎坷和曲折。

红旗渠是年轻的，又是永远的。

江泽民同志在参观红旗渠时指出，红旗渠集中体现了我们中国人民艰苦奋斗的精神。胡锦涛同志考察河南时强调：中原大地孕育的红旗渠精神是全党的宝贵精神财富。

两千多年前的河南人老子说："上善若水。水善利万物而不争。"水是大德，是大道。是啊，先民逐水而居，中华文化肇始于中原，源于黄河的滋养。林县因红旗渠而新生，注定会被载入史册，成为我们民族精神的主旋律，跨越时空，历久弥新。

（原载《湖北日报》2013 年 5 月 24 日）

作者简介

郭扬华，湖北当阳人，中国金融作家协会会员、中国散文学会会员、湖北省作家协会会员。著有多本散文随笔集。现供职于中国农业发展银行总行。

初春的盛宴

■ 魏振华

二月中旬，湖南刚刚进入初春时节，老校长来湘。作为东道主，我陪着老友在春寒料峭中登南岳，与南岳雾凇和祝融峰上的千年古刹有了一次初春的约会。

南岳自古有"五岳独秀"的美誉，方圆八百里，回雁为首，岳麓为足，山间群峦叠嶂，古木参天，颇有清幽之感。我们去的时候立春已半月有余，但连日的雨雾携风装点南岳，雾凇这本是辽东半岛以北才有的北国精灵，却在南岳让我与老友赴了一场银装素裹的冰雪盛宴。

沿山而上，车过半山亭，路旁开始出现积雪，雪和雾凇相互映衬。再往上行，积雪和雾凇逐渐厚重，将道路两旁的树和茅草点缀得晶莹透亮，细细碎碎地闪着银光。还有一些牵扯的枝枝蔓蔓，让我们不思快行，一心想停下来观赏和琢磨这奇异无比、冰清玉洁的盛景。苦于山坡路窄，只能前行。到了南天门，我们迫不及待地下车，观景照相。

置身雾凇之中，看到的是丝丝银针，颗颗玉珠，朵朵琼花，耸耸瑶草，俨然仙宫玉阙。放眼望去，山间云海缭绕，白雪皑皑，雾凇遍地，气势磅礴，当真是"银色三千界，瑶林一万重"。美景当前，但我们只能稍作停留，继续上行——来南岳一定要登祝融峰，看到祝融的美景才算不虚此行。俗话说得好：巍巍南岳，茫茫雾凇，无限风光在祝融。

上至祝融峰，祝融殿檐下倒挂着冰凌，屋顶上披着积雪，为这座气势雄伟、风格古朴的佛教寺院增添了一番别样的风味，这里宛若一个冰雕玉砌的南方雪国。殿前满山的树木化作玉树琼枝，千姿百态，惊艳动人。矗立在另一山头的电视塔和避雷针，也结满厚厚的雾凇，让人感叹大自然的神奇，用雾为料，拿雪调色，信风随笔，雨水装裱，把南岳衡山绘制成晶莹剔透的冰雪世界。我们迷醉在这肃杀与旖旎之间，惊讶于大自然的斧凿神功，不由得想到李白写下的"回飚吹散五峰雪，往往飞花落洞庭"的壮美景象。

雾凇历来"忽如一夜春风来，千树万树梨花开"。南岳雾凇与北国雾凇有异曲同工之妙，钟灵毓秀，成片成林，气势磅礴。但南岳雾凇是雾气和雪再加上雨水的黏结，比起北国雾凇，便多了一些内涵。雾雪停时，南岳的雾凇皑皑浩荡，温柔潇洒；但在飞雪中却更有情调，小雪飘飘，传递的是浪漫，大雪纷扬，感受的是气魄。我们看到一些雾凇玉树由于负重过多而呈现出千姿百态：有的互相拥抱，有的相互对拜，有的龙腾虎跃，有的野马奔腾……展示着不堪重压也风流的豪放与不羁。

变幻的姿态，奇异的仙境，加上初春阳光的偶尔折射，满眼美好的风景，让我们的心情也变得温润起来，少了一层寒意，多了一份惊喜。

我们这次与雾凇的春天约会还真有一份惊喜。衡岳千仞起，祝融一峰高，在祝融峰下的千年古刹上封寺门前，我们巧遇了上封寺住持怀泉大师从山下开会回来。怀泉大师是湖南省佛教协会副会长，对佛学颇有研究，道行高深。同行的朋友与怀泉法师是同乡且有所交往，在他的引荐下，怀泉法师请我们进寺。我和老校长本都是积极向善之人，也看过一些书，了解一些佛学，难得遇上请教高僧的机会，自是不会放过享受一次心灵盛宴的机会。

上封寺正在整修，怀泉法师把我们引进方丈室。如今佛家也与时俱进了，方丈室除了常规布局，还增加了两尊毛泽东铜像。一行坐下，僧人泡上衡山毛尖，泛泛交流之后，谈话开始深入。以前看过一些法师的心语书，也了解怀泉大师身在佛门心忧天下，到华容赈灾，到南岳慰问孤寡，助湖南农业大学数名学子完成学业……但在这种情境中与法师近距离沟通，并从法师口中听到心语，我们深刻地感受到了佛理和常理的通幽之妙。

信佛之人心存善念，怀泉法师说，信佛之人，要孝敬父母，把父母当佛惦记在心中，信佛之人还要心有朋友，心存人民。佛学讲究智慧，佛的智慧是善的智慧，佛学讲究感悟，佛的语言是导悟的语言。怀泉法师的话，让我们更加感到父母养育之恩终身难忘，朋友乃安身立命之本，两者都是生命中最重要的。至于心存人民更是博大的胸襟。法师的意思应该是让我们胸怀天下，关心社会，关爱他人，热爱人民，广结善缘，"心存人民"印证了自古即有的"居庙堂之高则忧其民"的说法。品着茗茶，听着佛语，享受如梦如幻如露如电如泡影的沉醉，感受惜花惜月惜情惜缘惜人生的本性，体悟爱老爱幼爱朋爱友爱人民的大善之美，寺内法音悠扬，我们置身其间，仿佛世外桃源，宠辱皆忘，心无杂念。

桃源大美，桃源之外却是红尘。红尘喧嚣浮躁，但有着我们太多的牵挂。我和老校长这行凡夫俗子，不能像大师一样久居仙境，虽意犹未尽，终须起身告辞，依依不舍地离开了这座承载着昔日辉煌、饱经千年风霜的古刹，开始下山。

车过半山亭，我们见到另一番景象：山上雾凇晶莹，山下却已有山花烂漫。山上寒意凛然，山下却春意渐浓，白雪青山远远地成为眼中的水墨画，这春天里的冬景更增添了春天温暖的气息，也让刚刚经过视觉和心灵涤荡的我们，心中春意盎然。回头四顾，蓦然发现，春，已在人间，已在人边。

（原载《青年文学》2011 年第 5 期）

作者简介
　　魏振华，中国金融作家协会理事、广西金融作家协会主席。曾在《青年文学》《芙蓉杂志》《金融时报》《湖南日报》《广西日报》等报刊发表文学作品。散文集《又见花开》获中国金融作家协会第三届散文大奖；诗歌《民军之歌》获中国建设银行庆祝建行六十周年征文一等奖；小说《起死回生》获中国金融作家协会庆祝改革开放四十周年征文比赛二等奖。中国金融作家协会德艺双馨会员。现供职于中国建设银行广西省分行。

乡
间
词
物

■ 朱立新

麦草垛

风从远处吹来，房前屋后的麦草垛就躁动起来，垛边缘斜出的草茎们摇曳着，发出窸窣的声响。

——我能听得懂这些充满阳光金属质地的声响。

麦草垛走得多么艰辛。麦草垛走得多么荡气回肠。从田野走进麦场，从麦场走进村庄，最后在每户人家的房前屋后收敛起轻盈而沉重的思想，以一种最惬意最有教养的姿势把自己安放妥当。

孩子们在月光下跑到它身边打洞捉迷藏；鸟儿们在它身上筑巢啁啾；老鼠在它底下掘屋储食；牲畜们前呼后拥拢过来，扯一把衔进嘴里，嚼咀好半天……我呢，常无所事事地在麦草垛上躺下身子，怀着陌生的优越感和更深的怅惘，胡乱地想一些事情。这时，那些曾经毫无关联的事物会纷至沓来，涌进我过往的生活里，相互印证，组合成一些新的生活片段。

也有的时候，我什么都不想，只是在麦草垛里沉沉睡去，完成一个美好的梦境。

——我所有的欲念沉寂在被麦香催眠的谣曲里。

一堆一堆的麦草垛，淡定、淳朴、威严、温暖，装饰村庄的每条巷道每棵梨树，每个庄廓每个庭院。——一个家园古旧而简单的梦，就藏匿于它形状各异的形体里……

它是整个村庄高高在上的主人。

若干年后的今天，久居闹市的我仍然坚信不疑的是：麦草垛是这个世间最富诗意的物体。

镰刀

镰刀被擦拭干净后，一直靠在屋檐下斑驳的墙上，一言不发。像一个冷峻的、永远得不到答案的问号。

——卑微的事物，深谙沉默寡言的力量。

好多年以前的一个下午，母亲背着镰刀，腆着怀有姐姐的大肚子走进金黄的庄稼地。分娩的疼痛使她在摊开的麦秆上面，毫无选择地将手中挥向麦子的镰刀对准了姐姐的脐带……母亲在镰刀的协助下，在麦地里完成了充满冒险和神奇的伟大举动。后来她讲述这段经历时，常笑着对姐姐说："如果不是这把镰刀，你这会儿在哪儿呢？"——母亲面对过去，比面对未来更有信心。这信心不但来自于她固有的勤劳、仁慈、勇敢，也来自于对农具的熟稔、信任和恰到好处的使唤。

我一生做过的最美好的事情之一，就是陪父亲割麦子——那时候，收麦贯穿于我的整个暑假——我俩来到河南岸大片的麦田里。父亲挽起袖管，双腿迈开呈马步状开始割麦，我则坐在父亲为我用麦捆搭起的凉棚下，一边看锃亮的镰刀在他与麦子间划出优美弧线，一边听镰刀与麦子合奏出的"嚓、嚓"声在广大的田野间弥漫。那声音干脆利落，韵味十足，充满了喜悦和亲切的快感。……有一次，镰刀割伤了父亲的左脚踝，血流不止。父亲丢下镰刀，从苲板地里抓起一撮土，抹在伤口上。然后自言自语："孽障，你口馋了嘛？敢来咬我的肉。晚上回家去把你泡在油缸里。"说完，便重新拿起镰刀，往手心啐口唾沫，俯下身子又割起麦子，仿佛什么事情也没有发生。

而那"嚓嚓"的割麦声，长久地触及我少年敏感的神经。

多年以后，我从父亲对身外事物毫无怨言的体谅、宽容甚至幽默中，明白了农人们为什么从来不抱怨任何一件农具，即便生锈了，钝了，变形了，不好使了，他们只知道抱怨自己——朴素的生命建立的某种权威，都能在劳动过程中找到相应的影子，就如同从淬火的镰刀上，我们能找到季节更替的轨迹和秘密。

镰刀一生都在与匍匐大地的植物较劲，青草、花朵、油菜、庄稼，蘸着汁液，哼着民谣，藐视苦难，忽略年年毫厘的消瘦，只为尝遍酸甜苦辣，只为洞悉雨水阳光的信仰和欲望……

赶在雨水之前，镰刀把姿态亮给了齐刷刷的麦茬，亮给了母亲的血，父亲的伤疤，亮给了粮食、酒、爱情、诗歌，亮给了我年少轻狂的无知和盲从——面对农事，如果无法左右命运的开端和结束，那么就要亮出姿态：要么心地善良，要么寒光逼人；要么高高在上，要么卑躬屈膝。

镰刀靠在屋檐下斑驳的土墙上，一言不发。一缕阳光斜插过去，正好照着它。

我喜欢它此时的样子。仿佛拓印的另一半月亮，总有着同主人生活一样的沧桑之感，这种感觉会使人纯粹、沉静，使人永远不会想入非非。

犁铧

秋收后的田野寂静、安详、慵懒、坦荡，像刚刚生产完婴儿的、阵痛后熟睡的女子。阳光匀称地铺展开来，风、流水、麻雀、牲畜沿着麦子大豆的方向，走失于季节深处。

在这适宜冥想的旷野上，确切地说，在一大畦被翻耕的、已经干透发白坚硬的田地中间，我看见了这只犁铧——产生于公元前 6 世纪中国农耕时期的农具。它形单影只，苍白瘦弱，唯有 V 型犁铧铁尖不时反射出刺目光芒，使人即便从很远的地方，也能辨识它特殊的身份。

是哪个潦草的农人，把它遗忘在这里？

一年四季，犁铧只有两次机会走进农事——春种时，秋收后。两次重要而盛大的农事里，它都得履行一项任何农具都无法模仿的义务：顺从地滑动平稳流畅的步子，俯下身子，义无反顾地向前、向前……

于是，饱满的种子开始发芽、拔节、灌浆、抽穗。

于是，田地获得了翻身喘气、沐浴雨水、吸收阳光、疏松筋骨、积蓄能量的机会。

仓廪里装满了粮食，农人们把酒端上了炕桌，迎亲的唢呐吹过了山梁梁——生活的节奏，在犁铧停歇后，才开始按父辈们的意愿铿锵有致起来。此时，他们谁也想不起来静卧在田畦的犁铧，他们不愿回忆起以往春天或秋天里发生的事情。犁铧铁尖上的血渍凝固结块了，犁铧的木柄被布满老茧的手掌磨得发亮，汗水打湿的曲辕从来就没有干透……

这只犁铧上凝结了他们一生太多的辛劳，那索性就让它在秋天的床上休养生息好了。

它日夜在向大地倾诉。

它一定掂量出了收获与幸福的分量。

只是，来年春天或秋天，一辆又一辆的拖拉机吼叫着，嚣张而放肆地开进平坦的田野，拖拽一排五六个尖锐的铁犁铧，把田野掀翻，这只犁铧是否在猝不及防的惊悚中，有一丝被替代后的隐痛？

稻草人

走在秋天的田野上，首先闻到的是麦香，仿佛来自天宇，由远而近，由淡到浓，撩拨我对食物的欲望。接着，就迎面遇见了故乡的第一位乡亲——稻草人。它伸展宽松的双臂，披一件失色的破布衣，头挑一顶草帽，抽象模糊的脸庞在麦芒之上若隐若现，偶尔散发出腼腆、善意的光晕。

它是父亲的作品，劳动者的帮手，是大地不曾宠爱的孩子。

整个下午，我站在距它五米开外的地塄坎上仰视它。我只能选择这样的角度与它为邻。其他任何观察或亲近方式，都将改变它自然、亲切、平安的生命魅力。

稻草人宽大的衣袍里，蕴藏着父亲对节气和天象的深思熟虑，以及对飞禽走兽习性的透悟——一名真正的劳动者酷似民间的匠人，他奇特而合理的创造和模仿，不但反映农业严密而具有美感的律令，同时也诠释对于自身命运的怜悯、关照和把握……

　　每一个生命都是处于不断奔跑赴约的过程——它总让自己置身于大地深处，时刻准备奔跑或飞翔，似乎对麦田的钟情只能以这种姿态来体现。

　　但我更愿意把它的这种姿势看成是拥抱，或迎接——我们粗糙而简陋的生活，多么需要慰藉和温暖！

　　不因空洞的躯体而放弃诺言，不因干瘪的灵魂而停止思索。

　　一个白昼难耐的燥热和喧闹，从惊雷闪电之间逃遁了，稻草人浑然不觉，依然沉浸在守望的幸福中，将重建的肉体镀上薄薄的金箔；另一个黑夜从大地升起，稻草人顾影自怜地对流逝的往昔欲言又止，憔悴的记忆在夜空和星星的安慰下甜蜜地复苏。

　　在田野一角，稻草人终于找到了合适的位置和最后归宿。对他而言，无处不是道路，风会帮助它找到回家的路，并与大地上的众多事物建立隐秘的联系。

　　"我在这世上太孤独，但孤独得还不够，使这钟点真实地变神圣。 我在这世上太渺小，但渺小得还不够，成为你面前的某个事物，黑暗而轻灵。我需要我自由的意愿……"（里尔克《定时·祈祷文》）

碌碡

　　立秋一过，雨水开始多起来。

　　好在，麦场上只剩下没来得及运走的三三两两的麦草垛和几个碌碡。麦草垛不久会被运到几户人家的房前屋后，而碌碡会留在空荡荡的麦场一隅——它太重了。整个夏秋，农人们已经把力气消耗殆尽，此时无力挪动它。

　　而它，裸露着一贯结实的身子，将自尊和自谦的美感藏在秋季深处的恬静里。

　　秋雨说来就来——这是碌碡期待已久的——酣畅淋漓的秋雨顷刻间把麦场罩得严严实实。

　　碌碡曾经身处其中。碌碡正在身处其中。

　　雨水驱赶着黏在碌碡上的草芥、尘土、牲畜的粪便之类的。它们走走停停，各怀心事，不肯离开。这些卑贱的事物，一旦失去依附的坚硬物体，必定会更渺小更软弱，渺小得可以忽略不计，软弱得抵不住鸟翅扇动的气流。

碌碡纹丝不动。这石制圆柱八棱农具，本身来自于水，习惯波涛、深、湍急、淙淙声响的世界。

更多时候，它经受烈日的烤，风的抽打，麦秆的砥砺，农人的催赶——麦捆摊在场面，碌碡就上场了，与前面两头灰驴并行不悖。起初是缓慢的，仿佛小心翼翼试探麦秆的承受力，越往后，碌碡心里有数了，胆子也大起来，步履坚定而快捷。"吱咯、吱咯"地周而复始，重蹈覆辙，使大地也发出沉闷的响动，与碾轧的麦子们发出的哔剥声构成麦场上最激动人心的声音。直到起场，直到农人们手挥木杈挑走麦草，留下饱满的麦粒，直到挥汗如雨的农人们坐在树荫下，喧嚣才归于宁静。

整个秋天，农人们在麦场上跟着太阳跑，碌碡跟着农人们跑——日子无非也就这个过法：循规蹈矩，或按部就班，以一颗诚恳隐忍的心沐浴霜晨晓月，桃红柳绿……

碌碡是麦场的某一器官。它熟悉麦子的脾气，大地的纹路。它奔跑的轨迹和频率与日月一致，毫厘不差。

它甚至熟悉每一个从麦场陆续走向远方的游子的喜怒哀乐。

远离故乡这么多年，我始终走得端正，坐得平稳，睡得踏实，既不浅薄轻狂，也不唯唯诺诺，这是因为，碌碡的秉性已悄然融入我的体内，增加了我身体和思想的重量。

碌碡的命，比任何使唤过它、追赶过它的主人更硬、更久。

多年以后，我在乡间遇见它。它横卧在两台已经闲置的被塑料布盖住、免遭风雨侵蚀的脱谷机旁。我绕过脱谷机，在碌碡前蹲下，极力抑制住复杂的情愫，伸手去抚摸它，它粗糙的肌肤硌疼了我。

我想轻声唤一声它的名字：——碌——碡。

但我没能叫唤出来。

但我对它只吐出了两个字：——跑——吧！

马车

在乡村，所有通往田野和山外的道路，都是马车轱辘碾轧出来的。

马车是乡村优雅的漫游者，是风度翩翩的绅士，是显赫的君王。它极富美感的躯体，足以承载起万物——

马车上坐着春天的麦种，夏天的青草，秋天的谷物，冬天的肥料；

马车上坐着哭嫁的村姑，参军的小伙，上学的娃娃，出门挣钱的父亲；

马车上坐着民歌，酒，炊烟，月光，河流……

简陋的马车载满我的记忆，从东驶向西，从青春驶向老迈。它吱吱的声响，不断回响，又不断隐去，仿佛时钟滴答，又仿佛大地呓语，让我想起生命最初的声音，以及从黑暗中出发的陌生旅程。

每一条道路上都布满坑洼和尘土，但马车别无选择，义无反顾——它被别人操纵着——它须死心塌地地沿着熟悉的道路走下去，完成盛大或卑微的使命。

马车的路藏匿于马车自己的生命中，如同我的梦想隐匿在父亲额头的皱纹间。

行走在马车驶过的路上，我也成了马车的一部分，或一副轮子，或一副辕，或一块挡板。我喜欢这样的路——脚板踩起的尘土里，散发出马的汗味，马粪的霉味，木的松香。深一脚浅一脚，高一脚低一脚，步步便走出了酸甜苦辣的况味，荡气回肠的豪迈……

马车的形体和声响，勾勒出大地的欲望，撩拨着生活的殷实。

有一次，我在都市里看见同样的马车——那是隆冬清晨，街灯还亮着，行人寥寥无几，黝黑的反光的柏油路面空旷而森然。这时，从远处十字路口传来一串清脆而富有韵律的马蹄声。疑惑之时，三辆单架马车已在眼前了。车上装载满了蜂窝煤球。它们行色匆匆，不知将去往哪里。借着路灯，我看见马的眼神在冻白的睫毛下慌乱而迷惘，看不出都市给它们的视觉所带来的任何刺激和亢奋。

在被农业喂养的城市里，马车是另一种呈现和代言。它旁证、放大、延伸着自身的实用价值——不论在乡村还是城市，只要有道路，所有的生活方式都会聚集到这条道路上，并通过马车向上飞升，向更远处扩展。

一年四季，马车被风吹，被雨淋，被日晒，但只要主人使唤，它从不退缩和拒绝，它赤裸着隐忍而谦卑的身子，默默承载，默默赶路，直到消耗尽自己的精气神，直到支离破碎，粉身碎骨，然后走进炉灶，化为一团火，成为一缕烟——这多么像驾驭它主人的命运！

现在，我的乡村里很少见到马车的影子了。

现在的乡村水泥硬化道上，奔突的仅是拖拉机、汽车、摩托车。几位老人常坐在村口，打量着眼前拥挤不堪的道路，发出一两声感叹……

——马车销声匿迹了，那么，乡村的灵魂也就凋萎了。

马车曾使大地空旷而富有；

马车曾使乡村沧桑而芬芳；

马车是简陋的，朴素的，坚固的。而所有简陋朴素坚固的旧事物，都是与我们的心灵和命运休戚相关的。

草帽

在乡间，草帽是与农人们身体发生联系最为密切的实物之一。它朴素、简约、疏朗的形体，蕴含着四季周而复始的密语和劳动者的丰富想象及经验。

不论烈日当空，还是乌云密布，农人们外出干活，总要下意识地顺手攫上草帽，仿佛草帽是农具某个不可或缺的配件。

一顶草帽在身，务农人心里就踏实、手脚就麻利。——农民们是从草帽间汲取着力量和慰藉。

浑圆的草帽是天地逼真的具象，时令运转的痕迹，就镌刻在草帽每一圈的走向里。

有一天，父亲叮嘱我天要下雨，出门别忘带草帽。我不以为然。然而，天果真下雨了，雨水淋湿了我的头发；又有一天，父亲说，草帽轻，出门戴它时要系上帽绳。我不以为然。然而，猝不及防的一场大风果然刮跑了我头顶上的草帽……

看着父亲镇定自若抑或有少许"不听老人言吃亏在眼前"的幸灾乐祸的神情，我欲言又止。

盛夏或者早秋，太阳炙烤着田野，农人们一律戴着宽大的草帽在劳作。但他们依然满脸通红，汗流浃背。待粮食收进仓廪，他们个个被晒成了黑人。我每每疑惑于他们呆板甚至固执的"草帽情结"，而遗憾于他们错过了一缕缕凉爽的轻风滑过发际。

若干年后，我隐约明白，对每一个像父亲母亲一样的农民们而言，草帽的象征意义远远大于它的实用价值——俯下身子面朝黄土时，草帽以柔静而娇弱的能量，打通了土地与人、人与天空间的脉络，为知节气、精稼穑的农人们提供了生活的庇护和劳动的快感。

草帽是神农氏炎帝为农人们加冕的桂冠。

在乡间，你可以忽略一粒粮食的重量，但你一定不能忽略一顶草帽的负重；你可以忽略一株稻草的思想，但你一定不能忽略一顶草帽的智慧。

草帽作为农业的产物，它的存在，是雨水、酷热、狂风，是酒歌、月光、火焰等等在大地深处的影子——这也是草帽的颜色与麦子的颜色、大地的颜色、农人的肤色相接近的理由。草帽间的纹理与河流的走向、日月的走向、父亲的掌纹息息相关，一脉贯通……

漂泊在外的人啊！如果你不嫌弃草帽的土气，不计较草帽的不合时宜，不理睬旁人怪异的目光，就重拾一顶麦秸草帽戴在头顶，即便它失色了，拆边了，开洞了，但你依然会时时听见头顶河水的声音，阳光的足音，父母的梦呓。它们会使你不至于在远离乡村的华丽世界里迷失方向。

背篼

我们从离村庄很远的地方，把杨柳幼枝或者柽柳条成捆背回家。父亲坐在屋檐下，拆开它们，仔细地筛选、修剪、分拣，然后按上口四角骨架将柳条前抽后拧、左插右穿，在眼花缭乱的枝条翻飞中，一天工夫，一个疏密有致、规则美观的背篼就编织成了。

家里又多了一件农具。

父亲母亲的脸上流露出不易察觉的兴奋和自豪——窘迫而艰辛的年代，多一件农具，就意味着多了一双挣工分的"手"，年底就可能多分到一些口粮和牲畜吃的草料。

背篓是父亲的另一个孩子，他相信这个孩子会是全家人稳妥有力的帮手，于是，他给背篓系上绵软的背绳，打上厚实的背垫，还不忘背在肩上反复试验，揣摩哪儿仍有凸起的枝条硌背……父亲精心伺弄着新背篓，其实是在不自觉地，将普通而简单的劳动工具与持家方式、生活志趣、家居审美统一在他所理解的美中。

——每一件农具都是对农事的一句谦卑承诺。

而背篓贴切地联系着曲折的道路、麦地、马厩、春天的菜园、架子车、秋天的果实、月夜的麦场等，将承诺变成必要的行动。

腊月天，背篓紧俯在母亲微驼的背上一路小跑，与身旁川流不息的男女老少争先恐后，把每户庄廓前堆积如山的肥料，运送到架子车无法到达的巴掌大的田畦里，挣得一趟四厘的工分牌。背篓与母亲的默契，使得每天下来，母亲的工分牌较其他人的总多那么几个。

假期里，我们四兄妹几乎每天都为争抢家里仅有的三个背篓而闹得耳红面赤。争抢背篓并不显得我们多么懂事勤快，而是可以找到以拾柴禾或割猪草的名义出去玩耍的合理理由来。我们用背篓网鱼、诱罩野鸽子、抬人"过家家"……直到天色向晚，我们才意犹未尽地往背篓里疏松填充些柴禾或猪草，心虚地回家交差。

背篓载满了无尽的欢乐，也亲历着那个物质生活匮乏年代的种种艰辛和晦涩。

我们用背篓隔三差五地往马厩和茅厕背土，以积攒更多肥料；用背篓把湿气腾腾的麦草从麦场背回家，摊开晒干，充当燃料；用背篓把分得的粘连着泥土的洋芋背回家；用背篓把秋季的白菜萝卜背进地窖，预备过冬的食物；用背篓把成熟的果子、经年的骨头、废弃的铁器之类的背到供销社卖掉，再用得来的钱买小人书、水果糖、彩笔、鞭炮……

背篓与我们忠诚相伴，如影随形，饱经风霜雨雪。它从不选择，只遵从背负、背负、再背负的生存法则和内心需要。

我始终觉得，上方下圆的背篓身上具有某种忧郁质地，它暗合祖辈对宇宙粗略的印象和精妙的认知，却对应和映衬我们的情感。它坚贞、隐忍、屈从、沉默寡言，用适当的方式和适度的体积，盛放我们的日常生活，盛放酸甜苦辣，盛放往昔和明天……

也许，背篼是脆弱的，但它背负过的一切实物却是坚韧的——背篼缝隙间，风雷漏出去，残冬漏出去，悲伤和苦痛漏出去。

唯独没漏出去的，是爱。

风匣

在我慌乱而粗疏的叙述里，风匣是被象声词替换的，是不能与任何关乎美的形容词连缀的物件。

它不是乐器，它是一件木制的生活工具，它在一个合适的时间内走进我们六口之家的生活里——啪嗒啪嗒——用近乎天籁的、谁也无法模仿的音质，填充着我们贫困的胃囊。

天麻麻亮，我从炕上听见母亲的几声咳嗽，接着便听见从伙房里传出的风匣的响声，——"啪嗒，啪嗒"，短促利落，极有节奏。我知道该起床了。不一会儿，风匣声停止了，母亲就喊："穿上了没？赶紧起来！"中午或者晚上放学，走到家门口，我会习惯性地侧耳听里面有没有风匣声，如果正有拉风匣的声响，就会推门进去，不久，总有饭菜可吃。一旦没有风匣的响动，便转身叫几个玩伴去附近村庙里玩上一阵……

大人们疑惑小孩子的守时规律，小孩子窃喜风匣的诚实无欺——生活的秘密就隐遁在再平常不过的微小物件里。

那些缓慢的时光里，风匣走得最急：急于朝阳升起之前，急于老马走出马厩之前，急于灶膛里的青烟缭绕于村庄之前，急于母亲脊背弯曲之前。——执拗而木讷的性格，唯有在有面粉，洋芋，蔬菜，水缸，案板，蒸笼的地方安顿下自己的命运，并与冷和热纠缠一辈子，与灰和烟纠缠一辈子。

那些寂静的岁月里，风匣的咏叹最为清脆：脆于鸡鸣，脆于父亲擦拭农具的声响，脆于雨水击打庭院的青石，脆于麦子抽穗拔节的声响，脆于妹妹降临人世间的啼哭——由于置身于生活内核，它清脆的声音里总飘满酸甜苦辣，它使一切轻薄的、虚张声势的喧嚣哑然。

风匣是劳动者的精神载体，其内有源源不断的倾吐力量；是沉重时间的脉动；是琐碎黑暗的切割者和缝合者；是遵从内心需要的孤独君王，在恒定的位置上默念盛大的恩典。

爷爷说，当年讨饭到村庄时，背来的风匣是最值钱的家当之一。

爷爷还说，自己做了一辈子木匠，啥家当都好做，唯独风匣难做。

风箱大小，拉杆粗细，吊搭板薄厚，进出风口开阖，鸡毛稠密……暗合农耕文化"应对、取宜、守则、和谐"理念，包含信仰精髓和灵魂特质——除了宿命使然外，它的源动力来自六口人家生存境况的逼迫和乞求。

越是简约的，越蕴藏极繁复的心智和技艺；越是朴拙的，越散发出极精微的审美志趣。越是内敛的，越积聚着巨大而绵延的能量。

每每想起小时候端坐在伙房灶台跟前，手握风匣手柄时的情景，我自然就会联想起母亲满面愁容地在大铁锅前忙碌的身影；联想起寡淡清水里的面叶；联想起全家人吃了长芽的洋芋中毒呕吐的恐怖；联想起父亲常带着哥哥和我，踩着月光去很远的林子里拾背柴禾的疲累……

好在，一家六口人在风匣的啪嗒啪嗒声里，都活了下来。

后来，父亲母亲像尘土回到地上一样回到土地深处；后来，我们四兄妹像鸟儿一样迁徙进城市里，寂寞而空虚地活着。

此时，风匣魂归何处呢？

（原载《文学港》2015年第5期，并收入《中国报纸副刊优秀作品集粹》一书）

作者简介

朱立新，1968年9月出生，青海省贵德县人，中国金融作家协会会员，青海作家协会会员。作品散见《散文选刊》《文学港》《中国金融文学》《青海湖》《金融时报》《青海日报》等报刊，部分作品被收录于《青海文学五十年（散文卷）》《青海美文选》《中国文化：乡土散文选》等。出版散文集《大河上的故乡》《河岸》两部，多篇作品获奖。现供职于中国银行保险监督管理委员会青海监管局海南监管分局。

我与作家阎雪君

■王江

人的一生中，做自己想做的事并成功了，将会无比幸福……

雪君于我，亦亲亦友。亲，是他谦虚和蔼，诚实机灵，与我朝夕相处，情投意合，以兄弟相称；友，是我俩相识于1993年春，这二十年一路走来犹如陈年老酒醇香无比，甜美无比。

记得，那是他刚从阳高县县委宣传部调到县农业银行办公室从事文秘宣传工作，我在支行金融研究室，这也是全国唯一一家县级单位设有的机构，编制也最少，只我一人。由于工作关系，我常叫他帮忙，并求助调研写作方面的一些技巧，自然就熟了。

记得很清楚，他的办公桌上写字板下放有一张肖像油画——《父亲》，格外耀眼，是它最先引发我的视觉与心灵的震撼。

一天，我问雪君，你为啥摆放这张油画，他说："罗中立创作的《父亲》油画，是中国农民的代表性符号，这个父亲不仅是罗中立的，也是我的父亲。""你瞧，古铜色的脸上像刀刻一样的皱纹，千沟万壑，犁耙似的手耕耘出多少粮食，流下了多少汗和血，粒粒皆辛苦。"

"我是一个农民的儿子，自幼生在乡下，深感'农'字的艰辛，每当看到父母与乡亲们从火烧般的田野归来，背上被汗水反复渗透成一块块白色盐渍……我幼小的心灵里顷刻间会产生出一种崇高的责任感。"

长大成人，走上社会，雪君一直把这幅油画完美珍贵地存放着，走到哪里都是那样认真。也就是那天，我从他的眼神里捕捉到一个信息，似乎画家罗中立与他写文学有着一种不可分割的关系，那个勤劳、朴实、善良、贫穷的老农形象，一直在他心中燃烧、呐喊、升华、期盼……

继而1993年他的文学作品《金色麦穗的希望》，发表在《金融时报》上，这也是我接触到他反映农村金融的一个上乘作品。读后，让人感受至深，荡气回肠。作品塑造的是"一群扛着'金色麦穗'的土财神，要进城干番事业。这群'土财神'便是古城大同农行人"。用作者的话说，就是这些"土财神"，"土"的掉渣的"泥腿子"凭着它特有的勇气、诚挚、踏实，在城市里要站稳脚跟，干出大事业。可见，作者在基层体验生活至深，要不是不能描写出那样精彩的语言。如写初进城那段，"农行人头顶高粱花，脚踩黄泥巴，看惯了田野村落，望着这茫茫楼群人海，瞪着山鹰一样的眼睛，急切地寻觅着，瞅准目标，便凌空展翅……"写得动人心弦，形象真切。又如写农行班子视察归来，在他的笔下，"站在郊外高楼的晾台上，望着城乡迥异的景致，众人胸中忽然涌起一种'左手一指是太行'，'右手一指是吕梁'的豪情。不是吗？左手一指是自己农村的领地，右手一指是来城市开辟的阵地；一面是一望无垠的碧野，一面是繁华喧啸的都市，处处闪现着耀眼的金色麦穗……"非常动听，极富有张力，让人读了有惊心动魄的艺术之感。还有"一头连着农村，一头系住城市，一手拉着农民是'本家'，一手牵着城市是'内亲'，结尾：这里是一个繁华的世界……"写出了麦穗的希望。

1994年，他的《石行长小传》报告文学发表后，在社会上广泛流传阅读，引起了金融业的关注。作品写的是20世纪90年代，国有商业银行转轨，资金沉淀的突出问题，像一个"黑色"的"顽石"横卧在路上，严重阻碍着改革的发展。当人们、金融界还在徘徊时，作者阎雪君从农行阳高支行一个"石"姓的石行长身上已找到了答案。有着"石头"精神的石行长，作者细腻地在他身上挖掘出了克"顽石"的具体办法，用"巨石、磐石、金刚石"

三个小标题，典型事例，使破解沉淀资金的故事，形象地跃然于纸上。读后，给我很大的感受是，作者雪君作为一名贴近农村金融的业余文学爱好者，当金融的发展受阻，他没有无动于衷，而是寻找题材，发表心声，呼吁社会，这是非常了不起的。

冰心说过"成功的花儿，人们只惊羡它现时的明艳。然而当初她的芽儿浸透了奋斗的泪水，洒遍了牺牲的血雨"。

是的，1995年雪君调农业银行山西省分行，任《山西金融报》编辑，意味着他与领导和同志们短兵相接是其步入人生的最初考验。然而，雪君与行长初次见面，认识在电梯里，这里面还有个动听的故事。赵建贞是谁？农行山西省分行的一把手，全国农业银行省级分行中唯一一名女性行长。可见能力不凡。这是他两人的对白：

"行长早！"雪君说。

行长一愣："噢！您是哪个处室的，小伙子？"

"我刚来，在咱们报做编辑。"

"那好！你对生活、工作有啥要求？"

"跟您下乡，想到基层采风……"

雪君哪敢想，就这不足五分钟的对白，给行长留下了深刻印象。时隔两日，接到电话是办公室通知他做好准备，次日，随行长到黄河边上的河曲县下乡扶贫。这可把他乐坏了，继而他的视线一下子开阔了许多。白天跟领导调研，体验生活，夜里尽情释放着自己的感慨。创作出的报告文学《财神扶贫不凭钱》，发表在1995年的《金融时报》上，此文获得了该年度全国一等奖。这可是他金融文学创作开启的一个里程碑！

年末，回家过年我俩见面，他把那回巧遇行长坐电梯的一个鲜为人知的秘密全端了出来。他微微一笑说："成功的事是给有准备的人留着的，哪能那么巧，为见行长，我观察到行长工作习惯后，放弃中午休息，天天守望在楼门前等。七月的太原，天热，可我等人的心比天更热，一天两天，连续一周，汗珠从脸颊上一个劲地往下掉，可就是那天等来了，行长认可了我。事后，行长说，她看准了我，喜欢我的诚实与机灵。"

后来，我留意，在大同日报《与金融文学同行》一文中，看到由大同文联主席，著名作家马俊描述雪君机灵的一段话："那还是 1995 年，我（马俊）在雁门关深入生活。一个中学生敲开了我的办公室，敦实机灵，又难免夹杂着些许的腼腆。他就是阎雪君，带着自己的小说习作。后来我才得知，他第一次被县委传达室的同志呵斥了出去，第二次谎称'马书记'约他来的，传达员满脸堆笑地告诉他'马书记'在三楼紧西头那个办公室。"

之后，我读了他的《白老婆子和她的狗》《吃着碗里看着锅里》《田埂上的笑声》《父子打擂》《寒冬里的春天》《人民日报》配发的《石行长巧念市场经》编者按、《深不过那黄土地》《土财神》等文学作品。感受到了他的成熟，笔锋的犀利劲峭，典型人物的突出鲜明，思想的博大深沉。

后来，雪君调中国人民银行总行，依旧对家乡，对自己的出生地有深深的依恋。他第一次回家乡捐资扶贫，我在阳高电视台新闻播放中见到他的画面，很朴实，整个捐资仪式非常简单。画面只看到他给小学生配发书包钱物，和父老乡亲热情交谈场面的一个镜头。百感交集，随后我给他打电话，他很忙。第二天晚上我俩在支行见面，彼此动情，客房长谈了一夜。话题谈了他对家乡的情意和情缘。一个喝着家乡的水，吃着家乡的五谷杂粮，在乡亲们的眼皮底下一点点长大的雪君，对故乡的爱，在心灵深处打下了最根基的烙印。他说："天地间走出一个小小的我，一个月不回家，不给父老乡亲打电话，心里就空落落的。"

每次回家进村，一路看见"森林茂，鸟声鸣"，"手工坯，蓝瓦房"，"油菜绿，高粱红"；听见"蝈蝈叫，蛐蛐唱"。满院是牛羊的自然纯真景色，就催生着他的创作灵感，积淀着他的丰厚的文化语言。

青年时代的他，非常喜欢茅盾的小说《子夜》，并深深为孙犁的小说《荷花淀》而动情，这几年他琢磨着……试想，孙犁如果没有钟情于田园风景的经历，会写出《荷花淀》那样的美好文章吗？！想来，身在延安的孙犁心中还是难忘他童年的水乡风情。此刻，我想起了《东汉十九首·行行重行行》的诗。雪君竟脱口吟出"胡马依北风，越鸟巢南枝"的诗句，可见他的思故之情，这首诗正是他人生的真切写照。聊到他的文学创作之路时，兴奋的他，从挎包里取出他的最新长篇小说《原上草》，是刚由中国金融出版社出版，他专从北京带回送与我的，让我品味把脉提建议。他依旧还是那样的谦虚。

由于时间太晚，我俩久别相逢，要说的话题特别多，我只粗略地翻阅了第一页《原上草》的序。为他作序的是中国作家协会会员，信合处的王祁处长。序中有这样的一段话："从心里说，当代文坛能有一部反映信合人的长篇小说，确是搞信用社的人（简称'信合人'）祈盼已久，千呼万唤的好事，但却又是可望而不可即的，因为这本书实在不好写。那其中的难处，除了文学，还有政治，还有敏感的神经和心底的震痛……而如今，西北汉子阎雪君不声不响地'抹了一笔'，通过描述当代信合事业改革，发展和奉献的历程。差不多填补了一个空白，因而我说阎雪君是个有责任感的青年作家。"看到这，我饶有兴趣地问，"西北汉子，青年作家"你对金融文学的理解，他略思索一下说："文学是人类感情生活丰富的一种表达方式，只要你热爱生活，用心感悟，文学就在你身边。金融文学首先是文学，是文学的细胞，是时代风貌的折光和缩影，同样也是抒发人的思想境界和审美的艺术具象。"

他的这番话让我联想到近年来他的文学作品，看到了一种崭新文化气象正在他身上凸显出来。不知不觉已过深夜，我想让他休息，可他还是放心不下我女儿向往的大学梦。他知道孩子英语特别好，其他学科偏，他上学时的经历有所相似，就再三安慰我："要鼓励孩子要有信心和勇气，要相信自己超越自己，你若盛开，清风自来……"

我万般没想到，雪君回北京，四处奔波，为我女儿捕捉信息，购买书籍。一年后，我女儿考取了学外语的最高学府北京外国语大学，现留校供职于世界亚洲语言信息中心，从事学术研究，还任职《亚洲研究动态》编审，当然这是后话了。现在每当想起这件事，我内心充满了对雪君的感激，他《原上草》小说中那句"吃水水不忘挖井井人，羊羔羔吃奶双膝膝跪"的语言，至今在我心中记忆犹新，受人滴水之恩，怎能忘了涌泉相报。

后来，雪君在北京，曾多次打电话捎口信，要我有机会到北京，他带我到北京图书馆开开眼界，去故宫，北海，八达岭长城逛逛，但因种种原因未能成行。后来这几年中，我俩很少见面，我更不愿轻易打扰他，知道身任要职的他够忙活的。就此，他还是不忘我爱看他的小说，前后寄来他的第二部、第三部小说《咱们村里唱大戏》《桃花红杏花白》等文学作品，并附有短言："品味把脉提意见。"说实在话，本人只有初中文化水平，对文学真就是个门外汉，不敢妄加评论，只是觉得金融文学作品难写，题材枯燥，或被行业特征所局限等。近年来，尽管有人挑战，有人山寨，但从当代中国金融林林总总的文学画廊里，还是很少能找到像雪君那样，带有浓郁的乡土气息和鲜明的金融特色的文学作品。

岁月如歌，歌如文学，愿作家阎雪君在这条路上越走越远！越飞越高！

（原载《中国金融文学》2017年第2期）

作者简介

王江，中国金融作家协会会员。现供职于中国农业银行山西省阳高县支行。

发射架旁，一个金融人的第32个除夕

■ 许曙明

　　"小安子"正站在戈壁滩上遥望高高的发射架。

　　除夕的夜晚，举国欢庆，万家团圆，家家户户围坐在一起吃年夜饭。"小安子"的父母远在数千公里之外的洛阳，他自己又没有成家，所以今年和往年一样，小安子一个人在航天城过年。

　　除夕之夜遥望发射架，是"小安子"的习惯，也是他欢度春节的最重要内容。每年的除夕，他都要站到戈壁滩，遥望高高挺立、昂首天外的发射架。他喜欢除夕夜站在戈壁滩上望着发射架想想心事。就是那座伟岸挺拔的发射架，一次又一次吸引着全世界的目光：火箭飞升、卫星腾空、"神舟"翱天、"天宫"对接……

　　那座发射架和"小安子"息息相关。就在这座发射架的旁边，有一座闻名遐迩，声震寰宇的东风航天城。"小安子"在这里生活了52年。

　　"小安子"的大名叫安成章。他的父母是第一代航天人，"小安子"就出生在航天城，长大后，自然而然扎根戈壁，成了航天城里的一名银行员工。"小安子"在工商银行东风场区分行工作了34年，从柜员一直干到营业室主任。参加工作34年来，除了有两年回洛阳看望父母不在基地外，算起来，这已经是"小安子"在发射架旁度过的第 32 个除夕了。

戈壁滩的能见度好到了极致，无数颗星星悬挂在苍穹，浩瀚的星空绚丽夺目，灿烂神秘。北斗七星像一把勺子，清清楚楚地指明北方的方向。银河像一条星云澎湃、奔腾不息的长河，在天幕上翻卷……

"小安子"慢慢地在戈壁滩上朝前走。"小安子"每走一段路，就要停下来遥望一阵发射架。他都看了几十年了，依然没有看够。

"小安子"负责的营业室，主要为航天城服务。人少、工作量大，忙得团团转。如果有发射任务，就更忙了。发射，那是举国关注，世界瞩目的事情。任何一个环节都不敢有半点差错，银行也不例外！营业室曾经获得过全国银行业协会"最佳社会责任贡献奖"，"小安子"本人也被甘肃省金融工会授予"五一"劳动奖章。

如今的"小安子"已经走过了人生的第 52 个春秋，父母退休回洛阳已经 20 多年了，只有他一人在基地。基地男多女少，男同志择偶的难度很大。他人品好、朴实、善良，早些年也处过酒泉市的几个女朋友，女方很满意，但就是要求"小安子"要调出基地，调到酒泉，"小安子"舍不得航天城，只好分手，至今仍然孤身一人。

过年了，大多数同事都回内地和亲人团聚去了。"小安子"本想去洛阳看看父母，但营业室储蓄柜台春节期间要开门营业，他便把探亲休假的机会让给别的同事，主动留下来上班。

"小安子"虽然孑然一身，但是并不孤独。春节时，天南海北的朋友会打电话问候，同事们会争先恐后地邀请"小安子"去家里吃饭。年三十下午，下了班，"小安子"将营业室里里外外打扫得干干净净，在营业室门口贴上了春联，关掉了电源，锁好了门窗，这才朝自己的宿舍走去。在"小安子"看来，营业室才是他的家，宿舍不过是个晚上休息的地方。行领导请"小安子"去他家吃年夜饭，"小安子"谢绝了，他不想在除夕夜打扰人家一家人的团聚。"小安子"虽然是个大男人，但一个人过了几十年，个人生活的能力不弱，也会照顾自己。除夕之夜，他给自己炒了几盘菜，又下了些事先在超市买的饺子，还自斟自饮地喝了两杯。给父母打了个问候电话，报了平安，就穿好棉衣走向了戈壁滩。

除夕的戈壁之夜，静谧而安详。"小安子"久久地遥望着矗立在苍穹之下的发射架，仰望着天幕上异彩纷呈的星斗。他知道，在浩繁璀璨的太空，在广袤无垠的天际，无数知名不知名的星辰在万古不息地旋转、遨游。如果每个人都是一颗星星的话，他绝对不是绚烂耀眼的一类，而是普通得不能再普通的一颗，但是他也有自己的旋转方向，也有自己的运作轨迹。他生活得很平和、很平静、很平实，能在航天城工作一辈子，是上苍对他的眷顾，他觉得自己应该珍惜这种眷顾。虽然他的个人生活有缺憾，但一看那拔地而起、直指天穹的发射架，想到凌空而起，呼啸天外的发射，他心里的那点缺憾便烟消云散。

"小安子"知道，明天，新的工作就开始了。除夕夜一过，他和营业室别的同事就没有什么差别了。

（原载《中国金融工运》2018 年第 2 期，《中国工人》2018 年第 3 期转载）

作者简介

许曙明，男，中国作家协会会员，中国金融作家协会理事，甘肃省金融作家协会副主席。出版散文集《走向蔚蓝》《走过高原》《走近平和》《走进山水》《走遍天涯》等，获得"第四届甘肃省德艺双馨文艺工作者""中国金融作家协会第一届德艺双馨会员"称号。获甘肃省第五、第六届"黄河文学奖"，第二、第三届"中国金融文学奖"。现供职于中国工商银行甘肃省兰州分行。

院子里

■ 路阳华

看门人

有了院子，便有了门房，有了门房便有了看门人。

院子不大，只有两栋狭长的六层楼。门房也不大，和那两栋楼比起来，简直就像个小巧的火柴盒，但，它却是院子的守护神，始终以低眉的姿态守护在院子的入口。看门人，便是这个守护神的灵魂，看门人懂得院子的语言，了解院子的需求，看门人糊涂了，院子就慌乱了。

第一个看门人，是位退休的老领导。人们都想不通，一个曾高高在上的领导怎么能放得下身段来看门房？要知道，门房可并不是个养老的地方，活不轻省，嘴官司也不少打，尤其是夜里，在温软的被窝里睡意正浓的时候，晚归的人们那一遍遍的叫门声哟，就如同一声声的叫魂。

然而，老领导果真能放下身段。他在很短的时间内就认识了院子里的每一个人，每一辆车，认识了地面上的每一块砖和角落里的每一棵草。他把门房收拾得窗明几净，靠窗的桌子上，书报放得整整齐齐，窗前挂着一只鸟笼，里面养了只雀。他背着手在院子里巡视，把地面有坑的地方垫平，把角落里的荒草除掉，谁家的车停得碍事，谁家的狗随地拉屎，他也都要找到主人提醒他们以后注意。不巡视的时候，老领导或是逗逗雀，或是戴着眼镜在窗后的桌前看报，倘若有卖萝卜土豆，收废纸破烂的想进入院内，便会被他一声呵斥赶撵出去。

这个院子虽然不大，但相互熟悉的并不多。院子里将近一半都是租户，有做生意的，有陪读的，有办辅导班的，也有在附近单位上班的。人们遵循着自己的生活规律，有凌晨五点就要出门的，也有夜里一两点才回家的。老领导在看管门房后不久，大门口的墙上便订出一个开关大门的时间牌：夏季5：30—24：00；冬季6：00—23：30。在时间牌的旁边还贴着一张手写的《告全体住户书》，是用白粉笔写在一张大红纸上的，漂亮的楷体。上面罗列着住户们需要遵守的事项，并重点标明：晚上大门关闭后，禁止出入！末尾那个大大的惊叹号就像一把惊堂木，从看者的眼里拍到了心里，拍出了满腹的牢骚和不满。出出进进的人们总会在那张纸前停留片刻，然后撇撇嘴，满脸不屑地离开。

"怎么，过了十一点半，自己家都不让回来了？"

"哎，人上了岁数，晚上睡不好，早晨又起得早，怕是身体撑不住了吧！"

"嘁，身体不好就别来逞这个能嘛，既然来了就得知道自己是干啥的，他当他还是领导呢！"

院子里的人七嘴八舌地议论着。不久，那张纸被一场突如其来的暴雨淋得面目全非。

人们依然我行我素。于是，一个个冲突，一场场争执，发生在一个个毫无防备的清晨和黑夜。老领导的脸色越来越差，脾气也越来越倔。最终，老领导使出了杀手锏，夜里，无论你怎么拍打怎么叫嚷，老领导都置之不理，就连那鸟笼都像暗夜里的礁石，有一种森然的笃定。于是，胆大的人就直接翻门爬墙进入院内。胆小的人宁愿在外面凑合一宿，也不愿回来吃闭门羹。还有几个租户以此为由与房东毁了合约愤然搬离，惹得房东骂骂咧咧一肚子闷气。人们的脸色越来越沉，眼神也越来越冷。看似平静的院子里暗暗涌动着一股汹涌的暗流，就像雷雨来临的前夕，乌云翻卷，沉闷压抑。

这样的忍耐终于爆发在了一个冬日的夜晚，几个喝了酒的年轻人面对冰冷的铁门和漆黑的门房，憋了很久的火气终于喷发了出来。他们一边骂着，一边操起一块半大的砖头砸向门房的窗户。怒骂声、嘶嚎声、叫嚷声，夹杂着黄雀微弱的惊叫声划破寂静的黑夜，把人们从梦中惊醒。雀笼滚落在一边，一地的玻璃碎屑如跌落在地上的星星，在黑暗中闪着凌厉的寒光。120呼啸着把老领导从地上抬走，也抬走了老领导与这个门房的缘分。

第二个看门人，是一对年轻的夫妻，据说是因为院子里某领导的关系。他们衣着光鲜，圆滑伶俐，女人的脸抹得白光光的，头发梳得光溜溜的，但门房里面却不忍目睹，东西乱放，桌子油腻，地面灰扑扑的，原先白生生的墙壁也变得黑一片黄一片，跟癞痢脸似的。

女人的丈夫在附近的商场做搬运工，白天，多数时候就女人一人看着门房。从女人对人的语气和神态上，你就能很容易辨别出对方的身份和地位。先前，住户们通常都将邮件寄到院子里，老领导会先收下，等待收件人来取。送件员、看门人、收件人之间有着一种无需开口的默契。而如今，这些邮件却因了收件人的身份而受宠或冷落起来。有些人的快递，女人收得很当紧，见到收件人，便会满脸堆笑捧着送上前去。而有些人的快递，女人则以门房人杂，怕丢为由拒绝接收。这让送件员很是为难，也让收件人很是恼火。但，恼火又有什么办法呢，人家是看大门的，又不是替你签收邮件的。

不过，聪明人还是有办法的，他们将家里不用的零碎送给门房女人，在买了水果路过门房时，也会特意去门房给女人放几个苹果、梨子。慢慢地，那些被冷落的邮件变得受宠起来。但院子里的人反而更加看不起门房女人了，他们一边在心里耻笑着，一边在嘴上讨好着，有些人甚至用这种办法偷偷配到了大门的钥匙。其实，没有钥匙也是很好出入的，夜归的人只要在敲窗户时递进去一盒烟或几元钱，很快地，钥匙便会利利索索地递出来。女人贪睡，早起的人们也不担心出不去，女人想出一个聪明的办法，将大门钥匙挂到窗外某个隐蔽的地方，出门的人开门后再把钥匙挂回原处。大家就这么你好我好，相安无事地相处着，院子里也似乎平和了许多。

然而，这样的日子并没有持续多久。有天清晨，一个上学的孩子跺着脚满院子寻着自己的自行车，车棚的门大敞着，大门的锁也完好无损，并没有撬过的痕迹。孩子的父亲敲开门房讨要说法。一些人围在院子里，不怀好意地等着看事情的演变，就像冰雪天趴在窗户上等着看人摔跤一样。门房女人泼辣的性格尽然彰显，结果，丢车的理论演变成了一场和祖宗有关的谩骂。拳头之下，门房女人倒在地上磕掉了一颗牙齿。

不久后的一天，院子里的人经过门房时，看见一对五六十岁左右的夫妻，女人富态态的，梳着齐耳的短发，腰间系着一条围裙。男人憨厚厚的，身板敦厚结实，穿着一身洗得干干净净的旧军装。他们在门房里忙碌着，把发黑的墙壁用报纸糊上，把煤球炉子擦得铮明瓦亮，靠墙的长条桌上放了一长溜的瓶瓶罐罐，油盐酱醋、花椒大料。挨着墙角边的地上簇簇地放了不少东西，两个腌菜的坛子，几瓶浆水菜，一个老南瓜，还有两个白色的装满泥土的泡沫箱子。窗台上放着一盆叫不上名的植物，长长的茎，顶端开着绿白色的花。有人好奇地站在窗前打量，女人走过去笑着说，那是吃剩的半个洋葱蕊，把它埋在盆里，不仅花开得水灵，也能给屋里添点活泛气。

的确是呢！看上去，他们和这个门房是如此的水乳交融，原本又丑又破的房子，让他们一住竟生出一种鲜艳来，就像那洋葱花，把整个屋子都氤氲出一种简单的寒伧的快乐。

每天早晨，男人都会拿着把大扫帚扫地。扫落叶，扫纸片，扫果皮，什么都没有的时候，他就扫灰。女人总会攥着一把拖布，提着一桶水，挨着个把每个单元的楼梯拖得干干净净。遇到有人下楼，女人总会抱歉地笑着侧过身，下楼的人便会踮着脚尖快走几步，生怕自己的脚印在地面上留下可憎的面目。

院子里的气氛安稳了许多，夜归的人不再担心进不来，晨练的人不再担心出不去，车棚里不再担心丢车，送件员也不用担心邮件放不下。

每天中午，走进院子的人总会闻到一股浓郁的饭香，那香带着粮食和土地的味道，让人想起劈啪作响的柴火，想起柴火上的铁锅，想起铁锅边弥漫的雾气，想起屋顶上袅袅的炊烟。人们的眼睛总会不由自主地透过门房窗户去寻找那香味，便会看到女人在炉台边忙碌的身影。

春天的时候，那几个泡沫箱子一溜地摆在了门房的墙根下，里面长满了细细长长的香葱，娉娉婷婷的芫荽。那些香葱烙出来的饼非常香，傍晚的时候，香气从门缝里、窗缝里飘出来，惹得邻院的小猫直往墙上跳。

我吃过那香葱烙的油饼。那是一个飘雨的晚间，我刚走进院子，女人便忙忙地走出来招呼我进屋，我诧异地看到儿子正在小桌边吃得汗流满面。原来，儿子忘了带钥匙，在院子里等我时，被女人看见。

"今儿个外边冷呵呵的，叫孩子来屋里暖和暖和。正好饭也现成了。"女人说着，麻利地盛了一碗粥从鏊子里取出一张饼递给我。

"粗茶淡饭的，没你们做得好，你也凑合吃上口，省得回去做了。"

雨天的夜来得早，正值饭点，肚子里又空虚又凄凉，围着热乎乎的火炉台嚼几口饼，喝上碗热乎乎的粥，内心竟生出一种温暖如春的缠绵。

女人的橱柜里有一根长针，那根针在女人的手里成了一根神器，院子里谁有个头疼脑热，都爱去找女人扎几针。无论女人在做什么，只要看到有人蔫蔫地撩开门帘，她便会立马放下手里的活，心领神会地去橱柜里取针。一针下去，血涌出来，女人粗糙的手指便连挤带捏地在针眼边忙活。她告诉你，血是黑的，定是受了风寒，并不住地嘱咐你，回去要多喝水，还要捂好针眼别再吃了风。她的面庞和眼神会让你体会到什么是温暖和慈爱。那语言和针线的语言一样，绵绵密密却朴素无声。

女人的银针聚拢了很多的人气和人情。不知不觉地，门房成了院子里一个聚集的场所，认识的不认识的住户没事儿时总会在门房一坐半天。在这里，人们相互交换着彼此居住的单元和楼层，谈了一阵之后，这才发现他和你的朋友认识，或者彼此居然是亲戚，于是大家又感叹又欣慰地说，这个世界太小了，近在咫尺却一直不相识。

人们在高谈阔论时，男人或是笑着坐在一边看着大家，或是在院子里把垃圾车里的纸箱子捡出来，一点点地折平，捆好，整整齐齐地码在墙根。女人则忙碌着在煤球炉上烧开一壶壶水，给大家不停地加满。冬天的时候，女人会把那些南瓜、北瓜、矮瓜里的瓜子掏出来，洗净、晾干，然后炒熟，一把把抓给大家，大家嗑着瓜子，喝着茶水，扯扯闲话，甩甩扑克，邻里之间竟然就这么熟络了起来。

院子里的人从没有见过男人黑过脸，甚至高声说过话也没有。人们都说，男人的脾气真是好，好得千里难寻。男人听到时，也仍是嘿嘿地笑笑。但，我却见过男人发火的样子，电闪雷鸣般得凌厉。

那是临近春节前的一个下午，几个年轻男子鬼鬼祟祟地进入院内，男人迎头拦住他们，问他们找谁，他们看都没看男人一眼，绕过男人径直往院里走去。男人厉声喝住他们，凶神恶煞似的瞪着眼赶他们出去，那几个人悻悻地往外走，边走嘴里边恶声恶气地骂着，看门狗！呸！看门狗！

男人一声不吭，不动声色地关了院门，关住了院子里的祥和与安宁。

河南家

河南家搬来的时候，正是一个周日。那天，人们吃过早饭在阳台上收拾时，看见一辆工具车载着满满一车生活物品停在一单元门口，然后一对中年夫妻和一个十六七岁的男孩跳下车来，蚂蚁搬家似的，把车上的被褥、锅碗瓢盆、马扎、纸箱子，一点一点地往楼里运。有人进出单元门时，他们便赶紧侧过身，呵呵笑着点头致意，算是打招呼。

打从第一眼起，人们就对河南家有种莫名的排斥。这家的男人又矮又瘦，头发油腻，衣服邋遢。女人粗粗壮壮的，顶着一脑袋烫得乱蓬蓬的黄头发，说话时扬着大嗓门，噼里啪啦，炒豆子似的。倒是他们那个刚上高一的男孩生得还算清秀，看起来稳稳当当的，笑起来也清清爽爽的，眉眼间透着股同龄人少有的精明。

小区的隔壁，就是全市著名的重点高中。因了这个缘故，这里的房租比市区同等的出租房贵了一倍，尽管如此，很多家长还是不惜一切要在这里租房陪读，他们宁愿勒紧裤腰带让自己紧一点，累一点，苦一点，也要让孩子离学校近一点，再近一点。这个院子里，有将近三分之一的房子都租给了陪读的家庭，这些家庭中，有医生，有公务员，有高管，也有生意人，他们衣着讲究，开着私家车，有着自己的体面。很明显，河南家和他们并不是一类人，从第一眼起，他们就把河南家从自己的社交圈排斥了出去。

但，这些人之间，乃至整个院子里的家户之间也并没有什么来往，他们每个人怀揣着莫名的清高来去匆匆，谁也不主动去认识谁。对于租户来说，这里不过只是个临时的驿站，他们带着一种过客般的潦草心情和身在曹营心在汉的无奈，心不在焉地生活在这里，一心盼望着高考结束马上离开。业主们也无心去结识这些走马灯似更换的租户，他们只热爱自己的家，把家当成远离江湖的避难所，一回到家就把自己锁在屋里。

男孩母亲似乎有着天生的熟络和不甘寂寞的热情，她总是努力地想去认识周围的邻居，她主动和大家搭话，并极力地想多说几句。男孩母亲一笑起来就会露出两排宽整的牙齿，脸上的肉簇在一起使劲地向上堆着，似乎每个毛孔都动了起来。但人们却并不给她机会，即使迎头碰上，大多数人也会选择低头或侧脸，装作没看见匆匆走过。

男孩母亲似乎感觉不到大家的疏离，她满怀热情地把自己做的皮渣送给对门的邻居。对门是个年轻的女人，爱人在外地工作，只有她带着孩子住在这里。对门女人似乎并不习惯这样过火的热情，甚至对这种热情生出一种反感。面对那些皮渣，她显得有些不知所措。推来搡去间，男孩母亲的眼神逐渐黯淡了下来，她几近恳求地说，这是俺自己做的，是俺们河南的特产，真的好吃的咧！对门女人只好不情愿地接过来，而，那些皮渣最终还是被她悄悄扔在了自家的垃圾袋里。

河南家两口子终日早出晚归，并不像其他陪读的父母，把心思都用在孩子身上。他们似乎很忙，即使是星期天也很少有待在家的时候，尤其是男孩父亲，自从搬来后就很少再见到他。倒是每天中午都会看见男孩母亲手里拎着菜蔬、生肉，顶着一头黄发风风火火地往家赶。不过，也就做顿饭的工夫，她便又会匆匆忙忙地出门。

男孩的晚饭通常都在学校食堂吃，吃完后便回到教室一边看书一边等着上晚自习。食堂的饭吃久了终会觉得发腻，也有好几次，人们在厨房的阳台上张望自家孩子的时候，看见男孩一手拿着书，一手攥着两包方便面大步流星地往回走。

"正长身体呢，吃这个哪能行呢！这爹妈当的，每天也不知道忙啥呢！唉！"看到的人总会摇摇头，在心里发出一声叹息。

月考放榜时，除了男孩的父母，院子里所有的陪读家长都会跑去看榜，她们看到男孩的名字回回是名列榜首。这让她们很是讶异，尤其是那些辞了职的全职陪读母亲，她们想不通，这样的父母怎么会养出这么优秀的儿子！

"那两口子一看就没什么文化，对孩子也是不管不顾的，哎，倒是那孩子真是给他们争气！"她们窃窃地议论着，神情里夹杂着鄙夷，鄙夷里又夹杂着妒忌。

的确，河南家两口子的确没有什么文化。他们进出门时，总会弄得惊天动地，门啪地摔上，说话大呼小叫，地板踩得啪啪响，仿佛整个单元都是他们家一样。这个院子里，虽然多数都是租房户，但大家都是沾染了城市习气的人，讲话轻声细语，走路轻手轻脚。他们不愿意去打扰别人，也不愿意被别人打扰。人们时时小心处处谨慎，努力和周围邻居达到相安无事。河南家的到来打破了单元楼里固有的气氛，使这个原本清静的鸽子笼增添了些许的聒噪。

某日清晨，一单元门口贴出了一张 A4 纸打印的告示。河南家两口子饶有兴趣地站在告示前念了几句，便红着脸把它从墙上撕了下来。从此，楼道里又恢复了以往的沉寂，楼上楼下的人们再也没有听到过那些声音。偶尔遇到，他们脸上也是讪讪的，仿佛做错了什么一样。

后来，人们慢慢地知道他们不过是个修脚的，在离这个院子很远的郊区开着一个足疗店，给人修脚，治灰指甲，做足疗。于是，院子里的人们对他们更加疏远了，似乎和他们打交道会降低自己的身份。很多人甚至觉得，他们花这么多钱租这个房子实在是打肿脸充胖子，似乎那些廉价的平房才更适合他们的经济和身份。

可是，并没有多少人知道，因了他们的实诚和肯吃苦，他们的足疗店客人越来越多，口碑越来越好，名气越来越大，生意越来越火。他们已经在市区看好了一处门面，准备盘下来再开一家分店。不过，河南家自始至终都心知肚明，他们知道自己不过只是个修脚的，是被人看不起的"下等人"，终究无法融入到城里人的圈子。修脚虽然是他们祖传的赖以生存的手艺，但他们并不愿意把这手艺再在家族中传承下去。他们一心期望男孩能考上大学，从此改头换面，踏入文化人的行列。

足疗店通常要在半夜才能关门，很多时候，男孩父亲就住在了店里，但男孩母亲总会在晚上十点以前赶回家。这样，男孩下晚自习回到家时，就会看见一窗灯火，和灯火中等待的母亲。

很意外的，在一个晚间，对门女人竟敲响了河南家的门。男孩母亲一脸惊诧，她兴奋地拉着对门女人的手，如接待贵客般把对门女人让进家里，对门女人下意识地把手抽了回来，似乎那双每日与脚打交道的手会玷污了自己。男孩母亲搓着双手一脸的尴尬，对门女人意识到自己的失礼，赶紧换了一副温和的表情，但她的口吻里仍透出一种掩饰不住的傲慢。她问男孩母亲，你们家里这是什么声音啊，嗡嗡嗡的，影响我家孩子学习。其实，这只是个托词。真正的原因是对门女人心里揣着一个疑惑和不安。前不久，某小区发生过一起震惊全市的爆炸事件，就是因为租房户在家里违规生产时引发的。女人的神经总是敏感多疑，尽管河南家对她有一份皮渣的人情，但她仍然对河南家怀有一种鄙薄和轻视。

男孩母亲一脸的迷茫，对门女人循着声音，理直气壮地走进厨房，一眼看到了真相。餐桌上，一台老式的豆浆机正使足马力斗志昂扬地打着豆浆。男孩母亲看到对门女人怔怔地盯着豆浆机，赶紧忙不迭地解释，冬天夜里冷，孩子晚上回来肚子又空又冷，进门喝上一碗热乎乎的豆浆，从头到脚就都暖和了。对门女人红着脸嘟囔了一句，真是的，这豆浆机，怎么会有那么大的声音！其实，不是豆浆机声音太大，而是对门女人不明白，猜测是一个扩音器，无形中把她心里的声音扩大了。

男孩母亲逐渐沉寂下来。终于，她也像其他人那样变得少言寡语。不过，如果在楼道里遇到，她还是会咧着嘴笑着，谦卑地闪在一旁，把路让给对面的人。

谁也不知道河南家是什么时候搬走的，直到大家看到一单元又搬来了新的租户，才想起确实是已经有很久没见到他们了。

有人说，他们搬进了学校的独立宿舍，宿舍是学校奖励给男孩的，因为男孩在本年度的全国中学生物理竞赛中获得了二等奖。也有人说，是男孩心疼父母，不愿让父母太辛苦，借着获奖的机会主动向学校申请了一间独立宿舍，但费用仍是按标准收取的。

只是，人们在说起时，口气总是酸溜溜的。

狗

院子里有三条狗。一只泰迪，一只沙皮，还有一只金毛。

最招人喜欢的是那只泰迪，它叫点点，有着一身棕色的卷毛和一种与生俱来的可爱和洋气。像它的名字一样，点点的体型较小，远看上去就像一团毛茸茸的小圆点，离近了，才看见圆鼓鼓的苹果脸上，还藏着一双黑亮的圆眼睛和一个小巧的黑鼻子，脸颊旁边耷拉着两只大大的软耳朵，乍一看，就像一只精美的仿真毛绒玩具。

点点是个少女，却没有少女的矜持和羞涩，而更像个野小子。它每次从楼道里冲出来的时候，都是一副无遮无拦的样子，就像一个挣脱了父母约束的孩子，欢呼着，雀跃着，撒着欢儿地在院子里狂奔。跑够了，便停下来用力地甩甩脑袋，抖抖身子，像要甩掉满身的汗珠。那活泛劲儿，让你的心情也会不由自主地愉悦起来。

点点好动，总是一刻也不能闲下来。它一会儿咬着尾巴转圈，一会儿啃着皮球玩耍，一会儿被电视吸引，一会儿又对墙角大发兴趣。点点虽然贪玩，但对新事物新玩具却总会保持戒心和警惕。它会紧绷着身体，在一定的距离之外试探着叫嚣一番，见没有动静，便小心翼翼地靠近，先用鼻子闻闻，再用嘴巴舔舔，最后用蹄子翻翻，直到确定没有危险了，浑身的皮毛才完全松弛下来。

点点非常聪明，不用看表就能计算出时间。每到傍晚时分，它就会站在大门口眼巴巴地盯着门外。一看到主人的身影，它便迫不及待地摇着尾巴扭着屁股，像个小弹簧似的跃动着迎上去。并不是它与主人有多亲密，而是每天的这个时候，主人都会带它去公园遛弯。

那是点点一天中最美好的时光了。它抻长脖颈走走停停，沿途嗅着各种植物，就像个植物鉴赏专家。在路过街角那棵丁香树时，它总会跑到树下排泄积潴的尿液，然后用脚蹬踏草皮，撩起一些细碎之物掩盖自己的臊气。快到公园时，点点便会格外兴奋，公园里有花，有草，有蝴蝶，还有同伴。它一忽儿在草地上蹭磨，翻滚，一忽儿又乐此不疲地扑着蝴蝶。那些蝴蝶扇动着漂亮的花翅膀，不紧不慢，欲逃不逃地撩逗着点点，把点点撩得热情高涨乐而忘返。不过，当有其他狗狗路过时，点点便会立即撇下那些蝴蝶，急切地去追赶同伴。它们在光天化日之下卿卿我我，惺惺相惜，交头接耳地说着只有它们才能听懂的语言。

从公园出来时，点点是满足而快乐的。它和主人一前一后地走着，一会儿它返回来咬咬主人的裤脚，一会儿主人停下来喊喊在草丛中流连的它。那天，主人因为崴了脚，回去时便叫了辆人力三轮。点点头一次坐三轮，它一改平日好动的本性，端端正正地坐在主人旁边，显得出奇安静。它挺直身体仰起脖颈，好奇地看着路边倒退的风景，傍晚的微风挟着夕阳的温度拂过点点的棕色卷毛，让点点格外惬意。它姿态优雅，神态安详，显露出一种贵族公主的高贵气度。

自那以后，点点便长了记性，一出公园就径直跑到街边找三轮，主人不坐，它就赖着不走。主人拿它没办法，只好使出杀手锏，不再带它出去。那日下班回家，在院子里碰到点点正和主人吵架。主人叫它回家，它不理不睬撅着屁股赖在大门口，一步步试探着往外走。于是，主人便板着脸大声呵斥了它几句。点点不依不饶，瞪着眼睛，歪着鼻子，叉着前腿，仰着脸叽叽咕咕地叫个不停，就像一个人在骂另一个人。那倔强、强势、喋喋不休的样子，让院子里所有的人都忍俊不禁。

但点点终究是胆小的，它始终不敢走出院门。很晚了，它仍然执拗地站在大门口，就像个赌气的孩子，无论主人怎么叫喊，它都不肯回去。直到主人真的生气了，它才耷拉着脸一步步地倒退回来。但，点点的气性也是蛮大的，即使回来，它也是把屁股冲向主人，脸始终不肯掉转过来。第二天，点点也使出了杀手锏。主人在家时，无论怎么引诱，怎么讨好，它都不吃不喝，一动不动歪着头趴在自己的窝里假装睡觉的样子。主人一走，它便在家里又拉屎，又撒尿，又咬拖鞋，又扯沙发，把家里折腾得一团糟。

谁也说不清在这场较量中，到底是点点赢了还是主人赢了。总之，不几日后，人们又看到活蹦乱跳的点点，又看到点点和主人一前一后遛弯的身影。

那只名叫豆丁的灰色沙皮，生得实在是丑。四条短腿四四方方地支撑着一个肥胖的身躯，站着时还不觉得，可是一跑起来，后腿几乎就看不见了，只见一个圆溜溜的屁股一坐一撅，几下就蹿远了。豆丁的五官也不耐看，耳朵长得像揪片，嘴巴阔得像瓦筒，眼睛鼓得像弹珠，脸上还皱巴巴的，像个小老头。

豆丁长得丑，却喜欢撩事。它会趁你不注意的时候，把你放在门口的垃圾袋扯破，把里面的垃圾抓扯一地，然后迅速蹿到院子里，一边若无其事地溜达着，一边悄悄地斜着眼，等着看你气急败坏的样子。

从一开始，我就对豆丁没有好感。它总是摆出一副霸道的模样，像个地痞似的站在楼门口，看见有人路过，就气势汹汹地扑上去，大有"若要从此过，留下买路钱"的地头蛇架势。但，它长得还没个板凳高，人们并不把它放在眼里。豆丁也是极聪明的，看到你抬脚做状要踢，它便会伶俐地蹿到一边，可当你一收脚，它就又会扑上去。在这一扑一收间，它便和你熟悉了起来，再见到时，它便只是凑过来闻闻，然后便迈着短腿踱着方步走开。后来，豆丁很少再扑院子里的人，即使咬叫，也是作势一番，见没人理它，便也无趣地安静下来。

可是，这个豆丁，唯独对我例外。

它对我也是没有好感的，就像我对它没有好感一样。我一直觉得它和我是前世的冤家，而且，在这个轮回里，它一定是认识我的，否则不会一见到我就露出一副凶狠的样子，摆出一副随时扑咬的架势。每见到它，我都会心惊肉跳浑身打战。我也很奇怪自己，怎么会对那么一个小生灵怕得要死？它又能把你怎样呢！但，我始终壮不起这个胆。最要命的是，后来，豆丁时常独自在院子里溜达，主人唤它时，它才会一跳一跳地跑上楼去。这样，我和它总会有在楼道里狭路相逢的时候。于是，豆丁几乎成了我的心病，我每上下楼时都会先竖着耳朵听听，听听豆丁是否在楼道里。

真是怕啥来啥。那天早上上班，一只脚刚跨出门口，便看到豆丁正在一跳一跳地上楼，它一看到我，喉咙里立马滚过一阵雷鸣，身体紧绷，两条短腿后蹬，仿佛要凌空扑下。我顿时吓出一身冷汗，赶紧关住门，心里不住地祈祷它快些上去。但，豆丁在楼道里转了两圈后，居然心安理得地蹲在了我的门口。时间在这样的对峙中一点点流去，豆丁仍没有要走的意思。

我只好跑到阳台，打开窗户大声呼喊豆丁主人的名字。

主人一边道歉一边板起面孔呵斥着豆丁，豆丁悻悻地低着头，就像个犯了错误的孩子，有点后悔，有点不服，又有点委屈。在主人的看护下，我壮着胆小心翼翼地绕过豆丁。好不容易走到大门口，刚想松口气，猛听身后蹄声踏踏，扭身一看，豆丁就像一辆飞驰的车子冲着我疾奔而来，我尖叫一声吓得僵在原地。就在我扭头看到它的同时，豆丁也突然止步，因为收得过急，它的身子有些踉跄。它并没有扑咬我，甚至看也不看我，直冲着前方装模作样地吼叫。主人气喘吁吁地追赶上来，一顿劈头盖脸的训斥，把豆丁揪了回去。

我不禁哑然失笑，想起少时同学里最顽皮的那个。他总会趁你不注意时，在背后拍你一下或吓你一跳，然后又装作若无其事地与他人聊天。这顽劣的豆丁啊，居然也会用这种恶作剧的方式和人嬉戏。

与豆丁和点点截然不同的，就是那只金毛了，它叫贝贝，总爱叼着毛巾在院子里旁若无人地行走。它体格庞大，毛色金黄，走起路来屁股一扭一扭的，活像一个丰姿妖娆的妇人。院子里很少听到它的咬叫，大多数时候，它总是安安静静地卧在墙根下和狗窝里，身子蜷缩着，头枕在前腿上，眼皮微抬，静静地看着树、看着墙、看着过往的人，一副懒洋洋的，与世无争的样子。

有时候，电线杆上一只站立的雀会让贝贝的注意力瞬间集中起来，它会迅速直起身子，前腿交叉着，高高仰着头，屏息凝神端视着麻雀，那姿态和神情就像个优雅高贵的小姐。不过，这个时候，你若是拿着一条毛巾经过它的眼前，它便会忘了麻雀。它会悄悄起身，趁你不留神时，叼走你手里的毛巾，然后扭着屁股跑开，躲闪着你的追逐和讨要。贝贝是极有心机的，它总会把那些毛巾藏起来，你和它讨要时，它便装出一副无辜的样子。可当它发现毛巾被你拿走了，便会前前后后追着你，缠着你，非要把毛巾要回来不可。

贝贝出奇的大度，即使你侵占到它的领域它也是不吭不哈的。贝贝的窝笼在一楼阳台的下方，有一次，因为没有车位，我只好把车子停在贝贝的窝笼边，只是停在那里会堵住笼里的光线和贝贝的视线，我一边倒车一边在心中对贝贝说着抱歉，只听"砰"的一声，车子的左侧撞到了阳台的一角，尾灯稀里哗啦碎了一地。我跳下车，看到贝贝正用它亘古不变的卧姿，卧在笼窝中静静地瞅着我。我恼火地冲它大吼，呆子！怎么也不知道叫唤一声！它响了响鼻子，睫毛一忽闪，不屑地瞥我一眼，然后把头扭向一边。

和人一样，狗狗的友谊也是有深有浅的。金毛和泰迪似乎有前世的缘分，泰迪趾高气昂地骑在金毛的背上或四仰八叉地躺在金毛的肚皮上，而金毛则温顺地任由泰迪玩耍扑闹。沙皮也想加入进来，但它却不懂得如何交往，总是用攻击和挑逗来表现自己，求得它们的注意。每当那只沙皮气势汹汹地挑逗泰迪时，金毛便会咆哮着冲上前去。沙皮的身高还不及金毛的腿长，它一见到金毛掉头就逃，有好几次，它被金毛逼在墙角，吓得浑身哆嗦小便失禁。但是沙皮总是不长记性，就像那些淘气的孩子，从不会在教训里学会屈从和改变，所以，时常把自己弄得一副灰溜溜的样子。

在这个院子里，如果把看门人比作是静止的山，那么住户便是流动的水，而这些可爱的狗狗，就是山水间那道灵动的风景。看门人、住户、狗，在这个院子里来来往往，更更迭迭，日复一日，年复一年，形成了院子里的沧海桑田。

（原载《山西文学》2017 年第 9 期）

作者简介

路阳华，女，1974 年出生，山西省作家协会会员，长治市潞州区作家协会副主席。作品以散文为主，刊发于《山西文学》《漳河文学》等。现供职于中国农业银行山西省长治市分行。

色彩的讲述

■ 袁海胜

风尘仆仆地跋涉在丝绸之路上，人变成了一种符号。

驼铃伴着马蹄声闯过玉门关、阳关，一路向西……隘口送别远去的背影，风尘旋裹马粪的气味、沉淀光阴深处的色彩已经成为铺垫时光的主力。

鸣沙山的东麓，敦煌敞开胸膛，迎接西域至中原纷至沓来的僧侣和商客。宗教和商贸组成的队伍浩浩荡荡穿越朝代，把一路盛开的传说和故事绣在绢绸上、画（刻）在坚硬的石壁上，一个历史就多了柔软的身段和色彩。鼎盛是人心的一种愿望，这种愿望依托丝线和色彩表达，就有了连绵不绝的丝绸，有了丰富绚丽的敦煌壁画，有了佛法的玄妙和香火的飘逸与沉淀，让深奥的禅意及墨彩的香味穿透数千年时光，飘到 2017 年的夏天。

我能与之邂逅，算是一种幸运。

过大震关，翻越陇山至天水，驼队在烟尘蔽日的行进中踏进甘肃之境，这里的时光顿时生动起来。黄河滔滔、浊浪排空，何时起，这条凝聚中华民族灵性的大河，把甘肃版图硬生生分开。大河汤汤，东西两岸相望，古老的丝绸之路在错综复杂的地势里像绸丝般散开，河东段河西段的多条路线，所走的地域虽有不同，方向却是一致的，直至西端，涉黄河而过，总有一个点交汇重合。必会有路线与敦煌鸣沙山擦肩而过，似有定数、似有契合。路如何的千头万绪，总是一头系着古都长安，一头系着中亚西亚的腰身。车辚辚、马萧萧，是从哪一只马蹄开始踏上的征程？烈烈的朔风从蒙古高原和青藏高原上掠过，吹过汉朝、吹过唐宋、吹过漫长的历史，把一个个火热的愿望托举在高原之上，在这个离天最近的地方跋涉、飞翔和攀升。

东来西往的人（这种说法近于轻佻，对每一个历史上的时点，人真不算是一个合适的代表）脸上落着汉朝的沙尘，挂着唐宋的汗珠，他们在日夜交错中不知走了多久，总会在途经敦煌鸣沙山时停一停脚步，也许只是一次无意间的小憩，或是一次人食马饲的打尖，人们发现了莫高窟，走了进去。这样，莫高窟在经火缭绕中瞬间顿悟，认领一种启智的方式，彩色让宗教的记忆、生存的记忆、时光的记忆在石壁上层层伸展和递进。壁画——假如无神助，这种文艺表现手段真是人类惊世的创意——在莫高窟的石壁上有声有色地蔓延，直至今日，依然把我们的目光染成不同的色彩，不同的滋味。

画师的笔一定是颤抖的，虽然他心里装满虔诚。笔端的迟疑是对生命的敬畏。一笔落下，一个崭新空间的门板就会被轰然推开，油彩的香味会一寸寸抵近内心。眼前将会出现什么呢？愿望在漫漫丝路上栩栩如生，思想也近如禅境，生活的琐碎走进画面后，所有事物的骨骼都清晰起来，明朗起来，组成久远时光里的一幕幕繁荣、一场场盛况……每一笔、每一种色彩在时光的浸泡下慢慢羽化，让厚厚的时间像天使的翅膀一样透明，让凡间的人们清楚地看到了远古，感受到一种静极了的美。

天竺传至中原的佛教，在莫高窟扎下了根。佛法近于哲性，经文的讲述在壁画中生动活泼。佛在画师虔诚的笔端下走进石窟，法相沉静或展颜微笑。佛的笑像清水一样在民间流淌、漫开，滋润草木、滋润人心、滋润生息。千佛有千种的慈悲、无限的善意。佛用胖胖如藕的手指，点化愚顽和恶俗，光明一瞬间点亮人的智慧。佛为众生讲法，实际上这是人的渴求和热盼。无论古今，人总难免会遭遇一段迷途，佛法宛若温厚的大手，拉着人们一步一步走出魔障、走向阳光、走向人间、走向坦途。

莫高窟里，诵经声不绝于耳，水一样从石壁上倾泻而下。我仿佛看清了众佛唇息蠕动。经文博大精深，有远古的叮嘱，也有近在身边的提醒。善恶在一念之间，坦途和沼泽也是在一念之间，人生一世，是多么需要佛法的指引啊！方寸之地，佛用上万种神态（只限莫高窟之内），阐述生命里最深的奥妙。只需领略一种，人世上就多出一份皈依。

石窟中，我从诵经中听到丝琴的点拂，是水中之水，叮咚悦耳。高原的天空瓦蓝，白云缓缓飘过。琴声由纤细手指撩拨，分批次从云层里倾泻，像是一场滋润众生的透明雨水，滴落脑门。莫高窟的石壁上，体态妖娆的仙女（即飞天）——有一种说法是乾闼婆与紧那罗的复合体，没有性别，但我更喜欢她们是女性的化身，好在画师和我的想法一致——臂挽彩带，翱翔于天空中。她们纤手紧握乐器，譬如琵琶，端于胸前或反持背后（反弹琵琶），像如今的才艺表演。一幅幅飞天连缀在一起，和卢米埃尔兄弟发明的电影原理一样，动了起来，飘（飘比飞还要空灵）了起来，衣袂彩带纷扬。飞天手中持竽、箫、鼓、琴，组成了仙境的小型乐队。怪不得冥冥中有乐曲破壁而出。在民间，如果组建一支"飞天乐队"，应该是个不错的主意。飞天曼妙的身姿，让坚硬的石壁上凸显柔美，妙不可言。

走近莫高窟，导游的职能就算终止了。壁画开始向我们讲述一切。连绵的画面，是时光的走向，也是宗教和历史的走向。画面牵引着我们，步入纵深，走进远古多维的空间，这是现实版的穿越。佛教圣事、佛教经典（佛教术语称之为"经变"）、剃度、礼佛等等；宫廷、出行、宴会、游猎、农耕、捕鱼、制陶、冶铁……人间百态囊括其中。色彩的迷阵里悄悄跑出了藏羚羊、牦牛、野猪、白唇鹿、狼……还有人类用以代步的马匹和骆驼。动物是莫高窟壁画里的一部分，它们的出现说明当时人类的精神领域丰腴饱满，与万物的融洽已致达观和包容。我们从壁画里看到动物奔跑、跳跃和挣脱的力量，像是随时都可以从石壁上跳出来，去寻找旷野和草场。很多壁画的背景，俨然源自丝绸之路上发生的事情。像浩荡的商队、交易、市场等等，壁画说出了当时的情形和色调。

张骞一路风尘，从西域归来。茫茫戈壁上，他握使节的手心出汗了。

这是他第二次西行，不同于第一次，他探明一条中原与西域通商的路径。张骞兴奋得脚下生风，恨不得一步就跨回长安。他不知道自己将推开一扇革新历史的大门，为民间的生活引来一渠活水。或许他深悉这条路线的意义，否则，是什么力量支撑着他翻越重重关隘，深入大漠草原、荒凉之地？张骞打开这道门后，他的名字注定要彪炳千古。张骞第二次西行成功后，这条新开辟的路径上便生机勃勃、商机无限。从 2000 多年前开始，这条路上衍生的故事不失传奇、不失浓墨重彩。尔后，中原和西域的经济文化交流频繁。张骞从西域带回了葡萄、核桃、苜蓿、石榴、胡萝卜和地毯，首次实现了跨地域物资的交流。两地互通有无，丝绸之路始于此时。这条极具生命力的路线，丰富了中原的生活，同样也繁荣了西域的经济。中原的铸铁、开渠、凿井等技术和丝织品、金属工具等，源源不断地传到了西域，西域的特产同样运回了中原，双方的经济走向一种全新的繁盛。张骞被现代人誉为"第一位睁开眼睛看世界的中国人"。能担得起这种荣耀的，舍他其谁？时至今日，这条路将被重新叩醒。"一带一路"的号角已经在耳边吹响，这条路将在重生中再次鼎盛。

壁画的功能已经超越了语言和文字，色彩的变幻中，我们看到了本不属于我们的时空，触觉到了文化传承的细腻和精美。

缤纷的色彩中潜藏着一个低调的身影，寥寥数笔，却传神地表露出内心的喜悦。后人推测，这就是画师自己。他用惊人的胆略把自己加入礼佛、廷宴、狩猎或农耕的队伍里。这样盛大的仪式里，怎么能把自己丢下呢？当画师落笔时，心一定会怦怦直跳，激动和紧张都有。画师也许想不到数千年以后的事情，但知道要把眼前的事情做好。轻轻几笔让自己悄悄地跻身盛典，使自己有了一世的荣耀。在当时，画师是一种多么幸运的职业，竟然有这么好的机会，在自己笔端行走数千年，被身后数代人识别辨认。画师也许就是民间一位平凡的艺人，不知不觉间，慢慢走向一座艺术的峰顶，成为万人仰慕的巨匠。

祖先的聪慧，不仅是开创出丝绸之路，用商贸的线条，连接起中原和西域；还有他们发现了油彩，像发现了一种能融会所有生灵内心的一种语言。在敦煌的莫高窟，一个朝代就会用一种或多种颜色，延伸到时间深处，在那里扎下了根，繁衍文化的枝枝叶叶，苗壮成一棵大树。民族文化之林就这样巧妙地移植到敦煌的石窟中、石壁上，组成一片片森林。我的目光追随时光的叶片，感觉远古的风吹过树梢、吹过草地和大漠、吹过舞者衣带，最后落到我的身上。这是一股能浸透骨骼的清凉，来自西域，来自阳关；也许是来自蒙古高原或青藏高原，吹散了 2017 年夏天的暑气。

一种清冷就这样在衣带飘飞的壁画里逼近骨头，让人间酷热的盛夏多出一个清爽的洞天。

如果没有丝绸之路，没有这些壁画，今人谁会感知岁月深处，有那么多诠释灵魂、洗涤内心的佛光闪烁？有那么多鲜活的生命，在饱满而神采飞扬的精神世界里翱翔？

壁画上，芸芸众生相，包括佛，像是进行一次回归，掀开时间帷幕，走进了现实。

（原载《四川文学》2018 年第 1 期）

作者简介

　　袁海胜，辽宁省朝阳县人。中国金融作家协会会员、辽宁金融作家协会副秘书长。出版散文集《月色河边》《永不锈蚀的钥匙》《春天鼓掌》。在《人民日报》《鸭绿江》《芒种》《四川文学》《福建文学》《佛山文艺》《散文百家》等报刊发表作品。现供职于辽宁省朝阳县农村信用合作联社。

平潭观海

■ 石城

一

终于到平潭观赏了一次海，对于我，也算是夙愿得偿了。

二

早在初中时代，我有一位老师，教地理的，就是平潭人。这位老师有一点特别。不知听谁说的，他早年演过戏，是剧团的。我想，以他高大的身材和俊朗的貌相，生旦净末丑，估计是演生角的吧？他的肢体语言特别丰富，言谈举止生动而有分寸，充满了细节感，上课时对学生鞠躬鞠得很深，课堂节奏也控制得恰到好处，不紧不慢的，最后总会留出一些休息时间。后来明白，这些恐怕都是他长期保留下来的舞台遗风。

我打心底里尊敬这位老师。说不出什么理由，或许就因为他身上那些与众不同的东西。

他的三个子女也在我们学校读书。大儿子跟我年龄相仿，人个子不高，长得虎头虎脑的，性格爽朗而不失幽默，好像还跟我同班？也可能不是。

记得不太清了。总之，一来二往，他跟我成了朋友，而且还是最要好的朋友。在那时，课后时间，我们经常一起玩，互相交换书籍看。记得我还带他去过我的老家，在那住了几晚上。这样的时光过了大约一年，第二年暑假，他就回平潭去了，从此长别，相隔数百里。毕竟还是小孩子，那个时候，我算是初尝了好友分别的滋味了，不知平潭在哪，满脑袋就一个模糊的远方，天天想，日日盼，心事很重的样子。有一天，白天跟父兄一起到田里薅了一天的草，傍晚回家，人软软的，往床上一躺，就睡着了。恍惚中，梦见村长送来了一封信，好像还说是平潭寄来的。我猛一激灵，扑通，翻身下床，一路飞奔直到楼下。果然，真有一封信，字迹很潦草，正是从平潭寄来的。村长刚刚转身出去。我激动得手都有点抖，拆阅时，把信封都扯得七零八碎，实在是太迫不及待了。后来，那个破损的信封，我还精心珍藏了好多年。朋友随信还寄来了一袋子贝壳。那贝壳，一枚一枚奇形怪状，五彩斑斓，见所未见，非常漂亮。他信上说，这些贝壳都是从海边的沙滩上捡的，沙滩很大很大，非常大，贝壳特别多，天天都有，捡也捡不完，让我艳羡不已。

我对大海的充满神秘的向往，就是从那个时候开始的，依稀想来恍如隔世，都三十多年了。

三

我不算是一个爱走动的人。近些年，借助这样或那样的机会，也是就近到过一些地方。在福鼎、霞浦，还有厦门，或者是顺道，或者是专程，都曾去看过海。

对于一个从小在山里长大，并且一直生活在山里的人，平常看惯了峰回路转，山高水低，乍一看到坦荡辽阔的大海，感受着那种无限的自然对于有限的生命的撞击与逼迫，应该会为之惊叹，为之折服才对？可是奇怪，都没有。都觉得不过尔尔，似乎总是少了点什么，具体少了什么，又说不上来。那种感觉，就像偶然遭遇一个生人，不咸不淡扯了一大堆，依然没有交流，心里反而有点堵得慌。

唯独到了平潭，这里的海，才使我内心起伏的潮汐获得了一次真正的平息。那种似曾相识的恍惚感里头，隐约糅合了游子归来般的热切和梦想成真后的惊喜，乃至对于岁月的模糊的憧憬。这是一次迟来的拥抱。我自己知道，这一片海，我可是神交已久。早在二十世纪那个遥远的年代，我的心就已经属于它。

四

那是九月，天气转眼已凉。

我原本是去开会的，不是旅游。但是，既然到了平潭，就不能不去看海了。正好，入住的酒店就在海边，不远，就几百米。当晚，虽说刚刚经历了数百里长途奔波，疲惫已极，但我还是没忍住早点接触到海的迫切愿望，独自一人来到了沙滩上。

这时，天已经黑了，黑透了。四下里茫茫苍苍，阒无一人。独自漫步在寂静的沙滩上，呼啦啦的海风不停歇地，过去了又来，劈头盖脑地迎面吹来，一阵强似一阵。人往前走，风用力把人往后推。风中卷起的沙粒，整把整把地喷射在裸露的小腿上，竟是疼的，如针扎般地刺疼。可以想象，风是从多么遥远的地方吹过来，吹到身上才会这么大，这么有劲。抬眼望去，却什么也看不清。除了一片灰蒙蒙的星空，星空下深邃的黑暗以及从黑暗那头传来的哗啦哗啦永不停息的涛声。这样的时候，遗憾是在所难免了。对于心中的大海，那种传说中的无限苍茫，那种目力不可企及的波澜壮阔，和那种百闻不如一见的惊涛骇浪，别说看不见，就算是看见了，怕也无心观赏。一阵阵像刺扎在小腿上的沙子，和频频袭入到眼睛、鼻孔和耳朵里的无孔不入的微尘，开口便塞得满嘴的凉风以及风中噼啪作响的衣袂，已经夺走了你全部的注意力。看海，必须在白天。

在接下来的两天会期里，我前后加起来，总共在海边逗留了一个早晨和一个下午，在那里流连忘返，不忍离去。大海的魅力，我算是初步领略了。所有的秘密全在那潮水的一涨一退之间。

一大清早，太阳刚刚半遮半掩地探出个大眼睛，鼻子和嘴巴还在波涛下捂着，我就匆匆赶来了。清晨的海边，清风习习，晚潮已经退尽了，早潮还没上涨，是一天里最安静也是最从容的时候。这个时候，雾气还没散尽，一眼望去，沙滩平展而光洁，柔和而湿润，呈现出一派边界模糊的辽阔。太阳就在海的那边，很远，又很近，隔着层层叠叠的波涛，显得温暖而隐忍，热烈而低调，好像专门在等你。等你踏着万亩金光走过去，或者翅膀一张，哗，直接就飞过去，飞到她的跟前，双手将她捧起来。这个时候，由于刚从床上起来，休息了一夜，精力充沛，人心情是好的。随着天色渐朗，四下里越来越亮，不觉就有一种从梦幻逐渐靠近真实的恍惚感，看什么都觉很美，都觉充满了莫名的希望。

到了午后，又是另外一番景象。这个时候，早潮已经退尽，晚潮还没上涨。沙滩是一样的辽阔，不过很显然，那已经是一种清晰的辽阔，浩瀚的辽阔，辽阔得无遮无拦，因而无边无际，令人在举目远眺时心生难以穷尽的惆怅与迷茫。这个时候，太阳早已升上了天空，高高照耀在头顶上，旷阔的海面上只剩下了层层涌来的波浪，一浪未平一浪又起，不断从天边滚来，噼里啪啦，接二连三拍打在沙滩上，然后，又迅速退去，绝无半点迟疑，只留下一地难以收拾的泡沫。这个时候，赤脚走在沙滩上，沙滩是软的，心也是软的，敏感的，半是迷醉半是缺憾，隐约还掺杂了些许淡淡的酸楚。由于太过空旷无依而使人禁不住感到孤单，感到悲凉，乃至怅然若失和不可避免的沮丧。那种心情，既有着某种愿望达成后的平淡，也有着面对超乎想象的别样世界而无力把握的挫败感。

我原是满怀着期待来到海边的。但是，到了海边我才知道，终究是一无所获。眼前的海，不是让我的思维逐渐清晰起来，而是更加茫无头绪。现在好了。不是说，沙滩是广阔自由的吗？亲身经历了才知道，广阔虽然意味着自由，但自由到了没有边界的时候，反而是更大的不自由。不是说，潮水是激情澎湃的吗？亲眼目睹了才知道，那种激情的退却，山崩地裂般，无异于覆灭，是不可挽回的。不是说，惊涛骇浪是充满着诱惑的挑战吗？不错，挑战成功了固然可喜，但是每一次的失败都是致命的。思绪至此，抬眼望着那渺远的海天之际，那滚滚浪涛生起的地方，既是一次次隐秘的邀约，也是一次次断然的拒绝，让人心潮暗涌，却又无所适从。

五

所以如此，是因为一个素昧平生的老者噎住了我，使我对陌生的大海产生了灵魂深处的敬畏。

快到傍晚时分，日头已经偏西，当我远远望着离岸边不远的一堆礁岩心生向往，想走过去开阔一下眼界的时候，老者及时地出现在了我面前。老者满脸沧桑，显然看出了我的心思。他朝我摆摆手，说，可不敢过去，年轻人，那边危险！那个地方，看起来水不深，涨潮的时候，两股潮水前后夹击，左一个浪右一个浪，非常凶险，进去了根本出不来！老者见我心存疑惑，生怕我不信，举例说，曾经有一对恋人不听劝阻，坚持要去那边拍婚纱照，正拍得忘乎所以，结果，突然涨潮了，来不及撤回，旁人眼睁睁看着他们双双被潮水卷走。天哪，原来是这样！老者的话让我倒吸了一口凉气。

聊着聊着，老者又告诉我一段尘封的往事。这回，说的是他自己的亲身经历。有一天，天气晴朗，万里无云，早上，五条渔船相约出海，不想，到了中午时分，突然天昏地暗，狂风骤起，巨浪滔天，五条渔船全部失踪。一个星期后，一条外地的渔船把两个幸存者送了回来，其中一个，就是他，另一个是他的儿子。原来当时事发突然，只一个巨浪，船就翻了，接着，又一个巨浪，把父子两人一齐拍到了一处高高的悬崖上。还好，那天出发前，他把干粮都绑在了腰上，而不是放在船里。于是，两人靠着不多的一点干粮，在悬崖上勉强熬过了五天。也算是命不该绝，到了第六天，刚刚断粮，恰好过来了一条陌生渔船，父子俩这才得救。正是这一次死里逃生的经历，让他果断决定弃渔从商，从此，再不轻言出海。事情发生在二十世纪七十年代，时间过去了几十年，老者说完，表情倒也还平静。而我听了，早已经目瞪口呆，说不出话来。

老者走后，我独自一人躺在岸边的一块巨石上，听着底下哗啦哗啦的惊涛拍岸之声，脑子一片空白。不知不觉间，忽然想起了我的老师。这位可敬的老人家，如今已经年逾古稀了。前几天，我还刚刚看到过他，礼貌性地聊了几句。当初，是什么让他离开自己老家，之后作了闽剧演员，之后，又当上人民教师，并在遥遥数百里外的我的家乡，最终扎下生活之根的？

在已逝的岁月里，他是怎么实现这种生活空间的巨大跨越和人生角色的多次转换的？对我来说，这一直是一个谜。现在似乎明白了。这些，恐怕都得拜生活的浪涛所赐。是啊，人生一如这茫茫无际的大海，四处漂泊无非只是为了生计。一帆风顺或许有，但终究太少。没有中途倾覆就算是幸运的了。很多时候，不经意的一个巨浪，常常就将你打向了一个陌生地方，并抛在那里，不但情非得已，甚至莫名其妙。正如我那位学生时代的朋友，当初一别，三十多年来东奔西走，飘蓬无定。今天，我到了他的家乡，他呢，听说出国刚刚回来，人还在广州。他的两个妹妹，当年都还小，我还记得她们那天真可爱的模样。现在，有消息说，一个在厦门，一个去了新加坡，都太久没见，不知近况如何？

（原载《福建文学》2017 年第 9 期）

作者简介

陆林松，笔名石城，男，中国作家协会会员，福建省文艺评论家协会会员。1990 年开始写作，涉及诗歌、散文、小说和评论等。诗歌入选多个选集，散文获"孙犁文学奖"等。出版诗集《乌鸦是一点一点变黑的》。现供职于中国人民银行福建省屏南县支行。

澧水流走我的童年

■ 喻灿锦

湘西桑植县城澧水河畔，儿时的我常常在那里玩耍、捉鱼、洗衣、洗澡。

蜻蜓

夏日黄昏的河畔，蜻蜓在水面上一点一点，一忽而掠过水流，一忽而歇在石尖，待人怀着满腹阴谋蹑手蹑脚地逼近时，它却轻盈地飞开了。并不飞远，好似专门逗你，打一个旋儿，又无声无息地立于你身旁的草叶上。看似唾手可得，窃喜，以为这回总逃不出如来佛的手掌心了吧，不料小虫儿翅膀一扇，蹁跹而去。有那极大胆的，居然停在人的头顶、胸前、肩上。对这送上门来的俘虏，当然轻松拿下。捉到的蜻蜓被小孩子掐去双翅的一半，津津有味地欣赏那残缺的翅膀在扑腾着；有的用棉线束住蜻蜓尾巴，然后放开手让其风筝般地向天空飞，却怎么飞也飞不高；有残忍的男孩子，干脆一下揪下蜻蜓晶莹的脑袋，细细地研究那奇怪的复眼；最漂亮的蜻蜓则被生生夹在书里，与蝴蝶、瓢虫一起充作标本。现在想起来有些内疚，这些美丽的小精灵，一旦落入我们这帮小坏蛋手中，何曾有什么好日子过。

阿弥陀佛，罪过罪过！

洗衣空隙的时候多像小猫钓鱼，三心二意。总寻思着如何抽空去玩。乐极生悲，得意忘形之时，时不时出些差错。有时洗衣刷飘到河里，有时洗衣粉撒落到水里或是被水浸湿浪费掉，有时是肥皂像一条滑溜溜的鱼儿钻进水里就再也寻不见，有时候甚至将要洗的衣裳都不知怎地弄丢了，叫我每每回家不好交差。

洗衣

妈妈洗完被子后，和我站在河滩上拧干。妈妈拼命地揪啊揪啊，想要榨干床单里最后一点水气。这是不可能的嘛，我不以为然地打着帮手，出工不出力。妈妈一使劲，我被床单反绞着退了老远。"没吃饭是不？！"妈妈气呼呼地骂我。我只得打起精神应付。我成天冥思苦想，仿佛一个伟大的哲学家或思想家，却不知道在想些什么。对于手里明明要赶日头的事一点儿也急不起来。我只对书感兴趣，对于任何家务劳动没有哪怕一丝的爱好。妈妈想把我培养成大家闺秀或小家碧玉的企图全都是彻底失败的。真没想通为什么一家人的衣服要我一个人洗，我的个子又弱小。那时没有《劳动法》，有的话我可能要告我家剥削童工了。放眼望去，满河里尽是奶奶妈妈姐姐妹妹，偶而见到男子，要么是送饭，要么是接家里的女人，要么是陪在旁边玩的，或者下河游泳来的。最多搭把手拧拧或晒晒衣服。我想洗衣可是个力气活，本应该由男人来干，可是男人们脏兮兮又厚又笨又沉的衣服全都是女人洗的！有了这个发现，我于是愤愤不平，却不明白这世界本来就是男人的世界，从古到今，历来如此。有着这一肚子的想法，手脚不觉又慢了下来。妈妈最恨我这懒散的样儿。动作稍慢，眼睛就快喷火，令我不敢怠慢。正如多年以后老公说我：知识越多越反动，读书越多越懒惰。

和妈妈一起下河，绝对是一件非常痛苦的事。帐子、床单、大堆大堆脏衣服、臭袜子，将从清晨到黄昏的美好时光吞噬得一干二净。我甚至都来不及看两岸醉人的美景。于是在心里祷告：要是有一种洗衣不要人动手的机器就好了，也省得每日里要出这么多憨力。哪晓得不久的将来果真有人发明了洗衣机，而且很快应用到千家万户。不知谁有过这样的论断：懒人推动人类社会文明不断进步，真是如此。婶婶奶奶们聚在一起，河里就像是有三百只鸭子在喧哗："嘎嘎嘎——嘎嘎嘎——"，张家长李家短宛如后来有了电视后中央电视台的新闻联播，不，不是新闻，是新闻过后层出不穷的烦人广告。

鸭子

河里经常有鸭子游过，在水里又是钻又是叼地寻鱼，翅膀扑腾腾拍起满河的鸭毛和臭烘烘的味道。鸭阵如果是从下游游过去还好，假如从上游游过，一河的人纷纷捞起正洗的衣裳，骂娘的，扔石头砸鸭子的都有。好好的一汪清水被如蝗虫而过的鸭子踩成黄汤，最少也要等上几分钟才能慢慢澄清。可是你急他不急，赶鸭人偏偏边过身边得意卖弄地吼一嗓子："棒棒哟捶在那个岩板上……""啪！"一块鹅卵石飞到鸭客站的水前，吓了他一大跳，溅了他一身水。"捶你娘的个脚！"河里笑声一片。鸭子听到动静，也扑腾得更欢，仿佛在跟着众人一块儿嘲笑主人："嘎嘎嘎，嘎嘎嘎！""缺德鬼！""厌物！""涎蚂虫！""砍脑壳的！"赶鸭人在一大群厉害角色的一片骂声中灰溜溜地落荒而逃。

衣裳

洗好的满背衣裳已经在河滩上五颜六色地晾干，河滩变成了大花园，红一块紫一块的。又像是联合国，铺着花花绿绿的万国旗。看着原本脏污的衣裳被洗后在太阳底下变回鲜亮清爽的色彩，倒是一件令人心情愉悦的事情。

我最喜欢收衣裳的时刻。阳光是染色剂，淘去脏点，还衣裳原本的赤橙黄绿青蓝紫；阳光是漂白粉，将白的衣裳漂得雪白；阳光是清新剂，晒干后的衣裳抱在怀里满是太阳的芳香；阳光是烘干机，将湿漉漉的衣裳晒得干透。经过一天的水泡日晒，尽管戴着草帽，也挡不住火辣辣的紫外线像刷漆一样将人脸抹得油光发亮。于是整个夏天，无论怎么拼命地涂雪花膏，我还是会晒得像个非洲孩子。只要河水与阳光一联手起来相互勾结，天下女人的皮肤就免不了跟乌鸦一般黑了。我是那么憎恨三伏天的毒太阳，但在收衣的这刻，却满怀着喜悦，感受着太阳的温馨。

洗澡

　　胆大的男孩女孩都去了深潭处游泳，女孩在上游，男孩在下游。看着他们一会儿从岸边的大岩石上扑通扑通跳水，一会儿如鸭子和鹭鸶一样灵活地钻泅，一会儿浪花飞溅乱打水仗，只羡慕得眼睛发蓝。却终究只敢找一个浅浅的水荡儿，郁郁地蜷伏在水中泡着，没有半点朝气。伙伴们笑我就像那塘里洼荡的水牛，憨憨实实的。他们不知道，有一次我在岸边采野菊花，被一群玩耍打闹的孩子挤进了河里，像下汤圆一样，扑腾了几下，呛了个半死，从此惧水，不敢学游泳。每年河里都会有不幸溺水而亡的小小尸体摆在沙滩上等人认领，每年都免不了有伤心的母亲哀嚎痛哭，我从来不敢像别的孩子那样近前去看。

　　泡累了就爬起来在河边拣薄薄平平的石头，无聊地打水漂。石片在河面上跳跃，好像金庸小说里的高人在施展水上飞的绝技。恼人的是我一练再练石片仍然只能跳起来两三次，而旁边的男孩只轻轻一挥，水面上立即划出一长串美丽的标点。

　　入夜，下河洗澡的人越来越多。大人小孩都喜欢泡在清凉的河水里洗个痛快。晚饭后，常常呼朋唤友一起下河，洗澡成了欢乐的聚会。青蛙、蛐蛐、蝈蝈、蝉鸣的欢唱与人声鼎沸汇合在一起，使得小河的夜晚比白天更加热闹。夏日的夜晚，澧水河是多么的美丽。

石子

　　黄昏的时刻，天边渐渐被彩霞染成红色、金色。云彩、山峰、树林、河水、石头悄悄地镶嵌了金边。太阳不知不觉变成鸭蛋黄，红红的、圆圆的，一点点地沿着山坡下溜。一不小心掉到两峰之间的谷底，被夹住；再掉，就不见了。只有周围红亮的云彩标明夕阳西下的方位。陆续有收工的农夫走过小河，有的轻快地踩着河中的跳石，有的图凉快，挽起裤脚直接蹚水而过。有的扛着锄头，有的背着背篓，有的挑着担子，有的牵着老牛。

我喜欢在沙石中淘金。沙子在阳光底下闪闪发光，摊在手掌上细细察看，有像金子和银子般闪亮的小颗粒。我总是天真地以为沙子中含有金矿，成天琢磨着怎么才能将金子与沙子分离开来。于是守着这个不为人所知的秘密，一有空就搬来小桶、小盆、小铲子，用一块旧纱窗在水中淘啊淘的，其乐无穷。伙伴多的时候可以用细沙雕塑或堆城堡。我们仿照《地道战》挖掘的地洞工程异常复杂，大洞套小洞，明洞连暗洞，还挖了几个陷阱，上面用树枝和树叶铺开盖好，再用沙子伪装起来，总之要千方百计迷惑敌人。假如有人不幸踩了"地雷"，陷进沙堆里，那惊吓狼狈的样子，就会逗得小伙伴们哈哈哈地开心拍手大笑。

小石子中可以找到许许多多小贝壳、小螺丝、小螃蟹。有一种叫鸡石岩的黑色小石子，质地比一般的石子要软，可以用小刀尖或钻子在中间钻孔，串起来做成手链，或跳房子。鸡石岩像碳素笔一样坚中带柔，容易划起印子，跳房子时可以用鸡石岩做粉笔画线。

月光

夜幕降临，月光下的河流披着清凉的衣裳，河滩上凉风习习，引来周围人家纷纷前来乘凉。爸爸指着夜空，教我识北斗七星，牛郎星织女星银河系，然后讲牛郎织女的故事，嫦娥奔月的故事。爸爸给我指月亮的阴影，这是玉兔，这是桂花，这是吴刚。却不许我指月亮，说是小孩指了会被月神割耳朵的。我很纳闷，这跟耳朵有什么关系，干吗要惩罚耳朵？那时电扇也是奢侈品，一般人家是没有的。只有蒲扇和纸扇对付炎热。小学生一到夏天就唱"六月天气热，你热我也热，扇子借不得"的童谣。有贪凉的，带了草席索性在河滩上睡了，也顾不得河边蚊子繁多。河岸的柳树下夜夜开着故事会，有人翻古，有人说书，有人讲些道听途说的奇闻异事。有人把夜饭稀粥凉菜瓜子花生西瓜搬来这个热闹处津津有味地吃，有人抱着热得哭闹的娃娃在这里哄。还有成双成对的，远远地避开人群，坐在河边的岩石上，水前月下卿卿我我地谈心。河里洗澡的人大声地唱歌，吓得河岸草丛里的蟋蟀猛地噤声，发觉是一场虚惊，马上重又长一声短一声地嘶叫起来。风中送来清脆的笛声，这是小城最常见的民间乐器，个中高手往往神龙见首不见尾。平常不见吹奏，有月亮的晚上就经常听到笛声响起。是不是月亮也是乐神，掌管着人世间最优美的乐声？

捉鱼

小鱼儿不时从水中跃起，在西斜的阳光下一闪一闪，诱人去捉。澧水河里的鱼种类繁多，草鱼、鲤鱼、鲫鱼、青鱼、鳜鱼……还有小虾、螃蟹，水草多的地方，甚至有水蛇。这是最令人恐惧的，我在水中时一直担心碰上水蛇，幸好一次都没遇上。不怕你讲我偏心，这么多年过去，我仍然固执地认为澧水河里的清水鱼比哪里的鱼都要好吃。

清晨，渔夫会把头天布下的网收起，只见一条条白亮亮的鱼儿落入鱼篓。住在河边的一些小水油子没事就想尽办法摸鱼。有耐心的挖田里的蚯蚓和茅坑里的屎蛆来钓鱼，有技艺高超的用旧电话加上电线来电鱼，有胆大的搞来雷管炸鱼，有手巧的徒手在河里的岩石底下摸鱼、翻鱼、翻螃蟹，有图省事的撒开大网或用鱼漏捕鱼，有心狠的往河里撒石灰闹鱼，真是八仙过河，各显神通。更有厉害角色标新立异地扛一个大铁锤沿河锤鱼。这些人一般都是鱼精，瞄一眼就知道哪块石头底下有鱼，而且一般都是大鱼。高高地抡起铁锤，狠狠地猛锤下去，石下的鱼被巨大的声音震昏晕过去，呆呆地等着翻开石头的人将其擒拿。有一次村里的满子用尽全身力气砸下去，一块碎石飞进上来刚好砸掉他两颗门牙，顿时满嘴是血，嗷嗷叫着捂着嘴巴飞奔着跑向卫生院。从此满子豁着两颗门牙，找媳妇相亲时条件自然自行下调了一个档次。幸亏那时还没有鱼肠精闹鱼，不然到现在澧水河的鱼早断子绝孙了。捉得鱼，扯一条长长的柳枝从鳃壳处穿起，一串一串地提着回家。我只捉得到趴佬儿鱼，眼睛视力不好，动作迟钝，趴到河里几乎扑到水里匍匐捉的鱼，眼看着一黑溜大草鱼从我眼皮底下游过，伸手去抓，往往空空如也，鱼儿灵泛得很。只好瞄准脚边密密麻麻时刻川流不息的小鱼苗，几乎通体透明，成群结队地在水中游弋，双手猛然朝水里捧去，或多或少有三两个小鱼儿收获，不是我的水平高，而是河里鱼苗儿太多太多，几乎闭着眼睛就能抓来。用玻璃瓶或塑料袋装起来，在家中喂上一段日子。

小时候看了电影《马兰花》河水倒流的神话景象，于是我待在河边念"马兰花，马兰花，风吹雨打都不怕，河水倒流石开花"。等着目睹河水倒流的奇迹。可是河水从来也不曾倒流。俱往也，年少岁月随着澧水河一去不复返。几十年来我始终守在澧水河畔，只见河床在变、河水在变、河岸在变，岸上的人群，更是脚步匆匆，日新月异，变、变、变。

（原载《青年文学》2008 年第 11 期）

作者简介

喻灿锦。女，土家族，中国金融作家协会会员，湖南省金融作家协会常务理事兼常务副秘书长。中国金融作家协会首届"德艺双馨会员"。鲁迅文学院、毛泽东文学院学员。作品发表于《青年文学》《芙蓉》《散文百家》《湖南作家》等报刊。现供职于中国建设银行湖南省分行。

秀美的湾

■ 李阿华

叫一声苏州湾，我的心里已甜透。

你不就是东太湖嘛！因在太湖之东，你被这样叫了何止百年、千年。

你偎依在苏州的臂弯里，被亲吻着，抚摸着，朝朝暮暮，情深意切。是啊，是到了该给你取个名字的时候了。

苏州湾——多么年轻的名字，一个可以流出诗歌的地方。此刻，我多想变成一只鸟儿，在太湖上空飞翔。看，那一湖鼓胀着勃勃威力的碧水从上游绕过西山，在东山岛转了个弯，向北划出一个漂亮的弧形——那就是苏州湾。我惊叹苏州湾一泓湖水的秀美。此时，层层叠叠的波浪织成铺开的锦绣，微风吹拂，又化作滚动的碎金，它们等着我去衔接、嬉戏。

——我成不了鸟儿，但我可以靠两只脚行走苏州湾沿岸。

你相信吗？我的老家就在苏州湾东岸。说来你也许不信，多年前村里人去苏州湾竟然寸步难行。想一想，村里头曲曲折折的河港、大大小小的池塘犹如布下的迷宫，哪里能找到通往苏州湾的陆路呢？出行只能靠两只手——摇着船沿着小河去苏州湾。儿时的我，岂敢独来独往。苏州湾虽然近在咫尺，但我难于走向她、亲近她。

于是，苏州湾成了我心头一片徘徊的云彩，一缕飘逸的幽梦。

草虫嘶鸣，雁阵高飞，袅袅而起的思绪，随风飘荡。那一年我熬不住了，趁学校放假，想坐着船跟着父亲去苏州湾。

父亲躲开我灼热的目光，指着身边的鱼塘说道："公家的鱼耽搁不得，它们等着喂食呢。我要去太湖捞水草、趟螺丝，哪有时间陪你玩呢？"

虽然父亲不带我去苏州湾，但他利用劳作的间隙将船摇到苏州湾对岸的东山，给家里买来了山里人种植的枇杷、杨梅……

品着味道鲜美的枇杷、杨梅，我去苏州湾的愿望更强烈了。

但我只能从书本中寻找。我发现，书本记载中的苏州湾并没有迷人的美景，只有呛人的战火和硝烟。你看，春秋时代，吴越将士在此交会，摆开了战场；唐朝军队的战船驶进苏州湾，围剿黄巢义军；吴易拉起队伍擂起战鼓，举起反清复明的大旗……

苏州湾见惯了刀光剑影、朝野更迭，见惯了聚散离合、爱恨情仇。不是猜测，我相信，在那个年代，苏州湾没有春风扬柳、明月夕照的，更多的是冰霜雪雨、落叶飘零。她麻木了。

麻木的苏州湾冷眼看着周围的一切。在兵荒马乱的年代，这里成了盗贼出没的地方。由于缺乏治理，平时温顺的太湖变得暴戾起来。是的，连大海也敢冲撞的太湖水不是好惹的。于是，苏州湾东岸常常泛滥，来不及逃走的百姓淹没在滔滔的洪水中，家当被席卷一空。

幸存的百姓抛洒热泪，抗争着犹如草芥一样的命运。

如今，古人远去，景象不再。而我真真切切地看到苏州湾，是在二十世纪八十年代初。那年踏上社会，我终于有机会跟着父亲前往苏州湾。此时正是深秋时节的早晨，无数次在梦中出现的苏州湾竟然和我捉起了迷藏。她隐藏在浓雾中不露真容。正当我茫然之际，蓦地，东方露出一抹朝阳，透过浓雾，它照在岸边的茂盛的芦花上、水草上，泛着迷离的光泽，刹那间，周围呈现给我的是一种异样的柔美。

太阳升高，眼前越来越清晰，我可以看到湖湾沿线蓬勃生长的庄稼了。此时，一群活泼的鸟儿藏不住喜悦，在芦苇的枝头叽叽喳喳的。

我还没来得及细看，太阳渐渐强烈起来。须臾，大雾逃匿而去。犹如大幕拉开，整个苏州湾像一个大舞台一样呈现在眼前了。

这是怎样的苏州湾呀？壮观的湖面波光粼粼，气象万千。云影、山影、帆影、霞光，一齐汇聚到湖水里。湖面上，众多的渔民在撒网捕鱼、打捞水草，那轻巧的身姿倒映在湖水里，和湖水一齐舞动。举目仰望，口叼鱼儿的鸟鹭正飞翔于长空，还有阵阵的雁阵穿云破雾飞向远方。

我问父亲："太湖不是很美吗？"父亲乐呵呵地说道："你就不知道了吧？现在的政府重视水利工程，连续几年利用农闲时节组织我们修筑太湖大堤，开挖太浦河。有了它们，太湖水不再有发疯劲，当然美呢！"

父亲说话间，扬了扬肌肉暴突的臂膀。我顿时恍然大悟。

自从那天去了苏州湾，我又一次次前往，一次次静观着天地之精华、山水之灵秀在这里孕育和生长。

当年轮进入新的年代，我惊喜地发现苏州湾正变得日新月异。退耕还湖、退渔还湖。疏浚湖床、整修湖堤。苏州湾得到了前所未有的开发和保护。

是的，在村民的眼里，苏州湾是物产与宝藏；在文人的笔下，苏州湾是浪漫与温情；在游子的心底，苏州湾是乡愁与依恋。人们赞美她，热爱她，呵护她。

文脉绵延千年的苏州湾，青春焕发，魅力四射。从苏州湾大桥到东太湖生态公园，从阅湖台到翡翠岛，从温泉度假区到太湖绿洲，每一处都呈现出绿色与青春，每一方寸都是如此深情和动人。

迷人的风景还在后头。站在苏州湾规划图前，我分明看到的是一幅美丽的画卷：沿着苏州湾东岸，那是建设中的百里风光带。这里除了最具原生态的东太湖公园、最有风味的美食新天地，还有最漂亮的高等学校、最具品位的文化博览中心。环保的地铁和有轨电车已经落实线路，全长 1.8 公里的内湖沙滩正式敲定……

苏州湾将自然景观巧妙地引入到苏州城里，使得城中有景、景中有城。

——那我生于斯、养于斯的老家怎样呢？

不急，老家的变化也大着呢。村口，一座大型的生态公园正在建设。公园旁，吴江历史上第一条高架路正通向苏州湾。苏州湾不是尽头，湖底将建设一条高质量的隧道，直达东山。

说起隧道，我听到这样一个感人的故事：按原来苏州规划部门方案，通往东山的太湖湖面上要建造一座长桥。但为了保护太湖的原生态，政府部门决定在湖底建造一条隧道。建造的代价是大了，但环境却保护了。

我为苏州湾而自豪。有空的时候，我喜欢打开地图，痴痴地看着她的形状，她像什么呢？

苏州湾像一片狭长的叶子吗？像，太像了，可她不是一片可蚕食的叶子。退耕、退渔还湖，苏州湾成了一片从容舒展的叶子。

哦！苏州湾又像一只硕大的耳朵。她在倾听，倾听着千百年来漂在湖面上"咿呀"的橹声；倾听着"湖之恋"号、"湖之韵"号游轮声声汽笛长鸣；倾听着南来北往游人的欢歌笑语。

苏州湾，是一片叶子，是一只耳朵，但在我眼里，她更像一把闪光的钥匙啊！她等待着、守望着。那是千年的等待和守望啊！如今，她轻轻启动，一下子打开了我们通往未来的幸福之门。此刻，一袭甜蜜涌来我的心头，面对远山近水竟迷离了双眼。

（原载《人民日报》2014 年 9 月 29 日大地版）

作者简介

李阿华，男，中国金融作家协会会员、江苏省金融作家协会副秘书长。中国金融作家协会首届"德艺双馨会员"。现供职于中国人寿保险公司江苏省苏州市吴江支公司。

甘南圣洁的牧场

■王明雪

走进甘南，便走进了圣洁的牧场——

行走在壮美的甘南大草原，仿佛行走在一个亘古不变的梦幻世界，又仿佛是在一个宁静悠远的世外桃源漫游……总也望不断那辽远无际的草原，总也看不够那挺拔巍峨的山脉。这是一片神奇而又绚烂的高原牧场——每一片萋萋芳草随意铺陈的山坡，撒满了悠闲自在的牛羊；每一座高耸入云的山峰，撑起了一碧万顷的蓝天——它一手牵着厚重的黄土高坡，一手托着峻峭的青藏高原；一头系着深远的传统与虔诚，一头挽着靓丽的城市与时尚。

这，就是令人向往，令人着迷，令人陶醉的甘南大草原。

倘若，你领略过黄土高坡的浑厚与粗犷，眺望过青藏高原的挺拔与巍峨，那么，你就能很容易走进甘南，认识甘南，并深刻理解那片圣洁的大草原——春末夏初的高原牧场，尽情地铺展出一张美艳绝伦的硕大地毯。赤橙黄绿……闪耀着直上云天的缤纷色彩。

走进甘南，便走进了圣洁的牧场——

蓝天白云与芳草湖泊相伴，奶茶美酒与篝火舞蹈相伴，牧歌敖包与牛羊骏马相伴，风马经幡与佛国神圣相伴……来自远古的锅庄舞圈，画出了

145

无数个丰收的圆，穿起了无数条欢聚的链——是的，当今世界，很少有哪块地域与现代文明如此贴近，而心灵却又保持得如此自然古朴；也很少有哪个民族与城市时尚如此融通，而信仰却又保持得如此虔诚率真；更不会有哪片牧场能与闪烁的霓虹如此毗邻，却依旧坚守着犹如世外高人的那份孤傲与沉静。

神奇的自然伟力造化了这片寥廓而圣洁的土地，有意或无意的耕耘装扮着这片梵天净土——那里的天空蔚蓝，那里的云朵洁白，那里的流水纯净，那里的雄鹰刚健；那里的青稞、虫草、红花、雪莲；那里的牦牛、羊群、帐房、猎豹、藏獒……那些像红珊瑚、绿松石、五彩玛瑙，以及金碧辉煌的寺院一样多姿多彩的生命，会同深邃且灿烂的文明——用自己无与伦比的淳朴、虔诚、真挚，抗拒着尘世的一切污染和烦恼，捍卫着这片宁静而圣洁的大地。

走进甘南，便走进了圣洁的牧场——

这是一个适合灵魂安居的所在。很少有浮躁和喧嚣，很少有瘴气和污染，也很少有虚荣和欺诈，仿佛一切都还保持着混沌之初的本色——广袤的草原一直攀升蔓延到天际之外。星罗棋布的帐房缠绕着暖暖的炊烟，雪白的羊群在绿茵茵的漫坡上款款蠕动；勤劳的藏族妇女或挤奶汲水，或煮茶放牧；雄鹰般的藏族汉子扬鞭催马，向着蓝天高山草原，唱起雄性独有的高亢赞歌，在烈酒和肉香中释放着游牧民族固有的豪情！

千百年来，无论遭遇多么严苛凌厉的雪雨风霜，也不管经历多么残酷血腥的刀光剑影——往往只需缕缕春风吹拂，只需滴滴雨露沐过，只需灿灿阳光走过……这里必然会化作一片草的天堂，花的海洋。面对这片无私无畏，铺满传奇色彩，飘逸着桑烟和奶香的大地，除却得到一种心灵的震颤，便是由衷地滋生出一种虔诚的崇敬，然后，顶礼膜拜。

行走在甘南，不论是在草原，还是在山林，你根本见不到一座坟头。生来就格外崇尚自然的藏胞，从来不需要为自己堆砌墓冢，或是建起高大的纪念碑，以此来炫耀生前的富贵和荣光。他们干干净净地来了，又了无牵挂地去了，绝不带走世间的一丝一缕——将俗身凡胎回还给养育自己的蓝天和草原，他们只愿顺着桑烟铺就的五彩云路，将高贵的灵魂皈依澄澈的天堂。

走进甘南，便走进了圣洁的牧场——

无须去刻意地寻觅那些惹眼的风景，也无须用那些诗化的语言去讴歌纯净的自然，更无须去有意地拔高这里的圣洁与虔诚。

这里的一方方、一寸寸，甚至一粒粒洁净的泥土，就足以让你找到透彻的灵感，这里的一片片祥云就能使你的灵魂得到升华，这里的一滴滴露珠正在滋润你干涸的心田……

是的，青藏高原无疑是世界上最接近神灵的地方。

甘南的天空，早就被那些南来北往的神话所填满，而且被各种诱人的传说渲染得五彩缤纷。

青藏高原是山的世界。那些纵横交错，无穷无尽，挺拔峻峭的山脉是这座年轻高原最典型的形象特征。

雪域的冰峰，为藏族同胞的思维插上了飞翔的翅膀。

祖祖辈辈生活在这里的藏胞，由于长久地与高山相伴，加上宗教的不断渗透和影响，面对众多峻峭雄奇的山峰，藏民们对大山先后历经原始的自然崇拜，生命崇拜，灵魂朝拜，雄性朝拜——再经过多重宗教意义上的整合与引领，逐渐形成了他们心目中神圣的神山，继而，凝聚成对山神无限敬畏的观念，于是，他们更加敬奉高山。

眺望，眺望……面对一座座直上云霄的山峰，人们感觉自己整天都在雪山异峰的注视下，忙碌奔波，生老病死。山，给人带来诸多有形或无形的压力，使人越发感到自己的渺小。

青藏高原的天气瞬息万变，姿态万千，情绪乖张，令人难以琢磨——高深莫测的天空高悬于头顶，昭示着至高无上的伟力，仿佛时刻都在无形地主宰着生生不息的尘世。而与天相连的那些起伏多变的山峦，也因之变得神圣而不可侵犯。虔诚的藏民们认为，山峰具有某种难以想象的神性，于是，赋予它一定的人神相依的生命与灵性，因此，他们对山愈加敬畏，并将那些挺拔的山峰称之为山神……在那离天最近的异峰垭口之间，高耸的巉岩峭壁像手持着闪亮戈矛的英武将军，忠实地守望着薪火相传的生命本源——虔诚的牧民和喇嘛们或围绕大山膜拜祈祷，或立于高山之巅，将风马一把把抛向湛蓝的天空。

驰骋在蓝天白云间的风马，是甘南的信众们敬献给各路神灵的坐骑。在他们的心目中，盘桓于天地间的神灵，无论是善良，还是凶煞，只要你用虔诚博取它们的欢心，它们就会源源不断地为大地降下福祉与甘霖，并遂人所愿，以那种超然洒脱的神力，庇荫佑护尘世间所有的生灵，使之拥有源源不断的幸福和安康。

哦！君不见，那些驮着山川河流，驮着黄金，驮着绸缎，驮着五谷，驮着水草，驮着牛羊，驮着无尽宝物的骏马，率领着由腾龙、大鹏、猛虎、雄狮组成的方阵，朝着灿烂的日月星辰驰骋——风，在它们的身后，正用道道好奇而敬羡的目光，抖落世俗遗留在过往中的尘埃与迷茫……那些亘古不灭的高原精灵，被流淌着的时光精心打磨，宛若一部古老而又厚重的英雄史诗，在圣洁的日月之光的辉映下，完成了一次次庄严的洗礼或膜拜。

自由驰骋飞翔的风马，不再惦念身后遗落的任何东西，也不会让自己沉湎在世俗的炫耀之中，更不会漂浮于缥缈虚无的空灵之间。此时此刻，霞光像迸射而出的万道金箭，穿透了亿万年不变的时光隧道——高远澄澈的苍穹，正在演绎古老而又年轻的传说。

远方，远方，还有那些更远的远方——总是给人以无边无际的诱惑与遐想。风马乘着高原浩荡的长风，渐升渐高，翻飞徜徉，就像漫天散落的繁花——冥冥之中，仿佛迅疾的蹄音在蓝天白云之间踏过。

有时，那些模糊的往事，也会悄悄从心底泛起层层涟漪，兴许只是一种心灵的感应，如同在风中匆匆赶路的风马——许多时候，我们竭尽全力上下求索，然后，抱着无尽的追求和遐想，就这样在幻影里悄然淡去……或者就像一片走向成熟的树叶，在空中随风飘荡，飘荡——最终却又款款地滑入故乡的怀抱。

我望着一匹匹飞翔的风马，仿佛看见一叶扁舟正驶向遥远的天际……

你看那、看那，还有那……在寥廓而又神秘的藏区行走，无论带着有意还是无意的目光，你总会不断地被扑入眼帘的事物所感动，或是被那种无与伦比，壮美奇特的景象所吸引。

我想，除了那苍穹如洗的蓝天，巍峨挺拔的山峰，展翅翱翔的雄鹰；也除去那些金碧辉煌的寺院，袅袅升腾的桑烟，自由奔驰的风马；再除掉草原牧场上高亢嘹亮的牧歌，悠闲自在的牛羊……之外，也许，最能吸引你眼球的景物，莫过于那些在清风、水流中不断翻卷的经幡。

你看，那些印着各种佛经教义和六字箴言的经幡，像一面面色彩斑斓的旗帜，在青藏高原上随处可见的山巅峰峦、村寨毡房、江河溪流、草原牧场……呼呼啦啦，引流诵读，迎风招展。

谁说清风无情？谁说流水无意？在充满神秘色彩的雪域高原，潇洒飘逸的风，跌宕起伏的水是最真诚、最执著的宗教信徒——不论罡风鼓荡劲吹，还是微风款款拂动；也不管江河激情奔涌，还是溪流潺潺游走，它们全都带着无上虔诚的心灵，放飞自己崇高的信仰。

君不见，甘南的风、甘南的水，全都带着世间少有的至诚和灵性。它们对经幡每一次真实的舞动和翻卷，便是一次精心且又完整的诵读，从来不会遗漏一个标点符号，也不会读错任何一个词语。

而那些在风、水中猎猎招展的经幡，大多则是出自高原藏区里最普通、最广泛，也是最虔诚的信众之手。也许，那些整天和牛羊打交道的人们，只是一些学问不高，对佛法教义的认知十分有限，甚至是不会识文断字的一般信众——他们只能选择这种更为通俗，更为便捷的方式，借助自然界无处不在的清风、流水，将他们心灵深处的那份虔诚和信，毫无二致地颂扬到无比崇高的境界。

或许，在风、水中飘舞的经幡，恰恰是佛教通向法门的最有效的方式。

在高耸云端的山峰里，在奔流不息的浪花中——满载虔诚和信仰的经幡，像一只只承载了感恩与祈盼的翅膀，在蓝天白云间自由地飞翔——爱过苍穹的雄鹰，爱过寥廓的草原，爱过高山的落日，爱过星空的明月，爱过牧民的毡房，爱过雨后的彩虹，也爱过人间和天国怒吼的风暴。

我看到，在风、水中不断翻卷诵读的经幡，充满了无比高尚澄澈的灵动与宁静。她闪耀着炯炯有神的智慧之光，为天地间所有的快乐和忧伤，一遍遍真诚地祝福，一遍遍虔诚地祈祷……让你在祝福与祈祷中，重新审视自己的行为，陪伴你的身心接受洗礼，将纯净的灵魂提升到一个崭新的高度——从而，忘却世间的卑微和低贱，或是抛开世间一切值得放任和高傲的理由。

一种纯净原始的宗教环境，一种亘古未变的民族文化。它会以一种神秘的力量引领着你，让你用一种全新的眼光去审视过往的一切……星辰之下，大地之上的一切正在悄然无声地睡去——也许，世上万物的诞生，最终都将像时光一样悄然消逝——只有在高原的风、水中，你所看到的那些不知疲倦的经幡，它们的律动将会化作一种不老的永恒！

在神秘的藏区行走，望着那些虔诚的信众和在风、水中猎猎飘舞的经幡，不由地也会在心灵深处一遍遍地默诵——

唵嘛呢叭咪吽……

（原载《金融文坛》2015年第9期）

作者简介

王明雪，中国金融作家协会会员，甘肃省金融作家协会副主席。发表多篇小说、散文、诗歌、杂文、报告文学等作品，其中小说《大红枣儿》、散文《村魂》《读海》、诗歌《将军故乡行》《芦花，芦花静静地开》等多篇作品获奖。现供职于中国农业银行甘肃省分行。

师情话谊
——为一段失去的记忆

■ 于学军

韩英杰老师是我们同学十分尊敬的师长。我们与他的学习交往主要是在 1981 年秋季，由他带领我们赴江苏实习开始的，友谊愈久弥深，深深地珍藏在了我们的记忆中。

财政专业赴江苏实习

我们是恢复高考后中国人民大学复校的第一届大学生，1978 年 9 月 1 日入校，1982 年暑假正式毕业。所以，现在每当在社会上遇到人大毕业的校友时，我就开玩笑地说：不要与我们比辈分，凡是人大毕业生，至少都得叫我师兄。

过去，按照人民大学培养学生的教学惯例，每届学生毕业的前一年均会安排一次社会实习活动。我们这一届财政系财政金融专业（班）的同学拟安排在江苏和湖北两地实习，消息传来，大家十分期待。那段时间我们几乎每天都在议论这件事，每个人均仔细地做着临行前的各种准备工作。

那个年代在大学里，下设的不是各种学院，而是各种系。在财政金融这个领域中，人民大学设财政系，当时的系主任是黄达，副主任是陈共，一个是金融专家，一个是财政专家，均为这两个专业领域的中国权威，成就斐然，名声显赫。我们这一届即78级人大首届招生，财政系下设两个专业，为财政金融和财务会计，直到80级好像又新增设了一个国际金融专业，于是就变为三个主要的专业。

我学的是财政金融专业，学习的前两年将财政和金融放在一块儿学习，后两年为了培养学生更加专业化，就由个人填报志愿，又将财政和金融细分为两个更小的专业。我们全班共42人，财政专业和金融专业各占一半，从此课程也稍有不同，进一步深化细化。1981年系里安排我们实习时，也正是按照这两个细分的专业，分赴不同的地方。学金融专业的去了湖北，学财政专业的到了江苏。

我选的是财政专业，自然随组赴江苏实习。我们的带队老师就是韩英杰，当年他正值壮年，身体敦实，穿一身蓝布衣服，风尘仆仆；他慈眉善目，一开口说话就露出亲切的微笑。在大约两个月的实习过程中，我们和他朝夕相处，同吃同住，交流深入而广泛，并对他有了更为深入的了解，结下了深厚的情谊。他性格开朗，做事周到，思考问题缜密细致，对工作认真负责。临行前，他就来到我们同学中间，对我们反复说："你们以后在社会上办事，要学会嘴甜，多说好话。见了人家，不管对方年龄大小都称呼师傅，多客气一点儿。另外，他姓什么，你要记住，以示对人家的尊重。"

这几句话在今天看来十分简单，听了不禁淡然一笑。但在当时未开放的中国社会，尤其是对我们这些尚未涉世的年轻人来说却极为新鲜和重要，以至于我们工工整整地记在笔记本上，一直保留至今（已有36年），并且印象深刻。

车过南京到苏州

我们赴江苏实习的同学共有二十几人，分为三个小组，均由韩老师统一带领。大约在九月初开学不久，便由北京火车站出发，经过一夜的煎熬旅程，列车终于缓慢地抵达苏州火车站。那时中国人几乎没有谁坐过飞机，出行主要是乘坐火车；而火车又十分拥挤，几乎所有线路都一票难求，所以能买到一张硬座票就非常不易。行驶的速度又慢，出门多半要经过夜间的行程，旅客又困又乏，连躺下伸个懒腰的地方都没有。凡是有过此种经历的这代人，基本上都尝过那种痛苦难耐的滋味儿。

但对于我们来说，因为绝大多数同学在此之前从未来过江南，常常听说"上有天堂，下有苏杭"的传言，并被这种美景、接触社会等各种美好的憧憬所吸引，再加上正值年青，又人多热闹，还有几拨围在窗前打扑克的，所以感觉比平时坐火车好受许多。

我们的实习地点主要在苏州和南京。三个小组先在苏州集中，然后分赴常熟县（那时为县建制）的不同单位。我们在苏州集中住宿的招待所，靠近城南郊区，是一栋二三层的青砖旧楼，好像是一个什么单位废弃后改造而成的招待所。令我印象最深的，是我们房间门外就是露天走廊，可以直接眺望楼外的景色。初秋的苏南气候宜人，既不冷又不热，周围草木丛生，建筑物却稀稀拉拉。在北方，以前我未曾见过这样的单边走廊以及江南景色，所以处处感到既稀奇又舒适。

那时的苏州，是一座很小的城，全市没有几条公共汽车线路，而且都不长，最远的一次就是去虎丘和寒山寺。大多数情况下，我们出门坐两三站公共汽车，然后都靠步行。去游览各个园林，去逛观前街，去河边的石板路上徜徉。当时苏州几乎没有楼房，满城都是低矮的青砖瓦房，除了主干道是柏油路之外，大部分小道都是砖石铺成，墙角和缝隙间长着小草、青苔。河流和桥梁很多，并形态各异，树木则间隔其中，相映成趣。触景生情，常有人背诵起"小桥流水人家"这句古诗。那天去寒山寺正好是下午，天气清凉，从寺院里出来时夕阳斜挂天边，我们便朗诵着唐朝张继的那首著名古诗《枫桥夜泊》，探寻其中的意境，感到美妙至极。

从我们住的招待所出门，去最近的园林，比如网师园、沧浪亭、狮子林等，只有两三站的路程，所以现在想起来，那个招待所离市区一定相距不远。

2007年末，我被调往江苏工作，一干就过了六个春秋。我多次想寻找一下当年的那个招待所。但问了许多人，甚至找到乡镇一级干部，但始终没有人能确切地说明白到底是在什么地方。他们大致认为：当时那儿应该属于吴中之地，后来早已撤县改区，现在应该绝对是苏州市中心区了。当然，也有人说，那儿应当处于姑苏区。我也曾重游寒山寺，周边已不是郊野，而是被各种楼房挤压得毫无空间。全然找不回当年游览寒山寺的半点感觉，更无《枫桥夜泊》所描绘的意境。

韩英杰老师作为这次实习活动的组织者，负责联络、安排各项事务，工作十分细致。除了具体事务之外，他对学生的生活、身体、安全等各方面的情况均格外关心，总担心我们发生一点什么意外。临行前的几次准备会上，他都提到南方的气候条件，说虽然温暖潮湿，舒适宜人，但也容易滋生各种细菌。因此，他要求大家务必注意卫生，要经常用肥皂洗手，不干净的食物、水果等绝对不能乱吃，担心吃坏肚子，或得了什么传染病，等等。因为他把这个问题反复强调，所以当时一度成了我们同学中谈话的一个话题，大家还稍稍有些心理紧张。但到了苏州一切安好，所以很快也就忘得一干二净了。

经过苏州到常熟

我们实习的主要目的地是常熟县，先去财税局调研，后按小组深入到不同的企业单位。

常熟县在苏州城之北，应当有百十公里的路程。但至今我怎么也回想不起当年我们是如何从苏州市区来到常熟县。不过，推测起来，我有把握认为，应当是乘坐长途公交汽车去的。因为那时除了长途公交汽车之外，几乎没有什么其他的交通工具，我们也不会坐牛车马车去，所以只能以长途公交代步。而记忆中，那时苏南的公共交通已十分发达，公社（即后来的乡镇）之间全部铺了柏油公路，沿途还设有各个站点，常常会有一个中年男女在现场举一面小红旗维持秩序；而每个车站的乘客一般有五六个人，大家排好队，在交管员的指挥下，秩序井然地上、下车。这种公交便捷及繁华的状况，均已达到当年大中城市的水平，而它的秩序又比城市好得多。所以，我对此印象深刻，足见当年苏南之发达水平。

公路并不宽，一般仅够两辆车通行，并且通常路上的车也不多。公路两边是一望无际的稻田，快到了成熟的季节，稻穗儿沉甸甸地低着头；大地十分平展，看上去简直像铺开的一张纸；在绿油油的底色中，河湖水汊纵横，水中飘着灰黑色的小木船，还倒映着河堤岸柳。整个图景的确很美，像一幅典型的江南水乡水墨画，令人赞叹不已。

公交大客车奔驰在狭窄的柏油公路上，两边的绿柳掠窗而过，一闪一闪地使我们眼睛发花。那时苏南的民房已全部是砖瓦房，墙壁刷成白色，一栋栋点缀在广袤的绿色中，也别有一番景致。

那时，由黄达、陈共等主编的《社会主义财政金融综合平衡》一书已正式出版，棕色封面，上、下两册，是我们的主要教材。记得韩老师也是五位作者中的一员，每次联系工作时，他都会把书赠送一套给人家。而在当时，能写书、出书极为珍贵和罕见，所有拿到书的人，都会对作者表现出肃然起敬的表情。

这套书对中国财金教学来说的确非常重要，以致后来在全国掀起财经学科热潮中，它成为最核心、最基础的原创教材，并且声名鹊起，在大学财经教材中非常著名。

这是我第一次看到作者亲手将书赠与他人的景象，所以感到十分新鲜、好奇。以后我也写过好几本书，赠送他人时，常会想起韩老师送书这一幕。

我们在县财税务局实习的几天中，主要是到相关机构去调研走访，记得先后去过粮食局、棉麻公司和食品公司等。每天带我们到处奔波的是财政局的一个姓谢的干部，他个子不高，小鼻子小脸，看起来十分机灵。他手拎一个人造皮革的提包，见了我们总是十分高兴。到各机关单位之后，总是他先去联系，然后把我们带到一间空房子中落座，并由他向对方介绍一下我们的情况。他讲的应当是正宗的苏州话，后来才知道，那叫吴侬软语。开始时，我们都听不懂他的话，只是感觉到介绍我们时，我们就面带笑容，尽量有礼貌地向人家点点头。到后来，他讲的次数多了，并且每次都差不多，我们也就能听懂了。他大致说：他们是中国人民大学的大学生，是财政系78级的，来常熟是进行毕业前的财政调研。并说，他们是受财政部委托来的，分成三个小组，由一名老师带领。还说，财政部里有一个金司长，就是当地人，是他提议到江苏省实习的。省里则选择苏州地区，苏州地区又选择常熟县。说到这里，他就多少表现出一点自豪感来。他总是津津有味地反复讲，以致后来我们有人开始用苏州口音学起他的话来。

常熟县城坐落在虞山镇，应当是以地处西北有一座虞山而得名。当时，县政府招待所就在虞山脚下，大门正好对着虞山，两者之间仅隔一条狭窄的柏油马路，常年绿荫相接。院子不大，有两排二层小楼，有水井、花园、树荫，还有自办食堂；青砖铺地，干干净净，清清爽爽，令人感到十分的雅致、惬意。每到下午，同学们看材料久了，常想出去走走，就走出招待所大门，跨过马路向虞山爬去。

虞山并不高，大约200至300米就可以爬到顶峰。但再往深处去，却似乎很远。当时那是一座野山，除了靠近镇子的东侧修了一条石阶小径通往山顶，再往里走就没有什么建设了，所以我们谁也没敢再往里边走多远。山顶有个小亭子，好像叫辛峰亭，建筑十分精致、美观。但那时山上很少有闲人来，所以每到下午饭前饭后，基本上就成了我们的专门活动场所。

从山顶回眺虞山小镇，青砖黛瓦白墙壁，隐约掩盖在绿树丛中，一大片，望不到边；晚风徐徐吹来，撕扯着我们的衣领和袖口，吹在脸上、手上，我们呼吸着清新的空气，感到滋润、甘甜、舒畅。有人不断地发出赞叹：多美丽的江南小镇啊！

下山之后，天便慢慢地暗下来了。有时我们会召集开会，同学们就从各个方向接二连三地聚拢回招待所，小小的院子里顿时开始热闹起来。人们说笑着集中到一个房间里，穿着常常十分随便。有的仅穿一件背心，有的则套了两件衣服，有的还把裤腿挽起来；有的端着杯子走进来，有的拿着书或报纸什么的。

房间不大，在靠墙两边摆着四张单人木床，并且床铺是用藤线编织而成，细网格状，绷得很紧；虽然既透气又柔软，躺上去十分舒适，但又显得非常简陋。同学们便分两边坐在四张床的床边上，济济一堂；虽然灯光昏暗，却十分热闹。有时三个小组会作个简要汇报，但大部分时间就由韩老师讲实习活动的安排、注意事项、相关要求，以及下一步的行程、计划等。

有一次在我们房间开会，结束之后大家散去，韩老师却谈兴未消，就和我们几个聊起来，谈理想，谈社会，谈学习，谈人生，等等。我记得最清的是韩老师谈读书的体会。他说有时对你影响最大、最有启发的书，不一定是那些重要著作或重点教材等大部头，反而是不经意间的一本小书。有一次他花二角钱在北京的一个书摊上买了一本旧书，回去一口气读完，很有吸引力，内容深刻，使他终生受益。但这是一本什么书，内容如何？因时间久远，我却一点儿也想不起来了。他循循善诱，还特别爱谈一些他的社会经验，告诫我们走向社会如何工作，怎样处理人际关系等。一直到很晚，他才和我们告别，回自己的房间休息去了。

黄达教授来到常熟

那一年的中秋节正是在常熟县度过的。但那时中秋节并不放假，所以极为平常，也不引人注目。我记得大家又凑到一起，在招待所里搞了一个联欢会。那时人们都很拘谨，既没有人唱歌，也没有人跳舞，更没有现在的音响设备、麦克风什么的。主要的联欢方式就是击鼓传花，但大家生怕在传花过程中落入自己的手中，就以最快的速度传到下一个人的手里。当时，如果花在自己手中被捉住，会感到那是很难为情、很尴尬的事。的确，抓住谁都拿不出一个像样的节目来，连首歌都不能大大方方地唱下来。

再一件令人印象深刻的事，就是时任人民大学财政系主任、著名教授黄达老师，亲自专程到常熟县来看望实习的同学。那时，他五十五六岁，可能正是人生中最有风采的一个阶段，长方形脸庞，高鼻梁，大眼睛，嘴角轮廓清晰；他双目炯炯有神，面带冷静的笑容，说话谈笑风生。他身材高大，穿着洗得发白的蓝色服装，一举一动都显得很有风度。他由韩老师陪同，结伴走在虞山镇狭窄的青石小路上，步履稳健、扎实。我们远远地跟在后边，看到这幅景象，心里着实有些激动。

那时，黄达是中国最有名的金融学大师，著作颇丰，学识渊博，受人敬仰。我们的金融学课程，完全由他亲自讲授，大家十分喜爱，自然获益良多。他的课，不仅内容丰富，而且层次清晰，逻辑性强，所以那时的学生，无论年龄大小，见他时都感到有些紧张。

据说，他这次是独自一人乘卧铺经过一夜旅程抵达苏州。这在当时也引起我们的极大好奇，感到羡慕不已。因为那时我们都未曾坐过卧铺车。

一是票价太贵，对普通人来说那绝对是不可思议；二是还有级别的严格限制，不到一定的官职，即使你有钱也不能乘坐。买卧铺票时还需要单位开一封专门的介绍信。

黄达教授的到来，对常熟县财税系统来说，自然也是一件大事，局里专门提出让他给大家讲一课。他愉快地满足了他们的要求。但到底讲了些什么，我们不得而知。只是事后才知道，财税局为了表达对黄达教授的感谢，本来提出给他支付5元作为劳动报酬，但被他婉言谢绝了。那时的社会，风清气正，的确不兴这一套，支付现金绝对不可以。但末了，财税局为了表达对他的谢意，就用这5元买了一书包（当时流行的帆布黄书包）苹果，黄老师就按人头将其分给我们每人一个，大家共同分享。

那时的5元人民币的确是很大一笔钱，能买一个苹果吃更是堪称奢侈。所以，这件事令我们印象深刻，仿佛至今都能感受到那个苹果的香甜。

常熟千斤顶厂的故事

下基层调研回来之后，我们就被安排在常熟县千斤顶厂蹲点。

千斤顶厂并不大，青砖砌的厂房、院墙，在当年的苏南，显得十分普通。但具体是什么模样，现在却记忆模糊了。不过，有两件事却记忆深刻。一个是当时他们正好获得了一枚由国家轻工部颁发的银质奖，这对一家县属工业企业来说十分难得，所以影响很大；第二是我们碰到一个人，她个性突出，心直口快，热情豪放，在那个年代给我们留下了难忘的印象。

她姓朱，当时任工厂的财务科长，约莫四十多岁，戴一副黑边眼镜。身材微胖，显得精力旺盛，干练又泼辣，对人对事均十分热心，并总能发现或讲出一些有趣的事来。

我们第一次与她相识，正是我们来工厂的见面会上，厂长带着生产科、技术科和财务科的科长等，共计五人，向我们介绍工厂的概况。主讲自然是厂长，其他几个人闲着无事，有抽烟的、喝茶的，还有出去遛弯的。而她则索性站起来跟最靠近她的人悄声说："我闲着也没事，就先走了。你们如果有什么事就下去问我好了。"这说明当时千斤顶厂至少是个二层的办公楼，而财务科就在会议室的楼下。

第二天上午，我和胡爱娣正在临时专门用于我们实习的会议室里看工厂历年的总结材料，忽然门被推开了。她拎着一个提包走进来，是主动与我们见面。我们自然很高兴，就临时调整一下看材料的计划，热情地与她交谈起来。没想到她话匣子一旦打开，就没有我们说话的机会了，听她一人讲个不停。她讲千斤顶厂的情况，从现在到历史；她讲历任厂长的情况，每位都有很多有意思的笑话，让你忍俊不禁；她讲自己的家庭情况，个人的生活经历等。那时我们很少接触社会，对家庭生活亦不甚了解，所以对她讲的每件事都感到新鲜、好奇，并且兴趣盎然，经常被逗得开怀大笑。

朱科长说：正因为她心直口快，所以容易得罪领导。她来到千斤顶厂，发现财务账本做得一塌糊涂。就不接这摊工作，不得不下车间与工人们一起劳动。结果她却发现，这样一来，她一方面熟悉了工人，另一方面还摸清了工艺流程，反而对后来做好财务工作十分有利。她一心为公，尽职尽责，经常管一些分外的事，为此就经常得罪人，连厂领导都不理解和同情她，有时开会就讽刺她，喊她为"书记"。但另一方面，工厂里的很多事，职工们都愿意找她来说，由她出面去争取。她说：他们一方面是为了吐口怨气，另一方面是为了能让书记知道工人们的诉求。她说，领导们为什么不愿意搞好经济核算呢？因为核算太严就搞不了特殊化，就必须按客观规律办事。所以，这就产生了根本性矛盾，他们就会给你扣帽子，说你不听领导的话，不按党的指示办，等等。

她讲得畅快淋漓，我们听得津津有味。以后，我们跟她最熟悉，也最爱听她讲工厂里的故事。她有时也跑到我们住的招待所来，和我们嘻嘻哈哈聊上一阵子，经常逗得我们捧腹大笑。

2012年我去常熟出差时知道，当年我们实习的常熟县千斤顶厂早已改造发展成为"江苏通润机电集团有限公司"，其千斤顶产销量多年稳居世界第一，"通润"品牌则被评为"中国知名商标"，并且是福特、通用、大众、雷诺、现代等欧美亚著名汽车公司的配套产品，远销全球各地。其下属的通润办公家具股份有限公司已于2007年在深交所挂牌上市，是常熟首家国内上市公司。

从常熟千斤顶厂到江苏通润机电集团公司，世事沧桑，反映了"中国制造"之崛起的历史巨变，也记录了苏南普通劳动者在这场历史变革中的智慧、勤劳、汗血、力量等许多方面，内涵极其丰富。为此，我有感而发，草就了一遍短文予以记述，题目为《32年的链接》，曾在《银行家》等杂志上发表。

常熟美食"叫花鸡"

随着国庆节的临近，我们的实习活动逐渐进入尾声。按照原来的安排，我们在常熟实习结束时，财税局会专门与我们搞一次聚餐，品尝一下当地有名的叫花鸡。

据当地传说，在很久之前旧社会的老百姓生活十分贫穷，有一个要饭的偷了人家的一只鸡，又没有锅灶做，就用当地的一种黏土和成泥，里面垫上一层荷叶就将整只鸡包起来，放在火上烤熟，结果却发现这鸡非常香美，所以起名"叫花鸡"。到后来，随着烹饪技艺的不断改进，据说饭店在制作"叫花鸡"时，要提前一周将鸡关进笼子并持续加温，鸡因口渴而不断地喝放在它面前的一碗水。而那水中则放足了咸盐、茴香等各种调料，这样直至一周将其宰杀，各种香味儿已渗入鸡的毛细血管中，所以自然味道独特、香美。这个故事，当时我们几乎人人会讲，返校后还口口相传。

记得聚餐就在我们住的招待所里举行，二十几个同学从不同的地方回来，餐厅里很快就热闹起来。县财税局局长又出现在我们面前，他面色红润，满脸微笑。韩老师作为主客，不断地与他应酬，看样子心情不错，谈笑风生。韩老师好像不胜酒力，几杯黄酒下肚，脸色迅速变红，人也显得格外兴奋。他们两人互相致辞，对实习活动进行了总结，均向对方表达感谢之意。

"叫花鸡"端上来时，引起了大家的一阵关注。餐厅里飘着鸡的香味，每人可以分一小块，大家仔细品尝。那个年代，中国人在平常生活中很少能吃到鸡鸭鱼肉等，吃到这么考究、美味的烧鸡，自然都感到十分难忘，以致30多年后我们同学相聚时，也常提起这件往事。

那时财经纪律很严，单位并无专门的招待经费开支。所以，这餐饭要求我们每人出资 5 角。现在好像那不值得一提，但在当时实属很破费了。为此我们还专门征求了大家的意见，一致同意后才做出聚餐安排。

根据每个同学的家庭收入情况，我们不挣工资的同学均可从学校领取金额不等的国家助学金。我属于最高额度，进校时每月可收到补助 19 元，以后根据物价上涨情况又调高到 21 元。除了助学金外，家里每月再寄 10 元予以贴补，这样合计起来，我每月的生活费用实际超过 30 元。虽不感到阔绰，但学习生活却毫不拮据。在校期间，我除了日常开支外，还用积攒下来的钱买了不少书籍，用报纸包个书皮，就整整齐齐地摆放在我床头上一个自制的小木架上。而那些带着工资上学的同学（因"文革"十年停止高考，恢复高考后允许"老三届"学员参考。所以 77、78 级的大学生中有许多已工作或下乡多年的学生，其中不少仍在原单位领取工资），大多每月只挣42 元左右，有的还拖家带口，实际上也并不富余。

江南佳丽地金陵帝王州

国庆放假前我们结束了在常熟的实习活动，先到上海，再去杭州；然后返回苏州集中，再乘火车集体赶赴南京，进行最后一个阶段的实习。

在南京实习期间，韩老师带我们走访了省人民银行，空闲时间我们去了雨花台、中山陵、总统府、南京长江大桥等处游览。印象最深的是，我们到人民银行江苏省分行时，那是栋大理石砌成的带有圆柱形的旧式建筑，当地人告诉我们说，那正是国民党中央政府留下来的银行大厦，所以走进去时我们充满了一种敬畏感。但里边却十分狭窄、陈旧，红色的木地板有些破烂，不少边边角角已翘了起来。房间不大，光线昏暗，以致介绍情况时，我们全部人马进不到那个房间，一部分人只能站在走廊里侧耳聆听。当时记得最清楚的一件事，就是那一年中国的储蓄存款莫名其妙地大幅增加，他们感到威胁很大（有通胀压力），称其为"笼中虎"。这是我最早听到这个用语，感到十分新鲜。当然，以后这个词实际上一直沿用至今。

走出这座大厦不远处，一幢大楼平地而起，号称全国第一高楼。当时已建了半截子，四周用黑色脚手架围着，方方正正。这就是著名的金陵饭店。

从那以后我有十多年未曾去过南京，但从图片中看到过它建成后的芳容，那在当时的南京，的确鹤立鸡群。因此，我相信，它真的应该是那个年代的国内第一高楼。

我们住的招待所，离秦淮河不远。几个喜欢历史的同学还特意跑到夫子庙探古寻幽，找到乌衣巷等地后感到沾沾自喜，回来就念念叨叨地背起唐代著名诗人刘禹锡描绘南京城的著名诗篇《乌衣巷》：

朱雀桥边野草花，乌衣巷口夕阳斜。

旧时王谢堂前燕，飞入寻常百姓家。

还有三件印象深的事。一个是我们在南京那段时间，中央电视台正在播放一部日本的电视连续剧《姿三四郎》，有好几十集，情节跌宕起伏，十分引人入胜。那应该是中国最早引进的长篇电视连续剧，以前中国人基本没有看过。所以一到播放时间，家家户户都围在小屏幕的黑白电视机前聚神观看，有点万人空巷的味道。我们多在旅馆的电视机前观看，但有一次正好出门在外赶不回来，就在路边的窗户中看到人家在看，便忍不住敲门提出让我们进屋一起观看。那时的社会环境很安全，人家竟毫不犹豫地放我们进家里来看电视。第二是那时南京火车站前有个很大的广场，广场周围自由摆放着不少卖小吃的摊点。我们要碗面条什么的，感到十分好吃。第三是南京长江大桥。这是我国自主设计、建造的第一座长江大桥，并且地处长江下游，跨度长，施工难度大，我们读小学、中学时介绍南京长江大桥的文章，是课本里必设的重要课文。所以，我们当年到南京来，自然都会专程到南京长江大桥参观游览，并在桥前摄影留念。我们专门乘公共汽车到桥的一端下车，然后步行走到另一端，边走边聊。有时还停下来，凝视着宽阔的江面。一艘巨大的货轮正缓缓驶过，前边推起一层层白色的浪花，像吐出来的云雾一样围拢在船舷两边，船后则留下两道八字形的波纹，越扩越大，越扩越远。

途经天津有人下车

历时两个月的实习活动在南京画上句号。经过一夜的漫长行驶，列车经过江苏、安徽、山东、河北，即将进入天津。这时，黎明唤醒大地，一抹朝霞映红车窗，不断地跳动着。打瞌睡的人也都苏醒了，车厢里又热闹起来。不停地有人走动，有去洗手间的，有拿个杯子打开水的，还有去梳洗的。闲聊声逐渐变大，开玩笑的话也越来越多。

说笑打逗之中，列车就要进入天津站了。家住天津的樊登义同学收拾好自己的行李准备下车。大学四年，他和我住在一个宿舍，彼此十分熟悉。他性格温和、低调，胆小心细，做事认真、周到。那时他超过 27 岁，在天津老家已心有所属，但他从未向我们透露过她的一点情况或信息，所以我们也很难拿他开玩笑。他在实习当中，对各地的小商品特别感兴趣，每到一地都会花很多时间逛商铺，并精挑细选，所买的东西均物有所值。他买了苏州的砚台、檀香木扇，无锡的惠山泥人阿福，上海的松子麻糖，杭州的丝绸、折叠伞，南京的几块雨花石，等等，并小心地包装好，放在行李中可靠的地方。途经天津提前下车，本来没有安排，他也不好意思提出这个要求。是韩老师主动叫住并允许他："车到天津你正好可以先回趟家了。"樊登义自然十分高兴，遂心如意，脸上总洋溢出一种抑制不住的喜悦。几天后回到学校，我们看到他满面春风，精神饱满，常常喜不自禁，就开玩笑说，这次回家他肯定亲热够了。当然，以后提起这件事，更多的还是说到韩老师，同学们都认为：他十分关心、理解学生，考虑事情周到细致。

这次实习历时 2 个月左右，我们走遍了长江三角洲当时最为发达的主要城市；并深入到乡村、厂矿，与社会广泛接触并进行调研。同时，还领略了苏南的风土人情、山水景致等，令人获益良多，终生难忘。

韩英杰作为我们这次实习活动的带队老师，从头跟到尾，善始善终。现在回想起来，的确不易，难能可贵。我们也因此结下了深厚的师生情谊，愈久弥新。

毕业之后，我们各赴自己的工作岗位，又面临着成家立业和拖家带口，即人生最紧张、最忙乱的一段时间，大家便忙于应付自己的工作、学习、生活，等等。我先回内蒙古工作七年有余，于 1990 年初调往深圳人民银行正式开启了全新的金融从业生涯，先后当过调查统计处处长、办公室主任等，并于 1995 年初升任副行长。大约在 2000 年秋季的某一天，我接到一个电话，说韩英杰老师到深圳来了，并且打听到我想见见面。我大感意外，沉积在脑海中的久远记忆顿时翻腾出来，我感到非常高兴。我急忙收拾手头的工作，准备立刻去看韩老师。但韩老师却说，他更想亲自到我办公室看看。

这样，我们就在时隔约20年之后在我的办公室再次相逢，自然不亦乐乎。韩老师还是保持了原来我们在校时的模样，慈眉善目，眼角挂着喜悦的微笑。唯一改变的是岁月留下的风霜，这从他面庞、额头、眼角平添的皱纹中均可反映出来，头发也有些花白。但他依旧声音洪亮，见面就聊起了当年我们实习时的往事。

他说："我经常记得你那时候酷爱文学，整天想写小说，说自己的理想就是做个作家。我印象很深，所以后来在学生中也经常讲起你来。"

我知道韩老师讲的这些话准确无误，那确实是那个时期我的真实写照。但20多年过去了，我早已把它忘得一干二净，他却记忆犹新。岁月改变人，岁月捉弄人。

我说："韩老师您记性真好！您不说，我都忘记了。"

这是一段难忘的记忆。但岁月却是严酷而冷峻的，随着时光的流逝，将会湮没一切。趁我们尚在，还算年轻，赶紧留住这些珍贵的记忆吧。

（原载《中国金融文学》2017年第3期）

作者简介

于学军，1958年出生于内蒙古呼和浩特市，历任深圳人民银行副行长、深圳银监局局长、江苏省银监局局长，出版了《全球视角：中国宏观经济解析（第五版）》《从渐进到突变：中国改革开放以来货币和信用周期考察（第三版）》《金融实践中的理论思考——特区、创新、借鉴、形势》等多部著作，现任国有重点金融机构监事会主席。

积极心态，快乐工作

■ 庄恩岳

　　一次舆论测验，有一题为"你认为人一辈子最重要、最幸福的事情是什么？"许多人认为，"能够做自己喜欢的工作，并且从中挣钱，这是人生最重要、最幸福的事情。"可是，人的一生中有多少时间是在从事自己喜欢的工作？恐怕不是很多。好多人于是陷入烦恼的苦海，为自己不喜欢的工作而愤怒和烦忧，这是人生痛苦的根源之一。特别是当前大学生就业难，许多人老是去寻找所谓理想的工作，但是现实总是相悖。比利时的一家杂志曾经就以"你一生中最后悔的事情是什么"为题，对全国 60 岁以上的老人进行了一次专门的调查，大约有72%的老人认为"自己在年轻时心浮气躁，工作态度不够积极，没有奋发努力，等到自己明白过来，为时已晚，以致后来事业无成"。

　　我们常常不能改变世界，唯一能够改变的就是自己。尽管生命无常，生活起伏大，人生充满许多不如意的东西，但是有不少东西是完全可以把握的，那就是我们工作和生活的态度。有人说，"每个人身上都有一种看不见的法宝。它的一面写着'积极心态'，另一面写着'消极心态'。积极心态可以使你达到人生的顶峰，而消极心态会使你一生贫苦与不幸。"

心态不止影响工作，而且决定一生的命运。一个人心态好，即便目前找的工作不是自己理想的目标，也能够心满意足、心安理得、心平气和，而这种积极的心态，就会带来愉快的工作态度，其工作效果就好，并逐渐引导我们走向成功的道路。如果对工作心不在焉，或者心烦意乱，这种消极的心态就会带来不愉快甚至是恶劣的工作态度，其工作效果就差。能够做好自己不愿意做的事情，这也是人生的智慧，更是生存的策略。这个世界，这个工作，这个岗位，不是为了你一个人而存在的。既然你已经到了这个工作岗位上，就要努力地把这份工作做好，这也是一种人生的责任。

积极的心态能够调动一个人的心灵力量，而且可以不断挖掘潜在的心灵力量，使其工作水平的发挥达到一种好的状态，甚至是完美的境界。相反，消极的心态往往阻挡心灵力量的发挥，更不用说挖掘内在的心灵力量了。它使一个人容易陷入悲观失望、得过且过、烦恼痛苦以及忧虑无奈的泥潭。其实，同样的工作环境，如果心态不同，其对工作环境的态度也是不一样的。有着积极的心态的人面对再不好的工作环境，也是气定神闲的，一点没有那种烦躁、抑郁、悲观和自卑的情绪。有着消极的心态的人面对再好的工作环境，也是悲哀叹息，感觉处处不如意。

陶渊明的"结庐在人境，而无车马喧。问君何能尔，心远地自偏"，就是一种好的心态。有人问一个在事业上取得巨大成功的人士最关键的因素是什么，那人说："最关键的因素是我在工作中的心态很好，所以工作的状态也好。"思想决定行为，而正确的思想往往是良好的心态引导的，所以心态左右个人的行为。境随心转，乐观时看到的是美好的景色，悲观时看到的是萧条的景色。譬如林黛玉"葬花"，实际上就是心态问题。在别人眼里，满园春色，桃红李白意味着丰收的景象。可是在她眼里，片片桃花随春风悄然落地，好像她的不幸无奈和绝望的人生。所以说，同样的桃花同样的春色，不同的心境有不同的感受。

受良好心态的影响，即使是艰苦的工作环境，心情也是快乐的愉悦的。如果是恶劣的心态，即使是舒适的工作环境，心情也是苦闷的，忧郁的。人的一生，年轻的时候，不要害怕，应该积极去努力，这样老年就不至于懊悔。那种对于工作经常挑三拣四，不是这个不顺眼，就是那个不如意的人，几年下来，人也累了，心也烦了，名也坏了，再想做什么事情，也非常困难了。人生苦短，其一生就这么平淡地过去了。人生的成功往往有两种概念："一种是偶然灿烂的成功，一种是习惯于成功的成功，也就是积极态度的成功。"有报道说，"一个日本人在冰窖里生活了一年，于是被人们视为奇迹和英雄。"殊不知爱斯基摩人要在冰窖里生活一辈子，人们却习以为常。我们赞美新西兰人希拉里第一个成功登顶珠峰，但是却忽视了那个向导，就是他帮助了希拉里，在攀登珠峰过程中他被希拉里视为灵魂和寄托。可是，登顶珠峰对于那个向导来说只是工作，为了谋生的一份工作。

人人都想做大事情，这是一种本能，完全可以理解，但是这种欲望如果得不到正确引导，人生就容易走上岔路。许多人刚走上社会，开始时心气很高，定位很不正确，认为自己就是救世主，是来解决社会大问题的，自己有知识、有能力来做大事情。但是，许多时候这样不切实际的想法，往往导致一个人在社会上总是碰得头破血流，有时候连自己的生存都很困难。人们总是喜欢高估自己，认为自己是多么的了不起，实际上这种想法会害自己。所以，我们的工作态度一定要端正。工作的门槛一旦迈进去，就没有回头的机会。为什么有的人迈得很轻松，而有的人却迈得很痛苦？为什么有的人工作愉快，进步飞快，而有的人工作烦恼，总是停步不前？实际上主要原因还是一个人对于工作的态度问题。

工作态度决定一个人的命运。据来自哈佛大学的一份研究报告，人们发现："一个人如果得到一份工作，那么能不能做好，85%取决于其工作的态度，只有15%取决于其智力和能力等。"所以说，工作成绩的好坏，主要取决于工作态度，而不是那些所谓高学历、高水平等东西。工作态度是一面镜子，能够照出一个人的内心世界，可以反映一个人的精神面貌和思想品德。同时，工作态度也是衡量一个人生存环境好坏的试金石。

学者莫尔腾先生在谈一个人的工作态度的重要性时说，"检验人的品质有一个最简单的标准，那就是看他工作时所具备的精神和态度。工作是一个人人格的表现，是'真我'的外部写真。看到一个人所做的工作，就'如见其人'。"积极的工作态度，会使人更优秀，更能干，更强大。当一个人成为社会某一个群体不可缺少的一部分时，那么这个人是彻底成功了。而当一个人变成社会可有可无的人时，其人生的悲剧就真正来临了。即使再差的工作，你也不要心生厌烦之情。努力工作，掌握工作的技巧，使自己在单位里成为不可或缺的人，那么就会变得强大，就能够得到幸福和快乐，就会有美好的生活。

厌烦工作是不幸的开始。即使工作环境一时很不如意，理想与现实有很大的差距，也不要产生消极心理。否则会越来越烦恼，越来越痛苦，最后很难生存下去。特别是新进一个单位，更不能事事看不惯，时时去抱怨。一般来说，单位对于每一个新进的人，总是一视同仁。无论你在学校或者原来单位是多么的优秀，到新单位都得重新开始，从零开始。

人生没有人会给你负责，你只能自己给自己负责。离开良好的工作态度，实际上就进入了人生的死胡同。只能去适应这个世界和工作环境，而不是让社会来适应你。一个人再有本领，再有学问，也不要去做不自量力的事情。有积极的工作态度，就是一开始不喜欢的工作，逐渐地自己也会喜欢，并且能够干出名堂来。有消极的工作态度，就是工作环境很好，自己也会逐渐地厌烦，并且不能胜任工作。改变人生态度，努力做好工作。微笑面对同事，以积极态度来面对工作。不管你喜欢不喜欢工作环境以及周围的同事，这些总是客观存在的事实。改变一个人的态度，变不喜欢为喜欢，你就会热爱工作，发现同事的优点。

"人生在世，我们都渴望建功立业，也希望参与公平竞争，但事实上，世界上真正的公平竞争很少，总有这样那样的不公平因素。"积极努力工作是最好的选择，因为积极的工作态度使人更优秀。美国前国务卿赖斯，其奋斗史很有传奇色彩，短短20年时间，她就从备受歧视而成为受人尊敬的人。赖斯经常牢记父母的话："改善黑人状况的最好办法就是取得非凡的成就，如果你拿出双倍的劲头往前冲，或许能赶上白人的一半；如果你愿意付出4倍的辛劳，就得以跟白人并驾齐驱；如果你愿意付出8倍的辛劳，就一定能赶在白人前头。"于是她发奋学习，不断积累知识，迅速增长才干。我们应该付出"8倍的辛劳"，以积极的工作态度的优势来取胜。如果身处逆境，时常埋怨生存环境不好，或者为受到不公平待遇所烦扰，那是怨天尤人，对自己很不利。

（选自《智慧人生积极生活》一书）

作者简介

　　庄恩岳，中国金融作家协会副主席，曾任国家审计署科学研究所副所长，南京审计学院副院长，国家审计署经贸审计司副司长，中国工商银行监事会正局级监事，中国内部审计协会第三届常务理事，全国青联第八、九届委员。享受国务院政府特殊津贴。曾出版《具体会计准则全书》《迎接 21 世纪的挑战：中国审计现状与未来趋势》《认识你自己》等著作数十余部。在专业之余，潜心研究素质教育和励志教育，致力于格言语录体的创作，其哲学、励志类作品不但进入国内畅销书排行榜，代表作《人生的每日忠告》出版至今已连续重印十多次。现供职于中国信达资产管理公司，任副总裁、研究员。

一个小布包

■ 张少英

　　我在大同县四中上高中时，也是家里境遇最差的几年。姐姐和大哥相继结婚成家在外居住，二哥在宣化参军，家中仅剩下父亲和爷爷。爷爷长年卧病在床，父亲既要干农活，还要做饭和侍奉爷爷。家里有四十多亩地，他一人种不过来，路远的田地只能荒芜了。因为父亲为了照料爷爷，离家近点能经常放下地里的农活，赶回家扶爷爷起身坐坐或倒水热饭。

　　自从我上高中后，家里的支出也增加了，每月学校要九块钱伙食费和三十多斤粮票，当时家里收入主要靠卖粮食。粮票要在县里指定的粮站用玉米兑换，每次兑粮票时，父亲都要起个大早，装好头天就挑出来的玉米，赶着驴车到七里地外的粮站去排队等候。我通常留在家中照顾爷爷。在粮站，父亲一个人搬运粮食袋、过秤测水分，还要照看驴子等，粮站对玉米的质量又十分挑剔，每次总会刁难一阵，兑换下来损失不小。每次兑粮票，父亲会忙乎整整一上午，常常连午饭也不能吃。上学的钱主要靠卖玉米和绿豆等杂粮，平时遇到没钱时，父亲会背些小米去县城沿街叫卖，父亲又不会骑自行车，每次都是背着叫卖，十分辛苦。

　　父亲常对我说，我家祖上是书香门第，指望我能学有所成，只要我愿意读书，哪怕是砸锅卖铁、沿街乞讨，也要供我读成书。父亲是这样说的，也是这样做的。在我读书的生活中，他从来没有吝啬过。倒是我不好意思，每次学校收费时，向父亲要钱都难以张口。

记得有一次学校收伙食费，那是个周日下午，平时我会早早就返校了。那天正逢父亲生病，他半躺在炕上休息。我知道家中没有钱，不好意思向父亲说，父亲见我比平时走得晚了，就主动问我是不是要钱。我说："学校让交本月的十四元伙食费，咱家没有钱要不下周再交吧。"父亲没有做声，双手撑起身子慢慢挪到炕边，披了件外套下了地，趿拉着鞋，边走边咳嗽，蹒跚到窑房后墙的一组大箱柜前，从身上摸出一串钥匙，轻轻打开柜锁，掀开柜盖，弯着身子，一手支着柜盖，一手伸进柜里寻找。看着父亲长年劳作已弓起的后背，我一阵心酸，忙说："您找啥？我来找吧。"他答道"你找不到"，又往柜子里探了探身子，终于在柜子底放的被子缝里摸出了一个卷着的红布小包。他边咳嗽边放好柜盖，两手将红布包一层层展开，直到红布展到尽头，我看到了一卷十元的钞票。父亲笑呵呵地说，"别急，我早就准备好了。"轻轻展开钞票卷，从中拿出十五元钱来，一边递给我一边说："这儿我一直包着一百块钱，爹是专门为你上学准备的，不到紧急关头我不会拿出来。不够一百块时，我会及时补上。"我呆呆地望着父亲的脸，眼泪早已夺眶而出，竟忘了伸手去拿钱。这一刻，我才发现父亲又苍老了许多，脸上的皱纹更多了、更深了，还零星增加了数块斑点，头发几乎全白了，胡子花白凌乱，一双布满老茧的手上，还有几道裂口。我一下扑进父亲怀里，哭着说："爹，让您受苦了。"忙把父亲搀扶到炕上。我真没有想到，父亲的心思这么细致，他把我上学的花费作为自己的首要任务来完成，并做好了充分的准备。

我想起了著名作家梁凤仪说过："恐惧时，父爱是一块踏脚的石；黑暗时，父爱是一盏照明的灯；枯竭时，父爱是一湾生命的水；努力时，父爱是精神上的支柱；成功时，父爱又是鼓励与警钟。"我的父亲何尝不是如此？他是我永远的精神支柱。回想父亲一生，历尽艰辛苦难。他七岁开始干农活，十岁家庭困难辍学，半生苦种勤耕，食不果腹，衣不蔽体，饱受生活艰难和家庭成分批判之苦。我母亲因病去世时，父亲年仅四十五岁，我大哥十八岁，我才五岁，父亲一人抚养四个儿女，既当爹又当妈，既忙里又忙外，夙兴夜寐，含辛茹苦，省吃俭用，终于把我们培养成人。因生活所迫我哥哥姐姐没有读成书，父亲全指望着我能有所成就。

可是现在生活好了，父亲却永远离开了我们。"无父何怙？无母何恃？"对父亲而言，他给予我的太多太多，我回报他的却万不及一，"子欲养而亲不待"，现今只能牢记父亲的嘱咐："好好做人，踏实做事，有能力要为更多的人做贡献。"父爱如山，父亲是我心中的永恒。无情的风吹皱了父亲的脸，但没有吹散他对我的爱；冷酷的雨打弯了父亲的腰，但没有打湿他疼我的心；他如大山般无言的爱，永远支撑着我的勇气，这份跨越了时空的大爱，将永远烙在我心中！

（原载《邢台日报》2016 年 1 月 4 日）

作者简介

张少英，山西大同人。现为大同市钱币学会副会长、大同金融学会理事。先后发表诗词、散文、专业论文等文学与专业作品多篇，参与编写《山西银行业改革开放 30 年》一书。现供职于中国银保监会大同分局。

局限

■ 姜华

人的生命从呱呱坠地那一天起，就决定了他的一生肯定是在一种局限中度过的。

人在襁褓时期，母亲的怀抱是一种局限，但人的幼年是不会感受到局限的，丰沛的乳汁足以把一切挡在门外，生命最基本需要的满足是最为重要的事情。人在学生时代，课堂是一种局限，人被局限在课堂的方寸之间，但那只是一种非常短暂的时光，而且这种局限还有着它迷人的魅力，因为这个时期的人都还有梦想，那是关于自己五彩缤纷的未来的设想，足以抵御局限的单调，有梦想的人又怎么会感受到局限的狭窄逼人呢！梦想把生命织成了五彩的锦缎，耀眼的灿烂足以抵御生命中所有的不愉快。走出校门的时候，人们容易在"掘第一桶黄金"的过程中丧失思考，绝对没有时间和精力去感受人生的重大问题，只有成功对他们来说是最为重要的事情，他们不会明白成功之后如何对待生命才是人生最最重要的事情。人在生命的中年初期，对生命局限的感悟也只是停留在初级阶段，这个时期，可能会有疑问，可能会有困惑，但这种疑问和困惑常常会在世俗的欢乐中被掩埋掉，被蒸发完。生命都是要经过一个又一个阶段的淬火才会逐步成熟的，少了任何一个阶段，生命都不会达到这样一个境界——关于局限的认识。

对局限的认识，是生命给予那些经历了人生的千般滋味，而又特别关注自己灵魂的人的一种最好的馈赠。

天空是鸟儿的局限，大地是河流的局限，河流是鱼儿的局限，树木是绿叶的局限，地球是人类的局限，婚姻是男女的局限，田野是农民的局限，车间是工人的局限，琐屑的公务是公务员的局限，权力是帝王的局限——一切呼吸的、生存的万事万物无不是在一种局限中生存。又有谁能超越局限的束缚而获得真正的自由呢！

上帝只是人类为了摆脱局限的限制，使自己的精神得到超度的一种假设。只有上帝是万能的，是可以超越局限的，任何一个肉身都只能在局限的泥潭里挣扎一生。

艺术是人们创造出来的唯一可以使自己摆脱局限限制的一种方式，从人类诞生以来，艺术的创造从来就没有停止过，后来人们给艺术命名为精神食粮，真是恰如其分。物质的食粮人们须臾不可离开，对追求精神生活的人们来说，精神食粮同样是不可须臾离开。

人们为什么要不停地创造艺术呢？因为只有艺术才有可能拯救在局限的苦难中挣扎的人们。如若没有艺术，生活中找不到出路的人就会更多更多，很多人都会因为发现生活的局限而窒息身亡。好在能够发现局限、切身感受着局限痛苦的人不是太多，于是，就有了人间各种各样的快乐来满足常人的需求。即便是快乐的形式，也大都是由艺术家创造出来的。有些快乐是艺术家制造出来的摆脱局限的一种方式，有些快乐是艺术家的自娱自乐，不经意间被其他人模仿也就变成了一种娱乐的方式。

生活中的大多数人很可能活一辈子根本不知道什么叫局限，只满足于一日三餐有饭吃，一年四季有衣穿，有较大的房子居住，和有限的人可以交流，一辈子也就足够了，即使是再进步一些，也不过是这几个方面的不同形式的放大。比如，饭菜增加了品种，衣服多了一些样式，房间的面积更大一些，交流的人以及形式多了一些，也就是今天的旅游到处盛行，国内游完了再到国外去游，国外游完了，再想着到太空中游。人们所做的这一切，都是为了摆脱生命的局限，给生命争取尽量大一些的空间。

能真切地感受到局限所带来的痛苦的人，大多是追求精神生活质量的一批人，他们最先感受到自己的生命是在一个悖论的境地里生存。人的蹦跳腾挪也只是得到一些最表层的满足，譬如，名利、官位，这些对一个渴望自己精神生活丰富的人来说，只是杯水车薪，它很快就会见底，随之而来的是更加汹涌的孤寂的浪潮。

在所有的能够安抚人的灵魂的艺术形式当中，文学作品和绘画作品给人带来的安慰都是有限的，真正能让人的灵魂得到安宁的只能是音乐。音乐形式分很多种，而我认为，能够安抚因局限而倍感痛苦的灵魂的音乐，只能是古典音乐。

古典音乐是一个巨大的空筐，能够容纳下人的千百种情绪，并用它独特的形式悄悄给以化解。音乐是人类追求灵魂宁静的法宝，是获得精神安慰的利器，不同形式的旋律织成了斑斓的天空，在这片天空里滑翔的只能是一个个安详的灵魂。这样的灵魂最早发现了生命的局限，又深知自己永远不可能超越，古典音乐是他们安慰自己的最好的方式。

中国历史上，庄子最早发现了生命的真正的不自由，写出了自己的心得《逍遥游》。他认为，宇宙中的万事万物都是不逍遥的，都受着空间和时间上的局限，而宇宙当中最受局限的是人类，人类除了名利的束缚之外，还有伦理道德、感情欲望、死亡的恐惧等多方面的束缚，在世上所有的事物中，最受局限的就是人类。要摆脱这种局限，在庄子看来，只有离弃物性，恢复自然的本性，达到"无己"的精神境界，才能克服局限对自己的作用，从而进入永恒。在他看来，"至人"是"无己"的，"神人"是"无功"的，"圣人"是"无名"的。欲要离弃物性的束缚，谈何容易，对常人来说，几乎比登天都难，物性如地心引力一样，牢牢地吸引着人的肉体和精神。对于人类的精神来说，暂时摆脱物性对自己的束缚，最好的方式就是听音乐。因为同样的音乐会给不同的人以不同的感受。

在所有的艺术形式当中，文学形式中的小说仅局限于讲某一群人的故事，散文容易限于个人的悲欢离合，诗歌由于受韵律的局限，会影响到它的外延。绘画的最高境界在于画外的语言是否丰富，遗憾的是达到这种水平的人甚少。书法艺术、摄影艺术的内涵和外延也多受到形式的局限——在所有的艺术形式当中，只有音乐才是和人的内心沟通的最佳方式，它是有着巨大的包容性的一种艺术形式，又因为它的不确定性，人们对它的解释可以有无数种，所以，在现实生活当中，人的任何一种情绪都能在音乐中找到一种对应。就像数学中的方程式一样，只有一个解的方程式是索然无味的，而具有多解的方程式才能让人兴趣勃发。可以这样说，音乐是解救人的精神困惑的良药，是疗治人的精神世界创伤的最好的法宝。

美国一位早期政治家说过："我们这辈人骑在马背上征战，为的是我们儿子一代能从事科学和哲学，为的是我们孙子能从事音乐和舞蹈。"从事音乐艺术应该是人类职业中的最好的一种，因为在音乐的创作中，人类终有可能获得了相对的自由，在某种程度上达到了和上帝一样的待遇。

认识到局限而决不陷于悲观的泥沼中不能自拔，应该是人的最大的达观。这种达观的建立应该是来自于音乐对人的生命的滋养。

喜欢音乐不是没有理由的，它是顺应自己心灵要求的一种体现。

和许多自称喜欢音乐的人有过接触，发现即便是喜欢音乐的人也分为许多种，有附庸风雅者，这是喜欢音乐的最低层次；只在乎别人说音乐的时候，自己也能凑上说上两句，至于音乐究竟是什么，他完全是不懂的。还有一种是音乐发烧友，他们发烧的不是音乐本身，而关键在于发烧音响器材，所比之物多是你的功放如何，我的音箱如何，他的线是如何的棒，这是音乐爱好者的第二个层次。真正的音乐爱好者，应该炫耀的是自己的灵魂如何得到了音乐的滋养，如何从一次又一次的生命困境中冲杀出来，应该标榜的是，音乐是自己灵魂的庇护所，在音乐中感动，在沉沦中奋起，在音乐中获得安详，这是爱好音乐者的最高境界，只有在这种境界中，音乐才起到了它应该起到的作用。

幸亏有音乐这种艺术形式存在，要不然，最早发现生命局限的那一部分人到哪里去寻求拯救他们灵魂的灵丹妙药？

世界是这样小，精神却是那样大！

（原载《北京文学》2015 年第 2 期）

作者简介

　　姜华，女，中国金融作家协会副主席，曾任《中国人寿》杂志副主编，已出版个人专著多部。多篇散文入选"中国最佳散文排行榜"，专著《晒月亮》获中国图书奖，《情感思辨》获第三届中国女性文学奖，《女性智慧书》获第一届中国金融文学奖散文类一等奖。现供职于中国金融工会作家协会，任副主席、秘书长。

"飞虎队"教官陈端纮

■ 陈齐堃

　　我的六叔陈端纮是"飞虎队"的一名教官。1945 年 4 月 10 日，他驾驶战斗机在掩护地面部队向日军进攻时，不幸被日寇炮火击中，壮烈牺牲在鄂北豫南处的老河口地区，时 28 岁。70 年过去了，家人对为国捐躯的六叔的怀念之情仍然无法淡去。

　　我虽与六叔未曾谋面，可我见过他的照片，1 米 78 的个头，英俊潇洒。读过八叔和哥哥悼念六叔的文章，真是可歌可泣……

　　1938 年，日军侵略军的铁蹄已从东北向我国腹地挺进。大好河山每天都在被蚕食，我们的同胞天天遭到日本鬼子的蹂躏，每天都有成百上千的人民倒在侵略者的屠刀之下。在这山河破碎，民不聊生，国难当头的时刻，21 岁的六叔决定放弃在北平测量局安稳悠闲的工作，毅然奔赴沦陷区从军。

　　六叔最先征求家族的意见，但家族的人一致反对他的危险选择。尽管日寇在中国的国土上已开始了疯狂的蹂躏，但他们认为北平仍然属于安全的城市。虽然长辈们谁也不想当亡国奴，但他们又不想让家中最有才华的高中毕业生老六在战争中牺牲。六叔是一个聪明有主见，善良而有正义感的热血青年。在全家族人都坚决反对他从军报国的时候，他便瞒着家庭，偷偷与志同道合的朋友，于 1938 年 5 月 17 日南下报考航校了。为此，六叔特给家里来信解释："面对民族危亡，我与大多数热血青年一样，再不能安心读书和工作。我理解家人的担心，但我不能苟且偷生地继续在北平生活。"六叔说：在临行的前一天深夜他就将简单的行李捆好，面对生离死别的分离，极力克制住自己的情绪，丝毫不让家人察觉，黎明时分便悄悄溜出家门，含泪频频回首，走到胡同口的尽头时，默默说了声"再见了亲人……"我能理解六叔此刻的复杂心情，但决心已定的六叔是个有担当的进步青年，亲情不会阻止他迈向抗日救国的脚步。

六叔从天津到塘沽港，乘轮渡赴上海。平安抵达上海不久，徐州便已沦陷，汉口危在旦夕，广州惨遭轰炸。偌大的中国到处在呻吟和流血。

颠沛流离的战乱奔波，沿途奔袭的一路见闻对六叔触动极大。民族生死存亡的关头，一方面，有权有势的人依然醉生梦死、骄奢淫逸。另一方面，一腔热血的青年因报国无门而痛苦彷徨。六叔在极其复杂的心境下，依然坚持报考航校，他发誓要与敌机在空中决一雌雄。

航校第十三期开始续招飞行生。那时，武汉空战已趋激烈，因此，报考航校的青年异常踊跃。美国人以他们严格的标准对千余名中国青年进行逐一筛选，仅有 14 人及格。六叔为甲种备取生唯一人选。按照航校当时的规定，甲种备取生入空军官校，其余备取生编入空军士校。六叔因此顺利地进入航空军官学校就读。

当时的空军航校驻在广西柳州。战争期间，军校生活是很艰苦的。每人仅有两套服装，没有呢服、棉服，破了便自己缝补。冬季的柳州，阴雨连绵。由于没有棉衣，在夜里站岗时常瑟瑟发抖。六叔在后来的信中说道："虽然在家里也没有穿过狐皮袍，但也没挨过冻。夜里只盖两床毯子，两只冻脚，只好盖上那件'硕果仅存'的绿色羊毛衣。身上穿着那件蓝色毛背心，这可说是我最狼狈的一个冬天。"

很快，日军的飞机开始在柳州上空盘旋，军校便转移到距市区 8 公里以外的一个山洞里上课。六叔他们时常赤脚穿草鞋、背驮着三十余斤重的装备冒雨行军，这些生活让他体验了我国抗战的艰辛，大中华儿女的众志成城、团结抗战的赤胆忠心和保家卫国、赶走侵略者的那种坚韧意志。

六叔在战争中成长，在成长中报国。

半年后，学习期满。由于连年战乱导致国家经济衰退，政府连训练器材都不能够保障，学生无法如期进行飞行训练。此时的柳州局势也日甚一日地紧张，六叔他们只好又经贵阳转移到昆明的另一个军分校受训。当时，严重的通货膨胀使六叔仅剩的十块八毛钱变成几张废纸，六叔形容自己和战友"活像一群花子兵！"

1939年底，六叔以优秀的成绩毕业了。但真正接受飞行训练则是在1940年春天。而此刻的昆明也成了日寇空袭的目标，在敌军一次低空轰炸扫射后，航校的20多架飞机均被敌机炸毁。以后的一年多时间里，六叔形容就是"逃警报时期"。他们几次险些成为敌机的靶子，最后从昆明又逃到四川宜宾。然而，宜宾上空的警报同样地频繁，训练器材屡遭轰炸，训练计划无法如期进行，六叔与同学们一个个都摩拳擦掌，恨不得立马上天与日寇决一死战，再也不愿这样在"饱食终日"中煎熬。

1941年，同盟国美国决定分批将中国学生接到美国受训。六叔他们经缅甸抵达印度的加尔各答，再到孟买。在孟买，身在异国的六叔患了当地的热病，这也是他自离开家后第一次生病。直到5月底才乘船离开亚洲，经南非好望角、近两个月的海上颠簸，7月13日到达纽约。

在美国受训的日程极为紧张。六叔选择的是驱逐而不是轰炸，因为空中作战凶多吉少，如果选择轰炸，可能由于自己的技术原因失事而连累同机战友罹难。但驱逐则完全是用自己的能力来支配自己的命运。

由于成绩出色，1943年3月10日，六叔成为一名正式的驱逐驾驶员，胸前佩戴了两国的飞翼胸章。随后，他又被选拔为教官，在美整整执教10个月，教了不少后续的学生。在美国当教官的日子，有汽车、金钱和地位，假日时自己驾车可到各处游逛，他与同学们游览过洛杉矶、旧金山、好莱坞等许多地方。

这时的六叔已是一个风度翩翩、彬彬有礼、俊朗健康的英俊男人。每到一处总有不少美丽女孩投来倾慕的目光，也有教官和上司主动介绍当地的女孩子与六叔结识。但六叔想到：国家还在遭受日寇的凌辱，家乡的父老乡亲和兄弟姊妹还在被日寇残杀，就想起了自己的使命和责任。后来，六叔在给家里的来信中说："当时，留在美国当教官，娶个金发美女，从此安顿下来是可以的。"是的，他本可以就这样执教下去，从此躲避硝烟战火和贫困疾苦。但是，他说："亲人在受罪，国家被占领，沦陷区在屈辱地呻吟，这一切使我无法安心自己享受清福。到一个富裕和平的国家当教官并不是我最初的选择，一想到家乡的战火，我就坐卧不安，恨不得日夜兼程地飞回祖国……"他还提到自己不能与美国女孩谈恋爱的理由："作为交战中的军人，战争结束前，不能也不该谈婚事，一旦有变故，会连累自己心爱的女孩。"

六叔的心地是善良的，也是崇高的。他的善良崇高不仅仅表现在爱情上，还体现在战友情怀里。

六叔在选择机型时想到的是不能连累战友，在 27 岁早该恋爱结婚的年龄时，他想到的是不能连累爱人。而对自己，就是一心练好本领驾机杀敌，不惜为国捐躯。

在六叔的执意申请下，军方同意了他的请求：亲自驾机打击日寇。

回国后，六叔即刻实现了驾机作战的理想。他驾驶主机，他的学员驾驶僚机，勇敢机智地几次圆满完成歼击任务后又死里逃生。然而，谁也没有想到，当抗日战争已经接近胜利的时刻，我年仅 2 8 岁的六叔却牺牲在敌人的炮火之中……

在六叔的遗物里，有一封是他在印度洋上写的家信，他专门谈到了希望能够回国参战，他写道："以往一切经历和要做什么事，都没有些微的挫折。不知此次请缨参战是否依然顺利？假如为国捐躯，也是军人的光荣，希望大家不要悲伤。如果幸而不为国殇，那么战后必然还在军中服务，仍负训练空军之责。"

抗战胜利了，达官显贵陆续坐着飞机回来，但我们家族企盼六叔驾驶飞机回到北京却成为一个永远实现不了的梦想。每当晴明的天气，家人便仰望着蔚蓝色的天空，徒劳地看着一架架银灰色飞机掠过头顶……

后来，天津《大公报》在 1946 年报道了六叔的英勇壮举，六叔的事迹当时被广为传颂。陈家的门楼上嵌刻着国民政府颁发的"英烈家属"门牌，每逢节日会有政府的工作人员来挂上光荣花。

在"文革"前我看到过六叔追悼会时的照片，可惜的是因有蒋中正的挽联、有戴笠出席的画面和国民党的党旗，这些照片被焚烧了，家里的大人们不再让我们提及六叔。从此，六叔在我的记忆中淡化。直到"文革"后多年，陈香梅访华，我才知道在抗日战争中有驰骋疆场的中美抗战空军"飞虎队"，但仍不能与六叔联系在一起。后来才知道，六叔的确是飞虎队中的教官呢！

1984 年 7 月，北京成立了航空联谊会。该会从成立之日起，就一直孜孜不倦地致力于告慰英灵的活动。为了缅怀在抗日战争中牺牲的中外航空将士的业绩，弘扬爱国主义和国际主义精神，20 世纪 90 年代初，北京航空联谊会发起了建立"抗日航空烈士纪念碑"的倡议，很快得到各省市航空联谊会的响应。经时任国家主席杨尚昆批准，"抗日航空烈士纪念碑"于 1993 年 5 月 6 日在南京举行奠基仪式，1995 年 8 月，在世界人民反法西斯战争胜利整整半个世纪之际，这座由时任军委副主席张爱萍题写碑铭的纪念碑屹立在江苏省南京紫金山北麓的航空烈士公墓内。那里记载着中、苏、美三国空军将士英勇奋战、浴血长空的壮烈场面，也告慰着这些在中国大空战中曾并肩作战杀敌的 3294 名烈士的英灵。当然我们的六叔也在其中。

2005 年，在抗日战争胜利 60 周年之际，中共中央、国务院、中央军委为所有抗战烈士家属和老兵颁发了纪念章，陈家非常荣幸地珍藏着。在六叔遗物荡然无存的情况下，它显得格外珍贵……

2015 年 7 月 6 日，中国外交部发言人华春莹在例行记者会上被问到：据报道，马英九表示国民党在抗日战争中起了主导作用。你对此事有何看法？你认为是共产党还是国民党在抗日战争中起了决定性作用？

华春莹答：中国人民抗日战争的胜利是中华民族全体儿女浴血奋战取得的胜利，这个胜利值得中华民族全体儿女共同来纪念和铭记。最近，国务院新闻办公室召开新闻发布会，有关部门负责人介绍了中国人民抗日战争暨世界反法西斯战争胜利 70 周年纪念活动的具体安排。我们希望通过举办这些活动，来和世界人民一起铭记历史、缅怀先烈、珍爱和平、开创未来。

（原载《中国金融文学》2015 年第 7 期）

作者简介

陈齐堃，曾任中国金融文联副秘书长、中国金融美协驻会副主席。此文于2015年收录于统战部编辑出版的《我家的抗战故事》一书，并由《工人日报》《金融时报》等多家报刊发表。现供职于中国金融工会。

省高院长大的孩子

■ 刘小云

一

　　从 1952 年 8 月至 1960 年 8 月，我家在山西省高级人民法院居住了八年。这八年，我度过了七岁八岁讨人嫌的年龄，也度过了我们与父母亲同喜同乐的好时光。

　　省法院位于太原市钟楼街，原先的街名是按司街。太原的钟楼街相当于北京的王府井、上海的南京路。栉比鳞次的商铺，使得这条永远显得狭窄的马路终日熙熙攘攘。我不知道，法院这么严肃的机关，为什么要设在这里？直到年长以后才明白，这里历来就是按司衙门。京剧《玉堂春》中，弱女子苏三吃了官司，被押在洪洞监牢。直到王三公子发迹出任山西巡按，才下令起解苏三到太原，就是在这里，经过"三堂会审"，冤案剖白，王三公子与苏三这对有情人终成眷属。当然，日伪时期和阎锡山时期，这里也是法院。在此基础上，人民法院先后建起了东楼、北楼，省检察院建起了西楼。我童年的记忆，几乎全部在这个大院里。

二

父母为我取名小云，我却不是最小的。1952 年 10 月 12 日，也就是我们家刚搬进法院不久，我家的大床上又躺上了一位小宝宝。我又添了一个妹妹。至此，我们姐妹六个了。父亲依然很高兴，为妹妹起了个小名"猫猫"。猫猫白白胖胖，生下来就十分健康。

1955 年 12 月 27 日，我们终于迎来了全家之宝——我们的弟弟。弟弟是我们家唯一在医院出生的孩子，我还记得他是在现在的省眼科医院，昔日的省级机关医疗院出生的。时至今日，仍有老法院的友人写文章，怀念我的父亲。其中提到我母亲生弟弟时，父亲到大街上唤了一辆三轮车送母亲去医院分娩，那可是一年里最寒冷的日子啊。其实，作为法院院长，他是有专车的，但他将这部车作为工作用车，根本不允许我们私用。母亲抱着他们唯一的儿子出院时，父亲仍然是唤了三轮车。这已成为老法院的一段佳话。

记不得是 1953 年还是 1954 年，我和四姐等小朋友正在我家居住的四合院玩跳皮筋。一位年轻的女解放军天上飘下来一样，站在了我们面前。问道："小朋友，你们知道刘院长在哪里吗？"我四姐边跳边回答：在办公室。那位女军人又问：刘院长家在哪里？这个时候，母亲掀帘出来，接着二姐也出来了。霎那间的景象让我和四姐目瞪口呆，母亲、二姐和那位女军人抱在一起哭起来了，又一起拥着她进了屋。这就是大姐第一次回家，在我心中永远地定格下来。

大姐从北京回来，她甚至不知道父亲在省里的职务，一下火车就看到了判决犯人的布告，布告下方有大大的院长刘秀峰几个字。于是，她在问寻中找到了自己的家。

大姐第二次回家，带回来我们的姐夫。因为没有哥哥，所以，父母亲让我们叫他大哥，以后有了二姐夫、三姐夫，依次叫二哥、三哥。姐姐们都腼腆，不好意思开口。我敢，我正在发愣的年龄。大喊一声：大哥！姐姐们也都跟着我这样叫了。我还敢在大哥面前撒娇，坐在大哥的脚上，让他拉住我的手一下一下撬我；我对大姐也不陌生，刚见面就缠住她讲打仗的故事，因为她是解放军呀！

有一天吃过晚饭，大姐对我们说，都到我屋里，给你们讲故事。但是，谁也不许告诉爸妈。

我们把大姐围在中间，静静地听大姐讲故事。大姐讲道：在遥远的太行山上，有一个小小的村落，村落里有一个英雄的妈妈。这位妈妈在抗日烽火燃烧在太行山上时，将孩子们的父亲送到了抗日前线。在日本鬼子扫荡前，还带着乡亲们躲到山里。当日本鬼子放火烧毁了他们的家园，孩子们的爷爷承受不住这毁灭性的打击而溘然去世时，她掩埋了老人，并且一把泥一把泥砌起了几间小屋。后来……我是瞪大眼睛来听的，感动，崇拜，特兴奋。可是，我二姐却呜呜地哭起来了，她说这是我们的妈妈，这些事她都经历过；这些苦，她都吃过。我们的妈妈就是前沿阵地的战士！大哥说，大姐也在部队给战士们讲过，每每讲述时，台上台下都是一片呜咽声。

我那时候还很小，有着强烈的爱憎观，虽然对大姐讲的历史背景不甚了解，却已经懂得父母亲的非凡。

大哥大姐那次回来，是我们家空前的一次大团圆。每天夜晚，我们家里都充满欢声笑语。也是在那次，父亲提议，我们去照个全家相。

这是我们家唯一的全家相，照片中每一个人都洋溢着喜气。只有我是规规矩矩的，大概那时我刚懂点事，不敢撒野了，一本正经地挨着父亲，留下了一副傻傻的模样。

谁也没想到，五六年后，我们就永远地失去了母亲，再也不会有这样圆满的合影了。这张照片，是我们每一个姐弟的珍藏物。

自从有了妹妹后，我常蜷缩在父亲的被窝里睡觉。那时候，父亲政务繁忙，每天差不多晚上十一点左右才能回来。有时候我是睡醒一觉才看到他的，撒个娇缠着他给我讲故事。母亲说，你爸爸的故事多得很，歌谣也多，抗战最艰苦的时候，他编了一首摇篮曲，太行山上好多地方的老百姓都会唱。我依偎在母亲的怀抱里，听母亲给我轻轻地唱："孩子，你睡吧。八路军住在咱们村里，鬼子不敢来，来了会揍他。"母亲唱的是左权秧歌调，有过门，还有一种甜甜的静谧的氛围。因此我也常缠着父亲唱一两句。有时他实在困了，变个花样，给我背上一两首唐诗。父母亲很注重我们姐妹们的文化营养，姐姐们在学校订有适合她们的刊物，给我则订着《小朋友》。记得有一天早晨，父亲起床后，撑起被子边叠边对我说，你听爸爸念《小朋友》上的这一段话，看这句话里有什么毛病："他一共只有18岁"。我傻乎乎，不理解。父亲说，年龄是一年年增长的，岁数不能用加法。怎么能用"一共"这个词呢？这大概是我最早接触的语法修辞问题。

父亲在一篇文章中回忆他在高院的工作，说他大概只有星期天的下午才会抽出一点时间看场电影或是到书店放松一下。我想起来了，这个下午差不多也是属于我的，无论是看电影还是逛书店，我都是小尾巴。我的小人书就是这样由少积多的。长大一点后，父亲不再给我买小人书，而是买大一点的儿童读物。再后来，他买回来的大部头小说，第一个读者不是他，而是我。比如：《青春之歌》《林海雪原》《钢铁是怎样炼成的》等等。有一天傍晚，父亲提前回来，送给我一本书，就又走了。还给我丢下一句，看完给我复述一遍。这本书就是当时风靡一时的陶承妈妈写的《我的一家》，后来被改编成电影《革命家庭》。看完这本书后，我的直觉是我们的家庭就是革命家庭，母亲对革命的贡献是应该讴歌的。还有一次，父亲拿回一本书，这本书是后来书店也没见过的《灵泉洞》，是著名作家赵树理送给他的。这本书是赵伯伯新创作的，书印刷得比较粗糙，薄薄的，字体也小。因为我已经看过了他的《三里湾》和《小二黑结婚》《李有才板话》，熟悉了他的语言，因此，读起这本书，也不觉得困难。

三

生活在法院这么一个地方，还能有个特殊的环境，能看到审判各色各样的犯人，也能见到临刑前犯人吃断头饭的景象。死刑犯临刑前，在东楼一层的一间房子里，送给他们饭，摆在地上的一张小桌子上，我们小孩子踩着砖头伸长脖子趴在窗户上往里看。高院北楼建好后，有了一个很规范的法庭。台子上的几张椅子极具威严，审判长的那把椅子后背最高，两边各有两把陪审员的椅子。台下有书记员的位置，被审判的对象则是站在被告席上，后边有一排排的长条椅。我见过几次民事案件的审判，记得有一个女孩子，战争年代，父母亲把她寄养在农村的一户老乡家。中华人民共和国成立后，父母亲要把她接回来，老乡家坚决不同意。于是，就打起了官司。中间休庭时，双方都出来休息，有人问女孩子，你是愿意回父母亲家，还是在养父母亲家。那女孩子说：我只有一个家，就是我现在的家。显然，她与养父母亲是有深厚感情的。当时我想，我的父母亲真的不容易，那么艰苦的环境下，没把我们其中的任何一位奶出去，或寄养出去。这对谁来说，都是残酷的。

法庭闭庭期间，一般是锁着的。有的时候，我们就从链子锁错开的门缝里钻进去，演习审判犯人，谁都抢着当审判长，那么高的椅子，我们得爬上去才能坐稳。做人的正义感在那个时候就基本形成了。

慢慢地，慢慢地，我长大了，不再是一个劲地想着玩。我开始观察院子里的大人们，感觉到空气有点紧张。因为那时，北楼前头有了大字报，而这些大字报的矛头所指是我最敬重的省高院副院长韩林姨姨。有一天晚上，我看见韩林姨姨的丈夫，也是我敬重的一位革命前辈，与父亲在一起谈论什么，他们的表情都很沉重。又有一天，在学校里，我看到了平时不怎么到学校看望孩子的韩林姨姨。那个场面，让我终生难忘：虽是课间，同学们却都闷在教室里，淅淅沥沥的雨从玻璃窗的缝隙中渗了进来，夹着一丝冷风，不由得个个都缩起了脖子。我拔腿回寝室取件衣服，却意外地在对面教室的屋檐下发现了湿漉漉的她和她的两个湿漉漉的儿女。她时而蹲下，时而立起，亲亲这个，又摸摸那个，忽而又冲动地死死搂住两个雨水泪水顺颊而下的孩子。看着她们凄凄苦苦的样子，联想到院子里的大字报，我太困惑了，不知道该不该上前问问。可是，我不敢，双腿太沉重了，木木地站在雨水中，任咸咸的泪水渗到我的嘴里。没多久，韩林姨姨从我的视线中消失。我当下就知道，她被打成山西省最大的右派分子之一，被开除党籍，行政降四级，被发配到园林局劳动改造。这种打击也许她还能承受，毕竟她经过了白色恐怖，经过了解放战争，经过了那么多的政治运动。可怕的是她的丈夫，就是那天我见到的与我父亲谈话的人，很快与她解除了婚姻关系，他们的五个儿女几日间与她分离。后来，父亲对我说过，那天他们两个男人之间的谈话，是父亲力劝他不要选择离婚，政治上的打击已经够她承受的，如果走离婚的路子，父亲怕有意外。又过了很多年，韩林姨姨对我说，她开始有些埋怨我的父亲，怎么只知道使用而不知道保护呢？还是她的一位同样被打成右派的同事，偶然间看到我父亲当年的检查，才知道，正因为我父亲力保他们，他们才戴上了同情和使用右派分子的帽子。我太崇拜韩林姨姨了，好长时间，我都将她当成"林道静"式的女英雄，因为她的孩子多，大儿子比我大一岁，二儿子比我小一岁，我们能玩到一起。有时候，我们都会"疯"在她家的床上，甚至拉开被子，蒙住头，大喊大叫让别人来找自己，或是圪蹴在葡萄架下，听她给我们讲闹学潮的故事。她不但给我们讲故事，而且还带着我们去省政府梅山会议厅看电影。有的时候，我父亲通知她星期天开个党组会，或加个班，她也会当着我们的面，嘟囔一句：又不让休息！总之，她可敬，也可亲。她怎么会是反党反社会主义分子呢？我百思也不得其解。但这就是活生生的现实。她走了，走得黯然。

接着，其他三个副院长也相继离开法院，跟我在一起玩的毛猴、彦芳和小赖也走了，连告别的时间都没有。记得小赖家走的时候，我听说了，拖拉着一双鞋，跑到前院，也只看到车轱辘掀起的尘烟。

有一天，我看到高院的一位法警到我们学校给我开了一张转学证。我要到哪里去上学？这也许是我不该问的，那种情况下，我也学会了沉默。

那一段时间，法院的空气很沉闷，很多我喜欢的叔叔阿姨都相继离开，他们都被打成"右派分子"，走得都很凄凉。我们家也要走，要到一个叫"侯马"的地方。我一听，心里也打了个颤：侯马，后妈？不可思议。

我们家要彻底离开法院了，从1952年8月到1960年8月，整整8年。临走时，母亲把家里大一些的东西，放在了父亲的司机马新锐叔叔家。她一字一句地说：顶多两年，我们就回来了。

母亲的话，在1962年8月变成了现实。全世界，只有我的母亲最理解我的父亲，青梅竹马到如今，她的生和死都是为了她的丈夫。

四

飘然一转身，就到了父亲去世的1985年了，那年，我们都已进入中年，学会了思考问题，并逐步走进父亲的世界。

父亲去世后，组织上将当年《中共山西省委关于刘秀峰同志在一九五九年所受批判和处分的甄别结论》交给我们，为我们了解省高院当年究竟发生了什么，提供了最原始的资料。这使我想到了父亲1960年5月份的晋南之行，因为我看到过父亲从晋南回来后写的诗，其中，有一首叫《游普救寺》：

普救遗墟想象中，西厢月色影朦胧。

莺莺塔拥千重翠，遥望长安待好风。

这首诗被《中国当代诗词精选》等刊物和诗集收入，大约收集者视这首诗为精品，而我在父亲的注释和诗的意象中读出了真谛。省委对高院，对父亲的所谓处分肯定有问题，父亲用"遥望长安待好风"指代中央会有公正结论的。

父亲期待两年后，省委经中央同意，做了份留着尾巴的甄别。我记得，1962年8月份，我们丢下猝死在侯马的母亲，举家回到太原。父亲先带我和弟弟妹妹到并州饭店南小楼看望了老省长、时任中央监委专职书记的王世英老伯，王世英老伯给我们削苹果，还特别难过地说："改梅呀，你怎么说走就走呢？留下秀峰，留下这堆孩子可咋办？"王世英老伯当时回洪洞省亲，还跟我父母同乘一趟列车到晋南，他在洪洞车站下车，我父母亲回到侯马准备搬家返并。王老伯还没有离开山西，我们家就发生了天塌地陷的灾难。他怎么能不感慨？

从并州饭店出来，父亲带我们回法院。二楼会议室正在开会，我们进来后，所有参会者都齐刷刷地站起来，随即，我听到了隐隐的抽泣声，接着哭声一片。谁能想到，我们的母亲能与父亲同时离开，却没能同时回来呢？

如今，父亲也走了，拿到了这份迟到的甄别书，我们每一位姐弟都陷入沉思，也就是从这个时候起，我们开始了一条漫长的为父母找回尊严的艰苦路程。

我曾经给时任吉林省省委顾问委员会主任、原山西省省委副书记的王大任，给父亲在榆次专署任专员时的地委书记、时任中顾委委员的池必卿通过几封信。出差到重庆时，我专门去拜见了时任重庆市市委书记、原山西省省委第一书记的王谦。几位老领导都积极支持我，支持我为父亲写文章做传记。

我们没有辜负几位老前辈的期望，在父母亲百岁诞辰时，为他们出版了《峰高水底清》一书。

当年父亲被划为"犯有右倾机会主义错误"的直接原因是传达贯彻了原司法部办公厅主任王怀安《学习和贯彻人民法院组织法》的报告。这条颇为勉强，哪有下级不传达上级文件之理？关键是做这个报告的王怀安被打成"右派分子"，发配到北大荒劳动改造，就因为如此，我父亲受到直接牵连。我们姐妹几次去王老家看望他，我们和王老谈话极为轻松，他把我们当做自己的女儿，并向我们表示道歉。他自己与妻儿老小天各一方二十年，才得到平反回到北京，十一届三中全会以后，出任最高人民法院副院长。此时，我们才知道他是我国第一部宪法的起草人之一，是他亲手将他等三人起草的《人民法院组织法》草案递给毛主席，毛主席看了，用湖南话赞扬草案"熨熨贴贴"。这个草案在中华人民共和国成立初期，得到了很好的贯彻，法院工作有章可循，搞得有声有色，是中华人民共和国成立以来法制建设最为健康的时期。

但是，这个过程实在是太短暂了，1955年后半年的镇反，1957年反右，1958年司法"大跃进"，1959年整风"反右倾"，使得本来已经走上正轨的法制建设被迫停止，甚至受到全盘否定。"反右斗争"中，法院成了重灾区，那些主张法治的法官自然难逃厄运。许多主张法治的法律工作者被打成"右派"，律师被打成"右派"的就更多了。王老说，你们的父亲，山西省高级人民法院院长刘秀峰冒着被打倒的危险，顶着重压，坚持贯彻法院组织法，主张法院要"独立审判""上诉不加刑""公检法既要互相配合，也要互相制约"。主张在判死刑上，一定要慎重，坚持依法定罪。他保护了一大批法律工作者和无辜的被告，纠正了许多冤假错案。因此，被定为"犯有右倾机会主义错误"。王老再三说：包括你们父亲在内的一批主张法治的法律工作者，是我国政法战线一代人的优秀代表。

跟王老的数次交谈，给了我们信心。于是，我在脑海里开始搜索老法院的各位与父亲搭班子的老同志，联系最多的是原副院长韩林姨姨。几十年了，我们姐妹将她视为我们精神上的母亲，有困难，有心事，都去找她。她曾经跟我说，你父亲是我们的班长，班长当得好，能发挥我们每一位副院长和各庭庭长的作用。法院工作有其特殊性，当时法院的大部分干部都是从战争中走来，文化程度普遍不高，法律知识只能在干中学。你父亲有扎实的语言文字功底，政策水平和文字水平在省委是很有影响的。他对我们这些读过书的干部比较重视，相应安排在庭长、办公室、审判员等重要岗位上。副院长成恒长早年留学日本明治大学，专修法律。回国后，在山西大学法学院任教授，后任法律系主任，为中国民主同盟太原市主任委员。他在法院分管民庭工作，是你父亲的得力助手。"反右斗争"中，你父亲重用的这些专业干部基本上都被打成"右派"，因为你父亲对这些同志下不了手，因此以"领导反右斗争不力"而被罢免。被打成"右派"的有7位同志，占到全院干部的16%，紧接着，法院领导班子全盘被端掉。

在对我父亲处分的第五条是"对干部使用和吸收入党的问题"，在法院这一政策性极强的专政机关，不重用这些有知识的干部是寸步难行的，父亲为此又背了一个黑锅。难怪这些同志对他感激一生呢！

韩林姨姨在我父亲百岁诞辰时，还专门给我父亲写了一封信。她说，我们之间最崇高的称呼就是同志，信的抬头写道："秀峰同志：在你百岁诞辰即将到来之时，仅以短文以志纪念。"信的最后写道：请代问你的夫人、恩人，我们的杨改梅大姐好！老战友韩林敬上。这封信，她写得极为工整，一字一格，连标点符号都准确清晰。

我记得我还找过后来担任高院院长的赵耀仁，找过当年被"捎带着"打成"右派"的朱静芳，找过被打成"右派"的李印笔，还有虽然未戴"右派"帽子，却进入边缘的巩玉清、濮稼先等等。他们都深情回顾我父亲，李印笔在给我写的信中说，他想起我的父亲，大哭，多好的干部啊。我专门到榆次去看望他，他说，你需要我做什么，我都愿意。如果要开座谈会，我拖着病身子也要去。巩玉清阿姨还专门写了纪念我父亲的文章，从点滴小事写父亲的品格，文章收入《峰高水底清》一书中。朱静芳有着传奇的经历，对着我，反反复复地念叨她与我父亲的最后一面：看大字报时，相对而无言，无言胜有言。濮稼先当年是年轻人，进入老年后，仍能一字不差地背诵我父亲字斟句酌出来的判决书，他说，这些文字相当精准，体现了党的政策和国家的法律。

王老说过的话，我牢记：我国终于迎来了法治建设的春天，这是中国人民的极大幸福啊！

五

本世纪初，一个非常难得的机会，省高院要编纂一部《法院六十年》，找到了我们这些当年的家属，让我提供父亲在法院的情况。

我牢牢地抓住了这个机会，在层层领导严格批准的情况下，在法院档案室里坐了三四个上午，我可以随时跟管理员索要当时的案卷。只可惜，当时没有智能手机，我需要的文字资料只能靠我一字一句抄下来。一个卡片相机随手拍了几张可做资料的照片。

坐在档案室里，怯生生的，要查的资料都是严格保密的，我不知道哪些我能够阅读哪些又不能。我麻烦档案员将我父亲任职那个阶段的档案资料目录提供给我，像是捧着一册菜谱，定定心再开始点菜。

先点心中最关心的那桩通天大案——傅家邦五吨气锤案，因为当初对我父亲的处分决定中俨然写着："一九五六年下半年到一九五七年上半年，当右派分子向党猖狂进攻，罗隆基、黄绍竑叫嚣要组织平反委员会的时候，他就积极为反革命分子翻案，把证据确凿的重大案件当做冤案给推翻了（例如闻名全国破坏太原市重型机器厂五吨气锤的傅家邦案、闻名全省利用职权进行技术破坏的大同矿务局潘志荣案，等等）。"包庇反革命分子，可不是小事，直到二十世纪八十年代初的中华人民共和国大事记上，仍然将傅家邦案列为大事。

傅家邦何许人？档案里有多处交代，十分清楚。他出身于上海民族资本家家庭，上海交通大学机械系毕业，1946 年上海学生"反饥饿运动"中，大学生抢夺火车，由他和地下党员丁仰炎（中华人民共和国成立后曾任新华通讯社国际新闻编辑部组长、波恩分社首席记者、国际部副主任、对外事务局局长）亲自开着火车，到南京请愿（被称为史上最牛上访）。中华人民共和国成立之初，他响应党的号召，离开上海机床厂，离开父母和初识的情人，满腔热情地来到太原重型机器厂，参加了我国第一座规模宏大的重型机器厂的设计和兴建工作。1954年，在五吨气锤的试锤中，发生锤裂，一时间震惊全国，成为通天的反革命破坏分子。1955年9月太原市中级人民法院一审判处死刑。本人不服，上诉至山西省高级人民法院。同年山西省高级人民法院受理此案。

在当今科学技术飞速发展的情况下，五吨气锤确实算不了什么，而在中华人民共和国成立初期，在社会主义建设的起步阶段，五吨气锤就已经十分了不起了。气锤裂缝，影响至大。

通天大案，而且太原市中级人民法院已经判处死刑，山西省高级人民法院完全可以维持原判啊！如此，对我父亲来说，既符合"上面"的要求，也符合下面法院死刑的原判。可谓省事，且不担责任。但是，坚持法治而不认可人治的父亲采取了多管齐下论证的办法，他必须坚持以法律为准绳，将此案进行下去。从资料上看，一是当时省高院以我父亲的名义发出聘书，特请国内外有关专家进行技术鉴定，并拟定了鉴定项目，比如，锤头上垫铁的作用，抬高打重和碰保险杆的作用，烤锤和垫木的作用，锤头有无旧裂纹的问题，最初用热胀冷缩办法卸锤头，对金属会不会在质上起变化或对锤头破裂有无影响等。二是请中央政法三机关派出专家和调查组听取各方意见并协同分析。三是派出由审判长李密为组长的调查组进驻太原重型机器厂，查看现场、观察实物、约访所有工程师和高级技工。四是进行外调，了解傅家邦的家庭背景和历史表现。五是进行公开审判，旁听者有省公检法部门领导、省高院各庭庭长、太重党政领导及由30名工程师组成的辩护团、省城重点大型厂矿的高级技术人员等。

二十世纪五十年代的交通远非今日之天上地下千里江陵一日还，调查和论证工作自然充满艰辛，父辈们对肩头的法律责任慎之又慎，进行得都非常缜密，国内外专家出具了各种计算数据和造成锤裂的主客观原因。调查组从太重取回第一手资料，各大型厂矿也都一一反馈意见。各种分析和意见收集，结果大不相同。有说政治上有重大嫌疑，其父有问题，有敌对情绪，是阶级报复，有意破坏，但证据不足；有说是有意破坏，不算冤枉，但死刑是不应该的；有说锤头破裂一方面是违纪操作，重打击，没烤锤，垫木薄，此外还有锤头疲劳裂缝，锤头有偏心；有说是超越职权范围擅自试锤，违反操作规程，有意提高气压，连续多次打击造成事故，认定是反革命破坏；还有说最多算是个责任事故，气锤是日本人拆运过来的，在上海仓库里存放多年，没有遮盖，风吹雨打，锈蚀腐损，试锤时，没有垫片，锤头承受压力，疲劳裂缝，多次打击导致破裂，加上傅家邦当时技术水平不高，经验不足，而造成事故。到上海外调材料也回来了，傅家邦本人是进步的知识分子，出生在爱国的民族资本家家庭。其父是全国政协委员，受到过刘少奇等国家领导人的接见。五吨气锤案发生后，其父曾上书毛泽东、董必武和全国人大，详细说明傅家邦的经历和家庭情况，并对他所掌握的山西省高院所进行的一系列调查论证表示感奋。但是，鉴于当时全国的形势，公安部力主从严从重打击（此时宁左勿右思潮强烈，左的错误是认识问题，而右的错误却是立场问题）。在这种情况下，我父亲还是坚持了实事求是的原则，他对办案人员说，判案力戒人云亦云，定式思维、只看现象不看本质。他组织办案人员学习毛泽东在延安整风运动中的讲话，增强大家实事求是的办案思想，甚至带领全院干部观看京剧《十五贯》，力求避免错斩崔宁的错误。也是在这个基础上，严格以专家定论和主客观因素而给此案定为责任事故，亲自签名向省委打报告，改判为有期徒刑 13 年，剥夺政治权利 5 年。这种判决对傅家邦来说，也是不公平的，但是，毕竟从枪口下留下了一条性命。

我看到了当时父亲打给省委的报告，刘秀峰三个字，沉甸甸，他用自己的政治生命来维护法律的尊严。当我坐在省高院档案室里，默默地想象着父亲当年是如何一笔一画签下自己的大名的，那个时刻，他想到了自己将要承担的后果吗？除了父亲被打成"右倾"，此案的审判长李密因此也被打成"右派"，革职回乡，终老故里；傅家邦的辩护人也被打成"右派"。

直到二十世纪八十年代初期，省高院才做了再判决，终于撤销原判，傅家邦无罪走出牢狱大门。

2012 年初，一个名为"捣蛋宝宝"的博友，在我四姐的博文《人民的好法官——我们的好父亲刘秀峰》后，留了言，言明她是傅家邦的女儿傅丽敏。她在留言中说："看了您的文章，我很激动，也了解到更多当年事情的经过。感谢您父亲还有其他为了我父亲的案子而遭遇不幸的人。我父亲由于遭受了长达 17 年的牢狱之灾，遭受了长期的精神折磨，1991 年患了阿尔兹海默氏症，并于 2001 年永远离开了我们。由于我年纪太小，父亲从来没有机会向我提起当年的事情。"她还一再表示："感谢您的文章，感谢您父亲这位秉公无私的人民父母官。"

戏剧性的一幕发生了，紧接着，傅家邦的夫人李女士连连给我们几个姐妹打电话，她说，傅家邦 1967 年刑满释放后，留在山西一监就业，1980 年 9 月无罪释放，回到上海，与她，一位李姓小学教师结婚，生女傅丽敏。她们从我四姐的博客中知晓我父亲和山西省高院的许多法官，为把傅家邦从枪口下挽救下来，做出了极为艰苦的努力，也付出了惨痛的政治和生命代价。

时光澄清了如此大的一件通天大案，父亲是人民的好法官。在二十世纪五十年代，就能坚持"无罪推定"的执法理念。他在法制尚不健全的中华人民共和国成立初期，在潜意识里就有了现代执法理念，即"无罪推定"，真不简单！他的执法理念已经远远超越了他所处的时代，至少提前了半个世纪。这在"极左"的政治风云中要顶多大的压力啊！

韩林姨姨骄傲地告诉我，我们那届班子，没有任何冤假错案！试想，如果当时，草草维持原判，傅家邦脑袋一掉地，那可就是大大的冤假错案了。

省高院长大的孩子，对自己的生身父亲，又多了一份理解和敬仰！

（原载《山西文学》2016 年第 3 期）

作者简介

刘小云，女，中国金融作家协会会员，中国散文学会会员。著有散文集《情到深处》《峰高水底清》《晓云秋雨》，诗词评论集《云心思雨》，人物传记《层林尽染》，长篇小说《陆家儿女》（合著）。现供职于中国农业发展银行山西省分行。

散文四章

■ 李明珠

不一样的井冈

井冈山，从小便一直向往，但一直到四年前参加上一期中青班时才有幸来到这里。江西也一样，除了四年前到井冈山，只是十八年前到过庐山。

那时，没有现在方便，我们一行两人先坐火车到武汉，又从武汉乘坐轮船，经过一夜到达九江。火车异常的拥挤，轮船也很爆满，只有黎明时前往庐山的公交相对松宽一些。

蒙蒙亮的清晨，最令人震撼的是庐山的云雾。其实，到今天我也分不清到底是云还是雾。云雾似乎和车比赛一样，车往山上爬，云雾也在向上爬，以一种令人惊诧的速度爬升着。山脚的雾、山顶的云，合着这若云若雾的云雾，构成了一道难以想象、难以形容的水墨画，让人陶醉其中。当时，真不知道自己究竟是在梦境里还是在画里，只感到眼前的风景是那样的不真实。及至，后来在山脊遭遇大雨更加深了对庐山的认识，俯瞰鄱阳湖，庐山本身就是一幅幅现实的水墨丹青。

这次有幸再到江西，在飞机上俯瞰这红色的土地，一种亲切的感觉油然而生，终于可以弥补过去的遗憾了。

满眼都是浓浓的绿色，满眼都是赭红的芬芳，满眼都是雾与水、水与绿的画卷。行驶在南昌到井冈山的高速路上，与庐山相比另一种风味的画卷次第展开，由近及远，浓的绿、淡的水、浅的山、似有似无的云雾，以各种组合向人们展示着她的美丽。临近傍晚，夕阳余晖更把这份美丽描摹得多姿多彩，一袭袭透过云层的光线不时地使一处出现更加诱人的风景，一缕缕折射使一幢幢房屋一丛丛翠竹平添几分摇曳。

这美，美得让人心醉，美得让人不愿移步，美得让人难以释怀。

夕阳时分，更多的美只能靠轮廓来感受。尽管如此，那种沁人心脾的芬芳，那种引人入胜的美依然融进了脑海里。

在中国井冈山干部学院的第一天便更加深了这种美的感受，体会到了这座天下第一山的魅力和丰姿。

从开办仪式到现场教学，从人们的言谈到着装仪表，从近处的建筑到远处的山峦，处处是瞻仰的人群，处处是苍松掩映下的庄严和神圣。教授们口中溢于言表的崇敬，学员们言行中透出的恭敬，人们依序肃穆的庄重，折射着精神层面的感召。

遥望的井冈五指峰拳头紧握、刚毅坚韧，仰视的纪念碑钢枪林立、星火燎原，教学片中的丰碑震撼心灵、屹立于胸。接过神圣的旗帜，缓步陵前的石阶，瞻仰英雄的碑林，井冈的烽火阵阵在脑际穿越、严酷的斗争疾速在眼前放映，一座座历史的丰碑气贯长虹。

此时的眼前，井冈山的一草一木都似乎有了灵气，一山一水似乎都有了声音。此时，美便成了一种神圣，便成了一种需要极尽心灵去体会、去感悟的感动。及至大家同声体味井冈歌曲的澎湃，这种心灵的感动又被一次次唤醒。此时的脑际，此时的眼前，便被满山的杜鹃、满山的映山红、满山的井冈兰所充盈，而且，充盈得满满当当，填充得丰丰盈盈。又似乎，一瞬间，经过了近九十年，洗去了无数的征尘。

莽莽苍苍的罗霄山脉，不再是人们眼中的苍松翠柏，不再是风景如画的无限险峰，已经成为一则鸿篇巨著，已经成为一则历史长卷，已经成为清洗尘埃、清洁心灵的麦加或耶路撒冷。

雨中，随着老师的现场教学，我们渐次走过井冈山革命纪念馆、茨坪革命旧址群，遥看雾中的五指峰、大井朱毛旧居、小井红军医院，瞻仰小井红军烈士墓，凭吊曾志先生，重走朱毛挑粮小道，黄洋界哨口，八角楼，会师纪念馆，三湾改编旧址群，切身体验、置身入境，那种灵魂的震撼更加强烈。秋收暴动后的件件历史，犹如悬浮的、写实的放映于脑际，放映于心中。文家市退兵、芦溪遭袭，大苍会见、茅坪安家，三湾改编、古城会议，水口建党、朱毛会师，三大纪律六项注意，插牌分田、政权建立、八月失败、两军会师。星火燎原，工农武装割据。一切的一切，虽然已经久远，但大家都感到异常清晰、受益无穷。

历史在呼唤，苍天在落泪，大地在哭泣。每一次的现场教学，几乎都伴随着绵绵无尽的中雨，肃穆的学员们更感到遥远的重托、遥远的砥砺。

沉浸在井冈山精神讲解的感悟中，沉浸在毛泽东诗词的意境中，眼前的风景已经渐渐远去，只剩下了井冈清晰的轮廓。这次的学习又浓缩为一个历史的基点，浓缩在了浩瀚革命史的回味、体味中。

此时，脑际荡漾着毛泽东的诗词《水调歌头·重上井冈山》下阕"风雷动，旌旗奋，是人寰。三十八年过去，弹指一挥间。可上九天揽月，可下五洋捉鳖，谈笑凯歌还。世上无难事，只要肯登攀"。

秋到呼伦贝尔草原

一九九二年，我到过呼伦贝尔草原。那时，是春季，是阳历四月。草还没有大面积泛绿，只是间或透出些许的绿意和嫩黄。第一次驰骋在一望无际的大草原上，心胸更是前所未有的宽广。对苍庐、对无垠、对雄浑、对粗犷，对许多关于草原的印象和认识，都有了最切身的体会和感受，都有了崭新的认识，意念中的草原更是展开了丰富的、充满了生机的翅膀。印象中的大赉湖也是一样的丰盈，如大海、如天空，水天一色，无边无垠，茫茫无际，让人驻足、让人留恋。

整整十五个年头过去了。这次得知要到海拉尔开会，而且是在内蒙古自治区成立六十周年大庆之际，我像孩童时终于得到了期盼已久的奖励一样，异常兴奋。又能见到久违的呼伦贝尔大草原了，我很早就收拾东西，准备好了行囊，提前一个半小时便赶到了机场。从不轻易与人争端的我，得知飞机晚点，可能搭不上北京中转海拉尔的航班后，还实实在在地和机场值机人员理论了一番。

终于到达了。驱车在无垠的呼伦贝尔草原上，望着远处绵延起伏的大兴安岭、如锦淌漾在草原上的额尔古纳河，细细品味着如织水面上轻荡戏嬉的细柳，和流淌在草原上的片片牛羊，以及不远处似金子般耀眼的金色砂粒堆成的沙滩般的宽阔的麦田，自然松散的斜铺着的碧绿的薯地，还未进入草原的深处，我的心便醉了，我整个的人便醉了，彻底地醉了。

看着眼前的秀美和浓郁，我回想起一九九二年成文的《呼伦贝尔情思》，在缠绵柔拂的清风中，很惭愧当时的匆匆成文，很惭愧当时对草原认知的浅薄。无垠的呼伦贝尔大草原，其实，孕育着多个民族、一方人民，孕育着千百年来生活在这片土地上的牧人、农人、渔人生活的希望，孕育着包括我在内的千千万万与这片土地有着联系的人们对美好生活的向往。

很凑巧，因航班机票的缘故，到达后正值 8 月 8 日，农历立秋。和与会的同志们一起，近乎贪婪地翻看着溶溶大地泛出的秋色，翻看着这片广袤土地展现在世人面前的层层现实和历史浸透其中的自然画卷，我深深陶醉其中。

初秋还暑。行走在草原上，太阳还是很让人感受到了难耐的炙热。人们尽量寻找树荫，汗还是难以阻挡地湿透了衣衫。

走在草原深处，白的、红的、蓝的，各色的花点缀其中，分外醒目。一圈一圈的灌木丛，突兀地伸出几支即将凋谢的野玫瑰。脚边的片片水泊掩盖在大片的灌木之中，很难被发现。偶尔，鳞波闪烁，会提醒行人，隐藏在深处的河流、水泊和鱼儿的存在。

这里的花草树木，和其他地方有着很大的不同，也是十五年前来时所未幸见和体验的。草植根在沙土地中，以一片一圈或以垅出现。主要是一些叫不上名字的，应该是很耐旱的，看起来似乎以茅草居多，夹杂众多的其他草类。应该有很多的可食类或可入药类的品种隐身其中，远处的采药人和脚下的一个个小坑或许能够证明。树木，看起来，似乎以灌木和松树为主。桦树也同时遍布在沙土相对集中、缺水的地带，白白的树干丛丛散布在沙砾可见的土丘之上。樟子树则以其特有的存在为这片土地平添了许多的安详。作为欧洲赤松的变种，樟子松在这里叫海拉尔松。询问守林人得知，樟子松耐寒、耐干旱、耐贫瘠，已成为这里固沙造林的先锋树种。从这个意义上讲，说它是草原的守护神，应该不为过。

在呼伦贝尔大草原，随处可见古松挺拔的身影，随处可见郁郁葱葱、生机勃勃的樟子松，他们和各种灌木浑然一体，抗严寒、斗风雪、锁沙龙。傲立草原，倔强、不屈地向大自然展现着他们的刚毅，向人们展现着他们质朴的本质和魅力。

透过碧绿，透过纷缀的百花，透过绝尘而去的马蹄，目光所及，都能看到半蹲于草原的"满山红"，都能看到半隐于灌木丛和古松幼树之间的簇簇嫣红。那便是，兴安杜鹃——"达子香"。初秋的季节，兴安杜鹃没有像报春时一样冲破积雪傲然绽开、如火如荼，但一样的傲然、一样的鲜花烁烁、一样的如锦似霞，别有奇景，令人留恋。

放马草原，歌中的景、诗中的意、作家笔下的风情次第充盈眼中。骑手拉展马头、扬直马尾，肩挑白云，追逐天边的大雁，轰赶花间的蜂蝶，和流淌漂浮着的羊群、牛群嬉戏回转。蓝的天无一丝的瑕疵，晶莹剔透，白的云如脂、如玉，挂在天边，近的伸手可触。无际的草原，一袭袭墨黛，从天边垂下，延伸到脚下，又被另一个天边流动的牛群、羊群拉起，消失在另一个天际。

天、云、碧绿草原成就的帷幕下，拉直的、奔腾着的骏马首尾衔接，连成了一个个时而涌动的、时而静态的动画。

驻足额尔古纳河畔，满是草香的清风如细细织就的锦缎，被人拿来，轻轻地拂过皮肤，有力而绵厚，柔和而爽神，让人轻松之余，又多了许多的惬意，许多的舒畅。

午后一场骤雨，使草原更加青翠、更加清新，身后的敖包经幡喧啸，更加引人注目。远处，阵阵马嘶中，浑厚浓重的长调声徐徐传来，充耳的是奶香、马头琴下的悠远的历史，是丰硕的收获和对美好生活的憧憬。

初识天下幽

第一次上青城山，因了仙风道骨的道人，我是亦步亦趋拜谒的。当时，正值毕业前的实习期，心情格外清爽。仰视青城之巍，近观青城之秀，相逢如仙道人，相机被盗的不快一扫而光，极目都是无尽的美好，一种近乎对神祇的膜拜之情油然而生。

早春二月，秦岭以北仍然寒风凛冽，成都平原已是鸟语花香。在处处充满油菜花香的萦绕下，突兀而起的青城山，宛若海市蜃楼，雕琢在高处，飘飘摇摇，脚踏祥云，浮在半空。偶尔的一袭白云，长长的，像来自天际的溪流，如玉带环绕山峰，在天宇宫阙间款款而泻。有时，无数的白云，会自由自在、无羁无束地或簌或缓穿行在山脊、脉峰间。目之所及，青城山更像是一幅流动着的水墨丹青。

隐身山门，步入曲径。一步一个景致，几步一片洞天，反倒使刚才胜似琼台的青城遁而不现，掩藏了其真实的面目。峰回路转，直到走出苍翠、接天的茂密山冲，步入湖畔，踏上舢舟，才豁然从蚰蜒中洞开，在碧水、画舫间搜寻到她倒映的踪迹。

步舟、拾级，悠悠于缆车，青峰、翠竹掩映的青城，云雾中点缀着一簇簇的鲜艳，各色相间，分外夺目。

半行之中，举目三清宫，几个仙风道骨的道人自上而下飘然而至，似乎天宫垂幸、扶摇而降，不禁肃然。周围的流云、轻雾，顿时因此更显得飘忽神奇，如入仙境。举手投足，更是小心翼翼，不敢翕动半分，只怕惊动了天神。

缘脊而上、穿院而行，丝丝清幽，如剥茧般层层展开。迴院、隐庭，径通幽栏，次第涓涓清澈，连绵不断。待至极顶，更上幽兰。峻极万仞、壁削天工，巍峨高耸、一览众山。进而攀阁，俯瞰三界、浩浩烟渺，世上万物皆沦为足下凡尘。无需把酒，已然蟠澜上清、醉卧峰巅。这种仙境余味，一直陪伴了我近二十年。直到二〇〇六年，受命青城脚下鹤翔山庄，和同事一起拙笔定稿《审计案例》时，才又得闲缘续仙风，重上青城，过了一把回眸的滋味。不过，当时，那种仙风道骨，至今仍不时现于脑海、偶享梦中，愈久弥馨。

永远牵挂的桥

孩童时，我便有个梦：一定要去看看那座桥。随着年龄的增长，这个梦便成了向往，成了长久的期盼。但是，很遗憾。时光匆匆，四十多年过去了，这个向往仍然还是个梦，这个梦依然没有圆。

这个梦缘自儿时的记忆。那时，父亲的朋友特别多，几乎每天都有人到家里去，几乎一有人去父亲就会设酒款待，几乎每一次人们都会和父亲谈起一座桥。他们谈天说地，无论谈得多远、谈得多少，对这座桥的话题都是出现频率最高的。每每，趴在父亲肩头，和父亲一起看满是繁体字、密密麻麻竖写、从右往左、从上往下读的老书时，都不忘缠着父亲再说一说那座桥的故事。于是，我对于这座桥的记忆也就由此产生，由此深刻，认识也由此丰富起来。这座桥便是中华人民共和国成立后，苏联工程师设计、中国铁路工人自己建设、至今仍在使用、位于兰州城西的铁路桥。随着一天天长大，很多关于父亲的故事越来越成为我思想的追随，越来越成为生活的一个最最重要的组成部分。至今，有关父亲的很多故事，我还能如数家珍、娓娓道来，甚至很多很多的细节都很清晰。但，所有的故事，都没有这座桥能让我如此铭记，印象如此深刻，和如此向往，甚至魂牵梦绕。二〇〇一年八月，到新疆出差正好路过。我欣喜若狂，把时间和路线很好地设计了一番，刻意在兰州中转，而且预留了五个半小时的中转经停时间。办完这一切，又马上回家告诉父亲，信誓旦旦，我一定要去看看那座桥。并且，提前三天就把照相机放到提箱里，临走又反复检查了又检查。告诉父亲，我一定会多拍些桥的照片回来。可惜，周密的计划因中川机场到市区的道路全线施工、机场距市区 73 公里、时间不够而泡了汤。满怀的希望，被兜头的冷水浇了个透。尽管，那里的几个朋友一直为我排解，失落的心情合着酒精，还是把我搞得东倒西歪，直到到了乌鲁木齐才清醒过来。

我知道，那座桥对于父亲的意义。那是父亲一生最得意的建树，是他从二级工到班长、从班长至领工员、从领工员到总领工员所承担的最伟大的工程，是他和苏联工程师合作的最重大的项目，也是他一生最引以为豪的事情。我不知道，一个从夜校毕业、大字不识几个、普通的二级工，到因苏联专家欣赏而破格提拔，到四级工兼领工员，再到用墨斗吊线绘制施工图、直接与苏联专家协作的技术骨干，父亲有多么的投入、付出了多少的努力和艰辛。但我知道，这一过程父亲用了不到五年的时间。

父亲已经走了快五年了，我依然没有见到那座桥。每当想起当初对父亲的承诺，我的心便隐隐作痛。这座桥已成了我难于舍撇的心结。也许是怕见它，也许是不敢见它。也许是怕见它的那一刻引发我心底的脆弱，也许是不敢面对其中所融入的父亲的痴情，或者，是呵护心中的那份美好。现在，对我来说，那座桥见与不见已不再重要。重要的是，这个梦和向往在心底的永久的珍藏。

（原载《金融作家》2009 年第 1 期，《中国金融文学》2017 年第 4 期转载）

作者简介
    李明珠，中国金融作家协会会员、中国农业银行作家协会会员。现供职于中国农业银行山西省分行。

木马屠城新记

■ 蒙启宙

　　土耳其一位诗人是这样形容土耳其的国土形状和地理位置的："像一匹烈马，从亚洲狂奔而来，一头撞进欧洲大陆。"土耳其国土形状确实很像一个马头，马头撞到欧洲的屁股，鼻子裂开一条缝，这条缝就是博斯普鲁斯海峡，鼻尖连着欧洲部分的叫特雷斯，就是土耳其的欧洲部分。在土耳其的地图上，特雷斯就像一只拳头，加利波利半岛则像是伸出的食指，指向爱琴海域，指向希腊，半岛东面隔达达尼尔海峡与安纳托利亚相望。

　　达达尼尔海峡和博斯普鲁斯海峡是连接地中海与黑海的两个地理位置非常重要的海峡，达达尼尔海峡是爱琴海进入马尔马拉海的通道，再往上走，经博斯普鲁斯海峡便是黑海。这是进入地中海沿岸富庶产粮区的第一道大门，也是欧亚大陆的连接点。这里曾是希腊的殖民城市、贸易中心，也是通往散落在黑海沿岸的希腊其他殖民城市的咽喉要道。

　　恰纳卡莱正好扼守住达达尼尔海峡亚洲一端，与欧洲一端的加利波利半岛相距只有 1200 米。几千年来，络绎不绝的传教士、商人、军队在渡过达达尼尔海峡之前或之后，总会在恰纳卡莱作短暂停留。五千多年前，恰纳卡莱南部有一个叫特洛伊的渡海口。三千多年前发生在那里的一场战争所引发的神话一直传诵到今天，以其为背景所诞生的荷马史诗成为古希腊人留给后人的一份重要的精神财富和文化遗产，被誉为世界文化的瑰宝。

位于安那托利亚高原上的土耳其古代被称为小亚细亚。公元前 12 世纪，外族开始入侵安那托利亚地区，他们是来自希腊、埃及等地的各种部族，在所有发生过的战争中以古希腊神话形式广为流传的特洛伊战争最为悲壮。

木马屠城计

到达土耳其最大的城市伊斯坦布尔时正值清晨，我在机场钱币兑换处把美元换成土耳其里拉后便匆匆离开，登上了前往特洛伊的大巴。

汽车沿着翠绿色的马尔马拉海岸向南飞驰，秋熟的田野麦浪翻滚、金光闪闪，阳光照射在宽阔的海面上泛出粼粼波光。一只枣红色的巨型木马把我们引进了特洛伊古城遗址，木马的头向南，与特洛伊古城反向而立。

这只木马就是特洛伊的标志，希腊神话中知名的"木马计"就发生在特洛伊。

那是在遥远的公元前 1200 年，小亚细亚半岛西北岸有一座城市叫特洛伊，它耸立在天然悬崖上，俯瞰着辽阔的海岸平原，既是达达尼尔海峡上的文化与商贸中心，也是易守难攻的军事要塞。城中有金碧辉煌的王宫、整洁的街道，高达 9 米的哨楼、厚达 5 米的石垣令人生畏。一天，特洛伊国王普里阿摩斯派王子帕里斯出使希腊。帕里斯在希腊城邦斯巴达遇见了国王墨涅拉俄斯的妻子海伦，这位貌似天仙的王后被帕里斯美妙动听的琴声、温馨甜蜜的言辞和炽烈的爱情所迷惑，跟随帕里斯逃离斯巴达。

墨涅拉俄斯不堪受辱，联合其他希腊城邦的国王，调集了 10 万精兵，1186 艘战船，由其哥哥迈锡尼国王阿伽门农统领，渡过爱琴海，包围特洛伊。顿时，浩瀚的爱琴海上千帆竞发，一场旷日持久的战争开始了。严寒与疾病、饥饿与疲劳、暗礁与海浪未能阻挡希腊联军的进攻，这场攻守之战持续了 10 年。帕里斯王子战死沙场，帕里斯的妻子俄诺涅痛不欲生，跳进帕里斯的火葬堆里和丈夫一起化为灰烬。

就在特洛伊战争处于胶着状态的时候，足智多谋的伊塔刻国王奥德修斯想出了一条妙计——假装战败撤退，把一个腹中装满士兵的巨型木马"遗弃"在城外。特洛伊人不知其中有诈，欢天喜地地把木马当作战利品，并准备运回城内，因为木马太大，从城门进不去，特洛伊国王普里阿摩斯还下令拆毁一段城墙，这才把木马运到城中。

特洛伊人以为战争结束了，当天夜里举行了盛大的庆祝宴会。就在特洛伊人沉醉在胜利的美酒和歌舞中的时候，藏在木马中的奥德修斯等人悄悄爬出来，杀死了特洛伊城的守门人，将希腊联军从城门和城墙的拆毁处引进了特洛伊……

后来人们通常用"特洛伊木马"来比喻在敌方营垒里埋下伏兵里应外合的军事行动。盲人诗人荷马将这一段传奇的故事写成了流传千古、可歌可泣的《木马屠城计》，美国影片《特洛伊》反映的也是这段历史。

伟大史诗缘起于此

我迫不及待地沿着楼梯爬进木马的腹中，霎时，我仿佛来到了3000多年前的特洛伊，穿上了盔甲，拿起了长矛，成为木马腹中已成队列的希腊联军"士兵"中的一员，听到的是特洛伊人对战争结束的欢呼，闻到的是庆祝胜利的美酒的芳香。

西方文明起源于古希腊，古希腊文明最早为克里特文明和迈锡尼文明。而进攻特洛伊的希腊联军正是由迈锡尼诸国组成的。攻下小亚细亚特洛伊城的辉煌战绩被演绎成神话广为流传。在古希腊神话中有一半是以特洛伊战争为背景的而且以"木马计"最为著名。特洛伊战争是希腊历史上第一场见诸文献记载的大规模战争，但这仅仅算是血腥的开端，战争似乎成为希腊人生命的一部分，世代相传的好战习气没有因为特洛伊的悲剧而终结，而是被发扬光大，它曾使希腊走向辉煌又继而使之趋于破坏，烽烟迭起成为希腊文学、艺术、哲学、科学和体育的重要内容。

公元前8世纪，希腊盲人诗人荷马创作了两部在西方文学史上最重要的作品《伊利亚特》和《奥德赛》，这两部分别被誉为欧洲文学的始祖和西方文学的滥觞。其史诗都是围绕着特洛伊战争而展开的。美国影片《特洛伊》

反映的也是特洛伊战争。"特洛伊木马"成为一切利用智谋打入敌人内部，从中瓦解敌人的斗争策略的代名词。

荷马史诗成为历代西方文学家、艺术家、剧作家、诗人创作的源泉，包括古罗马诗人维吉尔在内的欧洲作家都乐于从特洛伊战争中吸取艺术养分，激发创作灵感，为那场尘封的战争尽情挥洒，增添无穷的诗意。以特洛伊战争为题材的文学作品对欧洲乃至世界文化都产生了极其深远的影响，以至于不少欧洲人把流落在世界各地的特洛伊人视为自己的祖先并引以为自豪。

但特洛伊古城是否存在、特洛伊战争是否发生过却一直是史学界争论不休的"永恒课题"，古希腊、古罗马史学家虽反复论述、考证却悬而未解。绝大多数史学家只是把流传千古、可歌可泣的《木马屠城计》看成是一个史诗般的神话。

不朽诗篇的魅力在于她能超越时空、超越国界甚至超越学术领域，给人以无限的遐想，无穷的坚韧。在虚无缥缈的神话面前，一些史学家、考古学家坚信特洛伊城的真实存在。根据希腊神话的描述，特洛伊人是居住在小亚细亚的特洛阿德公民，但传说中的特洛伊城却被视为古希腊城邦的一部分，拥有着与古希腊文化相似的社会烙印。那么特洛伊城是在亚洲还是在欧洲？1822年，英国考古学家查理·迈克拉伦首次确认与希腊历史和文学紧密相关的特洛伊城不在希腊而在土耳其。

在特洛伊古城遗址的入口处悬挂着一张考古地图，从这个历时近一个世纪的考古发掘中我们可以看到，在深达30米的地层中共发现9个时期的特洛伊城。这项举世闻名的考古发现归功于德国考古学家谢里曼。

谢里曼可以说是荷马史诗的执迷者，为了寻找特洛伊古城，他变卖了全部私人财产用于对特洛伊古城的发掘上，先后共进行了7次的挖掘。1870年，谢里曼携带着希腊籍的妻子再次来到处于奥斯曼帝国时期的土耳其，开始了他的发现之旅。

特洛伊古城所处的希萨里克山其实是由无数座古城堆积而成的，每一层都代表着一个历史时期的一座城市，可想而知，要在像"千层饼"似的山头上找到荷马笔下的特洛伊古城谈何容易。就在谢里曼几乎陷于绝望并在日记中写道"我已失去了寻找特洛伊的全部希望"的时候，妻子拿出了《伊里亚特》，用史诗般的壮举鼓励他，使他振作精神全身心地投入到特洛伊古城的挖掘上。终于有一天，他挖到了金属物件，这使谢里曼欢喜若狂，因为从荷马作品中他知道特洛伊战争的英雄们都佩带宝剑、长矛，使用战车……一个举世瞩目的考古发现诞生了。1998 年，联合国教科文组织将特洛伊考古遗址作为文化遗产，列入《世界遗产名录》。

我沿着当年谢里曼等人挖掘出来的特洛伊古城的街道往前走，仿佛置身于当年特洛伊城的灿烂辉煌中。

史上第一座特洛伊城始建于约公元前 3000 年，此时的安那托利亚正处于青铜器时代初期，所有往来于爱琴海与黑海之间的船只都必须通过达达尼尔海峡，而扼守达达尼尔海峡的特洛伊已经是一个繁盛的贸易城市。大约公元前 1300 至公元前 1190 年，特洛伊已发展成为相当发达的农业社会的王国首府，修建起高大的城堡、富丽堂皇的宫殿和其他一些娱乐场所。特洛伊已处于青铜器时代后期，而就在此时，战争发生了。公元前 800 年前后，大批希腊人移居到特洛伊，荷马史诗就在这个时期诞生了。

古城的所有城墙都是用大石块垒成的，固若金汤，在一块隆起的高地上横七竖八地堆放着一截截大理石圆柱，这是当年祭奠智慧女神雅典娜的神庙遗址。南城的西部是一片祭场，当年每当有大型的祭礼活动都会有大批牲畜在这里被屠宰。祭场的南边是罗马时期修建的一个半圆型的剧场，剧场的东北方有一个规模更大的圆型会堂，会堂旁边是特洛伊最大的城门，特洛伊战争的主战场就在这里。

公元前 350 年前后，大批罗马人移居到特洛伊城与希腊人和平共处，特洛伊进入到新的鼎盛时期，公元 324 年，罗马皇帝君士坦丁攻克伊斯坦布尔，并以自己的名字将其命名为君士坦丁堡，使之成为罗马帝国的首都后，特洛伊逐渐湮没，退出了历史的舞台，目前我们所看到的就是这个时期的特洛伊古城遗迹。

看似乏味的浪漫

在特洛伊城遗址不远处有一座博物馆，是土耳其目前唯一收藏特洛伊文物的博物馆。遗憾的是博物馆所收藏的大多数珍贵文物已被窃走，其中包括普里阿摩斯国王的珍宝和海伦的项链。如果想欣赏特洛伊最璀璨的文物，可以去德国的柏林博物馆，那里有4个大厅陈列着特洛伊的宝物。我站在希萨里克的山顶上，明媚的阳光在特洛伊古城颓墙残柱上留下了斑驳的光影，四周山峦青翠，流水潺潺，农田阡陌，繁花生丛林。一望无边的田野上，一群群身穿鲜艳服装的农民正开着大型的拖拉机在劳作，繁花似锦的草地上成群的牛羊在奔跑，好一派欣欣向荣的景象，昔日的硝烟战火早已荡然无存。

远处的达达尼尔海峡也波澜不惊，一艘艘巨轮在海峡间游弋，往来于爱琴海与黑海之间的船只在此相会，一群海豚拍打着波涛游向远方，数不清的海鸥正追逐着海豚"犁"起的小鱼虾，在雪白色的浪花上翩翩起舞，发出阵阵鸟鸣。

五千年的历史，特洛伊城堡在岁月的流逝中化作一座废墟；三千年的风雨，特洛伊木马早已洗尽铅华化作一部动人的史诗。一只仿真木马，一堆乱石，特洛伊古城遗址可能是土耳其所有古代遗迹中最乏味的一个。然而，当你读完维吉尔的《墨涅拉俄斯记》中对特洛伊木马的描述后，你也许会觉得世界上没有几个地方能比特洛伊更浪漫。

（原载《环球》2013年第22期）

作者简介

蒙启宙，中国金融作家协会会员，广州市作家协会会员，著有《面对未来的较量》等专著。现供职于中国建设银行广东省分行。

废墟

■ 刘学升

一片废墟，荒凉地裸露在我的面前。这里杂草丛生，只有些许的基石和两根黑褐色的木梁，与坍塌的泥土相融在一起，让人猜测这儿曾经是一座土建筑。

我在废墟前伫立着，脑中的记忆却很清晰。这里原是一幢土建的、麦秸缮顶的民房。听母亲说，主人黄大，先前家中十分富有，父母死后，给他留下良田百亩，银元数千。但黄大娶妻生子，并没有守住家业。他经常聚众赌博，输掉了银元，就典当田地，结果不仅将家业输了个精光，还欠下一屁股的赌债。为了躲债，黄大举家搬迁到我们的村庄，认我的太爷——一位德高望重的老人为义父，分得一些田地，他也因此顺理成章成了我的"黄爷爷"。因是外姓，黄爷爷很自觉地在距村庄不远不近、面临淮河大堤的地方建了一幢坐北朝南的大土房。以前讲究家庭成分，黄爷爷由"地主"成为"贫农"，也算是他有"机缘"。

黄爷爷的子女们长大后，分别成家另行居住。村庄里的其他老人，闲来无事便找黄爷爷打纸牌。在我五六岁的时候，老人们到黄爷爷家打纸牌已经形成了"气候"：两张四方四正的牌桌，分别摆放在土房子东南方向枝繁叶茂的梧桐林中。打牌的时候,十来位老头儿和老太太抽着旱烟,喝着大碗的茉莉花茶,漫不经心,不争不吵,悠然自得。想想,这是一副怎样的富有禅意的场面啊!

我对老人们打纸牌并不好奇,也不感兴趣。我喜欢他们的和蔼、亲切与慈祥,喜欢他们一边摸着我的头,一边笑眯眯地从口袋里掏出一两块掺杂着烟丝的糖果,剥开来,塞进我的嘴里。我呢,只要得到他们的"犒赏",便乐得帮着黄奶奶拉风箱,往灶膛里添柴,为他们烧大锅茶……这些老人的儿子、儿媳很孝顺,男人下地干活,女人在家做饭;男人收工回家,洗把脸,然后来请老人回去吃饭;老人回到家,儿媳已把饭菜端上了桌,桌子上放着一壶烫好的水酒和一只酒杯……

后来,牌友中一位本家爷爷去世了。他的去世有些儿离奇。平时从不锻炼的他,一日清晨忽然来到黄爷爷家,说广播里播了,老年人要和年轻人一样加强运动,才能长寿呢。黄爷爷一边喝着稀饭,一边嚼着大葱夹馍:我不干,你要怕死你就去,我的老胳膊老腿经不起折腾!于是本家爷爷一人沿着淮河大堤跑步去了……本家奶奶在家烧好了早饭,很久不见老头子回来,就和黄爷爷一同去寻,结果在大堤上发现了躺在地上的本家爷爷。黄爷爷蹲下来,推了推本家爷爷,喊了两声,见没有回应,便转头对本家奶奶说:回去叫你的几个儿子准备吧。

在本家爷爷出殡的当天晚上,本家奶奶在家中也永远地睡着了。长大后,我才从这件事中悟出:人,如果面临生命的绝境,精神往往有可能崩溃。

本家爷爷、奶奶在短短的几天里相继离开了人世,并没有给其他的老头儿、老太太带来太多的影响。他们仍然心态平和地围坐在一起,悠闲地打着纸牌。对他们来说,辞世升天是迟早的事,只要认真地出好手中的每一张牌,与世无争,安度晚年,就满足了,根本没必要为"死"而大伤脑筋。

不知不觉,我离开老家已经有二十多年了。十多位老人先后全部作古,而最后一位无疾而终的就是黄爷爷。听说他在咽气前,说了一句"这些老伙计到底没有熬过我",然后便毫无遗憾地闭上了眼睛……

这幢土房子不知在什么时候坍塌的。但从地上的泥土来看,应该有好几年的光景了。而那些郁郁葱葱的梧桐林,也被砍光伐尽,甚至没有留下任何痕迹，早已隐匿得无影无踪。这个地方，对不知晓的人来说是无所谓的，但对我而言，神秘得像一则童话，又好似把我引入了一个陈旧且缥缈的梦境。同时对于久居闹市的我来说，这里又显得特别的静谧。我呆呆地、良久地凝视着这里的一切，轻轻一叹，无限惋惜着儿时在这里玩耍的风景已经随风而去。

眼前虽然冷冷清清，但我还是恍恍惚惚地看到了老人们避世隐居的身影。他们正围坐在一起，喝着茶，抽着旱烟，打着纸牌。一个打着赤脚、光着脊背的孩童，不断地穿梭其间，为他们添茶续水……

（原载《安徽文学》2008 年第 9 期）

作者简介

刘学升，中国金融作家协会会员，安徽省金融作家协会副秘书长。在《清明》《安徽文学》《金融时报》等报刊发表作品数篇，出版散文随笔集 3 部。现供职于中国农业发展银行总行。

青丝祭

■ 赵芳芳

一百年前，在珠江三角洲，生活着一群神秘女子，未婚，却梳起头发盘成髻。她们群居生活，自食其力，流行"夸相知""金兰恋"，坐卧起居，情同伉俪，终生不与男人来往。这些女子，乡里唤"姑婆"，后人称"自梳女"。

一

女儿满月，带她回乡下。村口一个老妇人，身材矮小，面容清癯，四五个小孩子簇拥着。车门刚开，她就一把拉着我，大声说，新抱来了！声音尖而亮，声线似只有常人一半，听起来细小短促，听惯老人粗糙缓慢的语调，觉得她突兀而奇怪，仿佛少女的身胚被魔化为老妇人的外貌，而声音却泄露秘密。这是大姨妈，婆婆的亲家姐，我是她侄媳妇。早知道她，第一次见，还是陌生。她一直用力拉着我的手，穿过大大的晒谷场，绕过一条小河，在大大小小狗崽们的前呼后拥中，从村口到巷尾她的家。她不停地说，新抱辛苦吗？苏虾乖唔乖？够奶食吗？你要多补，才有奶水……到后来，她的气力明显弱了，只是唠唠叨叨，断断续续，脚步蹒跚，而手还是紧拉不放。面对这样的亲密，我竟很不习惯，几次试图将手缩回，大姨妈却更用力攥住，清秀的脸上浮现两块红晕，狭长的眼睛不时在我身上睃一下。突然，她又用力拉着我，带向天井旁的小偏间，这是花房子，有许多花盆，石榴、杜鹃、兰花、玫瑰。大姨妈尖尖的下巴抬起，贴上我耳朵神秘地问，"新抱，几时生个崽？"啊？我大吃一惊。

她背后拖一根长辫子，一直垂到腰间，油亮的头发夹杂着几丝花白，一丝不苟的五手辫很好看，粗粗的红丝线扎着辫梢，非常抢眼，不由得多望几眼。走动时，长辫子花蛇一样伸缩自如，在线条浮凹的背后透迤扭曲。现在这种装扮已绝无仅有，何况还是风烛老人，奇异的感觉开始膨胀，激发好奇。相处的几个时辰里，眼光每逢和她的辫子相遇，总是一怔：年轻时，这俊俏的辫子会不会像钩一样，勾去几多后生仔的心呢？大姨妈却终身未嫁。

二

正是蝉鸣蕉熟时节，珠三角一带熏风吹拂，芭蕉肥大的叶子在田基上招摇，矮墙后争相露出霸王花青绿的笑脸，这些惯常的风景，常使她开心不已，而此时，少女没心思看这些。她急咻咻走着，浅蓝色大襟衫，腰部卡得恰到好处，勾勒出高高的胸、窄窄的腰、翘翘的臀。宽大的裤脚下一对大脚板，把河边闲走的小鸡惊得乱跳，粗亮的长辫子在背后急剧摇摆。

小河尽头一间大屋，门口已经站着几个女子，高矮肥瘦各不相同，却一式打扮，后脑勺盘着大大的髻子，发髻旁斜插两三朵白玉兰，大襟衫，宽脚裤，整整齐齐，素雅洁净。"来了，来了"，少女走近，她们雀跃起来，年长的女子快步上前，拉着少女的手，其他人簇拥着走进屋子。厚厚黑黑的大木门在身后，悄无声息地关上，将五月的阳光，芭蕉的清香，知了的狂叫关在门外，将暗藏的嫉妒，惋惜的慨叹，不舍的凝望也关在门外。

一只黑狗奋力追来，还是来不及跟进屋里，它昂着头，对紧闭的大门"汪汪"乱叫，叫声渐弱，低下头，身子趴在地上，一丝悲凉从眼里迸出。

这平房，乡人称"姑婆屋"。

　　姑婆屋简朴干净，大院里，鸡蛋花树逸出清香，宽阔的天井后是大厅，正中一列"神主牌"，供奉一个个黑色名字。此刻，案台上香烛明灭，屋里弥漫着紧张庄重的气息。少女立在牌位前，双手绞在一起，眼睛低垂，丰满的胸部起伏不平。年长女子扶着她的肩膀，轻声但清晰地问，"阿妹，想好了吗？"

　　少女秀丽的眼睛渐渐浮上雾气，动了动身子，竟滚下两颗泪珠。阿妹……少女抬起头，看到一双关切慈爱的眼睛，这眼神，多么像出嫁的姐姐，可她，熬不过婆家的百般凌辱，上吊死了。

　　眼里雾气褪尽，亮晶晶的眸子水洗一般。

　　热腾腾的"香汤"抬出来，清澈透明的水面上飘着绿莹莹的叶子，柏叶、黄皮叶，艾叶，叶子的清香被热水蒸发着，氤氲在房间里。少女慢慢脱下大襟衫，底衫的大红色血一样亮。辫子打散，披在胸前背后，少女雪白的身子在热气中微微发红，像一枚熟透的木瓜。年长女子有点浑浊的眼睛，宛如一双温暖的手，动情抚摩着少女美丽的身体，头顶，额头，鼻子，颈窝，双乳，她眼神一亮，进而黯淡下来。转身，左手悄悄拂过胸前，那里，也曾和少女一样饱满过，骄傲过，可是，她轻叹一声，唉……

　　"来吧，洗香汤，洗去邋遢，洗去乌糟。阿妹，以后我们是姐妹了。"少女慢慢抬脚，进入水里，搅动的热气马上包围她。掬起一捧水，凛冽的香气直钻心底，全身浸在热水中，却觉得寒冷从脚底、手指、项背、四肢向心脏突奔，一阵哽咽，从身体深处突然爆发，少女的手久久地，没从脸上放下。"神主牌"上一个个女性名字，冷然望着，宛如深邃的眼睛。少女不是第一个，也不会是最后一个。既然下了决心，就不能反悔。反悔会遭雷公劈，死无葬身之地，变成游魂野鬼没有家没有亲人。她们都不敢，她们都循规蹈矩，她们都这样走过来，又这样走过去。少女哦，以后，你也会把名字刻在这些牌位上的。

　　"一梳福，二梳寿，三梳自在，四梳清白……"年长女子细心温柔地为少女梳头，一下，两下，三下，红木梳子紧紧地，将油亮漆黑的长发拢在一起，将不同姓氏的女人拢在一起，将一颗扑通乱跳的心，收拢。姑婆屋里，又一个女子成为"自梳女"，这一年，民国三十五年，她十八岁。

三

"大姨妈很早就梳起了。"后来婆婆告诉我。这个时候，大姨妈正在乡下老屋，精心梳理她的长辫子。

髻子什么时候放下？婆婆不记得。为什么放下？婆婆也不知道。梳起，是珠三角的风俗，一些年轻女子终身不嫁，为洁身守玉，将自己的辫子梳起挽成发髻，表示一辈子不求人，不靠人，不嫁人，她们被称为自梳女。头发形式，轻而易举地改写一个女性的终身命运。

我曾以大姨妈为蓝本，在一篇短文里这样写：

"姨婆脑后梳着一根小辫子，灰白的辫子里编进一根红胶线，更衬托出老年人的羞涩，这是'自梳女'的标志。尽管风霜染白了发顶，那辫子仍然是一个印记，拖在佝偻的背后。闲时，她将辫子拉在胸前，用牛骨小梳子一下一下地，梳理花白的辫梢。这时，很安静，时光在她身上几乎没有留下痕迹。她属于那个时代，属于自力更生的年代。那时，她应该很自豪，当别的姐妹们还在被迫裹着小脚，被迫嫁鸡随鸡而忍声吞气时，自梳女却娇呵，一生不嫁人！她们将满头青丝梳成一根大辫子，从此开始自食其力的生活。这一生，辫子从双手合拢到盈盈一握，从油光可鉴到晦哑花白，生命差不多就到尽头了。

姨婆梳辫子的姿势很温柔，甚至有点妩媚，她在沉思吗？想起一首民谣，'一梳梳到尾，二梳梳到白发齐眉，三梳梳到儿孙满地……'。这是女儿出嫁时，慈爱的母亲边为女儿梳头，边细声唱的歌谣，是阿妈对女儿今后如鼓琴瑟的祝福。句句都是家园兴旺相亲相爱的渴望。姨婆心里，可曾回响过这样的旋律？"

这些文字，现在看来多么幼稚，谁知道自力更生的背后，曾有过多少不为人知的辛酸？姨妈爱美，虽然头发稀少枯白，还是执拗地梳辫子，因为旧时珠三角爱美的后生女，都这样梳扮。暮年的姨妈，是否用这样的发式，追忆年少风情、留住曾经的美丽呢？生为女儿身，本应芳意无限，坠粉飘香，到头来却花开无人采，用终生的孤独守护这份纯洁，换来的却是更多的孤独，又有谁在百年后，记取这样的孤苦和不堪呢？

四

　　梳起，挽成发髻，十八岁少女从此住在姑婆屋，远离父母兄长族人，放弃做女人的权利，放弃成一个家的愿望，甚至放弃了爱情、原欲。然而，蓬勃的生命如南国夏天的太阳，从早到晚恣意发热，炽烈，甚至毒辣猖狂，滚烫的青春没有放弃她。"十八无丑女"，和所有妙龄少女一样，她的健美，她的丰盈，来自珠三角充裕的雨水，甜蜜的水果，鲜嫩的青菜和芳香的大米。她像一枚鲜润欲滴汁液四溅的草莓，连空气也漂浮着甜蜜。这样的女子谁个不爱？

　　这年七夕的月光格外亮，大大圆圆，挂在天井上空，不动声色地俯视姑婆屋。天井上摆七样水果，香蕉、菠萝、龙眼、葡萄、杨桃、白榄、油甘子，这一天也叫"七姐诞"，属于女性的节日，闻说这天虔诚祈祷，可令自己聪明乖巧，赢来疼爱。

　　夜深人静，姐妹们各自安寝。少女没有睡，隔着深蓝色蚊帐，她看到一丝月光，水一般泻在床前。听说，顺着月光梯子一直向上爬，能偷看到牛郎织女拥抱。那时侯，她常常脸一红，想有一个多情的男子爱自己，该多么好；在爱人的怀抱里撒娇，该多么甜。她有许多许多梦，梳起后，已经不敢做了，她被告诫要安分守己，不能行差踏错，否则菩萨要惩罚。她怕端坐"神主牌"上的前辈，她怕雷公发怒，她怕"浸猪笼"。可是，她还是起来了，她不知道为啥这样，站在月光下，玲珑的身体微微战栗，姐妹们都睡下了，这么好的月光，他们能安睡吗？

　　月光像一把拂尘，悄然拂去积聚的灰尘，最柔软的心底裸露，疼痒莫辨，羞怯难忍。以前听嬷嬷说过，深更半夜躲在葡萄架下，可偷听到牛郎织女的情话。哪里有葡萄架？仿佛火焰轻轻掠过，皮肤燃烧起来，滚烫的手捂不住狂跳的心。

　　年长女人也没睡，她怎能睡？这样的夜晚不知过了多少，她仍然害怕，怕明亮如水的月光窥测内心秘密，怕夜风不解风情，撩拨她僵硬却敏感的身体。二十年前的"七姐诞"，她花一样盛开，开在一对含情的眼里，开在一双粗大有力的手上，迷乱，充盈，疯狂，融化。那一晚是种子，嵌在她身体里，每当雨水来临，就要发芽。嫩芽一发，她就生生掐断。多少回这样残忍，多少次这样无奈。失眠难熬的午夜，身体的浪潮伴随泪水，常常浸湿整个夜晚。潮起潮落，她无言咀嚼着这种痛苦，一天又一天，一年接着一年。

少女痴痴地站着，惘然不知身后有人。年长女人站了很久，一前一后，月光将她们剪成两个修长的影子。不知过了多长时间，月亮将最后一抹清辉，静静洒在大门上，"清修自在菩提地，善行同登般若门"，门上对联格外醒目。她俩抱在一起，沁出的泪水同时打湿对方肩膀。这一晚，牛郎织女鹊桥相会，温存缱绻；这一晚，两个孤苦的女人互相抚慰，难解寂寞。

无欲无求是天堑，谁能逾越？又是无眠夜。

十二月的乡村，景物和人都真正进入冬天，夜色空蒙，村子寂静，漆黑的天幕，只有一颗不甘寂寞的星星忽暗忽明。黑狗躺在巷口，已经睡着，一动不动。整个世界似乎失去知觉，沉湎在黑暗中。

"沙沙，沙沙……"轻微的脚步声；"哒哒哒！哒哒哒！"跑步声，急剧杂乱；"汪！汪！"狗醒，猛叫；"跑了，抓住他们！"声嘶力竭，气急败坏。

几根火把引带一群黑影冲出巷口，黑狗被大脚踢翻，大声咆哮，小孩子尖锐地哭啼，开门声，关门声，咒骂声。沉睡的村子被惊醒。姑婆屋里，年长女子呆立窗前，身后几双忧郁的眼睛，被远处的火光晃得惊恐万分。担忧，慌张，不安。

两天后，十八岁少女的灵魂，永远泊息在姑婆屋后的小河上。折断梳齿的红木梳子，静静躺在河边草丛中，她是回来告别的。年长女子坐在少女睡过的床上，枕边两朵并蒂的白玉兰，已经枯萎，暖黄色的花瓣缩成小长条，仿佛并排的"孖公仔"。"阿妹，和他好好过，有人真正惜你，是你的福气。"泪水一滴、两滴、三滴，白玉兰兀自飘香。

好多天，姑婆屋大门紧闭，任凭那只黑狗不停哀叫。她们在怨恨，在哭泣，她们不明白，自梳后，为何自己的命运仍然不能掌握在自己手上？难道，冥冥中还有一只无形的手，而她们，却看不到它在哪里。一场大雨，窗棂外野草疯狂地长，挡住低矮的窗口。这场雨，把她们心底最微弱的火光浇熄。

长夜快过去了，年长女人还跪在床上，反手背后，梳理长及臀部的头发。头发不再油润光亮，仍柔软服帖，如摸着有点松弛的皮肤，幽怨、惋惜像浮动的雾气，游走在黑暗的屋子里。只有双手机械地动，很慢，慢得似乎停下——但一直没停，顽强地。全部头发被拨到胸前，分成五股，十根指头如坠重石，纠缠，交叉，缭绕，打结，打开和合拢，纷繁和孤寂，喧嚣和静谧，这过程如一个世纪。编好了，辫梢结上粗大的胶线。女人累了，双手垂下，身影和黑暗溶在一起，比黑暗还暗，雕塑一般凝固，似乎被抽尽精神气，只剩下一副骨架子。房间里静悄悄，突然，浓重的气息从鼻腔窜出，垂下的手一动，胶线断了，长辫子剧烈扭曲反转，蛇一样挣扎变形，瞬间松散，溃不成军。

五

也许因为终身没嫁，也许因为守身如玉，大姨妈体态少女一般，轻盈苗条。可她的腰直不起来，走路时微弯，仿佛为了平衡，双手在身后两边摆着，脚步明显拖沓沉重。她没有自己的子女，却有很多侄仔女，放假了，都回到乡下探望她，她非常高兴，单薄的身体转来转去，脸上露出少女般羞涩的笑容，尖细的声音异常欢快。这样的时间其实很少，后生们来去匆匆，将这样的探访视为度假，慰问的话也千篇一律，看过，说过，各自散去。这时候，大姨妈的笑容仍凝固在脸上，可分明透着十分落寞。再回乡下，女儿已能说会走，乡舍新鲜，大一岁的小表哥和她，把村人的鸡们追得屁滚尿流，我百般劝阻，大姨妈却大声鼓励，玩吧玩吧，玩够了杀鸡给你们吃。后园几棵石榴树果子结得星星一般，兄妹俩一人一竹篙，死命拍打果子。我恼了，婆婆也看不过，大姨妈却母鸡护小鸡，把我们挡在园外，关上门任他们胡闹。再进园内，一地树叶和破裂的青果子，大姨妈毫不在乎，笑嘻嘻地说明年再长。

我无法回答她"几时生个崽"的询问，虽然答案明摆着。她就一再重复问，并说多个孩子多个福，家里热闹。我说再生要丢饭碗的。她咬着我耳朵笑道，不怕，姨妈有钱。我突觉好笑，我生个崽与你有何相干？你的钱又和我有何相干？复又心酸，她纵容孙辈们胡闹，仅仅因为老年人的慈爱吗？我知道，她渴望一个家。她的家在哪里？那个属于她的家，应该有小孩的哭闹，有女人毫不害羞的袒胸露臂，有男人抽吸水烟的呼噜，甚至，还有男人女人床头打架床尾和的调情，凌乱的，破烂的，肮脏的，都不要紧，因为是她的。可是她没有，这一切与她无关，她一个人整齐娴静，静得发慌，静得混淆白天黑夜，静得一根针掉下也把猫儿吓得一跳。猫崽太寂寞了，上屋顶勾引邻家猫女，把大姨妈独个儿撇在园子里。

她把月饼、龙眼、石榴摆在月光下，她偏爱石榴，但不吃，说酸。每年结果子，都托人送来。这种果子圆溜溜红艳艳，掰开外壳，里面一颗颗晶莹透亮的果肉，密密麻麻挤着挨着，像一个人丁兴旺的大家庭。吃过石榴，确实酸，电话里告诉她，好酸好酸。她在那头呵呵笑，尖尖细细的嗓音送入耳膜，好孙，好孙。粤语中，酸孙同音，此刻我知道，她说的必然是孙，孙子孙女的孙。月饼她也不吃，油腻的东西，清寡的肠胃藏不住，她何时开始吃素的？竟没有人知道。枯坐月光下，佝偻单薄的身子，目光也空洞迷离，不再对眼前的一切感兴趣，她的专注，她的精神，甚至身上的血肉，都被年复一年的光阴耗尽，她瘦削得令人心痛。

月亮从门前升起，温情地拂过她的肩膀，移过头顶，又倏地偏入屋后，这里太清净，星星也不肯落脚。园子里，花花草草睡着了，连以往唧唧不停的蟋蟀也无声无息，该是回家团聚？大姨妈依依不舍起身，环顾四周，干瘪的嘴唇抿在一起，"叽叽叽叽"，细弱的叫声唤不回没心没肺的猫崽。她摸黑走回屋里，黑暗在身后形成更大一团，吞没了她。

与昨天一样的今天过去，毫无新意的明天又来临。不同的是，今天是中秋。

八十二岁高龄，大姨妈永远走了，带着她的秘密，不被我们知道的心事永远走了。我是否相信她有过这一切？绮丽迷乱，激情灿烂。近乎一个世纪的时间，那根辫子从长到短，从黑到白，从蓬勃到枯萎，生命没有回头了。冥冥世界里，不知大姨妈能否重逢十八岁少女，她们会不会谈起当年，说起她们的"自梳"？说起姑婆屋？十八岁少女肯定会说那个男子，与她携手共赴黄泉的人，他们的爱，他们曾经的缠绵悱恻。大姨妈呢，她会说什么？

秋风瑟瑟。

（原载《文学界》2010 年第 7 期）

作者简介

赵芳芳，女，在《人民日报》《重庆日报》《读者》《作品》等报刊发表作品，曾入选各种选刊合集，多次获奖。出版散文集《一花可可半梦依依》《朱颜别趣》《绿窗书影》《粤岭花静》等。现供职于广东省佛山市南海区金融行业协会。

银行提解员的除夕

■范申

　　五点四十分，"滴滴，滴滴⋯⋯"林峰床头的手机铃声准时响起，刚刚过去了一场大雪，此时的室内一片冰冷，室外的天光也是刚刚擦亮。铃声一响，林峰没有懒床的习惯，他一骨碌地从床上跃起，洗漱之后，他开始在小小的厨房为四个人做起了早饭。

　　这不是在林峰的家里，而是在离他家六十公里外的另一座城市的一处民居里，这是我们市分行租来给各县行的提解员在市里过夜居住的。五年之前，我们的支行撤销了金库，所有的现金调拨都集中在了市分行，林峰便和另外两位现金提解员一起开始了晚出早归的生活。每天傍晚，我行的提解员在收集完各网点的库款箱后，便要乘上保安公司的押款车去六十公里外的市分行将款箱入库保管，这个晚上他们便住在市里。第二天清晨，提解员们再从市分行的金库将库款箱领出送达我们支行的各个营业网点。三名提解员两工一休，五年以来，他们日复一日地奔行于这条银行库款的押送线路上。

　　今天是 2013 年 1 月 30 日，农历除夕。林峰将昨晚从家中带来的包子放到微波炉里蒸热一下，包子是孩子外婆送给他一家过年的，他也捎点过来给大家尝尝鲜。林峰又打开煤气灶煮起了米粥，只要是他当班，同住一室的四名提解员（包括其他行的两人）的早饭都是由他来做的。自打从部队退伍进银行工作起，林峰始终把勤劳踏实、不怕吃苦的工作作风保持了下来，不论是入行后担当支行的保卫人员，还是如今的提解员，苦活累活，分内分外活，林峰总是抢着做，他总是说自己年轻着呢。其实，林峰今年已经四十六岁，是实实在在的老林了。岁月蹉跎，从张扬毕露、热血奔涌的青年到如今历练沉静、风华秋实的中年，在基层一线岗位上林峰已匆匆走过了二十多个不平凡的春秋，亲身经历了我行从国有专业银行向国有商业银行的艰难变革，从吃计划经济饭到走向市场找出路的华丽转身。阵痛终将过去，敢于拼搏的银行人此时有更多的欣慰和暖流涌在心头，林峰总觉得浑身有使不完的劲。

草草地吃完早饭，林峰等四人便推出各自的自行车朝市分行的方向骑去。晨曦微明之中，尽管寒风拂面，但空气中已经氤氲着愈来愈浓的年的气息，还有十多个小时的时间，新年的钟声就将敲响，林峰不由得加快了骑行的速度，似乎他也要紧紧拽住这个牛年匆匆而去的步子。又是一年的工作做了下来，今天该是一个圆满的结尾了。

六点三十分，分行的金库内，各行的提解员已经陆续到齐，登记、交接、领箱、上车，当林峰和另一位提解员小董一起将十只库款箱逐一提上押款车的时候，林峰的额头已经沁出了一层密密的细汗。铝合金做成的库款箱装上钱款后每个重约七八十斤，有的装有硬币的库款箱重有近二百斤。林峰拎抬起库款箱的时候，尽管感到有些吃力，但他总是挺直了腰杆，迈出矫健的步伐。林峰说，在外面他们也代表了各家银行的形象，应该展现出我们银行提解员的伟岸身姿。

六点五十分，押款车驶出了市分行的大院。汽车从市区驶过，放眼望去，满街都是红红的灯笼、对联和喜纸，散发出对新年的祝福；汽车从乡间驶过，远处的田野里，白雪正轻轻地抚慰着越冬的麦苗，一片银装素裹，真是一个瑞雪兆丰年的样子！这是雪后一个难得的晴天，阳光透过车窗玻璃照在了车厢内每一张灿烂的笑脸上，年的喜悦荡漾在每个人的心头。春夏秋冬的三百六十五个日子，经风沐雨的一天又一天，明天就是新的一年了，又将开始新的出发，林峰觉得除夕这一天的阳光格外的亲切和温馨。汽车沙沙地前行，林峰似乎看到新年携着春风和暖阳站在了春天的门槛上，正向他们招手呢！

七点五十五分，押款车驶进了我们支行大院。林峰和小董一起将库款箱与支行营业部的柜员进行交接，等他们将我行的五个营业网点的库款箱都交接完毕后，林峰和小董又乘上押款车去我们小城的两个超市，每天我们的提解员还有上门收款的工作要做。今天是除夕，看着超市里里外外川流不息的人群，林峰猛然想起他将过年给父亲买围巾和棉袜的事给忘了，一会得打个电话让妻子小红打理这事。

林峰的妻子小红早先在一家缫丝厂上班，几年前从企业下岗后，她在一家化妆品店做营业员。前年，小红和一位女友一起开了一家小小的服装饰品店，整日里也是忙个不停。林峰上班不在家的日子，给女儿做饭、接送女儿上下学等事情自然落在了她的肩上。以前林峰在支行做保卫人员时，过年过节常在银行里守金库，小红已经记不得多少个除夕和春节林峰总是在行里值班，家家团圆的时刻总是少了丈夫的身影。如今，林峰又常是两地奔忙，对此，小红丝毫没有怨言，她总是默默奉献支持着丈夫的工作。

九点二十分，林峰和小董从超市回到了支行的现金整点间，他们还要做对刚刚收回的现金进行挑残、扎把、上缴等整点工作。年末这些天，每个超市的现金营业款都有近百万元，整点完这些现金，时间已是十一点钟了。林峰这才有空闲打了个电话给妻子小红，让她再去操办一下买给老父亲的过年礼物。电话那头，妻子小红似乎也很忙，但她还是爽快地答应了下来，这让林峰的心里踏实了许多。这时，营业部主任又安排林峰和小董一起协助现金整点员将网点解缴过来的现金进行整点，以便及时向上级行解缴。如今各银行都进行了集约化经营，要大力压缩无息现金资产占用，现金调缴的工作也频繁起来，林峰二话没说，又埋头开始了整点现金工作。

中午，为了不影响工作进度，林峰在行里简单地吃了一个盒饭，等做完手上的活计，时间已是午后一点钟了。现在，林峰可以休息一下了，他骑上电动车出了支行的大门，他要去妻子的小店看看。

到了妻子的小店，妻子小红告诉他给老人的东西她已经买好，托孩子的小姨去送给老人了，这让林峰宽慰了许多。他掏出一根香烟释然地点上，丝丝火光闪烁之后，林峰长长地嘘出一缕烟气。又是一年的风雨兼程，此时的林峰回望这过去的一年感慨良多。过去的一年，作为一家国有股份制的大型上市银行，工商银行的航程在发展之中更加开阔，工行已成为我国金融服务能力最强的金融机构之一，保持了全球最盈利银行的地位。对于林峰来说，作为一名普通的基层一线员工，过去人们见到他只知道打听存款利息多少的事儿，如今向他了解银行按揭贷款、电子银行、黄金销售、代理基金和保险等方面信息的人多了，银行已成了实实在在的金融超市，不但是老百姓身边的"储蓄罐"，更成了人们日常生活的理财师，林峰感到自己的脸上更有光了，腰杆更硬了。这一年，伴随着银行经营效益的不断提高，职工的工资水平也在提升，林峰发现自己的钱包更鼓了，能与自己所在的企业一起破浪前行，林峰深感自己的幸运与责任。想到今年除夕的年夜饭仍是由自己的父母来忙碌的，林峰又在计划着，明年要是自己不当班的话，是该由自己为全家准备一桌丰盛的年夜饭了。

十七点三十分，林峰又准时到达了支行的大院里，他将与另一位提解员小宣一起将今年最后一趟的库款箱安全地送达市分行的金库。今天与他们随行的还有支行的一辆小车，这是支行领导决定用来接他们回家过年的，今晚他们不用在分行那边过夜了。想到这，林峰感到心头热乎乎的。

十八点三十分，林峰和小宣将各网点的库款箱全部运上了押钞车，押款车开始出发了。夜色之中，不时传来零零碎碎的爆竹的炸响，公路上的行人和车辆更稀少了，每年这难得一见的好路况只有在除夕的这个夜晚才能看见。林峰的手机"滴滴"响了两声，是有短信来了。打开一看，是女儿发过来的：爸爸，早点回来吃年夜饭，我们等着你！

十九点四十分，林峰和小宣在将库款箱安全解缴入库后，乘上了支行的小车，踏上了返回小城、回家过年的归程。一路上，耳边的鞭炮声已经更加热烈，透过小小的安全窗户，林峰看见夜空之中间或有一朵朵闪亮的烟花在远处缤纷地绽开，这是幸福的色彩，也是欢乐的图画。过年回家，回家过年，林峰的心中充溢着喜悦的暖。小车在飞快地行驶，林峰的手机里又传来了女儿的短信：爸爸，精彩的春节联欢晚会已经开始了，我在家的窗口看着你回家呢!

二十点三十分,林峰最后一个走出了我们支行的大门,此时的小城是多么的安静和温情。千家万户共团圆,年的欢乐和喜庆在小城的街巷和房舍间尽情地流淌,空气里弥漫着鞭炮和焰火的烟硝味。夜色浓浓,年味浓浓,春意浓浓,林峰依稀能闻得到母亲做好的年夜饭的菜香和老父亲为他斟好的酒的醇香。他知道,在自家的窗口,正有妻子和女儿渴望而温暖的眼睛企盼着他的归来。林峰更知道,走过了这个踏踏实实、任劳任怨的 2013 年,一个跃马扬鞭、催人奋进的马年就在眼前,明天就是一个亮亮的春天!

(原载《中国金融文学》2014 年第 2 期)

作者简介

范申,中国金融作家协会会员、江苏省作家协会会员。散文作品散见于《经济日报》《新华日报》《大公报》《中国金融文学》《金融时报》等报刊,散文作品《从家乡到故乡》入选江苏人民出版社《乡愁若灯》一书。现供职于中国工商银行江苏省盐城市大丰支行。

柜台的变迁

■ 张虎

恰好是在恢复高考的第十年，一纸高考录取通知书把我送进银行学校，从此也改变了我的命运。

之前好像从来没关注过银行，每次上学都带足够的生活费，没到银行取过钱，最多是偶尔从邮局取过家中寄来的钱，没见过银行存折，更没有银行卡。

对银行一无所知的我，怎么晕晕乎乎地进了银行学校？想来有趣，那时高考志愿是考前填的，不知自己的高考分数和未来的录取分数线，所要填的志愿档次多，学校多，填到最后有点随意，顺手写了个银行学校，没想到就"随意"进了。

这也许就是所谓的缘分吧！

在校期间，每当看到银行网点，自己就特别敏感，忍不住地会进去转转，刚开始的时候还感到神秘，认为银行是富人去的地方，到了门口，腿抬不动，不敢进，后来胆子大了，进去后一边看看银行的情形，一边想想自己未来可能会在哪个银行哪个网点上班呢，柜台内的那个人会是工作后的我吗。

那时银行并不多，除了"银行的银行"中国人民银行之外，主要是带"国"

字头的工行、农行、中行、建行，俗称"四大行"，另外还有农行管理下的信用社。交通银行当时刚刚重组，初听行名很纳闷："交通"是啥意思？是指道路吗？道路怎么与银行扯在一起？后来才知道，交通银行在1908年创建初期是定位于经营轮、路、电、邮四政往来服务的专业银行，所以取名为交通银行，有交叉贯通引申兴旺发达之义，重组时是沿用，现在已成为第五大行。

那时银行的网点也不多，即便在城市的大街上也不过是稀稀拉拉地分布着，想找都要花时间，完全没有现在这样密集，街面上随便走走，一不小心就遇上一个，经常看到不同的银行网点相连，互为邻居，大家笑称"储蓄所比厕所多"，在许多地方我觉得这说法一点都不过分。

印象最深的是当时的银行柜台。

柜台是银行服务的"窗口"，最能体现银行服务的水平和银行的整体形象，不同时期的柜台反映了不同时期的银行发展状况。

20世纪80年代的银行网点，一进门就可以看到柜台，普遍是高高的水泥台上有一些排列均衡的钢筋架，钢筋架纵向的多，横向的少，比较密集，水泥台面一般是瓷砖，好一点的是大理石，在台面与其上最近一根横支架之间距离较大，便于柜员与客户交流，办理各类业务。

钢架没有密封，透过钢架缝隙能看清柜台内的一切物品，若遇重大活动，银行还会在柜台钢架上面拉上醒目的宣传标语，有的是常年把银行制度悬挂在上面。

柜台外没有其他设施，简易的柜台承载着银行柜员与客户之间的一切交流，包括咨询、填单、现金和结算办理等。柜员岗设置为现金柜、储蓄柜、转账柜等，互不取代。客户办理一笔业务往往在不同柜员岗之间转换，否则办不成。即使是最简单的一笔取款业务都要先在储蓄岗上记账，然后到现金岗上取现，不转换取不到钱。

大多数网点特别是农村网点柜台上没有一台电脑，看不到如今零乱的电线，只有算盘和各种记账本，业务办理全部是人工算息、手工记账，出纳柜员面前多了点钞机、传统押钞机和分层分币种的装钞盒，其他柜员没有，假币识别仪柜台内少有，柜台外供客户使用的则没有。

通往柜台内的门也很简易，就是普通的铁栅门，没有防盗门。

说来也怪，那个时候虽然效率低，但客户排队的现象不多；因为没有监控，柜员在无业务的时候有带小孩、看报纸、打毛衣等情况，但银行服务被举报的不多；虽然没有如今高级的假币识别仪，但假币不多；柜台虽然简陋，但被抢的极少。

大约从20世纪末开始，银行的柜台开始改造，进入了一个新的历史阶段。

这时的柜台发生的显著变化是：矮了，原来的柜员高高在上，椅子下面是垫高一层的，对面客户若是小孩，一般够不着柜面，成人办业务较方便，但是此时变低了，小孩也易办业务，不用"踮脚尖"。

虽然矮了，但是更漂亮了。柜台不仅台面是大理石或瓷砖，连外立面也是，曾经的水泥柜台逐渐消失，成为历史的记忆。

柜台上的钢筋架也被防弹玻璃取代，公安系统内保部门对银行柜台的标准明显要求高了，安保工作升级，一开始自己看了都不适应，总有一种如临大敌的感觉。

大抵也是在这个时候，我从基层央行调到商业银行工作，分管安全保卫部门，为安装防弹玻璃，我曾经带队到厂家去考察过，当时以为防弹玻璃很"结实"，既然刀不能入，弹不能穿，那就什么都不怕，实际上安装也要小心，如果遭遇钝器敲打，也可能会碎，不过即使碎，也不会散落伤人。

通往柜台内的门开始安装防盗门，后来逐渐安装防尾随联动互锁安全门，是连为一体的双道防盗门，中间仅容一人，关上一道门之后，才能开第二道门，防尾随。

因为防弹玻璃密封，所以柜台台面多了凹槽也即收银槽，供柜员与客户之间传递材料和现金，柜员面前也安装一个话筒，便于语言的交流。

这个时候最重要的技防设施出现，电视监控及报警装置介入了，每个柜员头上都有了一个监控头，桌面下柜台旁还有一个红色的报警按钮，遇有紧急情况，柜员可随时报警。

电视监控系统经历了自黑白走向彩色，自录像带图像存储到硬盘录像机存储的过程；报警系统经历了从自身警报到接入本地公安110的发展。所有系统都在不断地升级和提高。

这时的柜台明显复杂，不仅仅是一个物理设施的存在，还新增了技术含量，其自身防盗防抢的能力取得了突飞猛进的进步。

因为有了监控，银行开始实行综合柜员制，就是一笔业务由一个柜员办完，不需要客户在不同柜员之间转换，效率显著提高；此外，原来的手工作业模式也被系统程序取代，柜员上机操作，一人一个操作号，机器算息和列支会计课目，差错率减少，柜员"傻瓜"式的操作，业务办理速度加倍提高。由于业务联网，客户不需要到原开户网点办理业务，可以在开户行同城任一网点办理，即是所谓的"通存通兑"，大大便利了客户。

柜台内原有的状况彻底改变，一台台电脑代替了原来的手工账本，这是革命性的转变。柜台外摆放和悬挂的物品和原来相比越来越多：老花镜、笔、蘸水缸（点钞用的）、点钞机、反假验钞机、利率电动显示屏、电视显示屏（播放金融知识和产品广告）等，都是为了方便客户。

一切为客户着想，顾客是上帝不再是一句空话。

如果说第二阶段柜台是从传统型向技防型转变，那么从 2005 年开始又向分区型转变。

这就是将柜台按功能分区，若是办理现金业务的，安装防弹玻璃，若是办理结算业务的，则不再安装防弹玻璃，柜员与客户之间面对面"零距离"交流，增强服务的亲近感。

除了传统的柜员岗设置外，许多银行又增加了 VIP 服务窗口，专为贵宾服务。

柜台外多了一米线，多了叫号机，客户到达银行后，先触摸屏幕获得打印有号数和等待人数等信息的小票，银行通过窗口显示牌依次叫号办理，文明有序。所以这时的柜台上又多了显示号数的数字屏。

互联网进一步介入，远程监控开始广泛使用，在一个总部银行可以看到其辖内所有网点柜员办理业务情况，系统自带语音子系统，还可以异地听到柜员与客户的交流，方便解决柜员与客户间的争执。

为有效地监督和提升柜面工作人员的服务质量，银行开始在柜台上安装服务评价器，在一笔业务办理完之后由客户自主摁下"非常满意""满意""基本满意"和"不满意"四个键中的任何一个，对工作人员的服务态度和服务效率进行评价。

银行营业大厅内除了柜台外，其他高级自动设施越来越多：打卡机、补折机、存款机、存取款机、硬币兑换机等，柜台内的业务向柜台外延伸；大多数网点新增大堂经理，帮助客户填单，接受客户咨询，柜台内的业务向柜台外前移。

这几年又兴起网上银行、手机银行等，各家银行还纷纷推出"一卡通""一线通""一网通"等，客户可以足不出户、身不离桌地操作，原本属于柜台内的业务又向互联网外扩，实现新的腾飞。

这些智能化方式的出现，使得银行网点由操作型向销售型转变，依靠人工柜面的传统渠道被彻底打破，人们不需要在固定场所、固定时间接受银行的服务，而是一举变成 24 小时、跨区域、开放式的灵活自主的服务，从这一点上看，传统意义上的柜台所起的作用经过数百年的发展已渐渐变小了。

随着银行业务的智能化、自动化以及"微信支付""支付宝"等创新的支付方式不断涌现，未来银行的大物理网点会减少，而智能化小型化入社区的网点将会增加，线上业务，线下指导，可能银行未来都不需要柜台了，一部智能手机解决一切，甚至不带智能手机，靠刷脸等也能解决一切，空手走遍天下一点都不可怕。

近代银行起源于中世纪的欧洲，英语中"Bank"一词就是由意大利语演变而来的，原意是交易时用的长凳、椅子，这可谓是银行柜台服务的早期形态，而我国唐代就有"僦柜""柜坊"，虽然那时没有银行，但以"柜"形式存在的物理渠道及其"柜台""柜员"的称谓却被今天的银行所沿用。假若未来有一天银行没有柜台，那会是什么样子？银行内部的同志还叫"柜员"吗？

从无到有，从有到无，从简单到复杂，从复杂到简单，小柜台的变迁折射出的是大时代的变迁。

（原载《中国金融文学》2018 年 6 月第 2 期）

作者简介

张虎，男，中国金融作家协会会员，江苏金融作家协会副秘书长。著有散文集《轻描时光》。现供职于江苏省农村信用社联合社。

七月雾·小岛

■ 刘宏成

扛着橹棍走出家门，看海面弥漫着浓浓的雾，像怎么也扯不开的层层棉纱。微风一吹，像一团团白云，蒙头盖脸地扑来，带着湿润的咸腥味。可微风吹不起你长长的秀发。走下山坡，翻过白石滩，模糊中就看见海边自家那条涂着红漆的小舢舨。那个小岛是什么样呢？你又开始想这已经不算太恼人的问题。

昨天去县里考试回来，你知道自己的学生时代该结束了。三年啦，一些老同学都做了爸爸妈妈。坐在比自己小的同学中间，你常常感到自己老得像个老姑娘，没有半点光彩。按理说家里也够可以的，三口之家靠爹一人出海打鱼，居然也挣回来彩电、冰箱，电没上岛，只是晚上发电的时候它们才有用，白天时就像家具一样摆放着。妈妈去剥点海红（贻贝）、扇贝赶个小海，只不过是小头的零花钱，三间海草房已翻盖成三间红顶大瓦房。那么你还要什么呢？考大学，这是爹说的。爹说的不会错。于是就考了三年。原指望今年的七月会考得更好些，可一看见监考老师眼镜后面那双严厉的眼睛，你的心就一片苍白。真晦气，三年碰到的都是这个监考老师。别怕别怕，他不是看我。你在心里安慰自己。可手还是不听使唤，脑子里竟一片混沌。

海面上全是大雾。你摇起那条红舢舨向远处划去。那个小岛是什么样呢？你被水和雾包围了，像什么电影中的镜头。这景象一定很美：船是红的，水是碧绿的，周围是一片奶白色。当初爹要把这条船漆成深褐色，你硬是央求爹漆成了红色，说是红船在蓝海里一定很好看。爹说，不对，海是由绿变蓝再变黑，水越深色越重。渔船在大洋里活像是大黑锅底的一片小树叶，一会儿跳起来，一会儿趴下。但船还是漆成了红色，在众多的舢舨群中，远看像一团醒目的红火。可我呢，我是什么颜色？你停止摇橹向水里望去：呀，我竟然光着身子！曲线柔美，皮肤细白，肌肉充满弹性，一只手正轻抚胸脯。你一向自认为不是个漂亮的女孩，可这是我吗？我这么美吗？

不知为什么你突然想起了考试前几天晚上的梦。第二天早晨你插上门，在家里的立柜镜子里把自己端详了好半天，看着看着竟发起了呆……22岁啦。这声音在耳旁重复了几次，嗡嗡的好像还有回音。爹妈那老而多皱的脸孔又在眼前忽闪，看不清试卷上那些密密麻麻的字。前两次考完试回到家，爹都是淡淡的一句：怎么样？你总是支支吾吾地答：谁知道呢？偷偷看一眼爹黝黑而苍老的脸，你就禁不住想大哭一场。"前面的题不会做就先做后面的。"监考老师的声音一下子在你身旁炸响。你摇摇头，脸一下子涨得通红。你不是不用功的学生，只是那数学题和外语对你而言就像天书一样难懂。你听见前后左右的考生在沙沙沙飞快地答题，像小雨飘零的音乐。

去年的七月有一场小雨。洪海哥毕业后回家休假，住了十天竟没来看你。走前的那天你去看他，却阿阿的没有话。坐了半天你要走，在门口他说了两句话："我报名去西藏支教了。把我给你写的信还给我……好、不好？""嗯。……就那么不愿回家来吗？""太寂寞。"第二天洪海哥走时下起了小雨，你没敢去码头。只望着门前的雨丝洋洋洒洒，敲打出轻柔的节奏。十几封信是让表妹送去的，你没再看。信里的话已差不多能背下来。……你这是怎么啦？再溜号就不用考试了。你曾做梦都想进洪海哥毕业的那所大学啊。铃声一响你就知道，那所大学正离你越来越远，三年了，过去的梦已经碎了，至少已不那么浑圆。考了两天半你就搭船回家，剩下一门外语没考。爹出海去了，妈一句话也没说。你睡了一下午，最爱吃的鲜刺锅子（海胆）汤晚上也就喝了几口。也不知妈从哪里弄来的。

一宿都是梦，总是梦见那座孤零零的小岛。雾气半遮着它，忽隐忽现地露出岛上的一座白色灯塔。百年孤独。岛上没有人家，连树也很少，有几个鸟窝都做在峭壁上。要上岛必须经过一道汹涌的海流，没听说谁划船上去过，游泳更别提啦。据说有几次有人要上去都没了踪影，老人们都说那个小岛不能去。几个胆大的后生曾经开着带有尾挂机的船靠近过，只是在周边转了一圈就回来了，说是没什么好看的。你觉得自己就这么一直望着不远处那个荒岛长大了，似乎人世间所有的秘密都藏在那个小岛上。不过洪海哥有年夏天上去过，并且捡回来四只鸟蛋。他说那灯塔上有你的名字。洪海哥的体格真棒，水性好得没法说。单看那一身黑黝黝的肌肉块子，就知道一定是个好渔家后生。你也是个渔家女嘛。梦醒后你忽然想起一句话：不论梦有多圆，周围都是黑暗而无边的。是哪本书上看来的？马上你又对自己苦笑了，渔家女想这句话有什么意义。你又想起爹的话：考大学。爹这会儿一定正在锅底一样的大洋里拉网，渔船只是一片树叶。大洋里也有雾吗？……爹也许不知道，海花初中没毕业就跟她爹开饭店去了；小玲子在乡图书馆干，年终能分配好几万元；春儿跟信用社贷款承包了一个养殖场，每年利润几十万，大把大把赚外国人的票子。这些儿时的小伙伴都是好样的。渔船承包以后，爹简直就是没日没夜地拼命干，你为什么考了一年又一年呢？难道真为了爹说的"多念点书，别受这个累"？你不就是个渔家女吗？！你几次要跟爹出海，爹都不让，说是女人上船犯忌讳、不吉利。你想一定还有别的原因，爹妈的年纪都大了。洪海哥可是这岛上的人尖子，他也许天生就不属于这个海岛。"在远离大海的城市里，我思念小岛的炊烟和你。平静的日子太漫长，多想看巨浪滔天的壮丽。让海风掀动我的头发，也掀起我心海的思绪……""真想让你寄一朵浪花，看浪花扑上黑礁的气概。假如你陪我峭壁上看海，海会变得瑰丽多彩。远航的船队是我的思念，桅杆上飘扬我们的期待。"洪海哥简直就是你心目中最伟大的诗人，因为他你也开始偷偷地写诗，只是从来没给别人看过。可是洪海哥不再思念这海了吗？还要不要这千万朵美丽的浪花？你的心里又开始隐隐作痛……公鸡沉闷的一声长啼，你猛然想起梦中的那座小岛。向窗外一望你就跳下炕，天已大亮。好像你的梦应验了，院子里拥满了雾。转了两圈你没找到妈，翻翻日历想起今天是农历初五，"初五二十两头潮。"妈一定起早赶海去了。锅里有一碗煮海蛎子，馒头正冒着热气。三口两口吃完饭，拖出橹棍出了门。就是今天了！你在心里默念着。这死雾天不知什么时候开脸？

那道海流真凶，潮涨时向西流，潮退时又向东。年年月月就这么奔腾不停，似乎底下藏着个怪物，一浪跟一浪地轰隆作响。你忽然想起有一首诗叫做《海的生命》，有谁仔细地写过《人的生命》？接近那道海流时，你把橹猛搂几下，"不怕迎头风，就怕腰跨浪。"让船头顶住那扑来的一堵堵浪墙。如果有小南风，如果有张蓬（帆）……。你脑中只这么一闪念，马上就不得不拼命地摇橹。激流已顶着船退出几丈。摇，摇，摇。胳膊好像已不属于你，胸胀得像要裂开。你模糊记起长跑冲刺时的感觉。可浪还是不断地冲过来，在船头开起大朵晶亮的白花。你觉得那小岛离你越来越远，像要抓住它，你玩命地摇、摇，却感觉不到船的前进。好像这辈子就得这样摇下去了，脑中忽然涌来一片绝望。你想起无边的大洋。小船被激流冲走，会像一片树叶吗？四顾雾海茫茫，没有人会看到这人与海生命的较量。小舢舨是一片不屈的树叶。

忽然有那么一阵子，海似乎平静了许多。"潮涨八分满，急流缓一缓；退潮八分枯，海面平乎乎。"洪海哥曾悄悄告诉过你这句谚语。你马上意识到，涨潮了。刚刚涌起的绝望很快被惊喜冲走。你抬起木麻的胳膊，又开始一下一下用力摇起橹来。

哎嗨哟，哎嗨哟！

使劲快拔锚呀，

嗨哟嗨，嗨哟嗨。

起锚好上流哎，

嗨哟嗨，嗨哟嗨。

莫说风不大哟，

无风三尺浪哎。

嗨哟嗨，嗨哟嗨，

嗨哟嗨，嗨哟嗨……

不知怎么，这低沉有力的渔家号子一下子涌满你的心胸。你禁不住哼起来，竟哼出一股令你吃惊的苍凉味道。爹有时晚上回来，捏着酒盅低声哼过这号子。那时他心里一定是一片汪洋。

海流转向西流，小舢舨又掉过头。雾忽然薄了许多，天上出现了一块亮团。你忽然发现那座荒岛隐约不过百步之遥。可跨过这百步又谈何容易！……终于，当你近乎麻木地朝着那座小岛一下又一下越来越慢地摇橹时，你忽然发现小岛已不再后退——你进入了一个漩涡区！大海一霎那在你眼里变得那么可怕，像一个诡计多端的骗子。从远处看，它平静壮观，走近它抚摸它就处处都是陷阱。这就是深沉的力量？

小舢舨真的成了一片树叶，在黑突突的怪礁间不停地旋转。你不知道自己要被漩涡耍弄多久才会被狠狠地甩在礁石上揉扁。你猛然想起邻居家的老猫把一个小老鼠拨来拨去并不急于吃掉并欣赏战俘恐惧模样——的得意神气。你有些后悔这次出海，不过是一次拿生命作赌注的无用的冒险。可出海前的坚决态度绝不亚于去长江漂流。小舢舨扑向一块礁石，你用橹顶住。"咔嚓"一声橹叶就那么断了，你来不及想一下就晃进水中。一个浪涌立起来，猛然推你扑向礁石。在将要被摔扁的刹那，你一窜就死死把全身贴紧礁石。这是生的本能。浪摔在背上又退下，你发疯般跑向礁顶。"哗——"又一个大浪在你脚下炸开，你忽然全身抖得厉害。

小舢舨又转了一圈，船帮的红漆已磕掉两块，露出白森森的木茬。早晚它会被撞碎的。不！你那么尖声地喊了起来，脚就向浪边靠近，声音苍白得没有回音。船漂过来，你一把抓住，可水流的巨大冲力差点把你也带进水中。松开手，船又开始转圈。雾快散尽了，天上白花花的亮团把你身后的小岛照得透明样清晰。"早晨雾沉沉，中午晒死人。"海上的天气变化多端。你的身上开始散发蒸汽。你再次靠近浪边，船又握在手中。这一次你没松开，船也不动。你的身子弯成弓形，柔韧的肌肉条条突起，扒住礁石的一只手已渗出血渍。船动了，似乎一厘米一厘米。后来竟轻得像一片树叶。漩涡再也吸不住它，吞不掉它。你把锚勾在礁石上，船也就稳稳地起伏着，好似什么也没发生。"世上本没有路，走的人多了，也便成了路。"课文里有这么句话。你忽然饿得厉害。看看天，很奇怪早晨那一场大雾怎么就让人看不清一切。看看小岛，隔着几块礁石就那么真实地矗立着。小岛就是这个模样么？你又开始想。有咸咸的东西流进嘴里，心却疼得厉害。断了一截的橹在视线中模糊。

这是七月中旬一个平常的日子，没有风。在黄海北部一个无名的小岛上，青绿的岩石顶上，一座白色的灯塔分外醒目。一个肌肤晶莹的少女坐在岸边的礁石上一动不动，长发披散成黑色的瀑布，任阳光从头顶泻下发梢，在礁石上泼溅成一片水光。衣服晾在身旁，成为鲜艳的衬托。浪涛在她的脚下轰响，不远处泊着一只红色的舢板，橹叶断了一截。几只海鸥在天空盘旋，尖利的叫声竟不能让她转动一下眼眸。这是一幅绝美的画面。天上白花花的亮团竟不能成为画面中的亮点。

晚雾又升起来，像弥漫的蒸汽。岸边出海回来的人们吃惊地看见一个女子，踉跄着拖一团红火靠近白沙滩。在雾气的环绕中，她像一位仙女，双目如炬。这是你的回归，你已不再是你。

七月的雾夜里，你睡得很踏实。流泪的红烛已快燃尽。你又看见了那座小岛和纯白的灯塔，灯塔上洪海哥和你的名字交叠着写在一起，分明是两行刚毅的碑刻。你终于没上去那座小岛，可你看见了，很分明。明天去看看春儿的养殖场，睡前你想。

有一首诗如天籁，从七月的雾中跳跃到你的床头。"愿望是不会死去的生命，心是永远等待的土地。只要相信，就永远不会错过季节……"

（原载《厦门文学》2017年第6期）

作者简介

刘宏成，中国金融作家协会理事，大连金融作家协会主席。作品发表于《人民日报》《金融时报》《文艺报》等报刊。著有《诗意的风景》一书，并获第三届中国金融文学奖诗歌类提名奖。现供职于中国建设银行辽宁省大连市分行。

桐花

■ 冯子豪

　　小院里那棵梧桐树，不知怎的一夜间变成了花垛，花儿映得满院紫光，一闪一闪地在风中摇曳。一阵清风徐来，几朵花儿轻轻地掉在地上。我伸手捡起一朵，完好的。花的一端张开着近似长方形的嘴，像是要对我说什么；另一端是个弹头状的花果，分五瓣，紧紧地护着花的籽，花蕊很长，像漂亮女人的睫毛。我有些伤心，想起了少年的桐花。

　　少年的时候，院里有两棵梧桐树，每到春天桐花怒放。我坐在树下静静地观赏，细细地品味，观赏她的美丽，品味她的婀娜姿态。对门二婶说：

　　"好个花痴，长大了给你娶个如花般的女孩。"

　　我的脸有些红，心里却是乐滋滋的。从那时起我做梦都想娶个如花般的女孩。渐渐地懂事了，才知道是二婶给我开的玩笑。

　　然而二婶并不食言，在我上高中的时候，她把娘家的侄女介绍给我。那女孩叫桐花，修长的身材，白皙的面皮，脑后飘着秀发。我仍然觉得二婶是在给我开玩笑，所以也没放在心上，但桐花经常来我家。

　　"你看这是什么？"她从衣袋里掏出几个紫红色的东西给我。

　　我仔细地看了看，红中泛紫，有一串还长着绿色的叶子。说是棠梨子大了许多，说是梨又小了许多。我的确没见过，便愣在那里。

"你尝尝，看味道怎样。"她用手示意着。

我拿了一个，捏着两端，重重地咬了一口，好酸，我的眼泪顿时流了出来。

"笨，真笨！"她嗔笑着用手轻轻地给我擦泪。"给你说吧，这个叫山楂，是俺家后山树上结的。又酸，又香，又甜，还开胃。"她又递给我一个说："要轻轻地咬，慢慢地嚼。谁像你冒冒失失的。"

我按照她的说法，果然吃到了山楂的味道，便央她带我去看山楂树。

"明年秋天我带你去，满山通红，可好看了！"她两手比划着说。

从此我便对桐花有了好感，特别是她的勤劳、善良、朴实。而我呢，像个永远长不大的孩子，依旧是顽皮、嬉闹。一来二往，与其说是谈恋爱，倒不如说是姐弟情。到了下年，我因学习较紧，未能跟她去看山楂树，很是惆怅，而她却说："不要紧，咱后年去。"

后来，我考上了大学，临行前的那天晚上，她送来了亲手织的一件紫红色的毛衣，使我又想起她家后山的红山楂。

"你现在学业要紧，不要胡思乱想，等你回来我一定带你去看红山楂。"

上学期间，她没给我寄过一封信，只在我放假的时候，看过我一回。本来作为玩笑的所谓谈恋爱，在我心中已荡然无存。

大学四年级时，桐花病了，说是肝病。期间我看望过她几回。最后一回，她已病入膏肓，面容非常憔悴。我把鲜花放在她的床头，她流着泪对我说：

"其实……其实……我……我并不喜欢你，只把你当作弟弟，请原谅。"

临近毕业那段时间，我忙于考试、分配，便把桐花放在一边。

"她瘦的只剩把骨头，脸色紫中泛土，肚子挺得大大的，昏迷中嘴里直喊你的名字，清醒时不让我给你说，断气前还在叫你。"事后二婶对我说。

我的心有些痛，像是做错了一件极不该错的事，便想从她的遗物中找点什么。

去的时候是个春天，她的娘哭着为我打开她的小房门。这是一间很小的土墙草房，里面放着一张小床，床头有张桌子，上面放着一摞没有拆封的信，见封皮上写着我的名字及学校地址，便拿了起来，结果下封仍旧是这样。我很奇怪，一口气翻完，共计三十六封，全都一样。我茅塞顿开，明白了其中的奥妙，抱着信招呼都没打，便逃回了家。

晚上，我一口气读完了她的信件，前十几封谈的是她对我的思念；中间十几封说她承包了十几亩山楂树，让我分享她的劳动果实；后十几封写的是她在病中的痛苦，让我给她分担。她写得朴实、纯真，句句透露着对我无限的爱。遗憾的是她一封也没寄给我，自己聊以慰藉，其中的缘故现在我已很明白。

春天的阳光是很好的，充足的雨水滋润着山坡下的小草及稠密的山楂树，她的墓在山坡上，周围什么都没有，孤零零的。夕阳斜斜地从树缝里照了过来，花花搭搭地落在墓上。我有些悚然，又有些凄凉，不知不觉眼睛模糊了，仿佛她从坟中走出来，穿着生前的衣服，修长的身材、白皙的面皮、飘飘欲飞的秀发，手里捧着一束红山楂，异常的香气扑鼻而来。我刚要喊她，几声鸟鸣把我从幻觉中拉了回来。是内疚，是思念，抑或是心痛，总觉有口气压在胸前，宛如夜中的梦魇。正当我徘徊之际，幻觉中的那种香气又一次沁上我的心头，我抬眼望去，距坟墓不远的地方，有棵碗口粗的梧桐树，树上繁花似锦，紫霞一片。我的心亮了许多，像是久居山洞偶见阳光一样，我希冀把所有的哀思全寄在桐花上……

而后的二十年里，我对桐花产生了特别的感情，写了不少桐花诗。也许是感情的纠葛，抑或是对初恋者的思念、内疚，见到紫光烁烁异香扑鼻的桐花，我便会联想到过去，呆痴痴地望她个够，有时竟几天都回不过神来。

（原载《安徽日报》2004年副刊，2008年收录于《淮北青年优秀作品选》一书）

作者简介

冯子豪，安徽宿州市人，安徽省作家协会会员，中国金融作家协会会员。著有散文集《解读墉桥》《小河潺潺》，长篇小说《往事》，短篇小说《一张假币》获第三届中国金融文学奖。现供职于中国建设银行安徽省宿州市分行。

镇江三章

■ 齐飞

金山疑古

去镇江，算是路过吗？

既定了很久的旅程，一直没有实现的愿望，因为一次偶然的机会，准确地说是一次意外的安排，而后，我们便稍稍地调整一下汽车轮胎的方向，金山就触手可及了。

早年，在杭州生活的时候，就知道水漫金山的传说。那时，镇江就在我的心里留下了一个非去不可的执念。去寻访史上著名的爱情路线，追踪梦幻一样的情感纠葛。因为，鲁迅的一篇《论雷峰塔的倒掉》，让我不止一次在"雷峰夕照"的幻觉中，在夕阳西下的黄昏里感受西湖的味道。而这一种味道，在另一个城市的江边正四处蔓延着，由不得我不去满足嗅觉上的需求。所以，我会经常仰卧在雷峰塔的遗址上，看天上飘来飘去的白云，能否在我面前掉落下来一个人间的神话，继续演绎着白蛇和许仙的凄美，把人生的色彩涂抹得神秘而且壮观。

时过境迁，金山还在。其实，金山是为了这个寺庙而昂然挺立于江上的。不然，这个原本是扬子江心的"芙蓉"小岛，也早已夷为平地或沉入江中了。

眼前的金山，已经没有多少山的感觉了，经过了 1600 多年的积累沉淀，山的形状正悄然退出人们的视野，而那些隆起于山基之上的高大威风的建筑，打造出了一种与尘世完全不同的风格和境界。远远望去，金山寺的辉煌庞大，几乎占据了金山全部的可以利用的土地。因此，金山在佛的接引下变成了一个著名的古刹，变成了诵经设斋、礼佛拜忏的庄严场所，变成了追荐亡灵的水陆法会的发源地。山，是一个寺院的奇特景观，也因此受到人们的喜爱和敬仰。

然而，我走进金山的每一次迈步，都显得那么无力而又沉重。可能还是因为人蛇之恋的爱情故事吧！我仿佛看到了站在山门外、讨要丈夫的、愤怒的白蛇娘子，我也仿佛看到了老法海坐在莲台掐诀念咒的无情面容。这一切都是真的吗？我不相信！我从来都没有相信过一个发生在杭州的故事，会因为许汉文烧香还愿，进而在镇江的一个小山上遭遇了一次万劫不复的灾难。即便法海是一个可以追溯的历史人物，又怎么能说明那个貌美如花的娘子真的就是在峨眉山上修行千年的白蛇呢？这应该是一个人间的真实故事。

我猜想，这本来应该是一段美满幸福的婚姻，令人羡慕而后在嫉妒心的作用下做出了一个违背常理的出牌，也大有可能。在人心向善的伦理作用下，棒打鸳鸯是断不允许的，引起公愤或遭人唾弃应是社会公德的基本意识，无奈之下，只有动用天兵神将的力量来拆散情侣，怕也不失为一个富有智慧的选择。所以，这个故事就有了顽强的生命力和广为传播的基础。换一个角度来说，白蛇传的故事成就了今天金山寺的格局，应该不是一个过分的判断和结论。

金山之巅，也只有 44 米的高度，正是一个俯视长江的绝佳角度。拾阶而行，虽没有攀登的快感，驻足观望，却有着临风吟唱的冲动。坐在"江山一览"碑亭的条石上，想起明代杨慎的《临江仙·滚滚长江东逝水》，不禁感怀万千、心绪难平。现在的我早已不是当初的自己，那时的心情也早已随东去的长江烟消云散在茫茫的江面之上。那么，今天的登临，还存有多少当年的梦想痕迹呢？显然，我自己都难以回答这个问题了。

"祖师度我出红尘，铁树开花始见春。化化轮回重化化，生生转变再生生。欲知有色还无色，须识无形却有形。"在下山的路上，耳边似是响起来了法海的声音，恰如警世的钟声，在江面上和山野间回荡。而我，忽然觉得，白蛇传的故事，或者，会有另一种可能吧：人们都想追求旷世真诚的恋情，一旦得到了这种生活，接下来就是开始了怀疑人生的进程，从而，让一个美好的开始，变成一个凄惨的结果。得到便不珍惜的怪圈仍然还在。这就是我在金山寺所感悟到的道理。也许，只有杨慎"古今多少事，都付笑谈中"的诗句才能解释清楚白素贞的真实身份吧。

甘露寺跳江

对我来说，北固山，我是陌生的。

去年夏天，市电视台组织开展了一次全市青少年诗词大会，在点评嘉宾的坐席上，在王湾的一首《次北固山下》的诗句中，我曾经对北固山做过一次纸上的相望和深耕，并在"蒙太奇"的帮助下，做了一次跨越时空隧道般梦幻一样的攀登。耳边，风展战旗发出的撕裂声音，碰撞着金戈铁马挥洒出来的寒气和冷霜，把一个个气吞万里如虎的将士，推向尸臭血腥的战场。而眼前展现的则是"潮平两岸阔，风正一帆悬"的浩渺和开阔，更是"海日生残夜，江春入旧年"所包含的生命能量以及积极向上的人生态度。因此，我要实地走访一下北固山，三月的江边恰是最好的时节。

镇江岸上的三山，好像都不宜攀爬。即使是有"京口第一山"之称的北固山也不能例外。似乎应了刘禹锡所言"山不在高，有仙则名"的论断，金山因佛的智慧而闻名遐迩，北固山则和人世间的恩恩怨怨结下了不解之缘。

心有所念，剑指人心。在中国，甚至在世界各地，都有一些整块的石头，大约都是在中间的位置上硬生生地生出平直光滑的裂缝，这本是自然的造化，却被人为地灌入人文的关怀，把一块冰冷寂寞的石头，打扮成一个灵魂高贵、释放情怀、传播信念的精神寄托物。试剑石背后的故事，其实就是人的心理活动的物理表达。走进北固山，感受最深的是一处刚柔相济的开端。左边的一池碧水，应是凤凰沐浴的所在，而今天凤凰亭上"山云欲到龙初起，池水空清凤未还"的对联，莫不是一句谶言，说尽了三国故事的始末。右边，就是当时最有力量的两个男人，把剑试石的内心期许了，此时的孙权、刘备虽心照不宣，但都怀揣着各自的梦想，剑落石裂，以此来证明自己的价值，试剑石因此而得以青史留名。他们的剑锋所向，仅仅是眼前的两块石头吗？不是！试剑其实是对人心的测试。这个起点，或者就是三国故事的开始吧。

曹魏有地，蜀汉多山，孙吴就只剩下水了。杜甫也早已经看到了这一点：窗含西岭千秋雪，门泊东吴万里船。这场面，大有通天连云的气势。到北固山望水，要比诗人在成都浣花溪草堂内的想象要真实好看得多。沿山路往后峰走，踏上东吴古道上的脚步，已经没有孙权、刘备并肩而行留下的痕迹了。但是，北固楼下的江天，依然是往日的模样，浩浩汤汤的长江一泻千里，波澜壮阔的江面声势雄壮，而站在楼上的抒情者再也不会是三国鼎立时的文人雅士了。"何处望神州？满眼风光北固楼。千古兴亡多少事？悠悠！不尽长江滚滚流。年少万兜鍪，坐断东南战未休。天下英雄谁敌手？曹刘！生子当如孙仲谋。"辛弃疾在怀古伤今的感慨和无奈中和长江对话，希望后来者可以向孙仲谋一样，拥有由内而外的雄才和胆识，可以延续一种文化和一种文明。在我看来，孙吴的地理气质和辛弃疾的文人气质是相合、相连的。所以，辛弃疾对孙仲谋的留恋是独具个性的。"千古江山，英雄无觅，孙仲谋处。舞榭歌台，风流总被，雨打风吹去。"另一种感慨和无奈在辛弃疾的词句中落显失落的情调，又有谁能重拾昨日的时光呢。

上北固山，不能不去甘露寺凭吊。甘露寺是孙刘联姻的婚房，因为政治上的需要，在那个不论爱情的时代，孙尚香一定是被人们簇拥着推入洞房的。也许，站在甘露寺的门前，她多少有些迟疑踟蹰，不知道面对的会是一个什么样的开始，思量良久，她还是决定在洞房花烛的夜晚，让一双陌生的双手，揭开顶在项上的头盖。其实，这是一个盖世英雄的双手，当它有力地把孙尚香拥入怀抱的时候，孙尚香一定感受到了前所未有的幸福和温暖。一段纯粹的爱情，可能并不需要开始，而过程和结果的牵挂和依赖，则是衡量爱情的重要标准。

所以，我非常不喜欢"赔了夫人又折兵"这一成语，好事的一个元代没有留下名字的编剧，为了鼓动人们对戏剧的猎奇心理，在《隔江斗智》的第二折中，完全曲解了孙权嫁妹战略性的意义，生硬地把一次成功的营销，说成什么"周瑜周瑜，休夸妙计高天下，只教你赔了夫人又折兵"的亏损买卖。戏子的视野，显然不具备高瞻远瞩的眼光。来到祭江亭下，遥想孙夫人听到刘备病死白帝城噩耗后的悲痛难忍的面部表情，仿佛仍能看到一个纵身江中的身影和一个化为鬼魂也要随君而行的决心。这就是千秋烈女孙尚香的壮举，至此，足以说明戏子之言的小家子气和可怜的小商贩意识。

"云横九派浮黄鹤，浪下三吴起白烟"。如今已是"暗淡了刀光剑影，远去了鼓角争鸣"的时代，北固山已有的历史也已不可复制，除了记忆功能之外，北固山还能再一次发挥其政治作用和战略地位吗？我不便妄想，历史总有历史的规律，由不得我来猜测也由不得我来安排。我唯一的觉悟是：真情高于一切，爱情永恒人间。这是我在北固山上的最大收获。

真情《瘗鹤铭》

镇江的三山虽然没有多大的体量，但因临江而卧，傍水而立，恰似芙蓉惊艳出水，清新脱俗的样子真是沾上了一些仙灵的气息，招惹来了僧人独具个性的眼光，目之所向，心之所需，便有盘腿打坐、顺风诵经的念头了。因为有了佛智慧的介入，这些红尘中的邂逅就有了世外桃源般的境界。

镇江三山与寺的绝佳组合，本应搭建的是一处佛国的净地，却互动着一个又一个的情感话题。水漫金山的力量来自爱的勇气；北固山上甘露寺的婚礼绝不会是弄假成真的闹剧，而是两处政治势力的联盟；埋藏在焦山深处人和鹤之间爱的秘密，却用另一种无法替代和超越的形式伫立于焦山西麓的一处断崖上，让人致敬并浮想联翩。

焦山在我的心目之中，是神圣且具有重要文化价值的一座山。镇江佛缘广大，尤以焦山的佛学"传灯"而被星云大师所看重：佛学看镇江。恢复重建中的焦山佛学院，在建院的当初，就是佛学知识的高地，素有佛教界的北大、清华之称，是佛学教育的最高学府之一。对佛学的深入理解，是我探望焦山的心瘾发作。而另一个潜在的重要原因，则是我对书法艺术的热爱所派生出来的饥渴难耐的感觉，想去焦山畅饮一番墨的流韵，从而弥补身体内、文化细胞中墨韵的缺失。

中国的名山，多有书法的点缀。书因山而愈显庄重和典雅，山因书的陪伴而有了灵动的气息和飘逸的魂魄。泰山自不必说，山体的周身仅摩崖题刻就有800余处，所拥有的"中国书法第一名山"的称号实至名归。而焦山的崖壁，已敞开了胸怀，露出自己最柔情的肌肤，留给一个痴情者尽情地施展自己的才华、释放自己的心情，在凿壁镂石的帮助下，一个不朽的传奇正悄然登场。从此，焦山和书法结为连理，一路相伴，完美诠释了地老天荒的信念誓言。

有了《瘗鹤铭》，焦山就有了另一个称谓：书法之山。黄庭坚在《以右军书数种赠邱十四》一诗中对此给出了这样的评价：大字无过瘗鹤铭。是的，"大字之祖"所具有的里程碑意义是举世公认和声振九天的。只是，和《兰亭序》相比，焦山的文字，有感伤更多的是沉重；而《兰亭序》的文字亦有感伤但更多的是放松。所以，我常常说，书法是用来抒情的艺术。面对《瘗鹤铭》，我对这一观点有此佐证而更加坚定了信念：没有个人情绪的存在，所说的书法艺术就会缺少生命的迹象和意义。

《瘗鹤铭》是谁写的可任人推敲。我来焦山，也没有寻访此碑写手是谁的些许想法。我想知道的是：是谁拾起了鹤的亡灵，把这僵硬的躯体连同这失去光泽的羽毛一道"乃裹以玄黄之巾，藏乎兹山之下"，正所谓入殓盖棺，沉入地下，而后铭文入石，让此事与山水共存。是谁把一个鹤的身后事操办得如此风光，给予的尊严想必是由生前的敬重演化而来的爱恋。是谁？究竟是谁？在鹤舞楼头、鸣于九皋的空旷空间，和鹤的对视，会碰撞出怎样的火花；窃窃耳语，会有怎样的沟通交流；松下枕石而眠，会是一个怎样的陪伴。这些往事，想必依然遗留在焦山的一草一木之中，等待着我去发现。

葬鹤是一次闲情逸致的生活情调吗？"未若锦囊收艳骨，一抔净土掩风流。"《瘗鹤铭》之书的价值，世间早有公论，其风光堪与《兰亭序》争华。而《瘗鹤铭》背后的风流，应是独步天下，无与伦比的生活体验。南北朝时期的文学家、诗人庾信曾经写过的《瘗花铭》应已不知了去向，继承衣钵的当是《红楼梦》中黛玉葬花时的苦吟：尔今死去侬收葬，未卜侬身何日丧？侬今葬花人笑痴，他年葬侬知是谁？试看春残花渐落，便是红颜老死时。如此看来，葬花之举分明是睹物思人、触景生情式的自怜。而发生在焦山上的埋葬，无疑是为了后人缅怀和祭祀而塑造的神坛。

"以梅为妻，以鹤为子"是终生不娶的林逋隐居杭州孤山时所展现出的清高风骨。或许，"吴山青，越山青。两岸青山相送迎，谁知离别情？君泪盈，妾泪盈。罗带同心结未成，江头潮已平。"这首以女子口吻所写的小词才是林逋真实的情感世界。焦山之上人与鹤之间的感情纠葛，恐怕也有遗世独立、羽化绝尘般真实的情爱故事。这一点，我是相信的。镇江人是重视感情的，我一进入镇江的区域，就接二连三接到战友的电话，让我留下来，和他们来一次不醉不休的欢聚。然而，因为时间的关系，在镇江的匆匆行程没有留给我驻足的一点余地，所以，我还是决定离开了这个让我依依不舍的江心小岛。当我的脚步踏出焦山公园大门的时候，我看到了一个久违的熟悉身影，我的战友早已快步来到了这里、拦住了我的去路。这件事，让我对《瘗鹤铭》有了更深层次的感悟：真情不古，永存心底！

（原载《金融文坛》2018年第 11 期）

作者简介

齐飞，中国金融作家协会会员，多篇散文随笔、诗词歌赋发表于全国各类报刊。现供职于中国农业银行安徽省蚌埠市分行。

甘南扶贫纪事

■ 王锐平

进村

在省联社工作多年，曾在甘南出差下乡。记忆中的甘南草原天高云淡，绿草如茵，河流清澈，一派纯净且生机勃勃的景象。肥硕的旱獭在绿草间穿梭，时而翘首特立，时而左顾右盼；青鱼在激流中猛烈冲撞，时而结伴遨游，时而跳跃欢腾，泛起一朵朵鱼肚白。

秋古村在卓尼县的东南面。从村子远处眺望，连绵起伏的绿毯上缀满了黑的、白的斑点，又时不时变换成各种有趣图案，黑色敦实的牦牛，洁白鲜亮的牧羊便是高山草甸最美的装饰。

2012年2月16日，农历正月十八，头天晚上刚刚下了一场厚雪，白茫茫覆盖了全村。我们一行4人到了木耳镇秋古村。全村有秋古和大扎2个自然村，130多户人家坐落在弯弯曲曲的洮河边上。村子被两条狭长的高高的大山夹在中间，山上长满了密密麻麻的松树和灌木丛，在寒冷的冬天里，被还未消化的一层白雪覆盖着。陪同我们的村党支部刘兴中书记顺口喊起了当地群众中传唱的顺口溜："山高石头多，出门就爬坡，地无三尺平，村里光棍多。"这里海拔2540米，高寒缺氧，秋古村521口人，60%都是藏民，家家户户都养狗，有些是纯粹的藏獒。全村人靠养牛、养羊、种植药材和劳务输出为生。刘支书领我们挨家挨户先了解情况。村里有余钱的人寥寥无几，村民人均可支配收入高的只有 2800 多，大部分人家也就 1500 多元。这里农牧民家庭经济收入偏低，增收致富非常缓慢，低保覆盖全村。年轻人娶亲难，留人就更难了。

驻足秋古村山顶，仰望蓝天，伸展开双臂，从来没有觉得天空原来可以离我这么近。到了夜晚就更美了，村子四周山上的森林呼出的氧气更加净化了空气，星空就特别明亮。特别在夏日的夜晚，我有好多天在村上蹲点，和驻村的几位干部吃完饭就散步在村子边上的洮河岸、树丛边，抬头看湛蓝湛蓝的天上月光皎洁，星星眨眼，真有些像置身于"明月别枝惊鹊，清风半夜鸣蝉，稻花香里说丰年，听取蛙声一片"的诗情画意中。

还有藏包和白帐篷，藏族同胞一般随水草迁徙，帐篷一般扎在小河边上。有趣的是白帐篷，如果一个大藏包旁边扎一顶洁白的小帐篷，那就是意味着藏家有女初长成，亭亭玉立待字闺中，有要提亲的赶紧上门吧。

秋古村自然风景不算太差，但是与秀美的风景不相匹配的是农牧民贫困生活。

联户

省联社保卫部和审计部的 13 名员工，经过走访全村、深入 67 户村民家中了解，确定了 19 户贫困户作为 2 个部门的帮扶对象。双联帮扶 4 年多来，我们两个部门的 11 个人轮流到秋古村蹲点、调研、落实帮扶项目。每年不知有多少次，我们都要到贫困户家里摸底、慰问、了解情况。

2012 年初，第一次联户时，天上下着纷纷扬扬的雪花，穿过村里的泥泞小道，两边大多数村民的房子都是土坯房，有些砖房没有窗户，很多房子没有内外粉刷，看上去破破烂烂的。我们第六帮扶组带队领导——贾总审计师帮扶 3 户。一户藏民，户主叫李婆婆九，李本人原来会些木工活，给邻村和一些藏民修房子，4 年前开拖拉机出事故摔断了腰，一直躺在床上养病。另一户叫卢树生，汉民，家里特别困难，卢本人 39 岁了还未能娶上媳妇，母亲有心脏病常年卧床不起，还有一个76岁的姑母有傻呆病，我们入户去调研、慰问、帮扶时，总是见她坐在门口傻哈哈地笑，唯有卢本人和他父亲两个劳力，靠种庄稼和外出打工维持全家生计。

我帮扶的一户是藏民，男主人叫马少脑，妻子叫金王草曼，全家5口人，三个孩子，大儿子已上大学，还有一儿一女在木耳镇上初中，住校，每周六回家一次。

2015年8月初，我叫上木耳镇信用社的丁主任一起，到秋古村联户摸底，首先到了我帮扶的马少脑家。

马少脑家大门口是不太宽敞的碾麦场，正值热伏天，空气中像有火星子嘣。远远看见碾麦场上拖拉机在一圈一圈飞快地转圈碾麦子，七八个人拿着木叉在挑麦秆。我和丁主任一起走进他们家，没想到木耳镇驻村的美女梅永红村官也在。马少脑家有上房5间，中间一间是经堂，是专门用来供奉佛像的佛堂，左手两间是客厅，右手两间是住室。我们进到左面的客厅，里面挺宽阔的，中间支一个大煤炉，周围是一圈沙发。

梅村官左胳肢窝里夹着一把收起的太阳伞，想必是天太热路上防晒的，右手拿着一沓调查表，我问她干啥呢，她擦了一下额头上细细的汗水，扬了扬手里的表说：

"每个月要到户里调查摸底，看有啥困难，有啥需要帮助的。"

我问："就你一个人啊，不怕有藏獒咬你？"

"怕啥呢，家家户户都熟悉的像我自家，谁家养狗谁家有几头牛都一清二楚！"

问话间，马少脑的藏民婆娘金王草曼端上来一大盆白面片，冒着腾腾热气，上面夹杂着绿绿的韭菜、红红的西红柿和白色的土豆片，又麻利地端上来两盘白萝卜、黄瓜，她笑着说：

"今天你们驻村干部都聚齐了，看来我家有喜事啊！"她一边说，一边盛了一大碗面片端到我面前，"正好，我家今天碾麦子，做了几大锅面，你们都不要嫌弃，好好吃两碗我们藏民的饭啊！"马少脑家的大儿子上的兰州外语职业学院，去年我和单位领导一起慰问时，还捐助了2000元。大儿子上大学报名时，我们又在省联社捐助的帮扶基金中发放无息贷款3万元——通过4年多的联户帮扶，我们已经非常熟悉他们家的情况，他们一家也格外感激我们省联社。

我看见马少脑婆娘今天不像平时，穿一身藏民妇女华丽的长裙，而是换上了像汉族女同胞一样的藏蓝色的细碎小花短衫——这样干起农活来方便一些。

看着色香味俱全的一锅子面片，一股香喷喷的味道迎面扑来，我不由自主地已经接住面吃起来。我问马少脑婆姨：

"你儿子在兰州上大学成绩咋样？节假日回家来看你吗？"

她一边盛饭，一边笑着回答："现在娃娃懂事了，学习认真得很，去年还得了奖学金，他经常回来帮我干地里的农活，也经常念叨、感激你们信用社的关心帮助！——也真是啊！没你们帮助，他哪能上得起大学，高中毕业后早到家里种地了！"

我又问："大忙天，你老公在外打工也不回来帮你几天干干农活啊？"

她忙着又盛了一碗面给梅村官，"他给兰州的建筑工地搞水泥工，老板不放假，他不敢回来！"

我开了个玩笑："你可要提防着啊，不小心他又领回一个年轻的小妹！"

一屋子人都笑了，和我一起的信用社丁主任笑着把一口饭喷出来。

开会

记忆中，孩提三四岁时，在农村老家跟随母亲到村委会的打谷场上和场房里开过几次会。30多年前老家的打谷场和场房都是简易的，没有板凳，席地而坐或随手捡个土疙瘩坐在上面。

这几年到秋古村开过好多次"双联"会和"精准扶贫"会，印象最深的是2015年终考核会。

记得是12月28日，大雪弥漫了整个天空。山上山下、房前屋后全都是厚厚的积雪。

省双联办考核组冒着严寒风雪，要到我们帮扶的秋古村进行年终考评。我和乡镇驻村的罗村官和梅村官，还有村上的刘支书、拉牟文书（藏民），早早地来到村委会，分头打扫卫生：我和罗村官打扫院子里厚厚的积雪，刘支书给会议室生火，文书拉牟和唯一的美女梅村官打扫会议室卫生。不到一个小时，就把整个村委会收拾得干干净净。随后，我们将会议室墙上悬挂的贫困户基本情况、帮扶目标、措施等宣传栏重新挂正，擦洗一遍。

原计划将贫困户召集到村委会提前开个会，请大家对我们这一年来的帮扶工作提些意见和建议，一看天空洋洋洒洒的大雪还在下个不停，我就说："雪太大，天也太寒冷了，就不叫村民了。"罗村官和刘支书都说："在广播上叫着试一下看，能来几个就几个，哪怕有两三个来，当个贫困户代表也行。"我说那也好。刘支书就打开扩音器，放了几分钟村民们爱听的秦腔后，他就喊开了："村民们注意了，省委精准扶贫考核组要考核省信用联社帮扶大家的情况，请大家来村委会参加一下……"

不到20分钟，陆陆续续来了二三十人，有年老的，有年轻的，大多数我都认识，也能叫上名字。最惹人眼目的是有六七位妇女，其中有两个年轻的，穿着藏民族华丽长裙的女同志还手拖着小孩。其中一个叫朱会英的我认识，我和单位领导多次到他们家调查摸底、慰问。她进到会议室，一边给孩子拍打身上的雪花，一边拍甩着脚上的雪泥。她看见我们驻村的干部都在，有些羞涩地向我们大家笑了一下，又特意看了我一眼，打招呼说："您也来了啊领导——这么大的雪！"

我问她："你老公呢？"

"他到内蒙古的乌海打工去了，快一年了，到现在还没回来。"

我接着问："快过年了咋还没回来啊？"

"昨晚我打电话催问了，他说搞建筑的那家老板到现在还没发工资呢，一年了下死力挣了两万多，结果到现在一分钱也不给……"朱会英的眼里闪出了泪花，我细细地安慰了一番，就让她把那家建筑公司的名称、电话记下，我们帮着反映到省、市农民工维权部门催要。这时候，我看见，她鼻子一酸，含满眼眶的泪水一下子流下来……

会议室本来不大，一下子涌进来30多个人，很是有些拥挤，唯一的一个煤炉散发不了多少热气。有五六张长条椅，留着给考核组坐，大家都站在一旁。刘支书搓了搓冻得发红的手发话了："大家将就凑合一下啊，天冷，地方小，不要像到你们家热炕上了……"话还没完，惹得大家哄堂大笑。"天太冷，想到大家可能正在热炕头上和婆姨亲热呢，想不到来了这么多人！"刘支书说着，自己也忍不住笑起来。唯一的美女梅村官也掩住口笑了，她接上刘支书的话："今天大冷天的把大家请来，就是请大家对我们一年来的精准扶贫工作提一些意见，特别是省联社今年又捐助了50万元，帮助大学生上学，还帮助大家种药材、养牛，这些大家都一清二楚，要认真考核打分啊！"

我大概清点了一下，来了32位村民，大都是我们省联社帮扶的贫困对象。他们静静地听着梅村官说话。有几位年轻的村民向我投来感激的目光。我知道，他们说话少，也不善言辞，可是从大雪纷飞中能够匆匆赶来，从他们投来的深情的目光中，作为经常驻村的我，已经深深体会到了村民们发自内心的感动和敬意。

考核组到了，刘支书一边呼出白花花的热气，一边充满感情地代表村上发言："这几年，我们村上有了翻天覆地的大变化，有80%的农牧民新修了砖混房子，家家购买了摩托车、三轮车，村路硬化了，还购置了垃圾清理箱，兴建了农家书屋……还有，只要是能考上大学的人家，再也不愁上不起学了，这一切一切，都是省联社捐助帮扶资金、拿出了真金白银贴心帮扶的结果……"这时候，刘支书站起来，他深深地弯下腰，向我坐的方向鞠了一个深情的躬，这突然的一个举动，令我措手不及，诚惶诚恐地站起来……

考核会结束了，我和30多位村民代表一起走出会议室，雪已经停了，微红的太阳也悄悄地从云层里探出了头，刘支书大声说："哦，瑞雪兆丰年啦！"

慰问

2015年六一儿童节期间的3天，省联社工会买了5万多元的书包、手套、围巾、书籍等学习用具。我跟随卡尔钦乡信用社主任杨健，开着他的双排座卡车，拉了三大车慰问品，分别到卡尔钦乡的麻地卡学区、卡尔钦学区和木耳镇的中心学区慰问。

5月29日下午，我们先到了麻地卡学区。刚到校门口，就有三位老师出来迎接我们。我和杨主任下车后，他指着一位微胖、中等个子、30多岁的人介绍说："这是大扎学区的张校长——是我大女婿。"

我握着张校长的手有些疑惑地问："哦，真是女婿啊，看起来你俩像兄弟呢！"张校长有些尴尬地笑了笑。

张校长先安排几位老师和十几个学生从卡车上卸下学习用具，又和另一位肖姓的教导主任领我们在整个学校参观了一圈。

校园不大，占地大约有1000多平方米。除了有3层教学楼，在教学楼的南面还建了一排教师宿舍，操场上有一块篮球场，2副乒乓球台，校园虽然不大，到处打扫得干干净净。我问了学校的情况，张校长介绍："我们学校不大，现在有14名老师，58名学生，1至5年级5个班，前几年有上百名学生，这几年都陆续转到乡中心学校一部分，那里条件稍微好一些。"

随后，到操场国旗杆旁边的空地上举行了捐赠仪式。

张校长代表学校对我们省联社表达了深深的感谢，学生代表给我和信用社杨主任分别献上了洁白的哈达。有10名学生代表站成一行，我和杨主任将书包、围巾、手套和书籍一一发放到学生手中。

最后，我简短介绍了我们全省农村信用社的人员、业务、网点等基本情况，希望孩子们努力学习，用优异的成绩回报社会，报答父母的养育恩情。

5月30日，我和县联社办公室的小田和卡尔钦信用社杨主任又到了卡尔钦学区。

卡尔钦学区在乡政府所在地，有信用社、卫生院等好几个单位，由于近年来全省实行了精准扶贫，这里的道路硬化了，体育活动场、文化广场等一应俱全，中心学区是小学和初中合办的九年制义务学校，校园宽敞，一眼望不到边的操场上铺着碧绿的橡胶垫，学生显然很多，条件要比麻地卡学区好多了。

校长是一位年轻精干的30多岁杨姓青年。同行的信用社杨主任介绍，杨建平校长是多年的全县优秀教师，他迎接我们时挂着一副拐杖，热情地将我们领进他的办公室，打发两位老师麻利地给我们倒了茶水。杨校长有些歉意地说："对不起，前天学校进行篮球比赛，我不小心腿歪了一下。"我开玩笑说："校长带头打球，前天歪腿，今天我们就来慰问了！"大家都笑起来。

我们举行了物资捐赠仪式后，我问学校有啥困难，杨校长快人快语，他一边拄着拐杖送我们，一边说："听说你们省联社要帮麻地卡村硬化村路，又要拉路灯，我们听着很是羡慕。这里距离麻地卡有10多里路，不属于你们单位帮扶的村子，沾不了你们精准扶贫的光——"停了一下，杨校长用祈求的目光望着我说："你们这么大老远的在孩子们的节日送来慰问品，我们全体师生很是感动，也不敢再提啥要求，但是，有一件事，实在想求您们单位——"杨校长欲言又止，我看他很为难，就鼓励他："有啥事你尽管说，只要我们有能力，我一定给领导汇报，积极解决！"杨校长的喉结上下滚动了一下："我们这里的师生每晚要上自习，特别是冬天的晚上，没路灯，下自习后老师学生都摸着黑走路，有些胆小的女同学都不敢来上自习，听说你们要给麻地卡村拉太阳能路灯，能否给我们也增加三四个杆子拉上四五盏路灯啊！"我大概估算了一下费用：四五盏灯就是四五万元。我答复："行，您放心，我把您的请求一定带到，如实给省联社领导汇报，你们这里虽然不是我们的联系村，但争取一定解决！"杨校长拄着拐杖，极不灵便地一直将我们送到校门外。

五六天后，我代表单位慰问完了3个学区后，回到了单位，将卡尔钦学区杨校长所反映的困难如实向领导做了汇报，领导通过召开会议研究，不到2个月，给卡尔钦九年制中心学校大门口的路边上栽上了5根杆子，拉上了5盏日光照明灯，杨校长还写来了感谢信……

牦牛

地处高寒地区，养牦牛成了秋古村家家首选的致富门路之一。牦牛是高寒地区的特有牛种，草食性反刍家畜，是世界上生活在海拔最高处的哺乳动物。适应高寒生态条件，耐粗、耐劳、善行陡坡险路、雪山沼泽，能游渡江河激流，甘南将牦牛称为"高原魂"。牦牛全身都是宝。秋古村的藏民们衣食住行烧耕都离不开它。人们喝牦牛奶，吃牦牛肉，烧牦牛粪。它的毛可做衣服或帐篷，皮是制革的好材料。它既可用于农耕，又可在高原作运输工具。牦牛还有识途的本领，善走险路和沼泽地，并能避开陷阱，择路而行，可作前导。

卡尔钦乡信用社主任杨健带头养牦牛。我到卡尔钦信用社多次，在灶上吃过好几次饭，杨主任经常把他家养的牛羊肉拿到信用社改善伙食。今年3月底，他带我去他家的牧场参观。

杨主任家现有大小牦牛180多头，羊400多只。在一眼望不到边的辽阔草原上，有星星点点的黑白相间的牛羊。杨主任一一指点着给我介绍：

"黑的都是牦牛，白的都是山羊。"

我问杨主任："你在信用社当主任，哪有精力放养这么多啊？"

他有些腼腆地笑了一下，擦了一下晒得黑红的脸上的汗水说："我主要是和其他人合养。"他开始给我细细道来：

"多年来，我找了两个脾气相投的合伙人，和他们两家签订了合同，四六分成——每年新出的牛羊他们两家占六成，我占四成——平时我不管，他们咋样放养，咋样经营，我偶尔只是去清点一下数字。"停了一下，杨主任又指着宽广的草原上轻轻吃草的牛羊说："这是我多年来总结的经验，现在我们这里有好多人都学习我的做法呢！这样合作的好处是合伙人就是给自家干，操心得很，一点也不含糊，风险共担，利益共享，这么多年来，我的合伙人从来不偷懒，他们两家也是我们卓尼县的富裕牧民了！"

在回他家的路上，我又问杨主任："你现在养的牛羊一年收入有多少啊？"

杨主任一边开车，一边估算着说："光牛一项，一年出售七八十头，一头平均8000元，我个人能分成30万元左右……"

我笑着说："你早奔上小康之路了啊！我们还在搞精准扶贫呢！"回到杨主任家，他把村长和两个合伙养牛羊的男伙伴也叫到家里。他爱人和小女儿早就准备好了饭菜：藏民招待尊贵客人特有的手抓羊羔肉。杨主任又特意把自家酿的青稞酒拿出来，给我们5人每人倒了一大碗……

杨主任小女儿敬酒的时候，还特意给我们唱了祝酒歌，随着藏民少女悠扬的歌声，我们5位都有些微微的醉意。村长介绍说："我们这里的男女顺口就会喊藏民歌，你看我唱几句——"

"尕妹妹敬酒我张口

我的心儿随你走

心上的妹妹呀

跟上哥哥走一走……"

村长一下子就唱出"割韭菜""祝酒歌"等四五首。

和杨主任合伙养牛的李九六六介绍："你不知道，杨主任生养了3个我们藏民中最漂亮的卓玛姑娘，现在都招上了金龟婿，大女婿是卡尔钦乡麻地卡学区的校长，二女婿是我们乡的计划生育委员会主任，三女婿是卓尼县武警大队长！他们家一起喝酒的时候，他和女婿4个人一顿能喝10斤……"

（原载《金融文坛》2016年第6期）

作者简介

王锐平，中国金融作家协会会员，甘肃金融作家协会理事兼副秘书长。有作品发表于《金融时报》《飞天》等报刊，出版诗歌散文集《信合之光》。现供职于甘肃省农村信用社联合社。

那年高考

■ 张靖

也许是一种心结，当年错失高考的事，让我一直无法忘怀，虽然岁月过去了许多年，但是那年的高考，却在我的心里成了一份抹不去的苦涩回忆。高中时期的那些事，也就成为我人生流年里一道永恒的记忆。

那个时代，尽管家里贫寒，我的学习成绩一直很好，我们学校初中班仅有的四十三名同学，考到乡高级中学的只有十人，我的同桌梅也和我一样考到了乡里的高中部。

由于我们乡唯一的高中部设在一个叫段村的小村庄，全乡各个学校的初中生都往这个学校报考，那一年乡高中部只招了四个班级，我被分到了高一（三）班。我和我初中时的同桌梅又被分到一起成了同班同学，更没想到老师给我们安排座位时，我俩竟然又成了同桌。或许正像我们高一班主任吴老师所说："我们能在这么多人中相遇，成为一个班的同学，这就叫做缘分。"

也许真的有缘分吧，当然我并没有把这种缘分放到心上，还是一如既往地学习和生活，高一的生活依旧那么散漫，每天除了学习就是玩。老师管得也不是太严，不过也没人去违反校规和纪律，生活犹如一潭静水，花季的年华就这样在岁月中慢慢地流失。

　　尽管如此，梅的学习依然是那么好，我的成绩在班上也名列前茅，也是由于这个原因，我也成了我们班的班干部。我们班的学生来自于全乡的四面八方，与初中时比起来社交圈大了，人缘也广了，对学生来说也算是件好事，不断地接受着新生事物，渐渐地班里兴起了"看书热"。当时改革开放没有几年，很多禁书又重新出版了，又加上学校里还有一个图书室，这让正处于接受新知识的我们，像蝴蝶飞到了花丛中，拼命地汲取着知识的营养。我除了每天完成自己的作业以外，很多时候都把精力和时间用在了看课外书上，白天看夜里看，甚至有时在课堂上还看，直到高一学习期末，我忽然发现我的学习出现了严重偏科。

　　这种严重的苗头并没有引起我的重视，相反地我还有些沾沾自喜，因为我知道进入高二就要分文、理科了，尽管数理化成绩考得不是很理想，心里也没有太在意，期末考完试我就回家了。

　　到了高二开学来报到时，我走进了文科班，我又惊喜地发现，梅和我又分到了一个班，根据课桌上写下的名字，我俩竟然又是同桌。那时我就在想，天底下哪有这么巧的事情啊，如果说初中和高一时同桌，是老师所说的缘分，那么这次呢？这次难道是老天给我们的缘分？

　　因为在放假前我就问过梅报文科还是报理科，她始终都说是报理科，我知道梅的数理化一直不错，学理正是她的长处，也有助于她以后的发展。但是至今我也不知道，梅为什么放弃自己的强项而改学文科。

　　那个时期，几乎每个上过高中的人都是重理轻文。在让学生报文理科时，我们的班主任就说，没有重理轻文之说，文、理学科同等重要，分文、理科主要是减轻学生的负担，学生可以根据自己的喜好和特点，选出自己喜欢的学科。那时老师还鼓励我们说，学理科可以当科学家，学文科就能成为文学家。我没有怀揣着文学家的梦，却抱着对文学的喜爱走进了文科班。当时我们那一届原有四个班级，经过这次分科，理科有三个班，文科只有一个班，班里由原来的四十多人一下子变成了五十多人。

　　当再一次面对新的班主任、新的老师、新的同学、新的课程的时候，我并没有感到太大的压力。我知道自己面临着一场人生的转折与挑战，最后的这两年才是真正的开始。

我们文科班的班主任是一位具有多年教学经验的老教师，黑黑的脸上长满了大大小小的麻子，满头已经有了不少白发，高高的身材已经有些驼背。不过，我对我们班主任还是有所了解的，高一时的语文课就是由这位冉老师教的。

冉老师不善言笑，甚至给我的感觉还有些迂腐，平时总是低着头从老花镜的上框看人，一副不怒自威的样子。同学们都很怕他，只要他在班里，课堂纪律就格外好。冉老师最擅长的就是文言文，经他摇头晃脑地一讲，那些之乎者也、呜呼哀哉的东西并不太难懂。我记得他第一次给我们上第一堂语文课时，没有讲课文内容，只说了学习语文的方法，班级纪律，以及学习文科的技巧。

进入高二学习就多少有些紧张起来，和高一时相比较，平时也收敛了许多，也不太自由散漫了，但上课还是那样无聊。也就是从那时起，不断有同学坠入爱河，我那时也知道，学校里男女生谈恋爱的很多，但我一直坚决认为不应该。因为那样不仅会影响自己的学业，也对不起供养自己读书的父母。

我们学校的东墙外面，就是一个方圆有两三公里的沙土岗，为了挡风固沙，上面种了很多槐树。每到夏天绿荫蔽天，又清静又凉快，是一个读书学习的好地方，可后来慢慢演变成了学生谈恋爱的场所。梅也约我去过那里几次，也许是我这人开窍晚，从没有往别的地方想过，人家在那儿谈恋爱，我俩则是在那儿学习，相互提问对方的问题。

或许是我俩在一起学习的时间太久吧，我渐渐地发现，我心里慢慢对梅产生了一种依赖的感觉，这也许就是暗生情愫吧。不过那时的我，一直认为这是由于梅的学习太优秀了，对她产生的只是一种敬仰，而不是别的。

高考制度从七七年恢复以来，考取大学便渐渐成为了每一个学生奋斗的目标。但我们也知道高考也是一场残酷的竞争，只有一小部分人能成为幸运儿，绝大部分人都会名落孙山，但无论结局如何，只要高考一结束，每个人的中学生时代都会因此画上一个句号。

那时侯，有许多成绩优秀的同学都有自己的打算和想法，都希望自己在高考中考出好成绩，上自己心中的理想大学。而我感觉自己没什么目标，由于当时经常看小说或课外书，慢慢地荒废了学业，尤其是我不太喜欢的数学，成绩是直线下降。当时自己有个错误的想法，数学学不学都没关系，因为它与文学无任何瓜葛，不曾想过高考时数学的分数是多么的重要。而每次考试后，尽管数学成绩总不理想，但其他课程我的分数还是很高，几科平均起来排名成绩在班上还是很不错的，这种骄傲的思想也让我失去了前进的动力，学习基本一直停留在那个位置。

美好的时光总是过得很快，到了高三学期，学习的压力逐渐加大了，老师们几乎每天都以"好好学习，考上大学报答父母、报效国家"等言语来激励我们学习。而那时的我心里很茫然，也没有什么目标，对各个大学也不了解，心理上依然还是不够重视。后来，经过多次的月考，我的成绩开始不稳定起来，忽高忽低的，让我心里慢慢背上了包袱。

就在那段时间里，梅感受到了我的变化，她常常会主动找我说说话，这时离高考只有两个月的时间了，直到这个时候，我才感受到高考给我带来的强烈压力。那些天，对我来说真的难熬，想想这将近三年的高中生活，想想即将到来的高考，想想家里脸朝黄土背朝天的亲人，想想自己的前程，我就心乱如麻。

我知道，高考和平时的考试不同，它的不同之处就在于是一次定终身，通过这次考试就能决定一个人的命运。因此也有人把高考比作"跳龙门"，或是千军万马过"独木桥"，如今我真正感受到了"书到用时方恨少"这句话，平时在学习中积累尤为重要，高考尤其这样，没有平时的努力，若想考取一所向往的大学真的很难。

于是，我便暗暗下定决心改变自己。由于我是住校生，那个星期六的下午我没有往家跑，利用一天半在校的时间，梳理了我每一科的现状，找出了自己各科的劣势和优势，然后制订了一整套复习计划。

其实我的基础本来都不差，只是平时没用功而已，对于我们学文科的学生来说，要背的东西太多。对于最弱项的数学，我倒是蛮有信心，只不过平时荒于练习，速度跟不上。我准备一门课用一星期的时间学完，因为这些课程都是我的强项，然后再集中精力学数学，并计划每天要做一套试题。

弄清楚了自己的现状后，我开始按照自己的思路复习，每天我把时间从早自习到晚自习都排得满满的，我把我的时间和精力全部投入到高考前夕的拼搏中。每个星期回家时，我避开一路回去的同学一个人走，一路上把课本上需要弄懂和要求会背的那些内容，弄懂一页就撕去一页。就这样每门一个星期，一来一回把整个课本撕完为止。

当然，这样的拼搏也会让自己心里感到烦闷，每每遇到这种情况，我就会一个人跑到学校东墙外的"恋爱区"，找一个僻静的地方梳理一下心绪，让自己的心境再次归于平静。

那段时间为了实施自己的计划，无意中也疏远了梅。其实我反常的举止，很快被细心的梅发现了，在一次周末回家时，梅悄悄地在后面尾随着我。我们村离我们乡高中部有6公里路程，中间还隔着三个村庄，那次在不到第一个村庄的时候，梅就追上了我，见面后第一句话就问我："你搞什么鬼？为什么你最近老躲着我？回家时也不叫我一声？"

看着她气喘吁吁一副生气的样子，我能说什么呢，那时我们站在同一起跑线上，如今我已经掉队了，为了一个男子汉的自尊心，我也该追赶一下了。想想我近来付出的努力，走的是那么艰难和辛苦，我就觉得自己委屈得不得了，眼泪唰地就掉下来了。

我不想让她看到我流泪的样子，扔下手里的书本就拼命地往前跑，梅捡起我缺页少张的中国近代历史书，就开始追我。她哪里是我的对手，不久我就把她甩下好远，回过头来再看她时，她站在原地"呜呜"地哭着。

晚上，梅去到我家里给我送那残缺不全的历史课本，问我为什么把书撕成这个样子。妈妈看到被我撕得不成样子的书本，以为我不想学习了，在一旁泪眼婆娑地埋怨着我。我知道再不说清楚就会伤到妈妈的心，我不愿再让母亲为我操心了，母亲把我们四姐弟拉扯大已经很不容易了，我只好如实地把我的想法说了出来。

梅听完后长长地出了一口气，说："你的想法不错，我支持你，但不能再撕书本了，每一页弄懂了你就把它折叠起来，这样再看时还能看到。至于数学我来帮助你，但你要按我的要求去做。"

这件事对我影响很大，记忆也特别深刻。梅没有食言，在我俩返校时，都是由她一页页提问，我一页页地回答。也就在那天，我发现我那缺页少张的课本里多了一枚精致的书签。

快毕业了，校园里弥漫着一种悲凉的气氛，在闷热的空气中慢慢地传播，这与炎热的盛夏极不匹配。我看到班里的一些同学已经开始把手里的资料和书本，一摞一摞地拿去卖掉，这些对他们来说已经不重要了。学习好的学生毕竟不多，不管怎么说这三年算是没有白白浪费。但很多同学选择了另外一种生活方式，要么虚度光阴，要么高中三年情场得意，谈了一场又一场的恋爱，这三年里究竟学没学到知识，只有他们自己知道。

看着同桌的梅仍在孜孜不倦、锲而不舍地学习，我心里暗暗佩服。此时我也不服弱，在我通读了其他课程后，每天就一心一意地专攻数学。梅也积极地配合着我，每天都给我准备一套数学试卷拿给我，内心所有的感激都化作了学习上的动力，有什么不懂或是疑难的问题也是请教她。在那段时间里，有她对我热情的辅导，我不但受益匪浅，而且数学成绩也突飞猛进。

那一年的夏天，总觉得时间过得飞快，一转眼就看到夏天的风儿把麦穗儿染成了金黄色。仰望天空，看到一片流云在慢慢飘往远方，我的心儿也随着五月的芳香、随着白云飘向了远方。

随着高考的临近，我们班里那些成绩差的同学，都被安排在教室后几排，这种安排的用意就不言而喻了。其实这样更加助长了他们的威风，上课时他们虽然不会特别捣乱，但几个胆子大的同学在课堂上公然吸烟，反正是快毕业了，老师也不再管他们了。甚至个别同学还会走到讲台上给老师递烟，老师也没有了以往的威严，接过烟就吸了起来，惹得全班的同学都哄堂大笑。

谁知天有不测风云，就在高考的前夕，我们宿舍的八位男生，竟有五人陆续染上"痄腮"（腮腺炎），这五人中其中就有我。半边脸疼得直吸冷气，根本无法张嘴，不但吃不下饭，还肿得像个熟透了的歪嘴水蜜桃。因为腮腺炎是种传染病，会通过空气传染，老师怕其他同学也被传染，就动员我们几个回家养病。

回家后的第二天晚上，梅就匆匆来到我家，告诉我学校要求学生明天去学校照相，还要到学校填表。我听后一下就懵了，脸肿这么大，而且还贴着一大块膏药，这照出相来还能叫相吗？思前想后，我还是和梅第二天一早就返校了，因为我知道形象并不重要，十年寒窗苦，为的就是这一搏。

到校后，上午填完了各种表，脸上的膏药还没洗净，下午就开始照相。就在那个星期六的晚上，梅又来到我家，她告诉我老师让问问我家里还有没有别的照片，我说我找过了没有。那时候不像现在，每人的照片都是成本成册的，那时照张照片都要往照相馆跑，照出来的还是黑白照，本身又是一个穷学生，谁没事会往照相馆跑呢。

当时我并没有想那么多，但已经感觉到梅一幅欲言又止的样子，只见她沉默了一会儿，缓缓地把照片交给了我，我接过照片只看了一眼，泪水一下子就溢满了我的眼眶。这哪里像我，简直比外星人还难看，就算是成绩再好，就凭这形象，哪所大学都不会录取我。招生的老师们谁也不知道这是得了腮腺炎引起的，还以为天生的就是这副形象呢，这样的形象招到高校里还不影响校容啊。

想到这些我绝望极了，三下两下就撕碎了照片，抱着被子就抽泣起来。那一时刻，我的心碎了，梦碎了，理想也碎了。

不知哭了多久，梅在旁边也陪着掉泪，我知道高考已经与我无缘了，我的大学梦就这样轻易地破灭了。三年的高中生活竟然成了一场空，想想老师的教诲与母亲的期盼，心里不但有着深深的歉疚，而且还像刀割一样难受。

高考的那几天，我的腮腺炎也早好了，但我因没有照片也没有填表，错失了这次高考。许多考生在考场上紧张地答题，我在家里对着镜子看着我消瘦的脸颊，不是因为脸消肿了，的确我也瘦了不少。一个人待在家里依然很想哭，可我已经没有了眼泪，我的情绪被压抑得没法释放，我被这种可怕的状态折磨了很长一段时间。高考犹如坐火车，我是买过票的人，却没有挤上去，眼睁睁地看着疾驰而去的列车，有一种被无情搁置的感觉。就是在那段时间里，我整天坐立不安，夜不能寐，我没有再抱怨自己，只是觉得命运对我太不公平。

现在想想那段日子，真是难为了我的母亲，她常常坐在我的床前安慰我，给我讲道理，并鼓励我勇敢去面对。我知道母亲是心疼我的，我看出了这段时间里母亲明显地憔悴了许多，也知道她心里一定和我一样难过，我忽然意识到不能再让妈妈为我担心了，我应该坚强起来。另外，还要感谢一直关心我的梅，高考过后，梅就天天来我家和我说说话，鼓励我鼓起勇气，争取明年再考。

是啊，曾几何时，我也是个快乐的男孩。虽然家在农村并且不富足，但我是母亲心中的希望，我的学习成绩让很多人赞叹。如今想通过考学走出庄稼院的想法落空了，既然命运如此安排，我也就只好认命，下定了决心做一个有知识的新型农民。

回学校领毕业证那天，再次回到熟悉的教室里，大家依然洋溢着青春的笑脸，畅谈着往事和未来。毕竟时过境迁了，每一个课桌上干干净净没有一本书，视线也不再受阻拦。一张张亲切熟悉的面孔，带着青春的张扬，我想多年后我们再次相聚在一起时，每个人的经历一定会不相同。

照完全班毕业合影，学校为我们毕业班举行了一个欢送会，我代表我们那届毕业生，在欢送会上发了言。临别时，班主任叫住我对我说："不要灰心，明年再考，你的路还很长。"

也许有了这次挫折，我变得坚强起来，我用力地点点头，笑着对老师说："放心吧，我会努力的。"

我们走了，我们来自于四面八方，我们又走向了四面八方，走向了更广阔的社会，再回头看看伴随着我们三年的教室，冷清得只剩下一排排课桌，还有墙壁上、黑板上写下的文字。而那段有着泪水、有着欢笑、有着梦想的高三岁月，就这样远离我而去了。

现在看起来，老天对每个人的命运还是公平的，命运为我关了一扇门，却又为我开了一扇窗。就在那一年，我没有选择复读，而是穿上军装去了遥远的彩云之南。多少年过去了，每每想起我的高中生涯时，我心里就充满了怀念：那段岁月青葱难忘，那段岁月青涩惬意。

如今，这些记忆已慢慢久远，就像这静静的夜晚凝滞了流年。人生难免会有一些遗憾，但不要把这些遗憾当成遗憾，无论遇到什么挫折，都要勇敢面对和坚强地走下去。要知道错过了一个花季，还会得到一个成熟的秋天，高中时期的那些事，尤其是那年的高考，成了我人生无法忘记的回忆，每每想起我心里就会有一丝浅浅的苦涩。

（原载《金融文坛》2016 年第 11 期）

作者简介

　　张靖，河南郑州人，中国金融作家协会会员。散文、诗歌散见于《中国金融文化》《金融文坛》《厦门文学》《东京文学》等报刊。长篇小说《金三角往事》获第二届中国金融文学奖新作奖。现供职于中国建设银行河南省开封市分行。

棋友琐记

■ 庞振刚

平生最喜下棋，但由于资质所限，棋艺是很难再精进一步了。可我仍然乐此不疲，沉浸其中。当同各个性格各异但都性情率真的棋友在一起，更觉畅快异常，弥足珍贵。每每陋室孤灯，把棋凝思，那些人、那些事、那些棋便会浮现眼前，慢慢、一点点变得越来越清晰。

"棋孟尝"刘兄

有些日子虽是些平常的日子，但对我来说，只要和棋有关，就注定会变得不寻常。"棋"其不经意间就能在心里掀起的巨大波澜，令人悲欣交集，不可名状。那天在慕容街旧书摊意外淘到一本老版中国象棋谱，书里记载的都是民国时期象棋高手的对局。那时的棋人大都生活困顿，命运多舛，唯有这些精彩的棋局记录了他们超人的智慧以及不平凡的人生际遇。我不禁喜不自胜，颇有些手舞足蹈了。

我飘飘然地走着，快到南塔了。对面慢慢走过一对四十多岁的中年夫妇，其中的男人身形歪斜，步履蹒跚。无意间我们的目光都定住了，那个男人睁大眼睛看着我，嘴角抽动着，却说不出话。我也怔住了，这不是刘兄吗，你还好吗。我拍拍他的肩，他仍盯住我，不能言语。刘兄的妻子代为回答，挺好的。过了好一会儿，刘兄吃力地一个字一个字说出，我——挺——好——的。良久，看着两人慢慢远去的背影，我望着眼前巍峨的南塔，眼泪顿时涌了出来，视线变得一片模糊，我的精神大厦顷刻崩塌了。

　　我去年便得知刘兄患了脑出血，导致半身不遂的消息，心中便很不是滋味。真是命运弄人啊！遥想当年刘兄多么意气风发，单位好，人品好，性格又豪放仗义，在棋界颇有"棋孟尝"之美名。当时我们两人工作单位离得很近，每次相遇时不管事有多急，都能站在路上唠上十多分钟，谈谈相识棋友的近况，聊聊最近的赛事，等等，非常投缘。刘兄痴迷象棋，尽管工作很忙，但一逢赛事，便悉数参加，所以在众多棋友当中有着很好的棋缘。他自己还时不时出资组织小型比赛，在众高手跃马横车于楚河汉界之外，便是觥筹交错、把酒言欢了。刘兄常言，有棋有酒有朋友，此生何求！同民国那些高手一样，现在有些棋人虽棋艺出众，但生活在社会底层，经常为生计疲于奔波着。而刘兄虽位居社会垄断单位重要位置却不骄，经常对窘境中的他们解囊相助，时间久了，很得众棋友的钦佩。

　　翻着新淘到的中国象棋谱，想着刘兄的往昔，不觉百感交集，老天是何其不公！重新还我一个乐善好施、豪气干云的刘兄，好吗？唉！人生如棋，世事难料，怨天尤人又有何用，或许等你心情平静下来，就会感到只有当下才是最值得珍惜的，可这一切也往往最容易被人们忽略掉——

"西毒"阿锋

　　在本市棋界，早就听说过"西毒"阿锋的大名了，他善用中炮，行棋凌厉，妙手迭出，令人防不胜防，他是本市棋界的绝顶高手，他也打过全省的代表本市近几十年的最好成绩。因为他和"西毒"欧阳锋一样，名字都带一个锋字，更因他的棋艺老辣凶悍，令人心惊胆寒，人们便唤他"西毒"阿锋了。

　　同阿锋真正认识是在我供职单位不远的一个棋摊上，那天热得像下火，但一个从没见过的精瘦男人却端坐在棋盘一侧，面无表情，纹丝不动，仿佛天热和他没关似的。六七盘下来，对面的小伙再也不狂傲了，盘盘都是完败。他吃惊地看着对面这个陌生来客，手脚冰凉、声音发抖，你是西毒——没等小伙说完，这个精瘦男人手一摆，起座离席而去了。我紧赶几步，朝着他的背影喊了一声，阿锋！那个精瘦男人回过头来，看着我，面目仍然毫无表情。我说，"棋孟尝"刘兄是我的朋友。他眼睛一亮，"哦"的一声，伸过手来，紧紧握住我的手，那我们也是朋友了。你稍等，说完，他进了超市，一会儿工夫，他递给我一瓶冰镇的矿泉水。我正热得不行，打开盖，一大口喝下去，太爽了。我一拍阿锋的肩膀，多谢了。

晚上，酒酣耳热之后，我们来到他的教学棋室，摆上棋子，杀将起来。我知道用流行的布局同阿锋过招，是没有机会的。我新学了一个鸳鸯炮，不妨试一下。没想到，被阿锋杀了个落花流水。阿锋笑着看着我，鸳鸯炮你能运用成这样就不错了，但这样的冷僻布局偶一用之，却能起到出奇制胜的作用，如果一遇到方家，便占不到便宜了。我忙讨教鸳鸯炮招法，阿锋一推棋盘，今天就这样吧，我们接着喝酒去。

长时间的接触，阿锋棋盘之外的状况便了解一些了。他可称得上是棋魔，他的世界里只有棋。他以前在一家市内大型企业给企业老总开小车，老总应酬多，他大多数的时间便是在车里等老总，为了消磨时间，他便仰在车里的沙发上看棋谱，什么桔中秘、梅花谱、适情雅趣等等，他都看。时间不长，他便获得了本单位的象棋冠军，这个称号一拿就是几届，本单位无人能敌。到了社会上，通过"棋孟尝"刘兄的介绍，阿锋会遍了省市的高手，并且胜多负少，其声名迅速远播，再通过几次市内重要大赛下来，阿锋已跻身本市绝顶高手之列，成为棋界后进崇拜的偶像。

前几年，阿锋所供职的大型企业改制了，阿锋下岗后，开过长途大货车，到外地教过棋，几年下来，换来的只是微薄的薪水，很是辛苦。但他仍放不下棋，经常打谱钻研到深夜。时间长了，妻子也离他而去了，我们很是心疼。他却说，天生我材必有用，千金散尽还复来，棋就是妻，妻就是棋，只要有棋，此生足矣。然后他转过身去，望着外面，良久不语。

我供职的单位有一个大龄的未嫁姑娘很喜欢象棋，也钦佩阿锋的棋艺，我们在一起通过小聚两人认识了，彼此都有好感，我们深为阿锋感到高兴。

过了一段时间，我见到那位未嫁姑娘，逗趣说，什么时候喝你们的喜酒啊？姑娘眼睛一暗，低下头，喃喃地说，象棋里的车和马能变成真的宝马车就好了。

那天晚上在KTV，阿锋喝了好多酒，摇摇晃晃，猛地抓过麦克风，大声嘶吼：我不是"西毒"阿锋，我是一只小小鸟——生活的压力和生命的尊严到底哪一个重要——

"仙人指路"辉哥

一天傍晚，棋友小强打来电话：到咱们常去的小酒馆来，今天有一个特殊的朋友介绍你认识。我二话没说，带上象棋，直奔小酒馆。小酒馆里，一位四十多岁的男子坐在那儿。这就是辉哥，啊，他还双目失明。我看着小强，不由得有些灰心丧气，你也太看轻我的棋力了吧，同盲人下棋，我胜之不武啊。小强看出我的情绪，笑着说，下着看，辉哥说棋步，我替他走棋。我一赌气，好吧，我起手就摆上了中炮。十多步过去，我发现，辉哥虽看不见棋盘，但每一步都在他心里，并且算度相当精确，时有妙手出现，即便我们这样的明眼人也不容易算得准。由于我一着不慎，局面顿落下风，右马被迫窝心，我忽然感觉后背洇湿了一片。但我嘴上不能示弱，胡荣华善用窝心马，赢敌无数，今天我也用一把窝心马给你们看看。辉哥"嘿嘿"一笑，仍沉稳地报出该走的棋。在辉哥凌厉的攻势下，我这盘棋在劫难逃了。我只好再说一些棋坛典故聊以谈资。诸如胡荣华温汤算杀路啦，醉金刚气走关外王啦，等等，或许我的这些胡扯乱拉真分了辉哥的心神，辉哥一个软手，我的窝心马跳了出来，并且兑掉了辉哥攻击力最大的中炮，局势趋于平缓了，我长出了一口气，纵马过河，厮杀一阵，但无有建树，最终激战成和。辉哥事后指出，我马跳得仓促，失去了一次绝佳的获胜机会，他把棋准确地复述了一遍，真是如他所说，我不禁叹服，辉哥的记忆力太惊人了。我早听说过有盲棋高手，我还难以置信，今天我亲身遇到才彻底折服了，真是一绝呀。

还有更绝的，辉哥在KTV唱歌节奏感非常好，虽然看不到屏幕，但歌词唱的都对，特别是王杰的歌，沧桑感人，是否我真的一无所有，黑暗之中沉默地探索你的手——

以后的日子，我经常和辉哥下棋。一次，辉哥不经意使出了鸳鸯炮，我精神一振，用士角炮伸到对方二线，阻住辉哥右炮左移，然后出车保上，迅速出动大子，使得局势占优。辉哥惊讶地说，这一招是不是"西毒"阿锋教给你的，我笑着摇摇头，阿锋真的没正面教过我，这是我从阿锋那偷学来的。说来也巧，有一次，我喝多了，到阿锋教学棋室的里屋休息，不经意间听到了阿锋在外面教室里正给学员们讲鸳鸯炮的攻防要领。

其实，辉哥最拿手的布局是"仙人指路"，以柔克刚，坚忍不拔。这也正像他的性格。辉哥学棋比较早，最起初还是"西毒"阿锋的启蒙老师呢。辉哥的棋风严谨扎实，少用骗招，重在斗功底。

辉哥人生中受打击最大的那年是从单位下岗了，然后更是雪上加霜，双目又因白内障失明了。那段日子他简直崩溃了，棋也不下了，棋子从楼上扔下来，棋盘给撕碎了，他不愿见人，觉得活着没什么意思。有一次他摸索着走到窗台前，就在他想从楼上跳下去的时候，他的腰被紧紧抱住，他的妻子及时从外面冲进来，来，我和你下两盘，你现在肯定不是我的对手。辉哥别的方面可以输，但棋上，无论是谁，都不允许说能赢他。好，不看棋盘，也能赢你。妻子把他扶到椅子上，精心画上棋盘，摆上一个个从楼下捡回的棋子。温柔地说，来吧，咱们好好下几盘，不要悔棋。辉哥被妻子近乎幼稚的俏皮逗乐了。午后的光线温暖地照进屋里，辉哥的脸上有了一丝阳光。辉哥又可以下棋了，他下盲棋，在妻子热情的招呼下，众多棋友都来陪他下棋。渐渐的，辉哥走出了阴霾，他不用看棋盘，但他心中有棋，他仍然是不可战胜的棋坛高手。

辉哥的妻子也下岗了，但她仍很乐观，又找了一份工作尽力照顾着上有公公婆婆下有女儿中有丈夫的家。她不求别的，只要辉哥有棋下，就是她的快乐。每每闲暇时间，妻子都会牵引着辉哥的手，在楼下附近的棋摊之间散步，每当辉哥赢了一盘棋时，妻子都会笑得那么开心，那么美，在一抹夕阳的映衬下，她美得真像一位仙女。

（原载《鸭绿江》2011 年第 1 期）

作者简介

庞振刚，辽宁散文学会会员，朝阳散文学会理事。著有《如歌青春》系列作品等专著。现供职于中国人寿朝阳分公司。

雨潇水阔影自摇
——一个边城和一塘荷花中的黄永玉

■王健

　　走进湘西凤凰古城，在这个悬挂了文学和艺术的镜子中观察风俗，无论是陌生的还是熟悉的，也许沈从文讲述的那个边城、吊脚楼、黄狗、小溪、白塔、老船夫、老军人、水手傩送、孙女翠翠的故事，似穿城而过的那条沱江，还在保持着自己的风格，还在表达着自己所经历的时间上燃起的那盏油灯，溢满着那些美丽、离别着那些看不见的回忆。然而，凤凰古城的山水为什么这么美丽，凤凰古城的民俗为什么这么浓郁，现在我才知道，没人能站出来说那水可一眼望穿，没有人能信口说出这里在文学史上的一个个醒目的标点。

　　与凤凰县委机关只一路之隔的斜对面，就是沈从文当年来来去去的老巷子，今天看上去，岁月已将其沉入了一种厚重的光泽，只有络绎不绝的游人，才把这个旧宅子变成了一种抚摸，化成了一种崇敬和温情。而我却像在找寻一封久未答复书信的地址，来到他的故居。坦率地说，故居中的这些院落、房间、天井、供桌，乃至书房，与其相邻的大户人家并无二异，只是先生那张桌面阔大的梓木书桌，以及桌边的那把梓木太师椅，给我留下了深刻的印象。二十世纪二十年代，先生正是在这一桌一椅上，悟出了同时代社会的历史之伤和知识分子心中的隐痛，痛苦的字符呼吸着一种黎明的曙光，外面的世界突然在一本书的句子里亮了起来，茶峒城里的喧哗和张望，以及满是补丁的帆，就是从这个木纹粗糙的八尺桌上走出去的，而随着《边城》走出去的，还有熊希龄和黄永玉。前者是民国内阁第一任总理、著名的政治家，而后者就是今天赫赫有名的大画家。他们各自的人生道路，即使风在吹，也并不是所有的路都靠航程，他们用双脚，把自己的热血和希望联系在一起，把自己有限的生命延展到了一个更广大的空间与更持久的时间之上，于大苦难和大折磨中，使各自的生命和创作灵感，尽显风华，并以最接近故乡的方式流向了自己的根。

凤凰古城已有1000多年的建城历史，现存有坚固的老城墙和明清时代的古民居。康熙于三十九年（1700）将此地定名为"凤凰"。在中国，以吉祥鸟兽直接命名的县市，到今天为止似乎仅此一地。这些古老的淡红色石板路，串联着那里人们政治和艺术感受下的摸索和前行的脚步。黄永玉是沈从文的表侄，他的绘画魅力和文学修养，似乎是在表叔沈从文的文学营养里泡出来的"芽"，只不过他是用线条，而表叔是用文字罢了。一个住在一条河岸，共饮一条江水，同走一条石板路的亲戚，隔岸的风景和外面的世界，很有可能会导致这叔侄俩儿"心比一只鸟还要辽阔"的参照和梦想，正如黄永玉后来在《太阳下的风景》里写到表叔沈从文，写到他的情绪、感慨和思辨一样，这样一个"边城"注定要与一个文化中心和主流意识接壤，在怀疑和确定之间，改变现有的生活，达到互渗和彼此的融合。他们不约而同地看到了对自己的最大挑战，就是走出去，重建新生活。因此，黄永玉反思，"我们那个小小山城不知由于什么原因，常常会令孩子们产生奔赴他乡献身的幻想。从历史角度看，这既不协调且充满悲凉，以致表叔和我都在十二三岁时背着小小的包袱，顺着小河，穿过洞庭去翻阅另一本大书。"而这部"大书"只有读得深刻而有声有色，才能从广度和深度上进入人的本质，才能破译出一个全新的世界。一九三四年四月二十四日，沈从文在回答《边城》的创作时这样写道："我的读者应是有理性，而这点理性便基于对中国现社会变动有所关心，认识这个民族的过去伟大处与目前堕落处，和在那里很寂寞地从事与民族复兴大业的人。这作品或者只能给他们一点怀古的幽情，或者只能给他们一次苦笑，或者又将给他们一个噩梦，但同时说不定，也许尚能给他们一种勇气同信心！"黄永玉也正是在透视人的生存，以更先锋的姿态，在体验一种完全个人的、独特的、内在化的精神构造中，以大无畏的"闯"去撞开心爱之门，从秉性上生发着一种对理想命运的追求，以及一种不可抑制的永恒冲动。在求亲上，他没有《边城》中傩送和翠翠那样的"规范"和随俗，导致命运和情感只能在与外部世界的关联中挣扎。黄永玉年轻时看上一个将军的女儿张梅溪，可他无钱无貌，为了吸引她，每当意中人出现的时候，他就选择定点吹奏小号。后来张梅溪受到父亲对其婚姻的劝止，黄永玉远走他乡。过了很长一段时间，张梅溪以出去看戏为由，千里迢迢来到赣西找到黄永玉，二人情投意合，在朋友的主持下，终于结为百年之好。

　　"黄永玉有着湘西人的倔强、刁蛮的个性，也有着一种轻盈、浪漫、抒情的文人情调。同时，他又始终刻意地与主流社会保持着某种若即若离的关系。他的经历和艺术风格却具有一种特殊的'复杂性'。"作为黄永玉，这种自然的、野性的、刚柔并济的个性，都是从一定的历史文化，一定的观念形态，以及人生境遇中脱胎而来的。他年少时见过弘一法师，当他看到弘一法师写的字时，马上说这些字不好看，写得没有力气。弘一法师问他会什么，他说："我会打架、打拳、唱歌，还有画画，什么都会！"然后他唱了个"长亭外，古道边，芳草碧连天……"弘一法师说："这是我写的！"黄永玉却不信，说弘一法师吹牛。他看到弘一法师案头的信封上有"丰子恺"三个字，便问："你认识丰子恺吗？"弘一法师说："他是我的弟子！"黄永玉又摇头说："你吹牛！"临走时，他想求一幅弘一法师写的字，弘一法师说："七天以后来我这里取！"可是，这个顽皮的小孩子玩过十天后才想起此事，当他来到寺院的时候，弘一法师已圆寂。他见到了弘一法师写给他的字。而今天，他可能忘掉其他事情，甚至时间和语言，但他绝对不会忘记弘一法师。他把弘一法师的平静、宽广、博爱、风骨、浸润并化解在了他自己的艺术元素和性灵之中，成了自己永远背靠的一面旗帜。他在做人上，是很讲究原则和清晰度的，曾有学者将他和齐白石并称，在画坛上推出了一个"齐黄"的概念，为此他大发雷霆，坦然纠正自己不能与齐白石比肩。

大师的光芒允许触摸，但决不允许掠取，他能够在当下较混浊的艺术空气里，清晰地分辨出自己存在的真实和必然，这种磊落和求实之风，确实令人敬佩。

在黄永玉身上，如果我们解剖一个普通的日子，那也许就是他成长历史的根部。他在京郊通县徐辛庄，建起了一座占地八亩的"万荷塘"，像是岁月举着一面镜子，让他从一个梦返回到另一个梦。在这个微雨蒙蒙的荷塘边散步，是人生的一件很惬意的事情。每见荷花，我心中就有一种特殊的感情，因为自己学画的时候首先学习的就是画荷花。当开始画荷叶的时候，胸中自有"温香如雾绿如天"之感，到画花蕊时，别有"一朵娇红暗香来"之韵，再到画盛开的花瓣时，确有满目"天上真妃凌波舞"之美。的确，艺术是借助于有心而体验无心，借助于物象而体验空性的一种自身体验。海德格尔说："语言是存在的家。"这句话将生活概括得非常到位，除了各领域的其他语言，绘画语言使我找到了艺术那双深不可测的"眼睛"，在情感的压缩、移置、转换和润饰下，真实的人格和精神状态，还原成了人与自然的你中有我，我中有你的特质。因此，我认为任何交流，都需要相契相会。

黄永玉画的荷花，没有给人那种非常清高、出世的感觉，而是一种很绚丽、很灿烂的气质。这个"鬼才"黄永玉，"常以淋漓之墨色为基调，以凝重洒脱之线条为骨骼，以奇特之构思为基础"创造了画坛上的许多奇迹，他的钟情之物便是荷花。这位"荷痴"，在"十年动乱"中，在他生命意识和绘画语言上，擘肌透骨地对其所偏爱的荷花那"出淤泥而不染，濯清涟而不妖"本质特性进行了体悟和"熬炼"。在艰苦的和低人一等的生活磨炼中，他善于将恶梦化为美梦，他把信仰、理想、公理、价值这些人生的终极目标，作为逆境中白热化的情愫，痛快淋漓地将荷花的创作加进了许多意象的元素，为心中捕捉以及用画笔描绘，找到了一个"移情"的传达路径。他以过眼烟云、天高雁杳，与荷相携的大自在人生态度，在宣纸上展示了自己独异的品性，以坚忍的凝重疼痛人心，以高智商的智慧穿凿岁月，以千朵红莲三尺浊水，颐养一弯明月半个愁绪。正因如此，"他天天带着望远镜去圆明园画人民公社的荷花，日积月累，竟画得8000多幅墨荷。"

"黄永玉作画特奇，绘画除去各种画笔之外，还常用树枝、手指、丝瓜瓢等当笔。且作画神速。无论画幅大小，往往成竹在胸，一挥而就。他的画题材广泛，松竹梅菊，花鸟草虫，飞禽走兽，山水人物，乃至神话、典故等，凡经他手，皆成为奇异之作，令人赞叹不已。"每每欣赏黄永玉艺术创作，一个很深的感觉就是他的绘画不中不西，信手涂抹，性情中来。他不仅在版画、国画、油画、漫画、雕塑上样样精通，而且还是位才情不俗的诗人和作家，他心中常有的如梦如幻的意境和唯美浪漫的气质，构成了他人所不及的、在自然生命状态下的诗意审美水平，在他瞬间体验的艺术直觉中，往往内蕴着典雅、高贵、精致而不动声色的艺术魅力。

对于自己的艺术作品，黄永玉给人一种"寒冷的高贵"，其价值取向不为权贵和市场所左右。他在湖南凤凰家里的中堂左壁有这样一则"启事"，以此来回避索画者："一、欢迎各界老少男女群子光临舍下订购字画，保证舍下老小态度和蔼可亲，服务周到，庭院阳光充足，空气新鲜，花木扶疏，环境幽雅，最宜洽谈。二、价格合理，老少、城乡、首长百姓、洋人土人……不欺。无论题材、尺寸、大小，均能满足供应，务必令诸君子开心而来，乘兴而返。三、画，书法一律以现金交易为准，严禁攀亲套交情陋习，更拒礼品、食物、旅行纪念品作交换。人民眼睛是雪亮的，老夫的眼睛虽有轻微'老花'，仍然还是雪亮的，钞票面前，人人平等，不可乱了章法规矩。四、当场按件论价，铁价不二，一言既出，驷马难追。纠缠讲价，即时照原价加一倍；再讲价者放恶狗咬之；恶脸恶言相向，驱逐出院！六、所得款项作修缮凤凰县内风景名胜、亭阁楼台之用……。"笔者在九年前，有幸得到了他老人家一幅重彩作品《荷花翠鸟图》，看到如此"启事"，不禁暗自庆幸，备加珍惜。

他的重彩荷花，墨如泼云，大气磅礴，畅快淋漓，体现出他艺术思维中的相对和相悖，异物吻合，以黑显白，奇逸潇洒，从而传递出其作品的来由、意义、用途、作用和文化的特征。他在作品中有时纯用中锋以显骨力，有时纯用侧锋以见秀润，简逸中见规矩，超脱中见功夫。不仅如此，他作起画来还不拘一格，敢于打破传统束缚，"皮纸、高丽纸、水粉、丙烯、国画色无所不用，反面泼墨，正面点染，巧拙互补，工写结合，一切出自表达内心情感的需要"。其作品的品质与画家的品格、常识、修养、性情等达到了高度的融合。由此我觉得单从学画的技巧来说，我们主要应学习大师的艺术感觉，学习和把握笔墨关系和处理画面的能力十分重要。

一点浩然气，千里快哉风。黄永玉一生经历无数坎坷，却始终以乐观的态度去面对人生和现实，在对万物同一境界的认同中，善于用思想者的眼光度量时间与空间、有限和无限，偶然和必然的生活本质，并将这种哲学意识转化为毕生绘画的有机部分，深刻再现了中国当代人们的社会心理和社会生活。他常常这样认为：当你对任何事情都能以欣赏的心态去自处，一切都会变得简单许多。也许正是黄永玉这种超然于物外的洒脱态度，才造就了他积极的人生态度和生存力量，成就了他的个人素质和胸怀的靓丽底色。

北宋杰出山水画家郭熙在他的名著《林泉高致》中提出了取景的"三远法"，在此比照我心中对大师的敬畏之心，可谓恰如其分。"山有三远，自山下而仰山巅，谓之高远；自山前而窥山后，谓之深远；自近山而望远山，谓之平远。"我们在艺术创作中，不把生活简单化，是避免艺术上的一般化的一个先决条件，今得之以及仰之大师之画作，一生足矣。

（原载《芒种》2009 年第 2 期）

作者简介

王健，著有《感悟真情》《岁月的乳名》《王健诗选》《小镇的末日》等作品。现供职于中国交通银行总行交银金融学院。

许家垅的春天

■ 刘绍彬

1961 年 4 月 9 日，雨后天晴。

位于湖南长潭公路边的湘潭市郊荷塘人民公社许家垅的山山水水，显得异乎寻常：荷塘仙大岭上的红杜鹃沾着晶莹的雨露争妍斗艳，漫山遍野的鲜花俨然像一块特大的红绸铺满了连绵相接的座座山头。许家垅中的坝水由上而下扬波欢唱，哗哗地向湘江流去。塘坝里的鱼儿不时跃出水面，似乎在争睹着什么。更奇巧的是长塘食堂（当时乡村吃集体饭，长塘食堂是长塘生产队办的公共食堂）后面那棵桃树上的喜鹊群，一早就发疯似的追逐、嬉戏。人们把它轰走，转眼间又回来了。正午时分，它们索性从桃树上转移到食堂的屋顶，站在高高的屋脊上排成一排，向进食堂就餐的每一个人频频点头、示意，似乎在报告一件即将来临的喜讯。

人们吃过午饭，稍稍歇息。一阵长长的哨声便把人们呼向了田野。人们一边劳动，一边议论着："共产党什么都好，就是眼下的粮食定量太少了，公共食堂长此吃下去，受不了哇！"生产队长许仁初，同意大家的看法，但他坚信：共产党最体察民情，暂时的困难一定会被克服。人们紧张地劳动着：翻土、挑粪、做田塍、扒秧田……

三时许，一个小车队悄悄地在许家坨的公路旁停下来了，车队共7台车，领头押尾的是军用吉普，中间三台小轿车。他们从韶山方向而来，往长沙方向去。

"许家坨来了不寻常的客人！"这突如其来的情景，使人们木然。

"咯是大人物来了，不然不会出动军车。"

"只怕是……"

正当人们沉醉在种种猜测之中时，车上的人纷纷下来了。除头尾车辆上的人下来不走外，其余人都向车队中间靠拢。下得最从容的是第四号车上的人。这台车内，除司机外，坐着三个人。一个与司机并坐前排的穿警服的青年小伙子，他先下来，接着坐在青年小伙子后面座位的一个高个儿中年妇女下了车。他们下车后，都弯下身子向车内招呼着。稍一会儿，一位身材魁伟的老年人下车了。他身着青蓝色长风衣，头戴黑呢绒帽，鼻梁高高，目光炯炯。帽缘处可见斑斑白发。他伸了伸腰，向四周扫了一眼，然后正步式地朝着长塘食堂走去。

长塘食堂设在砖屋湾里，这是个村民聚居的大屋湾。在那"大跃进"年代，屋内无闲人。食堂炊事员严凤莲、戴金秀正在厨房打米蒸饭，只有东头横堂屋里有锯木声。魁伟老人由十来个人陪着来到了食堂的前坪，在泥坪里稍歇一步，便顺着锯木声向东头横堂屋走去。

"忙啊！"这带着浓重宁乡话尾的问话声惊讶了木工唐义和与王玉林师徒。他们停下手中的活，站起来呆呆地望着进门来的一路人。唐义和师傅有点文化，看清了其中几个人身上佩戴着的"湖南省委"的胸牌，随后，便随口喊了声"请坐！"。可这是一间木工屋，又正在做饭甑格子，除了那条被斧子砍得坑坑洼洼的剁凳外，只有些木方和木板子，怎么坐呢？王玉林灵活，随即从食堂那边拿来几条长凳和两把木靠椅，并特意把一张木靠椅抓在手上，最后送给那位年纪最大，身材高大的老人，他心里想：这人貌相非凡，可能官职最大，加上他年尊，应该坐这条凳子。老人弯腰，双手接过木靠椅，端端正正坐下了。

"这叫什么地方？"老人问。

"叫许家坨。"唐义和回答。

“属哪里管？”

“属湘潭市郊河东人民公社统管。”

“这么大一栋屋，就见你们两个，其他人呢？”

“如今呷食堂饭，除了炊事员做饭，细伢子上学，老人守家外，其余都上山下田做功夫去了。”

“啊——”老人默默地点着头。他的亲切问话消除了唐义和身上的紧张感。

老人站起来给唐义和师徒递完烟后，便干脆跟唐义和一块坐在那条粗糙不堪的剁凳上攀谈。这时，严凤莲、戴金秀也从厨房过来了。“这是我们食堂的炊事员！”唐义和介绍说，老人跟他们边握手边问话：“大师傅！贵姓啊？”“这位姓严！这位姓戴！”唐义和代她们作了介绍。

“食堂有多少人开餐？”

“有百把人。”严凤莲答。

“吃食堂方便吗？”

“方便倒是方便，就是……”

“每人每餐定量多少？”

“男的四两，女的三两，老人小孩二两”，严凤莲对答如流。

“噢——”老人的神情一下子阴沉起来。他没说话，随即向厨房走去。他叫大师傅揭开饭甑子和油盐缸给他看：饭蒸得烂烂的，油缸空空的，盐满满一缸。老人又看了看就餐的桌椅板凳和挂在墙上的就餐人员的篾牌子，然后默默地走出厨房，显得有些愧意。此刻屋子里进来了不少人。老人和蔼地问坐在堤防上的一位农民：“你叫什么名字？吃食堂好不好？”

“我叫许汉祥，我觉得呷食堂好是好，就是身体打了败仗！”他将起浮肿的双腿给老人看。老人仔细地看了，然后伸直着腰，粗粗地“嘘”了一口气。许汉祥是富裕中农，历来敢说敢为，时年四十出头，人称“汉大炮”。老人又问一个叫许庆云的中年农民：“你们生活好不好？饿饭吧？”许庆云说：“生活还好咧，饭也呷得饱。”老人见他胆小不敢直说，便指着他身上穿的补丁加补丁的烂衣服问道：“你怎么穿得这样差呀？”

“咯是我用牛穿的工作服，好的锁在柜里。”许庆云老实巴交，谨小慎微，处处稳口藏舌，遇事退让三分，生怕惹祸。

当有人说到"毛主席什么都好，就是如今下少了粮食吃不饱饭"时，老人解释道："这几年粮食歉收，国家有暂时困难，苦了大家，请大家体谅一下。"他还说："这些情况我们都要向毛主席汇报。"

正当老人与大家深入交谈时，坐在大门口的王玉林蓦地发现一个"机密"。他轻轻地推了推身边的严凤莲："嫂子，你看——"王玉林示意她看正墙上的领袖像——"他是刘主席！"（当时老百姓的堂屋里都并排挂着毛主席、刘主席画像）严凤莲震惊了："是的，是的。"很快，大家也都看清了墙上的画像，大伙儿一致认定：眼前这位慈祥老人就是我们共和国的主席——刘少奇！

刘少奇同志和他的同行感觉到了人们的发现。他转过身子对大家说："请你们相信，共产党是为人民谋幸福的，苦日子不会很长了，最近党中央在广州开了会（指当年二月中央召开的广州会议）制定了《农村人民公社工作条例》。它会帮助我们发展生产，渡过暂时困难，迎来甜日子的。"深情的言语，表达了我们党、国家和刘少奇同志对人民疾苦的深切关怀。农民们听了，脸上都挂满了笑容，并一齐鼓掌。刘少奇同志特别交代两位大师傅："如今粮食少，你们要做好饭，不要扣米，要实靠实，尽量让大家吃饱一点。"他还说："饭少了，让大家多吃一点蔬菜。"

跟刘少奇主席同乘一台车的那位中年妇女，即是少奇同志的夫人——王光美同志。她在与妇女的交谈中，听说"妇女不来'身上'"的反映。她不懂什么叫"身上"，便侧过身子问少奇同志"不来'身上'"是啥意思。少奇同志说：这是湖南的乡间俗语，不来身上就是不来月经，乡间认为"月经"不宜公开讲，乃以"身上"代称。王光美微微地点点头，她又问身边的妇女："怎么不来'身上'呢？"严凤莲说："呷不饱饭，体质太差。"王光美默默地点头。

一个钟头过去。少奇同志不停顿地问话、与人交谈，他在作深入细微的调查研究。在此期间，他的秘书几次催他走，他都恋恋不走，他要了解人民群众在想些什么，他要为人民群众做些什么，他要尽一个共和国主席的职责。当他走到横堂屋与唐义和师傅告别时，隐约听见内房里传来咳嗽声和呻吟声。少奇同志忙问："病了人吗？""许十二娭毑病了。"唐义和回答。刘少奇同志连忙走进了病人的房间，撩起蚊帐看了病人，并吩咐随行的医师马上为她看病、拿药。

"刘主席来了！"消息像疾风般地传到田垅。一下子，长塘食堂屋里屋外围了个内三层外三层。这时，少奇同志还想与更多的人接触、交谈，但他身边的人强行"陪"着他走了。

刘主席的车队开走了。人们挥动着手向刘主席告别，一直目送到不见车影。

许十二娭毑患有严重哮喘、水肿病，加上年老、饥饿，体质甚差。她服了刘主席随行医生开的药，病情明显地好了一个时期。但终因病入膏肓，在刘主席走后的第二十四天离去人间。至今，人们还清楚地记得：十二娭毑是在公共食堂散伙前三天死去的。她老人家在去世前念念不忘在她重病时曾经有一个似识非识的老人领来一个最好的医师为她治病，而且使她的病情好转了……

（原载《湘潭日报》，并在湖南广播电台、湘潭人民广播电台播放）

作者简介

刘绍彬，男，湖南湘潭人，中国散文学会会员，湖南省作家协会会员。出版散文集《永远是春天》、诗联集《心潮逐浪》等。现供职于中国工商银行湖南省湘潭市分行。

麦黄纪事

■ 荆爱民

割麦

　　平坦如砥一眼望不到尽头的陇塬，在五月金色的季节，穿上了金灿灿黄艳艳的绚丽衣裳。麦子黄了，大地上一片片金黄色的海洋，微风过处，掀起一层层金色浪潮。正在拔节的玉葱儿样半人高的玉米苗和一棵棵一簇簇青翠碧绿的树木，映衬得麦黄浪潮汹涌逼人而来，火辣辣的太阳暴躁起来，农人们的心热起来，走路的脚步声快得能擦出火星：上集买扫帚、连枷、镰刀，早早地割几斤肉，做成肥肥的臊子，称上十斤上好的胡油，炸一大缸油饼，放在屋角当零食吃，磨好柔柔的白面，洗好衣服……一切都在为割麦作准备，邻里互相招呼的都是麦事，"（麦）黄了吗？""快了！快了！"一边急急地答，一边快快地走。

　　农家院中比平日寂静了许多。两只芦花鸡孤独地在树荫下翻着粪堆。大黄狗悄悄地卧在门洞中伸展着舌头纳凉。连平常爱哼哼的老母猪也静静地躺在圈中休息，它知道这时就是再哼哼也没有人顾得上理它。老黄牛在树荫下慢悠悠地反刍，它正在安然地享受一个短期假日。

　　太阳早早地就从东边麦稍上射向高空，把亿万颗热烈倾撒向大地上的一切，农人们心里热乎乎的，到处都洋溢着一股喜悦——火辣辣的天气才是割麦的好天气，以前冒雨耕种，泥里水里的一塌糊涂，为地畔犁沟和邻居打架，为种什么籽种和妻子吵嘴，赊化肥，灭虫，除草，施肥，灌水，等等，生的那些疙里疙瘩气呀，都因为麦收在即而变得有意义起来。

爷爷起得最早，开门看天色，麦地里看成色，嚓嚓嚓地磨镰刀，磨了一把又一把，最后还找出一把早已不用的老镰刀也磨了磨，那是给十四岁的孙子准备的，能割几把是几把，眼看孙子蹿起个儿来了。

儿媳妇听见公公起来，赶紧起床烧开水，泡下一盆浓浓的黑豆茶、凉好一罐清热降暑的地椒茶，趁男人还没醒，紧赶紧地蒸出一锅暄暄的大馒头，又挽起袖子擀了一大剂子面，这才叫丈夫："狗娃爸，狗娃爸，起来吃饭，他爷把镰都磨好了。"

丈夫起得是有些迟，不过要是看表的话也才七点多钟，四个大馒头下肚，囫囵咽下两个热鸡蛋，一大缸子黑豆茶喝了，狗娃爸这才往地里走去，这时正是下镰的好时候，再早就有返潮的露水。男人的脚步声是深沉有力的，走在麦地上发出嚓嚓嚓的脆响，进麦地，弯腰，只听嚓——一镰刀过去，画出一个优美的长方形，干活还得靠男人哩！爷爷看着儿子有力地挥动着胳膊，分明看到了三十年前的自己，把浑身的甜蜜全咧在了缺牙的嘴角上，也寻了一块倒伏的麦地慢慢地割起来——力气明显不济了，基本功却好。看老人割过的麦地，分明是一位手法稔熟的剃头匠在给大地剃光头呢。

女人风风火火地喂了猪，喂了鸡，拴了狗，给牛添足了草，才急急忙忙地往地头赶去，脚步轻盈，如同久练武功的高手，飞燕般地向丈夫那儿赶去。

儿子跟在爸爸的后面，试着割了一阵，不断线的汗珠弄得他口干舌燥，胳膊被麦叶割得血红，被尘土和洇出的汗水蜇得疼痛难忍，急急地跑到树荫下端起母亲凉在那儿的地椒茶罐猛喝一气。爷爷笑着说，"'一等麦客只吃不喝，二等麦客连吃带喝，三等麦客只喝不吃。'你还不赶紧好好念书。"

田边地头的树荫是割麦人小憩的最好场所。树荫这时候最温柔妩媚，骄阳下，碧绿的树叶撑起一片阴凉爱心。爷爷敞开紫红的胸膛。爸爸干脆光着脊梁。小孙子已经知道爱美了，脸上滚着细汗还是穿着短袖不愿脱下来，浓黑的头发略微有些长了——别人看了都觉有些热，他却觉得美呢，急急地又喝了一气地椒茶就躺在树荫下睡着了。女人把割下的麦捆一一立起来，让它们趁着好天气晒晒，一边走一边拾了几根遗在地里的麦穗，才走到树荫下，喝了几口水，又拿起针线给男人纳鞋垫，看着女人那因太阳过分暴晒而红紫的脸庞，一丝笑意浮上了男人的嘴角。

月亮升上来了，天还是瓦蓝瓦蓝的亮，农人们将割下的麦子一车一车地往场里拉。孙子已经睡意朦胧了。当爸的还在用力拉着沉甸甸的架子车。爷爷喊着："快点拉，完了让狗娃睡去。"当爸的记起自己小时候受累的那一刻，想让儿子也锻炼锻炼，就没有搭腔。天黑前妻子回去做饭去了，无论回去多迟，总有那光洁柔长的面条、酸溜溜后味悠长的浆水汤在等着呢。碰见邻家，问麦子收成，谦虚着说自家的麦子不太好，邻家的麦子才叫好呢，其实心里那个美哟。

拉到场里，还要垛成麦垛，爸爸有些急，垛茬没压好，垛到一人高，麦垛塌了，忙碌了一天的爸爸有些生气，上前将倒塌的麦垛踢了几脚，"算了，不垛了。"爷爷笑了，说："还是垛起来吧。"爸爸当然知道还得垛起来，要是晚上下一场暴雨，一年的辛苦就白费了。碾场是割麦的总结，种麦辛辛苦苦一年只有经过碾场总结才算真正收下了麦子。前些年用牛拉着碌碡碾场，得动用几家人的力量翻场，麦子多场大一些的，套上两三犋牛，烈日下赶着牛在场里画圆满。累活苦活是翻麦场，碾完一遍后，把场上麦秸下面翻上来再碾。麦秸摊铺得厚，麦子也好的话，翻场就是个很重的体力活。眼要准，手要稳，力要匀，又上麦秸不能太多。好把式翻场，就像巧手媳妇烙馍，看起来轻巧的很。这几年日子好一些的人家都用脱粒机，快倒是很快的，却少了劳动情趣。

碾场

最怕塌场。毒日头火辣辣地照着，正在低头翻场呢，突然晴空一声炸雷，一股狂风冷飕飕地掀掉头上的草帽，刮得麦衣乱飞，浑身是汗的人们心里一惊，湿透的衣服粘在了身上。"快，快干，我儿家的你们来都是吃干饭的？"不是碾场主人喊的，也许是三爷，或者是五叔。五叔曾经当过队长，早年还当过兵，这个时候，就跟当了将军一样：脸比天上的乌云还黑，一声紧似一声地咒骂，比赶羊鞭打在身上还疼。场里老少男女都抡圆了杈把，翻麦草，腾麦粒，垛麦草，快快地将麦草抖动翻出麦子，人脚、杈把、扫帚、推板在场院中翻腾，似在迎和即将来临的大雨。远处就有人急促促地喊："狗娃家碾场呢，快来呀，快来呀！"不论忙闲，不论大小，不论亲疏，只要能出力的，只要听到喊叫的，都撒腿向狗娃家场院里奔来，人越聚越多，天越来越黑，云越积越厚，天分明要和着面目乌青的云团掉下来，狗娃妈忍不住哭出声来。"哭你大大的头，还不快翻！"又是一声炸喝随着落地雷砸得大地仿佛颤了几下，场里的人们疯了般跑动着，旋转着，翻抖着麦草，当黑豆般的雨点砸向光脊梁的男人时，碾下的新麦子已经全搬进了屋里，刚碾的新麦草也在场边垛了几个大馒头样的麦草垛，满满当当的碾麦场干净得像妇人光洁的脸。满场的人塞满几间屋子，狗娃妈脸上挂着泪花向帮忙的人递烟端茶。三只孵出窝不久还毛茸茸的小鸡冒着大雨撒欢在场里寻麦粒。黑青云层里射出一束七彩光亮亮地照在耀白的麦草垛上，雨越下越大了。

"这个老天爷呀！"谁说了这么一句。

浆水面

"打到的媳妇，揉到的面。"前半句话当然是错的，后半句话可是经典。陇塬人家新媳妇进门第三天，要做"试刀面"，就是考验新媳妇擀面的手艺，如果擀面本事不行，这个新媳妇后半辈子就在人前抬不起头来了。好面先要和好：倒半盆面，一点一点加水，不停地搅拌，加水要少要勤，搅拌手劲要大要快，用力不停地揉搓，面和得越硬擀下的筋丝越大，吃到嘴里越有嚼头。揉一阵放在面盆中回一会性儿，再揉，直到揉成一个光洁的面团，这才擀面。擀面的要点全在和面、揉面上，所以才有"揉到的面"一说。面擀到薄如白纸，细细地用长刀切好。下面时水要烧开，火力要猛，面下进锅，水一烧开立即捞面，这样做的面真是"下到锅里莲花转，捞到碗里一根线"。面擀得好，下得好，更要有上好的浆水做汤。上好的浆水老根用了几十年，在一个大缸中贮藏着，从五月端阳节揭开缸盖，一直吃到重阳节封上缸口，总是每顿饭后往里面添点新鲜面汤不停地续着自然发酵着，定时加点儿芹菜和少许中药做浆水引子。浆水呈淡灰青色，味比醋淡，后味却要长得多，性也温和一些，烧开的浆水还是解暑的好饮料。

擀好面，做好浆水汤，浆水面与红辣椒碟、蒜瓣碟、青辣子碟、水萝卜碟，还有醋壶、盐罐，盛在核桃木托盘中端上来，几碗汤汪、面光、味香的浆水面就热腾腾地摆放在面前，男人用力一吸，一碗浆水面就吸进了肚里，一连吸了六大碗，这才长长地舒了一口气，"好解馋呀！"

看场

月亮上来了，地上还是那样热，院墙周围的杨树杏树静静地站立着，它们也热够了，正在悄悄地纳凉呢。拴好牛圈门，解开狗缰绳，查看水道眼，男人这才晃悠悠地挟着被子朝场院里走去。天上只有不多的几个星星，瓦蓝的天空闲浮着紫黑色的云团，西边的黑云已连成了带状，隐约还能感到太阳下山时的余晖。不时有雷鸣声和着闪电耀亮大地，照着场院中堆积着的新麦垛，那是农人一年的好作品。看场是早些年间必做的农活，主要是防偷防火，这些年啥都涨价了，只有粮食太贱，哪里还有人来偷？看场也就成了样子，可是男人还是喜欢横七竖八地躺在新碾的麦草上，捧着茶杯，品评着新麦秸散发的新鲜味，尽情消散割麦的乏劲。忠诚的狗在庄子周围跑了几圈，回来卧在主人的身旁。池塘里的青蛙开始演奏起夏夜奏鸣曲。

隐约传来轰轰隆隆的雷鸣，雷越响预示的多是过雨。睡梦中，男人还在想："但愿明天是个好天气！"

（原载《读者·乡村版》2006 年第 1 期）

作者简介

荆爱民，甘肃泾川县人，中国金融作家协会会员，平凉市作家协会副主席，出版《西王母传奇》《赵时春传》《妹妹在深山》《雪花红》《一潭冬水》《寂寞桃花处处开》《姚学礼经典诗赏析》《每只羊都有一块草地》等作品。现供职于中国工商银行甘肃省平凉市分行。

油饼

■ 王汉

京城四月天，玉渊潭的樱花盛开，云英如海。美美地咽下一口老家的油饼，往事拦也拦不住地浮起来，那艰苦岁月中的窘迫阴影，也变得透亮如灼灼樱花。

炸油饼，新年重头戏，仅次于杀年猪的盛大事件。平常日子里，若谁家公然炸油饼，会被视为烧包，不会持家过日子。要知道，在穿衣吃饭事尚未办好的二十世纪八十年代，躬耕在黄土坡旱田中的农家人，对主宰全家温饱的"天色"极其稀罕，年关的种种敬拜也极其当事。平日里一分钱掰成两半花的各家掌柜，过年时也敢一元钱当一分钱花。一元一幅的灶王爷、财神爷的画像那是必请的，一元一串的喜神鞭炮那是每天至少要放三串的。两位爷面前每日更换的祭品，必有这黄金般香甜的油饼。人们将自己对油汪汪豪气生活的期盼，赤裸裸地祭贡在神明们的眼皮子底下。意思的表达也明了直接，老天爷啊，好吃好喝供拜着你，我这点小意思，你好意思不给办好了。

瑞雪兆丰年。老家隆德县，地处宁夏南部、六盘山西麓，又因南北高坡夹平坦川道的地形，一年的雨水会比西海固其他几个县多那么几十毫米。

少年的家在半山坡上，据说山顶的海拔高度仅比六盘山低六米。这年关前的瑞雪，常会如愿如期而来。那纷纷扬扬的雪花呀，能让穿着单衣的瓜怂娃子们在零下十几度的雪地中跑出个蒸汽头。

就在这风寒与雪花交相肆虐之时，炸油饼的好戏就逐家开锣了。戏的主角，自然是在油锅中炒熟的生面饼子。锅是大铁锅，油是胡麻油。大火起劲烧，油花儿次第绽放，旧的油泡刚凋谢，新的油泡已含苞。赶着脚步来采花的，是半厘米厚、中间被切个十字型小口的生面饼。很是生猛的她，不知深浅，一个猛子就扎到油深处。结果呢，超过200度的油温让她打着旋儿无处可藏，白皙的脸庞瞬时就镀上了360度橙黄，那平坦的腰身也骤然丰满了许多，一下子就让她穿越时空般女大十八变了。就在她惊诧于华丽转身后的全新形象时，嘻嘻哈哈围上来的油花们滚烫的小手就已经再次虐她的新脸蛋N多次了。她，就此步入了人见人爱的待字"柜"中的年代——放在柜子里的油饼是要随时吃的，装在瓦缸里的则是长时存放的。

这一款老少咸宜的家乡美食，看似简单其实有大不同。

冬小麦与胡麻油

这面，会选用冬小麦的头茬面，绝对不能用市场上被捧为天使的"雪花粉"，二者的差距，不是种粮人不知道，前者色泽淡黄而富含粗纤维，后者色白如雪富而不养。这冬小麦，由播种到收割，大抵要经历9个月270天左右，它小小的种籽，自入了黄土的怀抱，每一天都被爱包裹着。被黄土坡人造梯田松软微湿的地气滋养着，被六盘山西麓多地形雨、温差大、日照足的天气涵养着。在不算短的一生中，它还要经历秋霜、冬雪、春雨、夏阳及日月精华的交替锤炼和持续温养，然后，在流火的七月，成熟至锋芒毕露时，被农人们收割入仓。唯其十月怀胎般的艰难，唯其产量和营养无出其右，才在众多庄稼之中脱颖而出，成为这方土地上最受宠爱的主要种植物。

这油，由胡麻籽土法压榨而来。胡麻的渊源，遥远而众说杂陈，遥远到只存在于秦腔传唱者的喊吼声中，存在于隆德农民画家如靳守恭们的宣纸上，存在于如"三虎子"们说书般的谝传里。少年是瓜怂娃子一枚，对其名称及详细原产地，不愿也不能负起考究的责任。望文生义般的揣测，大抵是汉唐时代从西域某国走丝绸之路驮运而来。而它给家乡人带来的福祉，其牵肠挂肚的油润效用，即便是当时热播的《西游记》也输逊三分。

胡麻播种的最佳时期，是在清明之后的 20 天左右，比冬小麦晚了近六个月，收割期则晚 50 天左右。金秋过后，一粒粒红褐色的胡麻被装进麻袋里，从四乡八村驴背马驮地运送到油坊。然后，是排队等候出油的时刻。土法榨制的过程，是劳动密集型和技术操控型无缝对接的良好实践，是油倌们汗水与智慧的结晶。需步步为营，走过炒胡麻籽、蒸油、磨油、包油、出油、入缸等环节，一个也不能少。榨油的环节，如同游鱼衔尾而行，首尾相顾、团结一致，不能插队，更不能掉队。其精妙处，非当行人不知其冷暖分寸也。榨油团队中，掌握核心技术的，叫油倌；其他人也是油倌看上眼的——多年合作的同村人、邻村人，要求不高，听话、力气大、能下苦即可。村里的油倌叫王厚太，闲时常来找我大（爸爸）闲话。寒冬三个月，是榨油季，他吃住都在油坊。他的榨油技术有多高，我无从知晓。人们广泛传说的，是他嚼一把生糜子喝一碗头道热油的故事。

斯人已去，传统榨油坊也踪迹全无，此处多写几行，略作纪念吧。

新鲜出锅的油饼，需要放在竹篾编制的篦子上控油，这也是油饼再次膨胀收缩的过程，是滤掉火气，释放油气，沉敛香气的不可或缺的要点。

硬柴与风箱

锅中油与饼的热闹，其"始作俑者"还有两个老伙伴，一是灶膛里起火架秧子的硬柴，二是右手边煽风点火的古老风箱（也有左手边放风箱的，那这家人多半聪明，多半会出人才）。

硬柴以杨树或柳树的枯枝嫩干为主。那鲜杨柳枝或许一个月前还在树上仰望星空，期待着又一个绿叶季的来临，然而，某一天某一刻，随着枝柯间的鹊巢被少年强拆，它也成了农家人冬季烧火取暖的硬柴，躺在阔荡荡的打麦场等待取用。等待的过程中，它或许会被积雪厚厚地覆盖，或许会与牛巴巴、羊蛋蛋（牛羊的粪便）为伴，这对于习惯了在蓝天下恣意狂放的杨柳枝来说，简直就是坐班房。朝阳中消融晚霞中冻结的积雪未能濡湿它的细枝末节，很酸爽的农家肥未能霉变它的五脏六腑，而不时来撩拨的冬日阳光却让它的火气越来越大，它挣扎着，吼叫着，连紧绷的皮肤都裂开了口子。它不知道，这传递它愤怒的道道口子，却让正在寻找炸油饼所用柴禾的女娃子眼前一亮，"这柴干透了，正好烧"。

它等待的春天不会来了，它未曾亲历过的猛烈燃烧来了。燃烧中，它体味着油的冰凉与滚烫，体验着油浸入面的欢愉反应，体会着面饼由生而熟的巨大喜悦。它悲伤的心情竟然好转了，它找到了抚平身体和心灵创伤的理由：在人类的生存大于生态的苦难年代，我，一棵树的人生，能与盘窝枝头的喜鹊夜话，能以燃烧自己的方式助推相伴成长的冬小麦得万千恩宠，也算不虚度此生了。

拉风箱的少年，这个时候还没有走出过大山，他的世界还是一张白纸。但奇异的，看着燃烧的柴禾，他却想到了薪尽火传，想到了人类、民族、家庭、家风的继承与开拓创新。如眼前这灶膛中的柴禾，一分为二，薪尽归土，火气则沉淀在那如同孩儿面一般的油饼中，温暖着年关时节俗世宾客和主掌收成丰穰的神明们的胃口，蔓延的脉脉温情，又成为维系亲朋关系和家庭幸福的温暖丝带。

如果说杨柳枝是随缘而来的匆匆过客，那风箱就是守护这个家族的世纪老人。他多半是这个家庭中年龄最长者。他结实而光滑的手，留存有这个家庭五代人中多数女性的温度，他记得每一个拉风箱者的心情和气度面貌。眼下这少年，是少有的能够坐下来拉风箱的男娃娃。"君子远疱厨"，这句不知是哪个鬼怂说的话，竟然被一群喜欢坐在墙根下晒太阳谝闲传的坏怂们捧为不进厨房的圣典，且执行得很到位。他历经沧海桑田的目光，慈祥地审视着少年的一举一动，他甚至看透了少年的心中所想。他干涸多年的眼眶里有了一丝湿润，"这娃儿，大概能圆了历代祖先走出大山的梦"。或许是回应祖辈们冥冥中的呼唤，当年，拉风箱的少年在全镇的小升初考试中，获得了全镇第一名的好成绩。当天，沉疴缠身的妈妈挪动虚弱的身体，破天荒地在七月天给他煎了一个水油饼。一小勺油，一大勺水，一小面饼。

那一晚，梦中的土炕，锦绣帷幄。

六年之后，少年最后一次紧紧地、静静地握着风箱老人的手。灶膛里没有起火，土炕上没有妈妈。少年只是想通过风箱老人的手，唤醒留存的妈妈的体温，让睡在地下的她，也能感知到小儿子考上大学的喜信。

……

10年转瞬去，20年转瞬去，30年正在转瞬中。时光变迁中，吃一口老家的油饼，竟成不易实现的奢望，老屋地基上，是已经拔节而起的杏树；搬到川道新农村居住的大哥大嫂，正在失去种胡麻和冬小麦的土地与精力。若走快递，从宁南山区到北京城的路途相当遥远，西北风尘、华北雾霾的交相侵扰，再加上转站时的野蛮抛投，到手的油饼，多半形象、气韵全无。因恭候油饼而再次满满发酵的思乡情怀，也会被这"碎玉"扎破一个口子，顿时泄了精气神。

这次，二哥来京，一路护送来了三十多个油饼。品尝一口，沉淀在心海深处的妈妈的味道，就跃出水面，如夕阳下的帆影，随波荡漾了。

（原载《中国金融文学》2018年第3期）

作者简介

王汉，中国金融作家协会会员。文学作品散见于《中国校园文学》《中国城乡金融报》《中国金融文学》《六盘人家》等报刊。《银川日报贺兰山副刊》专栏作家。现供职于《中国农村金融》杂志社。

另一幅水墨画

■ 潘家定

我不会画画，也不怎么懂画，但对于水墨画，特别是画山水的水墨画，却有着一种极浓的情结。记得上中学时，在同学家曾见到一幅《峡江图》水墨画，在疏落的茂竹掩映下，一江碧水遄疾而去，画面简洁，只有黑和白两种颜色。尽管时间如同画中的江水一样已远远逝去，但这幅画构图的精妙，意境的深远，却令我咀嚼不已，至今在脑海中怎么也挥之不去。也可能正因为这幅画的缘故，我爱上了水墨画，以至缱绻难舍。

水墨画，也称中国画和国画。基本的水墨画，仅有水和墨两种材料，又以墨为主，以清水的多少形成浓墨、淡墨、干墨、湿墨和焦墨，画出黑、白和灰三色调，就是这简单的三色调，竟能融大千世界于尺幅之中，无论高山大川抑或小桥流水，无不勾勒得惟妙惟肖，形神俱备，栩栩如生。它集中体现了国人的自然观和审美意识，经过漫长的发展，已成独具风格的一种绘画形式，具有不可替代的地位和影响，散发出经久不衰的艺术魅力。

因水墨画以山水为主要表现对象，喜爱水墨画的我，自然也就与山水结了缘。尤其是皖南的这片山水，每每行走其中，常常喜欢拿水墨画作比较，有时分不清到底是人在画中，还是在山水中。

　　前年夏天的一个清晨,我从歙县的深渡乘船,顺着新安江往千岛湖去。一江碧水,两岸青山,凉风习习,我站立船头,很快已是一头乱发。行不多远,红日从船的前方冉冉升起,清寂的江面上刹那万道金光,生机勃发。江水更加发力,沿江而立的排排粉墙黛瓦农舍,依次急速后退。岸上的古码头清晰可辨,已有人们上上下下,开始忙碌。船身犁起的条条白浪,在江中翻滚搏击,随后又远远而去。新安江上的这一幕,至今仍历历在目,扣人心弦,激荡在胸,恰如一副流动着的峡江图。当然,在那一刻,我的脑海中又一次情不自禁地浮出了那幅《峡江图》水墨画。

　　也是前年秋日的一个下午,我慕名来到了皖南腹地黟县的南屏村。耸入云天的南屏山下,偌大的村落一字摆开,清澈见底的武陵河抱村而去。进入村中,高墙窄巷,纵横交错;重门深宅,宛如迷宫。奇怪的是一路水井特多,行不多远即有一口,同样令我惊讶的是祠堂建筑群恢宏且成体系,竟有“中国祠堂建筑博物馆”之誉,出村后意犹未尽,但因时间关系,未作深究。此时正值夕阳西下,途经村外的万枫林时,我意外地被一副似画而非画的情景震慑,久久未能挪步:斜阳一缕缕射入林中,偶尔有几片金黄色叶子随风缓缓飘下,或落在草地上,或落在林中写生的学生们身上。学生们似若未见,双目凝视前方,后又在画板上用炭笔轻轻勾勒。我也朝前方望去,原来不远处淡蓝色的山峦,正透过枫林隐约可见。而流经林外的武陵河,此时也知趣地放慢脚步,轻轻地绕过枫林,只留下些微的粼粼波光。走完这片枫林,我已是魂不守舍,时不时还回头张望。我相信,这幅疏朗、恬淡而又辽远的枫林水墨画,学生们一定会逼真地再现给世人。

　　当然,最使我魂牵梦萦的还数去年的木梨硔之行。那个小村子位于皖南休宁一条陡峻高耸的山脊之上,三面悬空,离天咫尺,云蒸雾绕,若隐若现,被誉为“天上木梨”。我们一路几经寻找,弃车攀岩,才上了山脊,住进了小有名气的“七姑客栈”。在伸手可摘星星的农家小楼上,美美地睡了一夜。翌日天还未亮,便早早地赶到了设在半山腰的观景台,为一睹闻名遐迩的木梨云海。在微弱的晨曦中,一弯冷月还挂在树梢,我的眼前已是一片茫茫的白色海洋。海洋的对岸,两座黛色的山峰比肩而立,悄悄地把自己的身影投入岸边的海。不一会儿,对岸的海边上,渐渐地腾起了高低不等的薄雾，雾越来越多，也越来越浓，越来越厚，它们前涌后搡，竟缓缓地向海的这一边袭来，慢慢登上了我右边伸进海里的山脊突出部，前头的雾开始还小心翼翼地向山脊的高处侵去，但后面的雾却没有这个耐心，强有力地催促着它们，很快地大半条山脊被这些或白或青的雾所笼罩，原本山脊上隐约可见的楼房，此刻只剩下朦胧的轮廓，只有一些高处窗户的灯光，依稀还亮着。我刹那间无语，大自然凭借黑和白两种色调，如此匠心独运地绘出这一幅匪夷所思且又壮观无比的水墨画，让我再次大开眼界，叹为观止。

其实，无论你何时行走在皖南的山水间，一个个村落，一处处景物，无不都是一幅水墨画让你爱不释手，流连忘返：或江流浩荡，远山含黛，轻舟泊岸，渔火点点；或高山飞瀑，不绝于耳，林幽壑深，碎银滚滩；或峰回路转，鸡犬相闻，松竹掩映，耕读人家。"千里莺啼绿映红，水村山郭酒旗风。南朝四百八十寺，多少楼台烟雨中。"杜牧的这首诗，应该是对皖南最贴切、最真实的速写。天造地设，钟灵毓秀的皖南，高天白云，绿水青山，粉墙黛瓦，线条勾勒得疏朗大气，水墨泼洒得浓淡恰当，皱褶天生得入肌入里，意境营造得辽远深邃，无不是一副巨大的迷人水墨画。而支撑这幅巨大水墨画背后的内在力量，当属这片土地上的徽文化。由融合中原文化发展演变而来的徽文化，崇尚天人合一，追求形合意会，行事低调，不尚张扬，这和中国水墨画的审美要求高度契合。也可能缘于此，在中国水墨画的发展过程中，先后出现了著名的黄山画派和新安画派。黄山画派开宗人物之一的宣城人氏梅清，家学渊源，厚积薄发，北宋著名诗人梅晓臣即为其先辈；新安画派的扛鼎人物黄宾虹，原籍安徽歙县，自幼饱读诗书，文字功底极为扎实。正是文脉的代代传承，文风的经久不衰，为水墨画在皖南的发展打下了坚实的基础，提供了肥沃的土壤，开辟了广阔的空间，成就了一代又一代丹青巨匠们"海阔凭鱼跃，天高任鸟飞"的土壤。

我爱水墨画，它源远流长，博大精深，历代大家层出不穷，精品和佳作汗牛充栋，与我们五千余年的灿烂文明史一路同行，早已成为中华优秀传统文化中一颗璀璨的明珠。更使我特别欣慰的是，多少次行走在这生机盎然的山水画廊中，任凭你细细看去，美丽富饶的家乡皖南始终是一幅令人怦然心动的水墨画，一幅永不褪色的横亘在天地之间的别样巨型水墨画。

（原载《金融文坛》2018 年第 11 期）

作者简介

潘家定，安徽省作家协会会员、中国金融作家协会会员。著有《永远的敬亭山》散文集。现供职于中国建设银行安徽省分行。

最后的一天

■ 李钦夫

　　清晨，下了一夜的雪，渐渐小了下来。厚厚的积雪，白茫茫的一片，覆盖通向集镇的道路，却挡不住行人的脚步。

　　小雪依然在盈盈飘舞，没有了大雪的肆意挥洒，却多了一份恬静和淡雅。银装素裹的世界，让本是喧闹的小镇，越发安静，就连时间，好像都慢了下来。

　　齐丰旭像往常一样，第一个走进了石文支行，升起了卷帘门，撤防，将电源开关推上，整个营业室顿时明亮起来。空调也吹起了热风，在寒冷的冬天送来丝丝暖意。齐丰旭环视着自己多年工作的地方，眼里闪现着千般感慨，万般留恋。

　　"齐姐早！"陆陆续续提前到岗的同事，边换上制服，等候送款车的到来，边同她亲切地打招呼。

　　"齐姐生日快乐！"

　　"祝福齐姐，明天想去干点啥？"同事们七嘴八舌，庆贺这位传说中十八周岁但过了 N 个生日的齐姐。

　　"你们这帮小猴子，该干什么就干什么去呗。看，款车都来了。"年轻的柜员吐了吐舌头，大家笑着忙碌起来。

　　石文支行是一个业务繁忙的县域支行，然而在齐丰旭的治下，多年忙而不乱，井然有序。

　　"齐姐，我来跟你交接啦！"李海燕是上级行派来接替她工作的。

　　"齐姐，石文镇政府的人来了！"

　　"知道啦，马上来。"齐丰旭应道。她手抚一摞资料，笑着说，"海燕，我先过去接待一下，你慢慢看。"

　　镇政府出纳是个小姑娘，接手出纳工作没多久，也是她编外徒弟，好多财会知识都是齐丰旭所授。所以她非常喜欢这位银行大姐师傅，每次来都会拉着齐丰旭的手，家长里短一番。

　　"齐姐，代发工资的那张支票怎么啦？"

　　"这里，你看，不应该这样写，应该是这样……"齐丰旭又把票据基本要素全盘托出，反复讲解。她带出的徒弟已经不计其数，在各个岗位上都能独当一面了。

　　"明天我就不来了。"

　　"为什么？"

　　"因为，今天是我 55 岁的生日。"

　　"您是说，明天……"小姑娘一把抓住她的手。

　　"是的！"齐丰旭平静地点点头。她笑了笑，别转身去，含着泪花的眼睛，再一次回望这熟悉的地方。然后，她抬起头，眺望窗外的远方。

　　雪停了，天空放晴。

　　　　　　　　（获中国金融工会举办的"五月表彰月金融微表彰"征文二等奖）

作者简介

　　李钦夫，现供职于中国农业银行辽宁省抚顺市东洲支行。

阿灿的日子

■ 韦全明

春天。

早晨，阿灿给他老爸王叔打电话：爸，麻烦您告诉李叔，他朋友的车险我给办好了，什么？他知道了？夸我服务态度好？嘿嘿，我不过做了分内的事，这不是谦虚，真的，别忘了啊！

晚上，王叔给阿灿打电话：阿灿，吃饭了吗？这么晚了还没吃？又去事故现场了？不是说有专门部门管的吗？啊？只要是你的客户你都得管？嗯嗯，知道了，你忙吧。

夏天。

上午，阿灿给王叔打电话：爸，您那位同学保险意识蛮强的，我昨天上他那儿，他财产的、人身意外伤害的都要保，什么？你说他是个大财主？不过有钱人未必都有这个意识，是的，谈好了，他要保整个家族，我现在正给他做承保方案，谢谢了！什么？父子别客气？从小您老就教导我要讲礼貌的呀，哈哈……

下午，王叔给阿灿打电话：阿灿，周六能不能陪老爸去钓鱼？啊？又要加班？那好，我约李叔吧，你千万要注意劳逸结合啊，你妈最担心你这一点，工作起来不要命，嗯，知道就好。

秋天。

下午，阿灿给王叔打电话：爸，周叔单位的车险我给办好了，他让我转告您有空上他那儿坐坐，他说他明年也退了，他和您说过了？还约您出去走走？那是好事啊，您现在开着车，那好，回头再说，注意安全啊！

上午，王叔给阿灿打电话：阿灿，你昨天送来的猪肉可真香，我按你的意思分了一份给李叔，他也说好吃，你在哪儿买的？啊？下乡理赔顺带的？难怪，下回记得多买点。

冬天。

晚上，阿灿给王叔打电话：爸，下午我去见赵行长了，他很尊敬您这位老师哦，他当年是您的得意门生？唔，看得出，你说是否对我有帮助？帮助可大了，我和他们行管这一块业务的人聊了一个下午，刚刚才回来向我们经理汇报完毕，我现在在干吗？写合作方案啊，您怎么知道我在吃方便面？闻到了？哈哈，没事的，我身体棒着呢，好的，知道了，千万别告诉老妈啊！

早晨，王叔给阿灿打电话：阿灿，大清早在干吗呢？你那边怎么这么嘈杂？啊？李叔朋友的朋友搬家，你过去帮忙？嗯嗯，知道了，别累着了啊。

一年四季，日月轮回，阿灿的日子忙碌并快乐着。

（获中国金融工会举办的"五月表彰月金融微表彰"征文二等奖）

作者简介

韦全明，广西省金融作家协会会员，曾从事企业报编辑及宣传工作多年，现供职于中国人民财产保险公司南宁市分公司。

汉 曲

■苏扬

题记：

　　刘细君，江都（今江苏省扬州市）人，西汉江都王刘建之女，汉武帝刘彻之兄刘非嫡孙女。元封六年（前105），汉武帝为结好乌孙，共制匈奴，封细君为江都公主，下嫁乌孙国王昆莫。后从乌孙国俗，再嫁昆莫之孙岑陬（乌孙王军须靡）。细君是中国历史上第一位名传史册的和亲公主，为国家的利益和民族的团结，做出了巨大贡献。她善书画音乐，为人柔顺，因不适应乌孙风俗习惯，且语言不通，思乡心切，与军须靡生下一女后，便忧郁成疾早逝。细君在乌孙生活了五年，留下一首脍炙人口的《黄鹄歌》。

前奏曲

画外音：

　　千秋女子，千秋泪。

　　君不见，中原第一位和亲公主刘细君，装饰了宫廷与大漠的梦境，辉煌了故乡的历史。

我诞生在祖父刘非建立起来的江都王国，她在独尊儒术的思想统治下繁荣昌盛。

祖父死后，王位传给了放荡不羁的父亲刘建，宫中到处都是淫乱的罪证。

我是谁？我对自己已没有了判断。

我的父王和母后都不停地变换面具，而那些面具的后面又藏着若干面具。

我是他们唯一的简洁。

这是一个什么样的人间？我看到无限的光明，又看到无边的黑暗。

光明来自梦幻中一大片芦苇的光芒闪现，为了我的出生，一个新的生命。

而黑暗就是光明的反面。

广陵曲

画外音：

莫非真是红颜多薄命？世道似乎也特别嫉妒美貌且多才多艺的女子。

刘细君的一生起起落落，即使享尽荣宠，也难逃颠沛流离的悲情命运。

那是父王的叛乱，我小得无权说话。

我只能看着父王的荒淫和野心让美丽富饶的广陵①沾满了血腥。然后，父王与母后从覆灭的王道走下地狱，向惊恐的祖父请罪。

广陵从此不国，而我也成为一个没有家的孤魂，沦落到人间，忘记了自己的身份。

倘若真能永远忘记，是否就能太平？

可我身体里流淌着皇家的血液，我无法选择出生，也无法选择逃亡。

我做不了平民，只能在国破家亡中寄情于诗文音律，祭祀我的山水。

谁不羡慕我被册封为江都公主呢？多么盛大的排场啊！

旌旗蔽日，鼓乐喧天，车队浩浩荡荡，数不清的金银珠宝、绫罗绸缎……

和亲乌孙，这是女子的命运，也是历史的真实。

西域有多远？乌孙有多远？国王什么模样？

不能问，不敢问。

我已是一个丢失出处的人。

①江都国首都，今扬州。

桥曲

画外音：

故乡的小桥流水庇护得了这位花容月貌的遗孤吗？

天子一纸诏书，细君被车马簇拥着上路了。只有灵魂在空中游荡，乡音在桥上徘徊。

桥是险境吗？

我还没有等到杏花春雨，没有等到月下蛙鸣，就要立刻上路吗？

目光渐行渐远，琴声滑进流水。远方，哪个枝头能承载一朵花羸弱的命运？

走过去，生命连根拔起。莫问归处，莫问结局。

分离的终将分离，谁还呼唤着我的乳名？

桥，悲愤的不是连接，而是隔断。

请问，我的广陵还好吗？我的宫殿还在吗？

千古江山，万里画屏。有多少悠远的钟声撞入梦境？有多少温润的露珠沾湿衣襟？

红颜会当时，薄命换和平。

既然离别是前世注定，今生能有一个乡音惦记也就够了，其他什么都不需求。

琵琶曲

画外音：

西出阳关，一去无回。

谁能理解这位才华横溢的大汉公主内心深处的反抗和绝望呢？只有凄凉的秦琵琶碎人心、断人肠……

大雁啊，你看到塞外风光，看不到汉关脚下的血泪诗章。
帝①命我昼夜兼程，美其名和亲，却是以美色做贡品。
罪孽深重的父王啊，你躺在故乡的墓地，可知女儿跋山涉水，有去无回？

叹，叹，叹，细君身世飘零。
大漠茫茫，天涯苍苍。
转身眺望，已不见雁行，无限惆怅。

空旷，越来越使生命荒芜。
奶酪与动物的腥气混合表演，胃以反酸代替抒情。
大漠粗糙，粗糙得失去浪漫之心。丝绸之国的文明与礼仪，被野蛮孤立。
王②老得像故园腐朽的老槐树，只有悲啼的秦琵琶声声断肠。

罢，罢，罢，凄凉琵琶曲中怨。
和亲是国家的安邦大计，一个失去出处的人有什么值得自怜？
还是强作欢颜吧！让跌宕的曲调保持清醒。

①汉武帝刘彻。
②乌孙王猎骄靡。

天马曲

画外音：

泪水洒落八千九百里路途，边陲的天马能给细君安慰吗？能解汉家女子的乡愁吗？

天马的企图是让流亡的灵魂离故乡越来越远……

两匹马以敬礼的姿势站立起来，似乎有太多的激情。

同时站立起来的还有那条先我抵达的小河及河里树木的倒影。

对岸青黄色的草地上矗立着白色毡房。

它们像迎接主人一样欢迎我，发出阔大苍茫的呼啸。

脚下的石块绊住了我的红色长裙，摩挲着塞外草原的心脏。

王①说，到我的大漠来，让天马做你忠诚的伴侣吧。

难道这就是上天指给大汉公主的归宿？琵琶的颤音落满八千九百里的路途。

啊！为了江山社稷，爱，已不是一个女子的全部。

啼血的红飘扬在空中，我乖乖地接受旨意，让娇弱的身躯骑上天马。

流亡的灵魂开始飞腾，我的思想还是决定逃离，去寻找我的故园，我的时代，

——那片沙漠之外的绿。

①乌孙王猎骄靡。

鹰曲

画外音：

鹰，在少数民族是神的化身，也是力量的象征。

细君万般无奈下，只能将希望寄托于鹰。可是，鹰能拯救一切吗？能

实现细君的心愿吗？

你们不要叫我主人，只要借给我一对翅膀。

借给我一对英勇的翅膀吧！告诉我如何忍住剧痛飞翔？

风沙越来越紧，尘烟越来越多。追赶的队伍像风一样举着雷电，大地发出隆隆的轰鸣声。

请问东方在哪个方向？故国在哪个方向？故国的旗帜在哪个方向？

好吧，既然你们不能回答，我接受洗礼，我让灵魂钻进太阳的身体。

当黄昏在紧张中滑下金辇的时候，幻觉成为现实。我是鹰，世上最勇敢的神鸟。

我用新生的翅膀扑灭所有的杀戮，包括所有的掠夺。

我是鹰，我已将身躯捐献，我希望两千年的战争变成一万年的统一。

我希望鹰的最后一滴血能打开云彩之门，看到故国翠绿的树枝。

我希望故国的鱼和水每天都在亲吻，人间每天都在恩爱。

我是鹰，鹰有不朽的精神！

我希望涅槃重生的翅膀永远保持着飞翔的姿势。

蚕桑曲

画外音：

丝绸，是东方古老文明的象征。

将中原的桑蚕养殖技术传播到西域，谁知是胸怀民族大义的细君为拓展丝绸之路而做出的巨大贡献和她对故乡的深切思念？

是作茧自缚吗？

小小的灵魂蜷缩在祭祀的碧绿上，吐出洁白的丝。

纤细的温柔被草原铺展，变成一条通天的彩带。

脱茧羽化的蚕献出了短暂的生命。

还有什么美能超过它的高贵？

大漠高高挂起亮丽的锦缎，柔软的丝绸征服了兽皮的野蛮，马群发出惊奇的嘶鸣。

胡人进入花团锦簇的梦幻，毡房里荡漾着交合之欢。

丝绸之路是吉祥和平之路，蚕是引路的神。

敢于突破皇帝的禁令，使故国的桑蚕在西域繁殖和传播，恍若细君的思乡倾诉。

屯田曲

画外音：

细君和亲，不仅开启了西域数千年的屯田史，抑制了漫长的战争，而且，还向西域传播了中原先进的农垦生产技术，谱写了新疆开发史上的重要篇章。屯垦戍边，是现今新疆生产建设兵团的肇始。

然而，屯田能减轻细君对故乡的思念吗？

当命运落入贫瘠的荒坡，寂静是阔大无边的孤独。

水土不服的汉军既承担着戍边任务，又放牧着饥饿的忧伤。

如何犒赏一下这些忠诚的卫士？把望眼欲穿的思念变成禾苗青青，让荒芜的土地穿上丝质的绿衣？

苍穹说，只有在龟裂的伤口洒下种子，将回不去的乡愁开垦进屯田。

那流淌的汗珠，是咸咸的战栗吗？

那游离的梦境，是凄凄的呜咽吗？

既然尸首也不能运回去安葬，就把骨骼做成肥料吧！

细君和亲，开启了西域数千年的屯田史。

屯田，阻止了匈奴的入侵，抑制了漫长的战争。荒凉的旷野上，一垄垄庄稼长出来了。

一个个瘦瘦的灵魂，多像故乡久违的亲人。

断魂曲

画外音：

祖孙共妻俗，是乌孙的国俗。一个深受儒家思想熏陶的公主成为国家的贡品，承受着难以隐忍的耻辱和巨大痛苦，只落得香魂飘散，袅袅无归处。

不可抗拒的使命，就像不可抗拒的人生。

圣贤啊，我如何膜拜您的伦理纲常？

老昆莫①已衰弱不堪，去世前，竟然要将自己的右夫人转让给孙子岑陬②，就像转让他的江山一样。

我夹在乌孙的国俗和儒家思想的黑白之间，羞耻迅速消失。

骇人听闻的祖孙共妻俗，竟然会落在一个熟读圣贤书的大汉公主身上！

这是最正常不过的继承，老昆莫客气地安慰。

愚昧！罪恶！肮脏！乱伦！博雅贤淑的公主惊恐得无法接受。

我来自东方文明之都，怎能让纯洁的身体蒙羞？

容我禀奏皇帝，让我回去吧！我不要荣华富贵，不要江山地位，只要准我归汉。

皇帝曰："从其国俗，欲与乌孙共灭胡。"

啊，这就是女子的命运？一个失去根的公主是和亲的贡品，必须为国家献身！

忍辱负重的细君无奈接受了现实，伤口血流成河……

琵琶声声，伶仃孤苦的佳人魂断何处？

不要史书记载啊！中原第一位和亲公主刘细君以柔弱之躯担负起国家民族大义，远嫁乌孙，语言不通，水土不服，受尽煎熬，产下一女后去世，终生不曾归汉。

呜呼！广袤的大漠，此时，谁最能体味那首凄绝千古的《黄鹄歌》？

①乌孙王猎骄靡。
②乌孙王军须靡。

黄鹄曲

画外音：

细君的一生充满传奇色彩，历经坎坷和磨难。短暂的生命，却留下了千古传诵的诗章。

那滴血的倾诉，无边无际的愁绪，是生命的写照吗？

黄鹄偷偷移动了我的塑像。
一个孤单的身躯站在山坡上，眺望故乡。

我听到远古的风，远古的秦琵琶，有人如泣如诉地弹唱：
"吾家嫁我兮天一方，远托异国兮乌孙王。
穹庐为室兮毡为墙，以肉为食兮酪为浆。
居常土思兮心内伤，愿为黄鹄兮归故乡。"①

苍穹辽阔，歌声凄凉。
我在风中矗立，血液凝固在空中，陌生的空气阻止了它的流动。

我是谁？我在哪里？

失去了根的女子啊！我已抚摸不到自己。

倾听，化作人形的黄鹄引颈号啕：

细君，归来吧……

细君，归来吧……

啊，谁在坟墓里找到了我的名字？

黄鹄黄鹄，只有你的语言令我熟悉，只有你的呼唤令我亲切。

可我无法随你归去，帝命我献身于大漠。

如果你的翅膀坚硬，请将我的魂魄带回故里，让我的土地重新长出我的名字，让和亲之路绽放出和平的花朵。

①细君公主《黄鹄歌》（又名《悲愁歌》《细君公主歌》）。

复活曲

画外音：

魂兮归来！细君永远活在故乡的土地上。她不朽的功绩被载入史册。

桥，犹如朝代，屡兴屡废。细君恐惧的险境，已经不见了。雄伟的万福桥下，新时期的故乡已迎来新的繁荣。

芦苇在最寒冷的季节埋下种子，等待一场复活。

那时候，会有数不清的大鸟搭起彩桥迎候我的新生。

善良的巧匠在彩桥上刻满一万个福字，为我祈祷平安。

享受恩泽的乡亲在万福桥的两岸建造了雄伟的城阁和美丽的花园。

古代与现代的界限被夕阳镀上了金辉，瘦削的芦苇像河道的骨骼，反映着更加幽深的人间。

我在刺木丛中找到我的洞穴，找到我的头发和皮肤。

我开始创造自己，我将腐烂的苇叶和断裂的苇根堆在一起，点燃了火焰，代表将过去的苦难和丑恶扔进火里。

接着，我又用河水和芦苇的汁液配制我的鲜血。

大火燃烧着旧的制度和孕育着新制度的诞生，芦苇的能量传输给我，疏通了我的经络，我的身体有了温度，血液开始畅流。

我重新醒来的时候，矗立的芦苇更加轩昂，万福桥发出通天彻地的光芒，世界有了更加清澈的光明。

（原载《中国金融文学》2018年第4期；2018年，《汉曲》获"首届江苏省散文学会奖"提名奖）

作者简介

韩芝萍，笔名苏扬，女，中国作家协会会员，中国散文学会会员。作品散见《诗刊》《诗选刊》《诗歌月刊》《澳门月刊》《时代文学》《山东文学》《中国金融文学》《青岛文学》等报刊，获第三届中国金融文学奖、首届中国金融文学理论研究最佳论文奖、首届江苏省散文学会奖提名奖等。出版作品集三部。现供职于江苏省扬州农村商业银行。

人生达命岂暇愁
且饮美酒登高楼
——从诗文观风流才子唐伯虎的真实一生

■ 梅毅

　　说起唐伯虎，肯定会使人马上想起一位翩翩浊世佳公子，风流倜傥，浪漫非凡，不是"三笑点秋香"，就是周星驰戏巩俐，典型一个正面"西门大官人"加上狂傲"柳三变"的合成体。其人玉树临风，白面朗目，风花雪月之中，花丛锦绣陪衬，绝对不会使人联想到"穷愁""厌世""潦倒""蹇涩""痛哭""渲泄"等诸多用于失意之人的词语，加之唐寅又好书画，工"春宫"，如此戏谑孟浪大家，恰恰又赶上"资本主义萌芽"得如火如荼的明朝中晚期，让不少后世失意文人总觉得若能混上唐伯虎一样传说中的好生活也真是不枉一世了。特别是冯梦龙小说《唐解元一笑姻缘》，更是把唐伯虎的传说定型，其后无聊文人及小说家们附会穿凿，所有"倜傥不羁"的风流事物都算在这位大才子脑袋上。

　　果真如此吗？

　　察看清朝大臣张廷玉主编的《明史》，只是在卷二百八十六，列传第一百七十四中才能看到唐伯寅的名字，而在这篇《文苑二》中，50多人的文士乱传中唐寅排倒数第十六，只有短短二百一十三个字，内容如下：

　　"唐寅，字伯虎，一字子畏。性颖利，与里狂生张灵纵酒，不事诸生业。祝允明规之，乃闭户浃岁。举弘治十一年乡试第一，座主梁储奇其文，还朝示学士程敏政，敏政亦奇之。未几，敏政总裁会试，江阴富人徐经贿其家僮，得试题。事露，言者劾敏政，语连寅，下诏狱，谪为吏。寅耻不就，归家益放浪。宁王宸濠厚币聘之，寅察其有异志，佯狂使酒，露其丑秽。宸濠不能堪，放还。筑室桃花坞，与客日般饮其中，年五十四而卒。

"寅诗文，初尚才情，晚年颓然自放，谓后人知我不在此，论者伤之。吴中自枝山辈以放诞不羁为世所指目，而文才轻艳，倾动流辈，传说者增益而附丽之，往往出名教外。"

据此，可见唐伯虎是个倒霉的牵涉进"考试舞弊案"后一蹶不起的落魄文人，即使有皇族大官人欣赏他，还是个最后被杀头的"志大才疏"王爷朱宸濠，幸亏唐寅还不像李太白那样常想自己"但用东山谢安石，为君谈笑静胡沙"，傻不叽叽地附和"永王李璘"一样去搅浑水，他装疯卖傻喝醉酒连老二都露出来，才免于王爷青睐，最后被宁王爷"放归"。不久，宁王造反，很快被抓杀头，唐伯虎终于未被朝廷"秋后算帐"。虽然穷死，却善保首领，免于闹市人群中在看客的笑骂声中被大刀片子砍头。幸夫？悲夫？

由于唐寅"文才轻艳"，"传说者"均"增益而附丽之"，平生未作过多少风流事，却枉博如许风流之名，悲哉！

出身寒门 聪颖超俗

明成化六年（1470），唐伯虎生于苏州，名寅，字伯虎，后字子畏，号六如。其父唐广德是做小生意的苏州市民，母丘氏也是小家碧玉，在讲究门户出身的封建王朝，这种出身决定了唐寅只有努力奋发，通过科举才能考取"功名"，进入仕途，从而光宗耀祖，青云直上。

唐寅少年时代很聪颖，过目成诵，苦读经书，闲暇时也学画山水花鸟排遣。十九岁时，唐寅娶徐氏为妻，两人感情甚洽。此时的唐寅生活平静，读史观书之余，或是幻想自己成为汉唐边塞击敌立功的将领文士，或是沉醉于目前安恬的"春江花月夜"之中：

侠客重功名，西北请专征。惯战弓刀捷，酬知性命轻。孟公好惊座，郭解始横行。相将李都尉，一夜出平城。（《侠客》）

陇头寒多风，卒伍夜相惊。转战阴山道，暗度受降城。百万安刀靶，千金络马缨。日晚尘沙合，虏骑乱纵横。（《陇头》）

上述两首诗，均仿募唐初边塞诗人的语义，虽空为"悲歌慷慨"，诗句确不乏壮志豪情。

嘉树郁婆娑，灯花月色和；春江流粉气，夜水湿裙罗。

夜雾沉花树，春江溢月轮。欢来意不持，乐极词难陈。

（《春江花月夜（二首）》）

此诗虽难比初唐大诗人张若虚，却也蹑其诗境，加之诗人小康身世，亲历江南盛景，真的读之让人如身临其境。

唐伯虎二十五岁那年，一年内父、母、妻、妹相继去世，对他精神打击很大，深感死生无常，对释理有了更深刻的感悟。悲痛之余，唐寅更加努力读书。此间，他的《白发》《伤内》两首诗最为发自内心，前者哀父母，后者悲亡妻，感情真挚、自然：

清朝揽明镜，元首有华丝。怆然百感兴，雨泣忽成悲。忧思固逾度，荣卫岂及衰，天寿不疑天，功名须壮时。凉风中夜发，皓月经天驰。君子重言行，努力以自私。（《白发》）

此诗不仅感怀人生寿夭无常，也有李长吉式的凄然与古诗十九首式的壮烈感兴。

凄凄白露零，百卉谢芬芳。槿花易哀歌，桂枝就销亡。迷途无往驾，款款何从将？晓月丽尘梁，白月照春阳。扰景念畴昔，肝裂魂飘扬。（《伤风》）

由此，可见其闺实悼亡之诗，清丽伤感，直追潘岳和元稹。

明弘治十一年（1498），唐寅乡试中解元（第一名）。其时，他正是春风得意的时候，不仅自信心倍增，声名也名震江南。恰恰在唐寅人生的巅峰时刻，命运的阴影也悄然袭侵而来。

正当唐寅"一朝欣得意，联步上京华"之时，他进京会试。在路上，江阴巨富徐经徐大公子与这位唐大才子结成莫逆之交（徐经虽是个有钱无才的主儿，但他的曾孙徐霞客因《徐霞客游记》而万古名传。不过，至徐霞客时，徐家已中落）。据明人笔记《共山堂外纪》中记载：

"江阴举人徐经者，其富甲江南，六如（唐寅）举乡试第一日，（徐）经奉之甚厚，遂同舟会试。至京，六如文誉籍甚，公卿造请者填咽街巷。徐经有优童数人，从六如日驰聘于都市中，都人属目者已众矣。况徐拥厚赀，其营求他径以进，不无有之。而六如疏狂，时漏言语，竟坐削籍。"

从此片语，可以窥见唐寅当时也是年青疏狂，因文名显赫颇为自得，经不住一掷千金的富贵公子徐经奉承，两人一同乘船进京会试，而且终日高头大马往来，还有俊仆优童陪同，非常招摇，已经惹起不少人暗中反感、嫉恨。"世路难行钱作马"，徐大公子将大把金钱掷向主考官程敏政的家人，连"高考"试题都一窝端来，自然考卷做得上等。但还没有享受金榜题名的喜庆，不久就为人告发，双双银铛入狱。

封建王朝晚期已是非常黑暗，但在科举考试方面丝毫没有商量的余地，皇帝、政府可以大肆公开卖官鬻爵搞"创收"，但常人花多少钱也不能"捐"个进士或解元。可以讲，在古代中国，"八股"科举虽然是中国文人的"桎梏"，但也是唯一清白的"净地"。对于泄题漏题的主考官，结果都会为皇上亲自下旨杀头，中国最后一个受腰斩极刑的人就是雍正年间的福建学政俞鸿图，此公因为小妾收人钱财，把试题外泄，竟让一个"戏子"中举（封建社会优伶与娼妓地位相等），引起世人喧然大哗。最后真相大白，虽不是俞鸿图自己泄题，但这位可怜虫仍被腰斩。由于一刀砍下后，人体上半身主要器官还"健康运转"，俞鸿图上半身辗转于地，用手沾着自己的血在地上连写十一个"惨"字才咽气……。由此可见，凡是涉及科举舞弊案，无论哪朝哪代都是不得了的重罪。徐家此时只能搬动金山，又大洒银两，加上最终案情也不明不白，自然不会再挨什么皮肉之苦，只是徐公子后半辈子只能回家做富翁了，仕进之路想也甭再想。最惨的是我们这位大才子唐伯虎，被逮入狱，大刑伺候，在他与好友文征明的信中，淋漓尽致地详述了当时他的悲惨境状：

"……至于天子震赫，召捕诏狱，自贯三木，吏卒如虎，举头抢地，涕泪横集。而后昆山焚如，玉石皆毁；下流难处，众恶所归。缋丝成网罗，狼众乃食人……海内遂以寅为不齿之士，握拳张胆，若赴仇敌。知与不知，毕指而唾，辱亦甚矣！"

不久前还锦衣玉马的唐解元，本以为"春风得意马蹄疾，一夜赏尽长安花"，殊不料银铛入狱，身被刑具，还要面对如狼似虎的胥吏审问呵斥，遭受世人的指责唾骂。经过一年多的审讯，虽然最终没有判定唐寅是本次考场舞弊案主犯，但干系是摆脱不掉的，他被除掉"士"籍，发配到浙江为吏。这种污辱，全然不是现在的大学毕业生从"人事局"划归"劳动局"管辖那么简单，几乎就是撕掉读书人赖以生存的"精神脸面"。

无论明王朝的统治机器多么残酷、多么毫无人性，中国知识分子"士可杀不可辱"的气节仍残存于我们这位柔弱江南文士的血脉之中。在抱怨自己"筋骨脆弱，不能挽强执锐，揽荆吴之士，剑客大侠，独常一队，为国家出死命，使功劳可以记录"之后，唐寅向好友表明心迹："岁月不久，人命飞霜；何能自戮尘中，屈身低眉，以窃衣食！"大才子奋然攘袂，顿足而起，断然坚拒"臣妾意态间"的官府"办事员"一职，愤然出走，开始了他漂泊的、辛酸的、不俗的而又传奇的后半生！

世事灯前戏 人生水上泡

浓情过后，乐极生悲，心火转凉。不惑之年的唐伯虎又沉迷于禅理佛境的哲学思考：

地水火风成假期合，合色声香味触法。世人痴呆认做我，惹起尘劳如海阔。念嗔痴作杀盗淫，因缘妄想入无明。无明即是轮回始，信步将身入火坑。朝去求名莫求利，面作心欺全不计。……它人谋我我谋他，冤冤相报不曾差。……拼却这条穷性命，不成此事何须惜？数息随止界还静，修愿修行入真定。空山落木狼虎中，十卷楞严亲考订。不二门中开锁纶，乌龟生毛兔生角。诸行无常一切空，阿耨多罗大圆觉，一念归空拔因果，堕落空见仍遭祸。禅人举有着空魔，犹如避溺而遭火。说有说无皆是错，梦境眼花寻下落。翻身跳出断肠坑，生灭灭兮寂灭乐。（《醉时歌》）

纸帐空明暖气生，布衾柔软晓寒轻。半窗红日摇松影，一甑黄粱煮浪馨。残睡无多有滋味，中年到底没心情。世人多被鸡催起，自不由身为利名。（《漫

兴墨迹》)

> 还丹难成药，粘日苦无胶。沽酒衣频典，催花鼓自敲。功名蝴蝶梦，家计鹧鸪巢。世事灯前戏，人生水上泡。（《偶成》）

乍看之下，竟有看破红尘、世事皆空之想。尤其是在《和沈石田落花诗》二十首以及《解惑歌》中，张扬潇洒的唐才子好似又变身成为一个佛学和宣扬仁义忠孝的政治教员：

> "纷纷眼底人千百，或学神仙或学佛。学仙在炼大还丹，学佛来寻善知识。彼要长生享富贵，此要它生绕利益。忠孝于其道不同，且把将来挂东壁，我见此辈贪且痴，漫作长歌解其惑。学仙学佛要心术，心术多从忠孝立。惟孝可以感天地，惟忠可以贯金石。天地感动金石开，证佛登仙如芥石。"

此诗满眼穷酸腐臭，冬烘味道十足，令人感觉可笑、可怜！

今日给孤园共醉 古来文学士皆贫

明正德四年（1509），唐寅四十岁。此后十年间，似乎诗人的生计不时陷入困窘之中。不像现在的名画家，炒作出名后，作品会越卖越高价，再往后就可以让学生、专业枪手代笔，自己临了修改几笔签个名照样大笔银子入袋。明朝的市井文人即使名气再大，也摆脱不了当时社会政治经济的影响。

正德皇帝朱厚照是明朝第十个皇帝，为人聪明过人，仪表清俊，可他为政却极其荒唐古怪，是中国历史上出了名的荒唐天子。正德皇帝在位十六年，却有七年在西北等地游荡玩乐，把大同称作"家里"，亲自给自己封赠"大将军"名号，并在边境邀击蒙古骑兵，竟也手刃过几名力大剽悍的蒙古人。他又不时微服私访，数入贵臣勋戚之家，随意巡幸，即使路边小店的美娇娘也照幸不误，后世文人据此撰有《游龙戏凤》的历史名剧。这位混世魔王还亲搏虎豹，宠养一帮武艺娴熟的"哥们"，同时，以贪污在历史上享有盛名的大太监刘瑾也出在他在位期间。可以想见，正德期间明朝已是从盛到衰的加速期，加之这位皇帝于正德十四年（1519）春为了寻花问柳"南巡"，致使苏杭、南京一带的经济更是雪上加霜，所有这些，或多或少会影响到当时以文画谋生的唐伯虎的生活状况。

田衣稻衲拟终身，弹指流年了四旬。善亦懒为何况恶？富非所望不忧贫。山房一局金藤着，野店三杯石冻春。只此便为吾事办，半生落魄太平人。(《言怀之一》)

笑舞狂歌五十年，花中行乐月中眠。漫劳海内传名字，谁信腰间没酒钱？诗赋自惭称作者！众人疑道是神仙。些须做得工夫处，莫损心头一寸天。(《言怀之二》)

十载铅华梦一场，都将心事付沧浪。内园歌舞黄金尽，南国飘零白发长。骨里内生悲老大，斗间星暗误文章。不才剩得腰堪把，病对绯桃检药方。(《漫兴之一》)

此生甘分老吴阊，宠辱都无剩有狂。秋榜才名标第一，春风弦管醉千场。跏趺说法蒲团软，鞋袜寻芳杏酷香。只此便为吾事了，孔明何必起南阳？(《漫兴之二》)

久遭名累怨青衿，不变贫交托素歆。去日苦多休检历，知谅音少莫修琴。平康驴背驮残醉，谷雨花坛费朗吟。老向酒杯棋局畔，此生甘分不甘心。(《漫兴之三》)

平康巷陌倦游人，狼藉桃花病酒身。短梦风烟千里笛，多情弦索一床尘。黄金谁买长门赋？黛笔空描满额鸦，惟有所欢知此意，共烧高烛赏余春。(《漫兴之四》)

落魄迂疏自可怜！棋为日月酒为年。苏秦抖颏犹存舌，赵壹探事囊没钱。满腹有文难骂鬼，措身无地反忧天。多愁多感多伤寿，且酌深怀看月圆。(《漫兴之五》)

在这些诗中，再也看不见满纸云霞，看不见达意潇洒，多的是"悲老大""病酒身""囊没钱"，而且终于意识到自己"落魄迂疏自可怜"，不仅如此，大才子开始哭穷抱怨，以"贫士"自居：

贫士囊无使鬼钱，笔峰落处绕云烟。承明独对天人策，斗大黄金信手悬。(《贫士吟之一》)

贫士衣无柳絮棉，胸中天适尽鱼鸢。宫袍着处君恩渥，遥上青云到木天。(《贫士吟之二》)

贫士灯无继晷油，常明欲把月轮收。九重忽诏谈经济，御彻金莲拥夜游。（《贫士吟之五》）

尤其是奉寄老友孙思和的八首绝句，把当时诗人自己一家的贫穷窘涩描述得细致淋漓：

十朝风雨苦错迷，八口妻孥并告饥；信是老天真戏我，无人来买扇头诗。（之一）

书画诗文总不工，偶然生计寓其中；肯嫌斗粟囊钱少，也济先生一日穷。（之二）

抱膝腾腾一卷书，衣无重褚食无鱼；旁人笑我谋生拙，拙在谋生乐有余。（之三）

白板长扉红槿篱，比邻鹅鸭对妻儿；天然兴趣难摹写，三日无烟不觉饥。（之四）

邻解皇都第一名，猖披归卧旧茅衡；立锥莫笑无余地，万里江山笔下生。（之五）

青衫白发老痴顽，笔砚生涯苦食艰；湖上水田人不要，谁来买我画中山。（之六）

荒村风雨杂鸣鸡，燎釜朝厨愧老妻；谋定一枝新竹卖，市中笋价贱如泥。（之七）

儒生作计太痴呆，业在毛锥与砚台；问字昔人皆载酒，写诗亦望买鱼来。（之八）

偶随流水到花边 便觉心情似昔年

知天命之年，年华老去的唐才子大半辈子风霜雨雪，愁情寒意，经历过后，胸臆又峰回路转，渐趋开阔，反而变得旷达、闲适：

偶随流水到花边，便觉心情似昔年。春色自来皆梦里，人生何必尽尊前？平原席上三千客，金谷园中百万钱。俯仰繁华是陈迹，野花啼鸟漫留连。（《寻花》）

不结金丹不坐禅，饥来吃饭倦来眠。生涯画笔兼诗笔，踪迹花边与柳边。镜里形骸春共老，灯前夫妇月同圆。万场快乐千场醉，世上闲人地上仙。（《感

怀》)

我问你是谁？你原来是我。我本不认你，你却要认我。嘻！我少不得你，你却少得我。你我百年后，有你没了我。（《伯虎自赞》）

谢却尘劳上野居，一囊一葛一餐鱼。早眠晏起无些事，十里秋林映读书。（《题画》）

人为多愁少年老，花为无愁老少年。年老少年都不管，且将诗酒醉花前。（《老少年》）

生在阳间有散场，死归地府也何妨？阳间地府俱相似，只当漂流在异乡。（《伯虎绝笔》）

胸中无数才华，平生万般磨难，最终皆为怡然的达观所稀释，再不见激越愤慨，再不见书生意气，只有清新淡远，真正到了"松风天然调，抱得琴来不用弹"的境界。自傲、自欺、自负，都消隐一空，吟咏之中，胸襟开朗，笑傲江湖，竟也超越了儒释道，浮云富贵，粪土王侯，连地府也无所危惧，把死后大事当成又一次不经意的放浪漂流，如此高超的人生玄思，是何等的哲学领悟和精神解脱啊。

一日兼作两日狂 已过三万六千场

有关唐伯虎轶事，以冯梦龙《唐解元一笑姻缘》篇幅最长，后来不知怎么就成了"三笑"点秋香。此外还见诸明朝一些非常不出名的文人笔记，如《蕉窗杂录》《皇明世说新语》《戒庵老人漫笔》《风流逸响》《诗话解颐》等，篇幅极少，往往只有几十字一个段落。据清朝学者考证，唐伯虎从未自刻过"江南第一风流才子"的图章，存世之印确系伪造。

至于他妻妾成群的传说，很可能因其续娶的夫人名叫沈九娘，后世无聊小道文人望文遐想，把"九娘"附会成"九个美娇娘"。最早对唐伯虎才能做出评价的最著名人物，当属明朝"公安派"领袖人物袁宏道（1568—1610），他这样写道：

"吴人有唐子畏者，才子也，以文名亦不专以文名；余为吴令，虽不同时，是亦当写治生帖子者矣。余昔未治其人，而今治其文，大都子畏诗文，不足以尽子畏，而可以见子畏；故余之评骘，亦不为子畏掩其短，政以子畏不专以诗文重也。子畏有知，其不以我为欲吏乎？

"子畏之文，以六朝为宗，故不甚慊作者之意。

"子畏之诗，有佳句，亦有累句，妙在不沾沾以此为事，遂加人数等。

"子畏小词，直入画境，人谓子畏诗词中有几十轴也，特少徐吴辈鉴赏之耳。"

袁宏道还为唐伯虎诗文专门进行评点，有《袁中郎先生批评唐伯虎汇集》共大约四卷刊印（似乎今已不存？）。

此外，唐伯虎的书画在当时已经备受推崇，与他同时代而又稍晚些的大画家徐渭也非常叹服这位前辈的绘画功夫（徐渭，1521—1593，浙江绍兴人，字文长，唐伯虎死时这位狂放的大画家才两岁。徐大画家一生屡遭厄运，以至于精神失常，还因误杀妻子几乎被处死。徐渭一生放荡不羁，以共罹"奇祸"被后人将他与唐伯虎并列，称为"唐徐"），在他的《唐伯虎古松水壁阁中人待客过画》诗中也对唐寅前辈叹赏道："南京解元唐伯虎，小涂大抹俱高古。"但无论怎样，诗、书、文、画这样的"雕虫小技"其实均非唐寅自傲之资，封建时代读书人最大的梦想是"朝为田舍郎，暮登天子堂"，考取功名，封妻荫子，流名万世。因此，他死前不久的《梦》和《夜读》两首诗中，才使这位才子的心事暴露无遗：

二十年余别帝乡，夜来忽梦下科场。鸡虫得失心尤悸，笔砚飘零业已荒。自分已无三品料，若为空惹一番忙。钟声敲破邯郸景，仍旧残灯照半床。（《梦》）

夜来欹枕细思量，独对残灯漏夜长。深虑鬓毛随世白，不知腰带几时黄。人言死后还三跳，我要生前做一场。名不显时心不朽，再挑灯火看文章！（《夜读》）

五百余年后，日光灯下，笔者细读唐解元留存下来的几篇八股制义，如《苟日新，日日新，又日新》《唯仁者能好人能恶人》等，佶屈聱牙，不忍卒读，文中虽然经意娴熟，八股运转自如，结构搭配巧妙，切题恰到好处，但终究读之令人感觉索然无味。即使是众多中举高官的明代文人，虽生前显赫，过后都无比落寞，其声名连唐伯虎一根毫毛也不如。

如以"与其身后万世名，不如手中一杯酒"论，两者相较，不知假使唐伯虎九泉有知，该做如何感想？

人生不向花前醉 花笑人生也是呆

明弘治十八年（1505），已经三十六岁的唐寅续娶沈氏，建桃花庵别墅（当时地价与房价皆是中等人家都可负担，非与今时可比）。卖文卖画之余，已经逐渐从人生低谷走出的唐寅决定开始新生活，幸亏明中期资本主义萌芽状态已成，城市的繁华已经使文人毋需只死钻仕进一条路，卖文卖画也能生存立足。

江南人住神仙地，雪月风花分四季。满城旗队看迎春，又见鳌山烧火树。千门挂彩六街红，凤笙鼍鼓喧春风。歌童游女路南北，王孙公子河西东。看灯未了人未绝，等闲又话清明节。呼船载酒竞游春，蛤蜊上市争尝新。吴山穿绕横塘过，虎邱灵岩复元墓。提壶挈盒归去来，南湖又报荷花开。锦云乡中漾舟去，美人鬓压琵琶钗。银筝皓齿声继续，翠纱污衫红映肉。金刀剖破水晶瓜，冰山影里人如玉。一天火云犹未已，梧桐忽报秋风起。鹊桥牛女渡银河，乞巧人排明月里。南楼雁过又中秋，桂花千树天香浮。左持蟹螯右持酒，不觉今朝又重九。一年好景最斯时，橘绿橙黄洞庭有。满园还剩菊花枝，雪片高飞大如手。安排暖阁开红炉，敲冰洗盏烘牛酥。销金帐掩梅梢月，流酥润滑钩珊瑚。汤作蝉鸣生蟹眼，罐中茶熟春泉铺。寸韭饼，千金果，鳌群鹅掌山羊脯。侍儿烘酒暖银壶，小婢歌兰欲罢舞。黑貂裘，红毡毲，不知蓑笠渔翁苦？（《江南四季歌》）

似乎一觉醒来，惊悟周遭的人生是那样纷繁美好，惊喜之余，难免发出"白驹过隙"的感慨：

一年三百六十日，春夏秋冬各九十。冬寒夏热最难当，寒则如刀热如炙。春三秋九号温和，天气温和风雨多。一年细算良辰少，况又难逢美景何。美景良辰倘遭遇，又有赏心并乐事。不烧高烛对芳尊，也是虚生在人世。古人有言亦达哉，劝人秉烛夜游来。春宵一刻千金价，我道千金买不回。（《一年歌》）

人生七十古来少，前除幼年后除老。中间光景不多时，又有炎霜与烦恼。花前月下得高歌，急须满把金尊倒。世人钱多赚不尽，朝里官多做不了。官大钱多心转忧，落得自家头白早。春夏秋冬燃指间，钟送黄昏鸡报晓。请君细点眼前人，一年一度埋芳草。草里高低多少坟，一年一半无人扫。（《一世歌》）

既然已经明了李长吉的"劝君终日酩酊醉，酒不到刘伶坟上土"的深意，唐大才子索性放浪形骸，及时行乐起来：

吾生莫放金叵罗，请君听我进酒歌。为乐须当少年日，老去萧萧空奈何？朱颜零落不复再，白头爱酒心徒在。昨日今朝一梦间，春花秋月宁相待？……劝君一饮尽百斛，富贵文章我何有？空使今人羡古人，总得浮名不如酒。（《进酒歌》）

人生七十古来有，处世谁能得长久？光阴真是过隙驹，绿鬓看看成皓首。积金到斗都是闲，几人买断鬼门关。不将尊酒送歌舞，徒把铅汞烧金丹。白日升天无此理，毕竟有生还有死。眼前富贵一枰棋，身后功名半张纸。古稀彭祖寿最多，八百岁后还如何？请君与我舞且歌，生死寿夭皆由他。（《闲中歌》）

唐寅三十八岁时，桃花坞别墅建成。虽仕进无门，毕竟身有所托，加之又值壮年，美景逸思，皆咏为诗，为其诗词中最著名的一首：

桃花坞里桃花庵，桃花庵下桃花仙。桃花仙人种桃树，又折花枝当酒钱。酒醒只在花前坐，酒醉还须花下眠。花前花后日复日，酒醉酒醒年复年。不愿鞠躬车马前，但愿老死花酒间。车尘马足贵者趣，酒盏花枝贫者缘。若将富贵比贫贱，一在平地一在天。若将贫贱比车马，他得驱驰我得闲。别人笑我忒疯颠，我笑世人看不穿。记得五陵豪杰墓，无花无酒锄作田。（《桃花庵》）

此外，诗人还趁兴写下欣慕李白的对月歌，飘飘欲仙：

李白前时原有月，惟有李白诗能说。李白如今已仙去，月在青天几圆缺？今人犹歌李白诗，明月还如李白时。我学李白对明月，白与明月安能知？李白能诗复能酒，我今百杯复千首。我愧虽无李白才，料应月不嫌我丑。我也不登天子船，我也不上长安眠。姑苏城外一茅屋，万树桃花月满天。（《把

酒对月歌》)

　　良辰美景奈何天，加上万树桃花，新词一曲酒一杯，诗人确实乐在其中，只是不知如此胜景能持续多久。

326

作者简介

　　梅毅，天津人，中国作家协会会员，曾为央视《百家讲坛》"梅毅话英雄"系列主讲人。业余时间从事文学创作，小说作品曾获深圳市青年文学奖、中山华侨华人文学奖等。2004 年起，以"赫连勃勃大王"为笔名，进行历史散文的写作，出版长篇历史散文集《华丽血时代》《帝国的正午》《刀锋上的文明》《帝国如风》《大明朝的另类史》《亡天下》《极乐诱惑》《铁血华年》等，最新出版《梅毅说中华英雄史》十卷。现供职于深圳证券交易所，任高级研究员。

后 记

　　接到选编《当代金融文学精选》散文卷的工作后，散文组的同仁本着高度负责的精神，对申报的每一篇作品进行了认真阅读，反复筛选。从近二百篇征集的稿件中，遴选出四十多篇作为入选作品。

　　中国是一个散文大国，散文创作有着悠久的历史，从先秦诸子，到唐宋八大家，再到明清小品，桐城派、公安派，林林总总，不胜枚举。在广大金融作家中，以散文创作为主的作家也较为普遍，有些还专门从事散文写作，其中不乏优秀者，有的在金融作家中已崭露头角，或者在全国已小有影响。因此，当我们面对大量的稿件时，既感到由衷的高兴，又感到不知如何割爱。在心理上，我们希望每一篇作品，每一位作家，都能够入选，可限于篇幅，不得不忍痛割爱，有时反复比较，难以决断，留有许多遗珠之憾。不过此次的征集，也是对金融作家散文创作的大检阅，对我们散文组来说，也是一次难得的学习机会，使我们对金融作家队伍，金融作家的才华，有了较为充分的认识。我们深切感受到：金融作家人才济济、后继有人，金融文学大有希望。

　　好在这一次的"丛书"编选，只是一个开始。我们相信，随着金融文学事业的发展，金融作家队伍的不断壮大，金融作家出人才、出作品，指日可待。希望《当代金融文学精选》能继续编辑下去，给更多的金融作家提供机会。

陈立新　王炜炜　任茂谷

2019 年 7 月 31 日

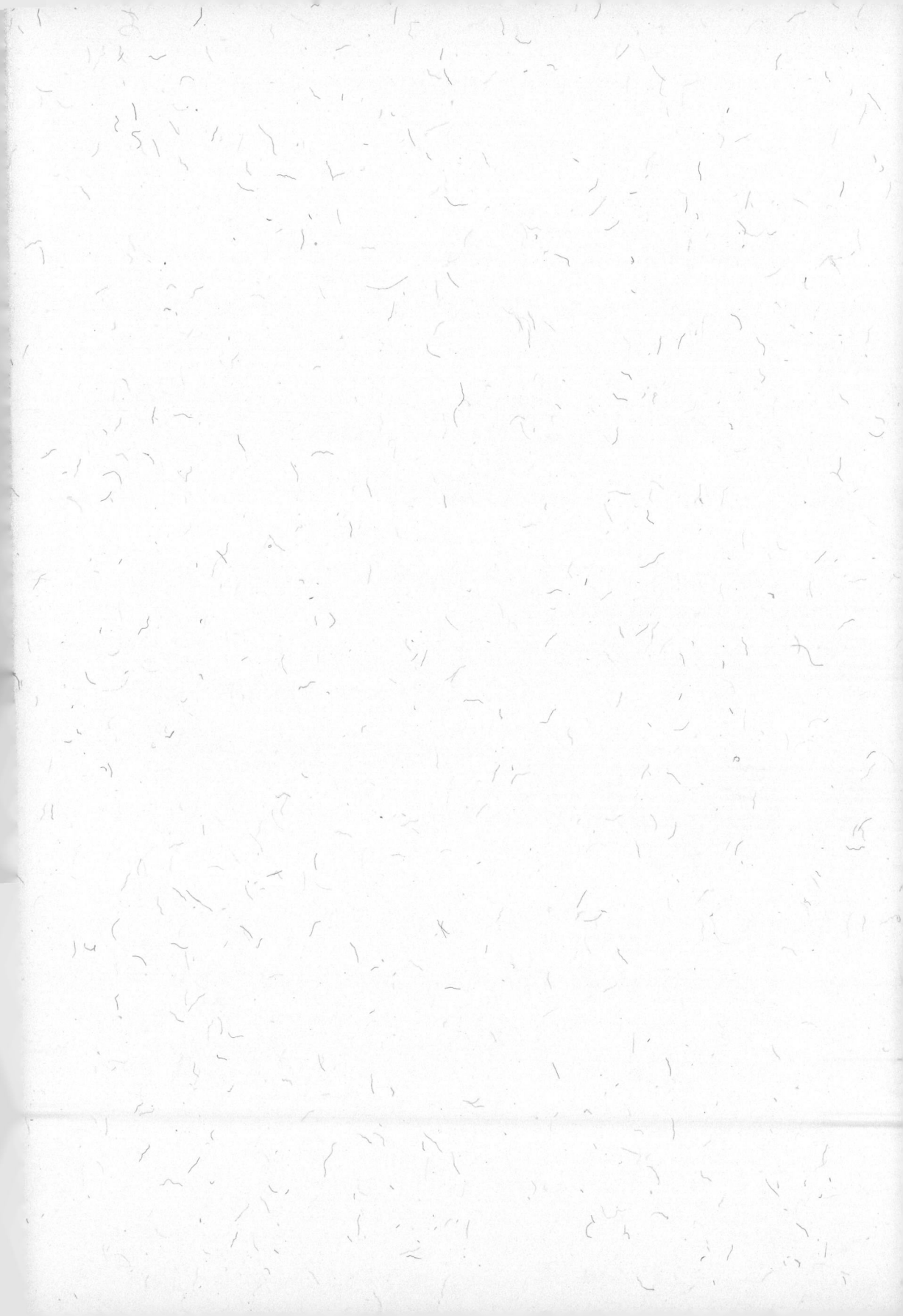